Um salto para a Felicidade

SARA GRUEN

Um Salto para a Felicidade

Tradução de
ANA CAROLINA MESQUITA

EDITORA RECORD
RIO DE JANEIRO • SÃO PAULO
2014

CIP-BRASIL. CATALOGAÇÃO NA PUBLICAÇÃO
SINDICATO NACIONAL DOS EDITORES DE LIVROS, RJ

Gruen, Sara
G933u Um salto para a felicidade / Sara Gruen; tradução de Ana Carolina Mesquita. – 1. ed. – Rio de Janeiro: Record, 2014.

Tradução de: Riding Lessons
ISBN 978-85-01-40022-2

1. Ficção americana. I. Mesquita, Ana Carolina. II. Título.

14-15420 CDD: 813
CDU: 821.111(73)-3

Título original:
RIDING LESSONS

Publicado originalmente em 2004 pela HarperTorch, um selo da HarperCollins Publishers.

Texto revisado segundo o novo Acordo Ortográfico da Língua Portuguesa.

Direitos exclusivos de publicação em língua portuguesa somente para o Brasil adquiridos pela
EDITORA RECORD LTDA.
Rua Argentina, 171 – Rio de Janeiro, RJ – 20921-380 – Tel.: 2585-2000, que se reserva a propriedade literária desta tradução.

Impresso no Brasil

ISBN 978-85-01-40022-2

Para Bob,
por tantos motivos

AGRADECIMENTOS

Escrever um romance é um processo árduo, cuja ajuda devo a diversas pessoas:

A crítica e amiga Kristy Kiernan, que esteve presente da concepção ao nascimento deste livro.

Erin Narey e Lori Coale, que deram seu tempo, suas sugestões e seu incentivo.

A minha mãe, Kathryn Puffett, tanto pelas críticas valiosas quanto por acreditar que eu conseguiria levar o projeto até o fim.

Brian Porter, Robert Farmer (seu bode velho!) e Carolyn Flasch, que ajudaram este livro a tomar forma.

Michael S. Beeson, médico do Summa Health System em Akron, por fornecer informações sobre lesões na medula espinhal.

Susan Laidlaw, aluna da ganhadora do bronze olímpico em hipismo na categoria adestramento de 1996, Michelle Gibson — e ela mesmo uma ótima amazona também —, por responder minhas perguntas sobre o mundo dos eventos esportivos.

A minha agente, Emma Sweeney, por acreditar em mim.

E, mais importante que tudo, a meu marido, Bob: sem ele, simplesmente nada disso teria acontecido.

Cavalo-vapor

1. *S.m.* Unidade de medida de potência definida como a energia necessária para erguer 33 mil libras à velocidade de um pé por minuto, ou 55 libras a dez pés por segundo.*

2. *Inf.* A capacidade extraordinária de um cavalo de elevar o espírito humano.

---

*É uma unidade do mundo anglófono ligeiramente maior que a unidade cavalo-vapor (ou cavalo-força), pois 1 hp equivale a 745,7 watts, enquanto um cv vale 735,5 watts. (*N. da T.*)

1

— Pronta? — pergunta Roger enquanto me ajuda a subir, e eu rio, pois nunca me senti tão pronta na vida.

Nem Harry, que está com o pescoço vermelho flexionado, as orelhas movendo-se em círculos como se fossem antenas, mas nunca na mesma direção: se uma está para a frente a outra está para trás (embora às vezes elas parem inacreditavelmente para fora, como se fossem as orelhas compridas de um bode anglo-nubiano). Ele bate o casco e resfolega quando me reclino sobre a sela para apanhar as rédeas, mas dessa vez o perdoo por não ficar quieto enquanto monto, porque embora este seja um comportamento terrível, estamos sob circunstâncias extremas, e a verdade é que nem eu mesma consigo ficar quieta. Deslizo as rédeas pelas luvas negras que cobrem minhas palmas úmidas e meus dedos enregelados e olho para trás, para meu pai, cujo rosto está contido e impassível, e depois para Roger, que sorri para mim com uma expressão que é a própria mistura de tensão, orgulho e alegria.

Ele pousa a mão na minha bota, na altura da panturrilha, e diz:

— Acaba com eles, querida. — E eu sorrio de novo, porque tenho toda a intenção do mundo de fazer exatamente isso.

E, então, Marjory nos conduz até o portão (para ser mais precisa, vai nos puxando pelas rédeas, como se confiasse na minha capacidade de pular obstáculos de 1,5 metro de altura, mas não de manobrar Harry para a pista).

— Atenção com o ritmo ao entrar na combinação — adverte ela —, e não deixe Harry apressar você. Contenha-o com firmeza ao fazer a volta depois do rio e, se conseguir passar pelo oxer sem problemas, segure sua onda e vá com calma: você já terá vencido, mesmo que leve uma penalização por tempo excedido.

Faço que sim com a cabeça e olho para os juízes do outro lado da pista, porque já sei disso. Podemos levar oito pontos de penalidades e mesmo assim continuar na disputa pelo primeiro lugar, mas, se não tivermos nenhum ou quatro, já ganhamos — e não existe esperança para mais ninguém. Marjory continua falando e assinto com impaciência, apenas querendo que comece logo porque eu e Harry vamos explodir de empolgação com tudo aquilo e estamos prontos, estamos prontos, ah se estamos. Mas sei que não é Marjory quem decide, portanto tento me lembrar de respirar fundo e ignorá-la, e de repente a coisa fica fácil, como se eu estivesse num túnel de vento e tudo, menos Harry e eu, estivesse lá fora.

Então recebo o sinal e penso, chegou a hora de irmos — só penso, nada mais do que isso, mas Harry já começa a andar tão apoiado que seu focinho fica apertado contra o peito, e quando entramos no picadeiro vejo nossa sombra no chão e a cauda dele lá na ponta, como uma flâmula. O apresentador nos introduz — Annemarie Zimmer e Highland Harry, que têm uma bela vantagem e blá-blá-blá —, mas ninguém presta atenção porque está todo mundo olhando para Harry. Dessa vez não se ouve nenhum murmúrio ou exclamação contida de espanto, não agora, no terceiro dia, mas aí alguém comete a gafe: ouço algum idiota dizer "Nossa, isso sim é um cavalo de cor esquisita!", e por esse único comentário sei que ele faltou no primeiro e no segundo dias de provas, e o odeio porque sei que está se sentindo superespirituoso com seu comentário. Mas, por outro lado, acho que se eu estivesse no lugar dele diria a mesma coisa, já que não se veem muitos cavalos listrados por aí — e antes de Harry, eu nem sabia que isso existia, mas enfim, aqui está ele e não há como negar que exista. Não hoje. Não aqui.

Ouço o sino e aperto as panturrilhas contra o corpo dele, e lá vamos nós. Harry dispara como uma mola enrolada; suas ancas parecem tão comprimidas que dão a impressão de estarem logo embaixo de mim.

Aperto os dedos. Não, não, não, Harry, ainda não; eu vou deixar, mas ainda não, e suas orelhas apontam para a frente, agora juntas, e ele diz, Beleza, e me dá um galope médio contido que o faz parecer um cavalo de balanço, de tão alto nas subidas e tão baixo nas descidas. Então viramos a curva sacolejando e nos aproximamos do primeiro salto, e ele me pergunta, Agora? E eu digo, Não; e ele diz, Agora? E eu digo, Não, aí um passo depois percebo que ele está prestes a perguntar de novo, mas antes disso eu digo, Agora, e ele dispara e eu não preciso fazer mais nada — mais nada, até terminarmos e já estarmos do outro lado, quando então só precisarei pedir de novo e ele vai me atender, porque me ama e nós somos um só.

Ouço o *flap-flap-flap* de couro sobre couro, o ritmo acelerado dos cascos, *da-da-DA, da-da-DA, da-da-DA*, e então vem um empurrão gigantesco, 450 quilos comprimidos explodindo bem diante de...

Silêncio. Quando arqueamos sobre o obstáculo, as únicas partes de contato do meu corpo com alguma coisa são minhas panturrilhas, mãos e calcanhares, embora eu pareça estar montada sobre Harry, de tão inclinada para a frente e curvada ao redor de seu pescoço que estou, com o rosto no lugar onde estaria sua crina se ela não estivesse trançada em uma fieira de nozinhos. E aí, *bang!*, aterrissamos, e assim que seus cascos dianteiros entram em contato com o chão volto para a sela, e seguimos até o muro de tijolos e tudo está perfeito. Sei que vamos nos dar bem porque é assim que é.

Estamos voando agora e fico espantada por sequer tocarmos o chão, pois obviamente não precisamos saltar mais um, dois, três outros obstáculos. Perco a lembrança da ordem em que eles aparecem, mas não preciso me lembrar porque eu os sinto, olhei-os até que se tornassem parte do meu ser; e aqui estamos nós no oxer onde tanto White Night quanto Frito Misto refugaram, mas não Harry — crescemos para o rio e agora deixo que ele vá, confiando nele, e voamos. Na volta seguro a onda dele, exatamente como Marjory me disse para fazer, e então partimos para o oxer, a única combinação que existe agora entre nós e o final, e, se conseguirmos ultrapassar só mais essa, a faixa da vitória está no papo e nós disputaremos o Rolex-Kentucky e, quem sabe, talvez até as Olimpíadas, por que não? Afinal, toda e qualquer coisa é possível.

Ele me pede, Me deixa ir, e eu digo, Sim, pois como posso recusar?, e sinto a energia se concentrando nas suas ancas e então, *pou!* Ele nos arranca do chão e o topo de seu pescoço se ergue na minha direção e lanço as mãos para a frente para manter as rédeas leves e é lindo. Vejo de relance alguns rostos sobre as barreiras da arquibancada e sei que estão torcendo por nós, prendendo a respiração — inclusive Dan, que está ali apesar de continuar bravo por causa de Roger —, e assim que sinto os jarretes de Harry ultrapassarem o obstáculo, sei que conseguimos. Conquistamos o primeiro lugar, e, embora ainda estejamos no ar, eu já começo a comemorar, porque conseguimos e ninguém pode arrancar isso de nós.

Seus cascos dianteiros pousam no chão e ele estica o pescoço; deixo que meus dedos rocem seu pelo numa carícia secreta enquanto levo as mãos para trás, já prevendo que sua boca voltará para mim. Mas isso não acontece. Há algo de errado, porém não consigo processar isso direito porque o chão está vindo em minha direção, como se as pernas de Harry estivessem afundando no solo. Fico confusa, porque ultrapassamos o obstáculo e eu já estava prestando atenção no jeito como as pernas dele desceram, e fico irada, não assustada, mas depois não sinto mais nada, por causa da explosão quando o chão me atinge. Aí, escuridão.

A escuridão é interrompida de vez em quando por janelas de luz e cores que giram e se abrem como o obturador de uma câmera tirando fotos em série. Vozes circulam, Ah meu Deus, Ah meu Deus, você está me ouvindo?, não tente mexê-la, deixe a gente passar. Aí novamente a escuridão, antes de outra luz branca e do *tch-tch-tch* ritmado das pás de um helicóptero e de alguém dizendo, "Annemarie, você está me ouvindo? Fique comigo, Annemarie. Annemarie, fique comigo", e tenho vontade que pare porque a única coisa que desejo é afundar na escuridão. Então afundo, é gostoso, e me pego imaginando se Harry está ali.

2

Harry morreu, mas só descobri isso depois de quase três semanas. Na descida do oxer, sua longa quartela — o maior dos três ossos entre o casco e a panturrilha — se estilhaçou em nove pedaços. Sua escápula, seu esterno e sua pelve também se quebraram, mas foi a quartela que decidiu tudo. Não havia o que fazer com aqueles nove pedacinhos de osso, portanto eles atiraram nele ali mesmo onde estava caído no chão.

Eu me arrebentei ainda mais do que Harry, mas ninguém atirou em mim. Fui transportada de helicóptero para o Centro de Traumas do Vale de Sonoma, onde descobriram que eu havia quebrado o pescoço, além da clavícula, do braço esquerdo, de oito costelas, do nariz e da mandíbula; mas o pescoço era o que realmente contava.

Devido às altas doses de metilprednisolona, passei duas semanas entrando e saindo de ondas de euforia, deliciosamente inconsciente do fato de que já não conseguia mais mexer nenhuma parte do meu corpo. Quando finalmente me esforcei para alcançar a superfície, assaltaram-me com perguntas: Qual é o seu nome? Onde você mora? Pode me dizer em que ano estamos? Mas eu estava muito cansada — tão cansada —, e não entendia por que as pessoas estavam me importunando com perguntas que pareciam tão óbvias, nem por que as respostas pareciam se situar inexplicavelmente além do meu alcance.

Você consegue mexer os dedos dos pés, consegue apertar minha mão, consegue sentir isso, continuavam eles, e eu, lógico, não conseguia. Meu corpo parecia um saco de areia com uma cabeça afixada em cima — eu havia perdido todo o conhecimento sobre meus membros, aquela sensação de saber onde as partes do corpo estão mesmo quando estão paradas. A consciência da pressão das roupas no corpo, de uma lufada de ar na pele nua, algum lembrete repentino do seu dedo de que ele continua ali... tudo isso se foi. Não havia nada, havia a morte. Era como se tivessem arrancado a minha cabeça, a colocado num prato e dado um jeito de afixar os mecanismos necessários para mantê-la viva. E, é claro, depois que tomei consciência disso, desejei que não o tivessem feito.

Algum tempo depois, através da névoa de morfina necessária porque meu rosto tinha acabado de ser reconstruído, ouvi uma conversa de meu pai com o médico.

— Ela vai conseguir voltar a andar a cavalo? — perguntou ele.

Sua voz estava abafada, e precisei me esforçar para ouvi-la por cima do som dos equipamentos ao meu redor: o chiado do respirador artificial, a máquina que bipava no ritmo do meu coração, o esfigmomanômetro que me apertava de tempos em tempos.

Acho que eles estavam atrás de alguma cortina, mas podiam também estar aos pés da minha cama. Não sei, porque minha cabeça estava enfiada num equipamento de tração espinhal e eu era incapaz de me virar para olhar. O médico demorou tanto para responder que tive medo de não ter ouvido a resposta, mas não havia nada que eu pudesse fazer para facilitar a vinda da sua voz até mim — eu não podia colocar a mão em concha atrás da orelha, não podia fazer leitura labial. Não podia nem mesmo controlar minha respiração para que ela abaixasse de volume.

Quando ele por fim falou, suas palavras saíram num arranque, ásperas.

— Bem, seria prematuro prever quanto de suas funções ela poderá recuperar — disse ele. — Nosso primeiro objetivo é fazer com que ela consiga respirar sem ajuda.

Papai murmurou alguma coisa desesperada e então o esfigmomanômetro começou a inflar. Por cima daquele som contínuo do aparelho se enchendo, as frases "atleta de nível mundial", "hipista de nível Grand Prix" e "candidata às Olimpíadas" flutuaram ao redor como pássaros; papai, agitado, falava como se tivesse certeza de que o médico estava escondendo alguma coisa. Barganhava, adulava e ameaçava, como se o médico pudesse fazer mais caso entendesse o quanto era importante que eu voltasse a montar.

De novo uma pausa, e o esfigmomanômetro começou sua deflação espasmódica. Mais fragmentos de conversa: "choque espinhal", "sentido vibratório" e "síndrome medular central". Então o instrumento caiu em silêncio e, contra o ruído relativamente silencioso do respirador, ouvi minha lesão ser explicada ao meu pai: como minhas vértebras C2 e C3 haviam se quebrado, o que em geral resultava em lesões catastróficas; como tinha sido uma sorte extrema que todos houvessem seguido o protocolo correto no local do acidente e imobilizado minha coluna; que a injeção de esteroides que recebi a bordo do LifeFlight também agiria a meu favor; e finalmente, que era possível (porém não havia nenhuma garantia, era importante se lembrar disso, mas era possível) que, quando o inchaço dos tecidos moles cedesse, eu recuperasse parte dos movimentos.

Enquanto eu deslizava mais uma vez para meus sonhos de ópio, aquelas palavras ecoaram incessantemente na minha cabeça, mas, ao contrário de um eco, se recusaram a diminuir de volume: *recuperar parte dos movimentos, recuperar parte dos movimentos, recuperar parte dos movimentos.*

Eu teria arrancado o respirador artificial da tomada apenas com a minha força de vontade, se pudesse.

Um salto no tempo agora. Vamos pular as nove semanas na UTI e o inferno que vivi quando soube que Harry tinha morrido. As noites torturantes que passei aprisionada dentro do meu corpo flácido imaginando Harry apodrecendo em algum lugar até que alguém, misericordiosamente, me disse que papai providenciou para que ele fosse cremado. A médica-residente calada de olho preguiçoso, essa pessoa incrível que teve a ideia de bater um diapasão no próprio joelho e em seguida de pressioná-lo, ainda zumbindo, contra as solas dos meus pés; a alegria e a trepidação que senti quando as vibrações daquela nota — o Lá abaixo do Dó médio — chegaram ao meu cérebro, indicando que talvez nem tudo estivesse perdido. A tração espinhal e as tenazes de titânio presas ao meu crânio por algum médico-residente, de modo que oito quilos de peso de tração pudessem ser presos numa série de polias, esticando meu pescoço para permitir que as vértebras se restabelecessem. A reabilitação, as cirurgias, os coletes ortopédicos, as barras paralelas, as muletas; o esforço monumental e a dedicação incrível de toda uma equipe de profissionais, vamos pular isso tudo para chegar até o ponto onde emergi daquilo, somente quinze meses depois, inteira e milagrosamente sem sequelas exceto uma ausência quase imperceptível de sensibilidade na ponta dos dedos. E, por fim, vamos pular aquele dia glorioso de julho do ano seguinte, quando subi sem ajuda até o altar no dia de meu casamento balançando os quadris sob meu vestido bordado com contas, farfalhando cheia de cetim e graça, sem fôlego por causa de toda aquela vitória.

Nunca mais voltei a montar, embora eu não apresentasse nenhum problema físico que configurasse um impedimento. Meus pais sempre acreditaram que jamais voltei a montar por ter me casado com Roger, mas entenderam tudo ao contrário. Eu me casei com Roger para me mudar para Minnesota e ninguém mais me pedir para montar outro cavalo, porque ninguém parecia entender que seria exatamente isso, outro cavalo.

Tendo a pensar no meu acidente em metáforas, em parte porque penso demais e em parte porque, quando finalmente fiz faculdade, estudei literatura inglesa. Em geral comparo o acidente ao primeiro dominó que cai em sequência: num momento ele está de pé, sólido como um sinal de pontuação; mas no seguinte deflagra uma série de eventos tão inevitáveis, tão impossíveis de conter, que só se pode recuar e assistir.

Só depois de vinte anos o último caiu.

Um. Dois. Três.

3

Um

É uma tarde comum, brutalmente comum, e estou editando um *help file*, olhando para a tela do computador como se ela pudesse me trazer inspiração. Toca o telefone e estendo a mão para atender, sem tirar os olhos da tela de cristal líquido.

— Annemarie Aldrich — digo.

— Sou eu — diz Roger. — Estava aqui pensando a que horas você vai chegar em casa hoje.

— Hmm. Provavelmente tarde — respondo, com a cabeça ainda no arquivo à minha frente. Alguma coisa no modo como ele está organizado pede mudanças.

— Sabe a que horas?

— Hmm? — murmuro. Quase consegui identificar o que é, estou quase lá: são os primeiro e terceiro parágrafos, eles estão...

— A que horas você vai chegar em casa?

Minha concentração se quebra e minha visão do problema se desfaz. Eu me recosto na cadeira, ciente mais uma vez do mundo ao meu redor.

Mais além da tela do meu computador, em frente à porta do meu escritório, as pessoas passam zunindo. Telefones tocam, teclas batem, gente conversa, alguém abafa uma gargalhada.

— Não sei direito — admito.

— Gostaria de te ver — declara ele.

— Hã, é, eu também — falo, inclinando o corpo para a frente mais uma vez. Chegou um e-mail que me chamou a atenção. — Certo, tudo bem. Vou tentar chegar em casa num horário decente.

— Vou ficar esperando — diz ele.

— Hã-hã — concordo, dando uma rápida olhada no e-mail. Droga. O principal redator da InteroFlo quer entregar material para edição esta semana e tenta dar a entender que isso é algo com que eu havia concordado. Absolutamente não; esqueça. Não com o lançamento do SnapShot. Apoio o fone entre a orelha e o ombro e começo a digitar uma resposta.

— Pelo visto você está ocupada — comenta Roger.

— Estou sim, querido. Você sabe como são as coisas perto do fechamento.

— Bom, acho que a gente se vê mais tarde então.

— Certo, amor — digo, tentando me esforçar para parecer mais animada, agora que ele está me liberando. — Tchau.

Desligo.

— Annemarie?

Outra interrupção. Dessa vez é a minha supervisora, cuja cabeça e cujo pescoço aparecem à porta do meu escritório.

— Ah, Evelyn — cumprimento. — Que bom que você está aqui. Preciso que você intervenha com o Dennis. Ele acabou de mandar uma mensagem dizendo que vai entregar os arquivos da InteroFlo esta semana, mas não vai dar. Esses arquivos não estão no cronograma, e estou completamente focada na SnapShot.

Evelyn faz que sim com a cabeça.

— Eu falo com ele.

— Foi exatamente por isso que eu coloquei a planilha na Intranet. Todo mundo tem seguido o cronograma, por isso receio que esses projetos ganhem prioridade, independentemente do tamanho...

— Hã-hã — faz Evelyn, assentindo. Ela entra no meu escritório e fica ali parada, olhando para baixo.

— ... e simplesmente não dá para arrumar um colaborador assim tão rápido, pelo menos não alguém familiarizado com nosso guia de estilos. Provavelmente só vou conseguir encaixar Dennis daqui a três semanas, e, mesmo assim, ele vai ter de garantir um espaço para o material dele no cronograma, senão o cronograma vai voltar a ficar lotado. Não dá para...

— Eu falo com ele — repete Evelyn, me cortando. — Olhe, Annemarie, tem uma coisa que preciso conversar com você. Acha que consegue dar uma passadinha no meu escritório daqui a uns cinco minutos?

Paro. Estou ocupada. Mas ela é minha chefe.

— Claro, sem problema. Já vou lá — prometo.

Quando chego, fica evidente que está acontecendo alguma coisa. Evelyn está de pé diante de sua mesa. Há alguém de terno sentado na cadeira dela.

— O que está acontecendo? — pergunto olhando os dois, esgotada.

— Oi, Annemarie — cumprimenta Evelyn, e anda por trás de mim para fechar a porta. — Obrigada pela presteza. Por favor, se sente.

Ela estica a mão e apanha uma caixa de lenços de papel em cima da sua mesa. Quando sento, ela coloca a caixa na minha frente.

— O que está acontecendo?

Ela senta e me olha, olho no olho.

— Tenho certeza de que você sabe que há dois trimestres a empresa não cumpre suas metas...

Bom Deus. Estou sendo despedida.

— ... nós esperávamos que as coisas fossem melhorar, mas a direção nos informou que precisamos fazer cortes de pessoal, e lamento muito, mas você é uma das pessoas que não vou conseguir manter aqui.

— O quê? — pergunto, embora tenha escutado perfeitamente bem. Aquilo foi mais uma afirmação que uma pergunta, na verdade. Sinto meu lábio retorcer. Se ela estava esperando lágrimas, ficará dolorosamente desapontada.

— Não é reflexo da sua performance. Acredite em mim, estou bastante consciente de que a sua colaboração acrescentou enormemente à qualidade de nossa documentação...

Se acrescentou? E como. Dezenove produtos, vinte e dois redatores, e mais o meu departamento — eu e mais três editores. Por nossa causa — por *minha* causa, para ser exata — tudo foi editado de alto a baixo. De modo substancial, reescrito, revisado. Eu mesma levei para casa todas as provas.

— Infelizmente, no ramo do *software*, o processo de documentação quase nunca recebe a ênfase que merece...

E blá-blá-blá. Na minha carteira de trabalho irá aparecer que fui dispensada, não despedida. Posso contar com Evelyn como referência, claro. Não há pressa em sair do edifício, mas aqui está um caixote para você. Omar irá ajudá-la a levar todas as suas coisas para o carro, mas se você preferir pode pedir que o pessoal da computação embale os pertences do seu escritório. Extensão dos meus benefícios para me oferecer auxílio, compensação baseada no meu tempo de serviço dentro da empresa, aconselhamento profissional, caso eu necessite, e todo tipo de merda que já não escuto, porque parei de ouvir.

Dois.

Quando abro a porta de entrada de nossa casa, Eva está no vestíbulo. Ela dá um pequeno pulo ao me ver, talvez porque esteja exibindo ainda mais a barriga do que de costume.

— Ah, oi, mãe — diz ela. Recupera a compostura e apanha o casaco de um gancho. — Você chegou cedo.

Pouso a bolsa no chão e fecho a porta.

— Mudança de planos. Para onde você está indo?

— Para a casa de Lacey.

Lacey? O que em nome de Deus os pais dessa menina estavam pensando quando lhe deram este nome?

— Você volta para jantar? — quis saber, tirando meus mocassins Amalfi. Eu os coloco na sapateira, um de cada vez, usando os dedos dos pés.

— Não, vou dormir por lá — responde Eva.

Ela passa por mim com a mochila cor-de-rosa pendurada no ombro. Sinto cheiro de cigarro, mas deixo para lá. Seus 15 anos estão sendo difíceis, e preciso escolher minhas batalhas. Nossa mais recente, pela qual ela ainda precisa me perdoar, envolveu um piercing de língua azul-cobalto que eu a obriguei a tirar. Fui absolutamente firme: nada de cavalgadas até que aquilo sumisse. Ela chamou de chantagem, mas pelo menos o treco desapareceu.

— Então tchau — digo, enquanto a porta começa a se fechar.

A porta se abre de novo:

— Hã-hã, tchau, mãe — grita Eva pela fresta.

Quando chego à cozinha, encontro um envelope de papel pardo fechado sobre a bancada. Tenho uma sensação ruim assim que pouso os olhos nele.

É um boletim. Corro os olhos por ele de alto a baixo, depois viro o papel com uma sensação crescente de descrença. Não sei com quem estou mais irritada, se com Eva ou com a escola. O índice de faltas dela tem sido apavorante e, como resultado, ela está indo espetacularmente mal.

Pego o envelope de novo, depois percebo que tem mais alguma coisa lá no fundo. Eu o viro de cabeça para baixo e o sacudo. Um envelope branco menor cai no chão.

Dentro está um bilhete pessoal do diretor, assinado com uma letra preta inclinada horrorosa. Dr. Harold Stoddard, ph.D., deseja me informar que, se Eva faltar mais uma vez sem explicação, será permanentemente expulsa. No final, há um campo para que eu assine.

Seguro o papel, olhando aquilo como uma idiota por falta de reação melhor.

Estou tão irritada que tremo. Por que, em nome de Deus, ninguém me disse nada antes, quando eu ainda teria sido capaz de fazer alguma coisa? A esta altura, mesmo que eu consiga evitar que ela seja expulsa, o máximo que posso esperar é que ela se safe com um terço dos créditos.

Enfio a carta de volta no envelope, amassando-a com uma pressa nervosa. Não tenho a menor intenção de assinar. É como aquelas mensagens enfurecedoras que você recebe logo antes de seu computador dar pau: tal coisa encontrou um erro fatal — desculpe, não vai dar para salvar seu trabalho, seja uma menina boazinha e clique no ok. Ok? Não, merda, não está *nada* ok.

Penso em ligar para Roger no trabalho, mas decido esperar até que ele volte para casa. Então poderemos jogar pedra-papel-e-tesoura para decidir quem vai ligar para Eva e lhe dizer que volte para casa porque ela está frita.

Eu me sirvo de uma taça de vinho e me enfio na banheira. Estou à beira de um ataque de nervos e odeio isso. A casa está limpa e, por motivos óbvios, não tenho nada de trabalho a fazer. Não tenho nem sequer um jornal, por isso só poderei dar uma olhada na seção de empregos amanhã.

Quando Roger chega em casa, estou sentada na sala de estar com os pés enrodilhados sob meu corpo, tentando adiantar a leitura de um ano de exemplares da *New Yorker*, e passei para o café depois de duas taças generosas de gewürztraminer.

— Nossa, como estou feliz de ver você — digo, quando ele entra pelo vestíbulo. E estou mesmo. Nossos caminhos não andam se cruzando muito ultimamente, e o que eu mais quero é um pouco de companhia e apoio. — Pegue uma bebida, você vai precisar.

Um instante depois, ele se senta ao meu lado no sofá, sem drinque e ainda de paletó.

Tem alguma coisa errada. Não é porque ele ainda está de paletó nem por não ter apanhado um drinque, mas sim porque ele nunca senta ao meu lado. Sempre senta na minha frente. Levanto os olhos da minha *New Yorker*, assaltada por um pressentimento. Alguém morreu. Eu sei.

Ele segura a minha mão direita entre as suas, que estão geladas e úmidas. Resisto ao impulso de tirá-la e enxugá-la na minha coxa, porque ele obviamente está perturbado.

— Annemarie... — começa com voz estrangulada, como se sua língua estivesse enrolada no fundo da garganta.

Ai, meu Deus, então é verdade mesmo. Quem pode ser? Não me lembro de ninguém ter ficado doente. Teria sido algum acidente?

— O que foi? O que aconteceu? — pergunto.

Ele olha para nossas mãos unidas e depois torna a olhar para o meu rosto.

— Não sei como te contar isso.

— Me contar o quê?

Ele mexe a boca de leve, mas nada sai.

— Pelo amor de Deus, Roger, desembucha! — digo, colocando a *New Yorker* de lado e acrescentando minha mão esquerda à nossa confusão de dedos entrelaçados.

Ele olha para baixo de novo, e de novo só consigo olhar para a região calva da cabeça dele. Quando ele torna a levantar o rosto, vejo uma decisão dolorosa ali.

— Estou indo embora.

Meus olhos se estreitam.

— Como assim, indo embora?

— Vou morar com Sonja.

Fico olhando para ele. As palavras estão ali, rodopiando ao redor da minha cabeça, mas meus ouvidos parecem rejeitar sua entrada. Mais ou menos. Arranco as minhas mãos das dele.

— Eu sinto muito mesmo — continua ele. Pousa as mãos de novo sobre o colo e em seguida as observa, como se estivesse surpreso por elas estarem ali. — Nunca quis magoar você. Nenhum de nós esperava que isso acontecesse.

— Sonja? — digo. — A estagiária?

Ele confirma.

Eu o encaro, de olhos arregalados. Agora ele volta a falar, matraqueando que sente muito e todo tipo de coisa sem sentido para aliviar minha reação, mas eu já estou andando numa trilha paralela. Minha mente dispara de volta à festa de Natal — a única vez em que pus os olhos em Sonja —, aos cabelos dela, brilhantes e castanhos; e inevitavelmente ao seu corpo, voluptuoso e magro ao mesmo tempo, coberto de lantejoulas vermelhas.

Interrompo aquele monólogo.

— Ela não deve ter mais do que, sei lá, uns 28 anos?

— Vinte e três.

Continuo a encará-lo, ciente de que estou de boca aberta.

— Não é o que parece — diz ele, lendo minha expressão. — Ela já passou por um bocado na vida. É muito madura.

Depois de tudo o que nós passamos — meu Deus, criamos uma filha juntos e praticamente criamos um ao outro —, ele agora vai me largar por uma mulher quinze anos mais nova que eu? Apenas oito anos mais velha que a nossa própria filha?

No começo, a ficha não cai, mas quando cai sou inundada de raiva. E, enquanto a raiva vai se acumulando, ocorre uma divisão estranha. Parte de mim se destaca e começa a analisar, e o que descobre é uma ironia absurda no fato de ser *ele* que está *me* rejeitando. Depois de todos os anos em que fui obrigada a aguentar seus defeitos, aquela merda toda de ser "quase" alguma coisa, mas não exatamente (e que sempre foi a base do nosso relacionamento), é *ele* quem está *me* rejeitando, e não o contrário?

De repente, percebo que ainda não reagi. Ele aguarda, me encarando com uma preocupação fingida. Está inclinado para a frente agora, de testa franzida, os olhos cheios de arrependimento. Sua gravata idiota repousa sobre seu colo. Sinto vontade de estrangulá-lo com ela.

— Saia daqui — mando.

— Annemarie, por favor... — Sua voz é baixa e gentil. Ele está se esforçando para projetar o nível adequado de arrependimento. Algo explode dentro de mim.

— Saia daqui! Some daqui! Fora! Fora! Fora! — grito com voz esganiçada.

Então atiro a violeta africana na sua cabeça. Depois o descanso de copo. Depois uma *New Yorker*, depois outra, depois outra, e, quando as revistas acabam, atiro um CD, depois minha agenda de endereços, e, quando eu chego à minha xícara semivazia de café, ele já está saindo curvado da sala. A xícara atinge a parede com um estrondo gratificante e uma explosão de café, mas, de algum modo, para minha frustração, permanece intacta.

Quinze minutos depois, ele desce com uma mala grande. Estou sentada à mesa da cozinha de braços cruzados bem na beirada da cadeira, as pernas esticadas, quase como se eu não tivesse dobras no meio do corpo.

Eu me recuso a olhar para ele, embora ele se posicione bem na minha frente. Percebo mesmo sem querer que ele pegou a mala verde de alça quebrada. Está me deixando a mala boa.

— Eu ligo para avisar onde vou ficar.

Ele espera que eu responda alguma coisa. Eu preferiria que não tivesse posicionado o corpo de modo que eu fosse obrigada a ficar olhando para sua virilha, mas virar a cabeça seria uma forma de reação, por isso olho através dele, além dele, deixando o marrom de suas calças de algodão se borrar até que não signifique mais nada para mim além do interior das minhas pálpebras. Após alguns minutos de silêncio, o marrom se afasta e me vejo novamente olhando para o salgueiro de William Morris que enfeita as paredes da minha cozinha.

Ouço seus passos se afastarem pela casa, depois as dobradiças da porta da frente guinchando e, por fim, o clique baixinho da fechadura. Baixinho porque ele está dando tudo de si para fechar a porta com delicadeza, mantendo a maçaneta virada ao máximo até a porta estar completamente fechada. Ele sai com um sussurro, não com um estrondo. No decorrer de um único dia, minha família foi para o espaço.

Três.

Duas semanas depois, quando me dou conta de que ele realmente não vai voltar, ligo para minha mãe. Ela ouve, mas não diz muita coisa. Não parece tão chateada quanto eu esperava que fosse ficar, o que me surpreende, pois ela e meu pai são católicos romanos. E é então que descubro o motivo.

Ela vinha querendo me ligar, explica. Precisava me dizer algo, continua, só não sabia como.

— O que é? — pergunto, mas ela não responde. — Mutti, você está me assustando. O que está acontecendo? — insisto.

Outro silêncio, amedrontador e longo. Então ela fala:

— Seu pai está com esclerose lateral amiotrófica.

Esclerose lateral amiotrófica. ELA. Doença de Lou Gehrig. Doença do neurônio motor. Seja lá qual for o nome, ela rouba a capacidade das pessoas de se mover, falar, engolir e, por fim, respirar, embora — num ato máximo de crueldade — conserve intacta sua capacidade mental. É uma doença capaz de aterrorizar qualquer um, mas que representa um terror especial para mim, pois sei o que é ser um cérebro aprisionado num corpo que não responde.

Não absorvi muita coisa daquela primeira conversa com Mutti a não ser que meu pai havia recebido o diagnóstico alguns meses antes. Vinha apresentando sintomas há algum tempo — tiques esquisitos e câimbras, depois uma fraqueza nas pernas que progrediu até ele começar a tropeçar. Foi apenas quando seus braços também começaram a ser afetados que ele passou por uma bateria de exames complementares e recebeu o diagnóstico.

A ideia de algo assim acontecer com meu pai — um homem que passou a vida inteira envolvido com atividades físicas — era mais do que aterrorizante, e por um instante superou, ou pelo menos se tornou equivalente, à traição de Roger. Porém, no fim, terminou apenas aumentando-a, assumindo morada ao lado dela.

Dez dias depois, Eva e eu estamos entretidas num raro momento mãe e filha. Estamos bem de novo, agora que acabou seu castigo por causa do bilhete do diretor.

Ela está de pé ao lado da mesa da cozinha, fatiando um tomate para nossa salada enquanto eu mexo o gazpacho. Está ligeiramente curvada, e seu cabelo loiro — alisado graças ao uso de força mecânica, uma escova e 1600 watts de ar quente — obscurece seu rosto.

— O seu uniforme está sujo? Quer que eu lave roupa esta noite? — pergunto, notando que ela não está de uniforme.

— Não — responde ela. — Não preciso mais dele.

— Como assim?

— Não preciso mais dele. Não vou mais à escola.

Eu paro na mesma hora, segurando a colher, no meio do movimento.

— O quê?

Ela não diz nada, simplesmente apanha outro tomate e começa a fatiá-lo.

— O que você disse?

— Não vou mais. Não gosto.

Bato a colher na borda da panela com precisão mortal — uma, duas, três vezes — e depois a coloco sobre o balcão.

— Só por cima do meu cadáver — ameaço, virando para encará-la.

— Tarde demais — afirma ela, afastando o miolo do tomate para o lado com a lâmina da faca. — Eles me pegaram matando aula e não me deixariam voltar para a escola nem se eu quisesse. E eu não quero.

Olho rapidamente para o telefone. A luz vermelha de mensagens está piscando. Olho de novo para Eva, furiosa.

Ela tenta bancar a tranquila, mas quando o silêncio fica ostensivo, para de fatiar e me olha. Ao ver meu rosto, deixa cair a faca, pronta para fugir.

Nós duas corremos até a porta. Eu chego primeiro, abrindo os braços para barrar sua saída.

— Ah, nem pensar! Sem chance. A senhorita não vai a lugar nenhum.

— Como se você pudesse me impedir — dispara ela, metendo o ombro entre mim e a porta. Brigamos um pouco, eu tentando impedir que ela passasse e Eva se atirando sobre mim como um jogador de futebol americano. É inútil. Agora ela tem o meu tamanho e com certeza é mais pesada.

Recuo e ela passa disparada por mim, subindo as escadas. Dois minutos depois, desce com a mochila cor-de-rosa de vinil cheia de roupas. Passa como um furacão pela casa e sai porta afora sem nem olhar para trás.

Se eu tiver sorte, ela vai para a casa de uma amiga que mora com os pais, embora de uma coisa eu possa ter a certeza — ela vai contar a eles que eu a expulsei. Se eu não tiver sorte, irá para algum pulgueiro na parte errada da cidade e fará Deus sabe o quê com um bando de adolescentes que moram sozinhos.

Olho para Harriet, minha basset, que está visivelmente triste. Harriet gosta de ver os donos felizes, Harriet gosta de harmonia. Harriet teve um mês difícil.

Eu a coloco embaixo do braço e a carrego até o andar de cima, dizendo que está tudo bem. Mas aquilo me soa vazio, porque eu não sou idiota, nem Harriet. Absolutamente nada está bem. Nem uma única coisa.

No topo das escadas, paro e olho para baixo. Não consigo ver muita coisa do andar principal — uma extensão de madeira escura, uma franja branca na borda de um tapete persa Bukhara vermelho-sangue, a cestinha Geoffrey Beene de Harriet ao lado da cadeira de antiquário que fica no corredor — mas aquilo me causa uma sensação de estranheza e impessoalidade. Não dou a mínima para nada daquilo, embora há apenas um mês eu considerasse a minha casa uma das minhas mais altas conquistas.

Coloco Harriet no chão e recuo até meu quarto. Mesma coisa ali: a cadeira de balanço de antiquário na frente da lareira, o edredom de penas cor de amora, as filas de livros antigos que tomam conta das estantes. As fotos emolduradas; a claraboia sobre a cama — tudo aquilo foi cuidadosamente escolhido, mas não significa nada.

Harriet senta-se no tapete em frente à lareira. Está obviamente preocupada. Eu me inclino e coço sua cabeça, murmurando sons reconfortantes. Cedendo um pouco, ela se deita, apoiando a cabeça nas patas da frente. Seus olhos, com aquelas sobrancelhas preocupadas engraçadas, continuam me seguindo.

Fecho as cortinas e acendo as luzes, uma por uma — o lustre do teto, a luminária de chão, os dois abajures de leitura, até os spots direcionados para o quadro de paisagem de inverno situado sobre a lareira. Então fico de pé na frente do espelho de corpo inteiro e me dispo.

Para todos os efeitos, tenho a impressão de estar olhando para uma estranha. Como pode alguém ser tão pouco familiarizada com sua própria pessoa? Quando foi a última vez que prestei atenção em mim mesma, ou em coisa alguma?

Com certeza o que vejo guarda pouca semelhança com aquela candidata de 18 anos a uma vaga nas Olimpíadas, de tanto tempo atrás. O que eu vejo é uma mulher à beira da meia-idade com uma cicatriz irregular de histerectomia. Ou seria aquilo uma cicatriz de cesariana? As duas coisas, acho; uma histerariana, uma cesariotomia. Corro o dedo de leve por ela, tracejando seu caminho pelo meu abdome. Então olho para meu rosto; um bom rosto, embora tenda à rigidez se eu não prestar atenção. Sardento, o que ajuda bastante a preservar a juventude. Eu me inclino na direção do espelho e aliso as rugas que sei que estão ali. É difícil vê-las, mesmo com todas as luzes acesas, mas conheço a localização de cada uma.

Lá estão as cicatrizes de minhas cirurgias de reconstrução, cuidadosamente escondidas nas dobras das minhas narinas, atrás das minhas orelhas e logo após a linha do couro cabeludo. Depois vêm as linhas de expressão que conquistei do modo convencional: as rugas finas nos cantos da boca; a única linha, minúscula mas presente, que separa meus olhos. É o rosto de uma mulher que já deixou a juventude para trás, mas que ainda não chegou à meia-idade; o rosto de uma mulher que deveria ter chegado aonde desejava.

Mas não. É o rosto de uma mulher sem emprego, sem marido e com uma casa que parece tudo, menos um lar. A única coisa que me resta é minha filha, e, se eu não fizer alguma coisa rápido, tenho a sensação de que vou perdê-la também.

4

Duas semanas depois, estamos em um avião para New Hampshire. A pobre Harriet foi banida para o compartimento de carga embaixo de nós, pois já não permitem que os animais viajem na cabine, sem exceções. A garota do *check-in* me garantiu que o lugar é aquecido e pressurizado, mas mesmo assim me preocupo com minha cadela covarde lá embaixo em sua caixa de transporte.

Não há dúvidas de como Eva se sente. Ela está afundada no assento ao lado da janela, com uma cara feia de gato chamuscado. Usa fones de ouvido para evitar qualquer conversa comigo e está com o nariz enfiado numa *Cosmopolitan*. Odeio que ela leia essas coisas — são praticamente pornográficas e torço para que ela não faça uso prático dos conselhos que lê ali — mas estou simplesmente cansada demais para discutir.

Minha mãe vem nos receber no aeroporto. Chega atrasada, portanto quando a avistamos já estamos seguindo para a saída com uma pilha alta de malas em um carrinho. Carrego outras duas penduradas nos ombros, além do meu laptop e da minha bolsa, e conduzo Harriet numa guia. Provavelmente não deve ser permitido que eu a deixe sair da caixa de transporte antes de deixarmos o aeroporto, mas não estou nem aí. O que eles vão fazer? Me expulsar?

Eva não carrega mais nada além de sua mochila e revista — não ofereceu ajuda e fingiu que não ouviu quando lhe pedi. É assim que minha mãe nos encontra, eu conduzindo a cachorrinha e lutando para manter as alças de quatro malas penduradas nos meus ombros caídos. E, além disso, tentando não atropelar ninguém com o carrinho, que é impossível de manobrar porque todas as rodas giram de modo independente.

Mutti franze a testa e me puxa pelos ombros até seus braços. Antes mesmo de fazermos contato, ela já começa a me empurrar de novo para longe. Em algum ponto entre uma coisa e outra, sua bochecha direita roça na minha. Depois de cinco anos, é isso o que eu recebo?

— Você está magra demais — declara ela, apanhando uma das malas do meu ombro esquerdo. Olha para Eva, que a encara de volta. — Eva, empurre o carrinho — ordena.

O rosto de Eva se endurece, e eu estremeço. Então minha filha vai para trás do carrinho e segura o guidom.

Mutti marcha na direção das portas automáticas com o equivalente humano de um trote alongado.

— Cadê papai? — pergunto, correndo alguns passos para acompanhá-la.

— Em casa. Ele estava cansado — responde sem olhar para trás.

Mutti nos leva até o carro, que na verdade não é carro, mas sim um furgão com um elevador hidráulico na lateral.

É o meu primeiro indício do ponto a que as coisas chegaram. A parte central do interior do furgão está reservada para uma cadeira de rodas, um espaço vazio com barras paralelas e braçadeiras para prender as rodas no chão. A lembrança doentia de ser a pessoa a quem tal espaço era reservado me invade, e o pânico se agita dentro de mim.

— Eva, quer ir na frente com a sua avó? — pergunto, abrindo a porta do lado do passageiro.

Em vez de responder, ela passa por mim e segue para trás, onde estará a salvo de qualquer conversa.

Prendemos os cintos de segurança em silêncio, e, enquanto Mutti manobra para sair do estacionamento, ninguém diz uma palavra. No começo, fico achando que ela está apenas com medo de perder a saída da via principal, mas assim que entramos na rodovia, percebo que não quer conversar.

Eu me viro para fitá-la. Ela está olhando para a frente e segura o volante com as mãos ossudas. Então olho de relance para Eva pelo espelho retrovisor. Ela voltou a colocar os fones de ouvido e olha pela janela, balançando a cabeça com raiva ao ritmo do Green Day.

— Como está papai? — pergunto, voltando a olhar para Mutti.

— Nada bem, Annemarie — responde ela. — Nada bem.

Viro o rosto para a janela para absorver aquilo, observando o sol brilhar entre as árvores.

Eu tinha me esquecido de como o terreno é diferente aqui. Em Minnesota, tudo é plano e amplo. Aqui, a estrada faz curvas por vales e riachos antes de subitamente cruzar a encosta íngreme de um morro. As árvores chegam até o início da estrada, interrompidas apenas por leitos de rocha salientes e uma ou outra clareira aberta para alguma construção castigada pelas intempéries. Essas estruturas são compridas e achatadas, a maioria de madeira, e se espalham com puxadinhos construídos de forma aleatória. Vejo um anúncio de munição pintado à mão e me inclino para a frente para acompanhá-lo com os olhos.

Passamos por um outdoor, o primeiro que vi até então: USE FRALDAS PAMPERS PARA TER UM BEBÊ FELIZ E SEQUINHO.

Minha nossa. Pelo amor de Deus, gente. Definam o sexo da criança.

Respiro fundo.

— Há quanto tempo papai está de cadeira de rodas?

— Oito semanas — responde Mutti.

— Ele está muito mal?

Mutti fica em silêncio, tempo bastante para eu dar as costas à paisagem e estudar seu perfil. Ela parece mais magra, cansada. Menor.

— Ele ainda conserva algum movimento nos braços — informa ela por fim.

Fico indignada com aquelas palavras e percebo que não tenho a menor ideia do que vou encontrar em casa.

Seguimos pelo resto do trajeto em silêncio, mesmo quando atravessamos os portões de nossa fazenda — ou melhor, da Academia de Hipismo Maple Brook, como meu pai insistia em chamá-la.

Ela me parece exatamente igual a quando parti. A cerca de madeira, que rodeia todo o perímetro do terreno e as laterais da longa trilha que leva à casa, é de um branco imaculado, assim como o estábulo e o picadeiro anexado. Os pastos e as campinas estão tão bem-conservados quanto um campo de golfe, e as duas dúzias de cavalos que pastam por ali são esguios e manchados.

A trilha faz uma curva depois da casa branca, por entre os pastos, e termina no estábulo. Há carros no estacionamento, e ao ver isso a esperança cresce dentro de mim como um broto rompendo o solo. Uma esperança tímida, cautelosa. Se papai ainda é capaz de dar aulas, as coisas não podem estar tão ruins assim. Pode ser que ele esteja numa cadeira de rodas, mas a vida ainda conserva certa normalidade.

Mutti estaciona atrás da casa. A única dica de que algo mudou é a rampa que conduz até a varanda dos fundos. Talvez fosse a mesma que eles montaram para mim, mas não pergunto. Já estou passando mal.

— Esse carro é novo? — pergunto para Mutti enquanto ela estaciona ao lado de um Passat azul.

— Não. É de Brian. — Ela desafivela o cinto de segurança e abre a porta. Atrás de mim, a porta de correr crepita ao passar pelos trilhos.

— Brian?

— O enfermeiro. — Mutti desaparece, e fico ali parada olhando seu assento vazio.

Confusa, saio desajeitada do furgão. Coloco Harriet no chão e, então, acabo prendendo o cinto de segurança ao fechar a porta.

— Mas eu achei que... — falo, abrindo a porta e tentando fechá-la de novo: — É que parece ter gente dando aula.

— Temos um novo treinador.

Mutti luta para retirar as malas dos fundos do furgão e as coloca sobre o chão de cascalho. Eva fica fazendo hora atrás dela, olhando para as árvores atrás do estábulo.

Fico parada onde estou, observando Mutti e esperando que ela olhe para mim. Preciso que ela olhe, preciso que transmita alguma espécie de conhecimento ou compreensão, ou mesmo consolo, porém ela se recusa. Está tentando dar um jeito de carregar o máximo de malas possível, empilhando-as sobre seu corpo minúsculo e ágil como um burro de carga. Então ela entrega uma mala para Eva e abre caminho até a casa.

Eu sigo atrás com o resto das malas e Harriet, que luta contra a guia vermelha de náilon.

A porta dos fundos leva até a cozinha. Quando chego, Eva e Mutti já sumiram de vista.

Um homem — Brian, suponho eu — está lendo uma revista sentado à mesa. É grande e flácido, com mãos de aparência macia e uma careca crescente rodeada de cabelo castanho curto.

— Oi — cumprimento, olhando ao redor. Uma babá eletrônica no balcão chama minha atenção. Uma luz vermelha pisca na tela, aparentemente devido à estática aleatória.

— Oi — diz Brian, mal levantando os olhos da revista.

— Meu pai está aqui?

— Ele está dormindo. Está cansado — responde Brian. Desta vez ele presta atenção, olhando primeiro para mim e depois para Harriet, como se ela fosse alguma espécie de roedor.

Eu o desprezo na mesma hora, e não é só por causa de Harriet. Qualquer homem decente teria se oferecido para ajudar Mutti com as malas.

Vou até o corredor. Quando passo em frente à sala de jantar, vejo portas de vidro no que antes eram apenas vãos livres. As portas têm cortinas. Há um trilho de metal no teto e paro um instante, seguindo seu percurso com os olhos. Então sigo até as escadas.

Eva e minha mãe estão no quarto principal, paradas ao lado da pilha de malas. O cômodo conserva a mesma aparência há trinta anos, exceto pela presença de abajures diferentes e a ausência dos porta-retratos.

Eva parece estar olhando pela janela, mas tenho para mim que está apenas evitando contato visual. Seus braços estão cruzados e os pés firmemente plantados no chão. Os dedos dos pés apontam de leve para dentro e suas costas estão tão arqueadas que sua barriga se projeta para fora de um jeito que me lembra a de uma criança pequena ou a de uma grávida. Ela ficaria horrorizada se soubesse disso; poderia até desistir dos jeans de cintura baixa que viraram uma espécie de uniforme para ela. Seria uma vitória fácil, mas baixa: embora eu odeie o fato de ela estar sempre de barriga de fora, não vou magoá-la de propósito.

— Bem, qual dessas é a sua, Eva? — indaga Mutti. Ela se inclina e confere as etiquetas nas malas. Provavelmente todas trazem o nome de Roger, algo que ainda pretendo corrigir. É provável que eu não consiga obliterá-lo completamente da minha vida, mas com certeza posso tentar.

— Estas aqui. — Eva aponta primeiro para uma e depois para outra, depois espera, aguardando que Mutti as apanhe.

— Certo — diz Mutti, endireitando o corpo. — Leve as duas para o quarto em frente. Você vai ficar no antigo quarto da sua mãe.

Eva olha para ela de cara feia e, mais uma vez, eu estremeço. Mas aí seus olhos ficam sem expressão: a mandíbula relaxa e suas sobrancelhas finas, depiladas em forma de arcos, assumem um ar de tédio. Ela enfia os braços pelas tiras da mochila de vinil cor-de-rosa e então faz uma grande cena do ato de arrastar as malas para fora dali. Harriet sai trotando atrás dela, enquanto Mutti observa quieta, com as mãos nos quadris. Quando a porta do quarto em frente se fecha, ela se vira para mim.

— Pelo visto, você anda tendo trabalho com essa aí.

— É aqui que você quer que eu durma? — pergunto.

— Sim. — Ela vai até a cama e remexe desnecessariamente nos lençóis. — Seu pai e eu estamos dormindo lá embaixo agora, portanto não há motivo para você não ficar com o quarto maior.

— Você vai construir mais um quarto no andar de baixo?

— Não — responde ela, afofando um travesseiro e em seguida alisando-o ruidosamente com a palma das mãos. — Não há tempo para isso.

Assinto enquanto um nó se forma no fundo da minha garganta.

Não sei por que eu achei que me sentiria melhor quando chegássemos. Na verdade, agora que estou aqui, não tenho a menor ideia do que fazer da minha vida.

Fico deitada na cama por menos de um minuto, depois me levanto de novo para caminhar de um lado para o outro. Há inquietação na minha alma, uma perturbação que corre até o centro do meu ser. Fui idiota de achar que vir até aqui mudaria isso. Não sei o que passou pela minha cabeça.

Certo, então isso me afasta da situação do meu casamento defunto. Mas e daí? Isso não muda o que aconteceu. Não significa que não vou mais precisar enfrentar um divórcio. Quanto à Eva... ela não disse nem uma palavra civilizada desde que lhe contei que viríamos para New Hampshire. Para ela, eu destruí sua vida.

Abro algumas gavetas para ver se estão vazias. Estão, claro, porque Mutti é a organização em pessoa. Eu as fecho de novo sem colocar nada ali dentro.

Só para fazer alguma coisa, empurro de leve a cômoda. Fico surpresa com a facilidade com que ela se move, mas então eu me lembro que as gavetas estão vazias. Limpo a poeira das minhas mãos, depois as apoio em um dos lados do móvel e o empurro até o meio do quarto. Isso deixa para trás um retângulo de pó, a delimitação evidente do antigo local da cômoda. Sinto uma presunção nada bondosa ao descobrir isso, mas no instante seguinte já fico envergonhada.

Vou até o canto da cama. Ela é pesada, de carvalho, uma cama de dossel antiga. Empurro um dos postes sem muita força. A cama cede um pouco, mas é resoluta. Eu não deixarei que uma cama me derrote, portanto me espremo entre a cabeceira e a parede, apoio um pé na parede atrás de mim e empurro com toda a força do meu ser.

A velha cabeceira se inclina para a frente como se fosse se quebrar, mas continuo empurrando, até que a armação finalmente se move com um estremecimento e um guincho. Vai devagar no início, mas, quando entra em movimento, continuo empurrando até ela deslizar ao longo da parede onde antes ficava a cômoda. É como se depois de se despedir de má vontade do local que ocupou durante as últimas três décadas, a cama finalmente decidisse que não se incomoda em mudar de lugar.

Empurro a antiga cômoda alta do meu pai até o local agora deixado pela cama e depois empurro a outra cômoda, a comprida, até o espaço que antes era ocupado pela alta. Então coloco uma mesinha com bordas recortadas ao lado da janela. A proximidade da janela é mera coincidência, pois o ponto principal é fazer a mesa ficar perto da tomada do telefone, para que eu possa colocar ali meu laptop.

Hesito antes de conectar à linha discada, pois talvez minha mãe esteja esperando algum telefonema, mas decido ir em frente mesmo assim. Esqueço, porém, de abaixar o volume: meu servidor de internet anuncia "Boa tarde, Annemarie" com sua enfastiante vozinha falsa feminina e seu tom que finge ser carinhoso, e, imediatamente, a breve vitória que senti ao derrotar a mobília se vê substituída pela irritação.

Há alguns e-mails de Roger, que não leio, um do serviço de recolocação profissional que minha antiga empresa aparentemente decidiu que eu precisaria, e outro da minha advogada, com mais uma proposta de acordo de divórcio. Enojada, desconecto o computador da internet.

Lá embaixo, Mutti está descascando batatas na pia. Olha por cima do ombro quando eu entro na cozinha, depois volta a se concentrar em sua tarefa. Harriet está deitada embaixo da mesa, uma salsicha com pernas. Brian não está por perto.

— O que estava acontecendo lá em cima? Parecia que você estava movendo os móveis de lugar.

— E estava mesmo.

— Qual o problema com a maneira como o quarto estava arrumado? — pergunta ela.

— Eu queria ver o estábulo da cama. Além disso, o fio do telefone não chegava até a mesa — respondo. Tudo isso é verdade, mas não é o motivo pelo qual rearrumei o quarto. Não sei por que eu rearrumei o quarto.

— O que havia de errado com o lugar onde estava o telefone? — insiste minha mãe.

— Preciso que ele alcance o computador.

— Ah. — Ela descasca outra batata em silêncio. — Vocês já estão acomodadas?

— Na verdade, não. Ainda preciso desfazer as malas.

— Sente-se. Vou fazer um café — diz ela. Com seu sotaque austríaco, aquilo parece menos uma oferta do que uma ordem.

— Não precisa. — O que eu realmente gostaria é de tomar um drinque, mas ela vai achar que está cedo demais para isso. Eu poderia simplesmente tomar um, mas ainda não estou a fim de enfrentar o primeiro round com Mutti.

Vou até a pia.

— Posso ajudar com alguma coisa? — pergunto, espiando o que ela está fazendo.

— Você pode ajudar a trazer os cavalos para dentro — diz ela. Enxágua o descascador de legumes e o coloca sobre o balcão. — Dois funcionários ligaram dizendo que estão doentes.

— Claro. Pode deixar — falo, surpresa com meu alívio por ter uma desculpa para sair da casa. — Papai ainda está deitado?

— Já está se levantando — responde ela. Tira uma grande panela de sopa de debaixo do balcão e a coloca sobre a mesa.

— E ele consegue fazer isso?

— Brian está ajudando — responde ela, enchendo a panela de água.

— Ah — falo. — Claro.

Então fecho os olhos, porque estou começando a entender as coisas.

Ao passar pela sala de jantar, ouço o rangido de uma manivela. Um estremecimento involuntário atravessa meu corpo. Saio apressada e subo as escadas, esfregando meus braços para que os pelos deixem de ficar arrepiados.

Fico parada diante da porta do quarto de Eva por um instante, juntando coragem.

— Eva, meu amor — digo, batendo à porta com educação.

Silêncio.

Bato de novo.

— Eva — digo, com a boca perto da fresta. — Posso entrar?

Vem uma resposta abafada.

— Não estou ouvindo, querida. Posso entrar?

— *Eu disse:* não ligo.

Abro a porta. Ela está sentada na beirada da cama, encurvada e triste, com a mochila aos pés. Seu rosto está úmido de lágrimas recentes e, quando ela me vê, funga com raiva.

Eu me sento ao seu lado na cama, mas o colchão é mole demais e por isso acabo ficando mais perto dela do que era minha intenção inicial. Meu ombro roça o de Eva, que então se encolhe, afastando-se de mim.

— E aí, o que achou do seu quarto? — quero saber.

Ela dá de ombros.

— Dá para ver os pastos da janela — continuo. — É bonito, quando os cavalos estão lá fora.

Silêncio.

— Daqui a pouco vou trazê-los para dentro. Quer me ajudar?

— Não — responde ela, furiosa, virando-se para me encarar. — Quero ir para casa.

— Eu sei, querida. Mas Oma e Opa precisam da gente.

— Por quanto tempo?

— Não sei — respondo. Gostaria de abraçá-la. Sei o quanto isso tudo é duro para ela.

— Opa está morrendo?

Hesito por um instante apenas.

— Sim, meu amor. Acho que sim.

Ela não se afeta:

— A gente vai voltar para casa depois, né?

Fecho os olhos numa reação repentina e visceral ao seu egoísmo.

— Talvez — respondo com cautela. — Não sei direito ainda.

— Bom, você pode não voltar, mas eu vou — diz ela. — Vou sair de casa assim que fizer 16 anos.

Faço que sim com a cabeça devagar, enchendo as bochechas de ar. E então, por não haver mais nada a dizer, dou um tapinha nos meus joelhos para dar ênfase e saio do quarto.

Dois minutos depois, estou seguindo na direção da trilha da entrada. Em ambos os lados, os cavalos começam a se reunir perto dos portões dos pastos, andando ao acaso na expectativa de receberem a ração da noite.

O estábulo fica no fim da trilha e assoma como Notre Dame. É enorme, com base de pedra e topo de madeira caiada. Tem formato cruciforme, tal como a catedral, com a diferença de que possui um picadeiro de tamanho olímpico na extremidade onde deveria estar o altar. Parece deserto, embora eu saiba pelo estacionamento que não está.

Há dois picadeiros externos atrás do estábulo, um com obstáculos para saltos e o outro sem. Atrás deles estão as colinas arborizadas que acompanham todo o perímetro da propriedade. No outono, as colinas ficam espetaculares — ardem em tons de vermelho, laranja e amarelo —, mas, no momento, as árvores reunidas ali exibem apenas a promessa da primavera em seus galhos.

Saí há apenas cinco minutos, mas meus dedos e meu nariz já estão enregelados. Eu devia ter colocado o casaco, mas o deixei na cozinha e, quando fui apanhá-lo, vi de relance pela porta a cadeira de rodas eletrônica do meu pai, portanto, voltei atrás e escapei pela porta da frente.

Ao me aproximar da entrada do estábulo, vejo um dos funcionários arrastando uma cabeçada no chão. Ele não me cumprimenta, e eu não o cumprimento.

A parte principal do edifício contém duas alas de baias, separadas por um corredor escuro e estreito repleto de caixas para cabeçadas, estantes para selas e rédeas penduradas em ganchos. Os transeptos, os braços da cruz, contêm baias ligeiramente menores que são basicamente reservadas aos cavalos da escola. Estes tendem a sentir mais calor no verão porque o teto é mais baixo. Há uma hierarquia definida: o aluguel das baias menores custa menos, mas todas elas têm janelas. Por um valor um pouco mais alto, é possível alugar uma das baias maiores na área principal do estábulo. E, por um valor um pouco mais alto ainda, pode-se alugar uma baia maior com janela. As baias principais, as mais caras, ficam bem no meio da cruz. Têm janelas nas paredes externas e ficam de frente para os boxes para lavagem dos cavalos e o picadeiro coberto, o que fornece bastante entretenimento para um cavalo cativo.

A maioria das baias está vazia, mas passo por algumas cujos ocupantes nunca saem. São os cavalos de exibição, os pensionistas cujos donos têm a intenção de se sair bem nas feiras de exposição de raça, e a perfeição de suas pelagens é indício de seu isolamento. Até mesmo a possibilidade de receberem uma mordida ou chute ou darem uma bela rolada na lama lhes foi arrancada.

Passo pela antiga baia de Harry, ou melhor, eu me vejo diante dela e me sinto incapaz de seguir adiante. Não virei a cabeça ainda, continuo olhando para a ala que leva até o picadeiro, mas consigo sentir a presença de Harry ali. É grande e volumosa, uma nuvem de eletricidade que gira e me arrasta em sua direção como um redemoinho.

Quando eu finalmente viro a cabeça, vejo que a baia agora está ocupada por um cavalo Andaluz tordilho. ATENÇÃO!, diz uma placa presa à porta da baia. GARANHÃO! NÃO TIRÁ-LO DAQUI!

Ele me olha curioso com olhos negros brilhantes e enfia seu focinho de pelagem preta pelo espaço acima do balde de ração. Seu topete é ondulado e impressionantemente comprido.

Levanto a mão como se fosse acariciar seu queixo, mas a deixo cair de novo antes de tocá-lo. Ele aguarda um instante para ver se eu vou mudar de ideia e depois fica entediado. Resfolega e balança a cabeça na direção da sua rede com feno. Sigo meu caminho.

Quando chego mais perto do picadeiro, ouço uma voz pelo alto-falante.

— Olha, você precisa encontrar um jeito de fazer com que ele ande a galope médio sem pressioná-lo com o olhar... Ele sabe como fazer isso; agora faça com que ele execute para você... Vamos lá, ele está com preguiça, só isso...

Detecto um sotaque francês e fico perplexa. Meu pai jamais contrataria um instrutor francês. Meu pai acredita no adestramento alemão quase como uma religião: precisão em todas as coisas, treinamento controlado, repetição até atingir a perfeição. Seis passos em cada quarto do círculo de 20 metros, oito passos numa pirueta completa a galope médio; nem mais, nem menos.

Mas aquilo é, sem dúvida, um sotaque francês, e, para ser mais exata, o que está sendo ensinado lá fora é o adestramento francês. Saio pela porta, entro no saguão e me sento em frente à janela que dá para o picadeiro.

Há vários pais assistindo à aula, esperando que ela termine. Eles se viram ao mesmo tempo para me olhar, mas ninguém me cumprimenta, o que me deixa grata. Olho de relance para as paredes, repletas de fotos emolduradas de mim, depois me levanto de novo. Eu me sento atrás, tentando ficar invisível.

Há seis cavalos alinhados na extremidade dos fundos do picadeiro e seus cavaleiros estão de pé ao lado das suas cabeças. Há outro cavalo no centro, sendo conduzido por uma aluna sob a observação do instrutor.

O cavalo é um baio escuro castrado e alto que parece um puro-sangue inglês, embora talvez tenha alguma mistura também. Usa rédeas duplas que estão torcidas e enroladas ao redor do pescoço, com a cabeçada presa por uma cisgola. Uma guia corre pelo aro do bridão até a fivela mais distante da barrigueira, e ele anda a galope médio num círculo relaxado ao redor da aluna, que segura a guia em uma das mãos e um chicote comprido na outra.

— Ok, agora levante a sua rédea lateral — ordena o instrutor. Ele está parado de costas para a janela, de frente para a aluna e seu cavalo. O cabelo dele é castanho-claro, longo e grosso, preso em um rabo de cavalo. Claramente, não é alto, mas como meu pai, compensa o fato com um corpo atlético. Ele dá três passos para trás e um para o lado, mas ainda não consigo ver seu rosto.

A aluna puxa a guia três vezes com gentileza e o cavalo desacelera para um trote. Ela traz o animal para perto de si, reunindo a guia em voltas, uma depois da outra, até que o cavalo finalmente para e se vira para encará-la, de cabeça erguida e narinas infladas. A aluna diz alguma coisa ao instrutor, mas não consigo ouvir. Somente ele tem um microfone.

— Não existem perguntas bobas — diz ele. — Respostas bobas, talvez.

Estou começando a gostar desse cara.

A aluna fica remexendo a rédea lateral entre as mãos, desprendendo-a da sela e prendendo-a ao bridão. O cavalo imediatamente arqueia o pescoço.

— Viu só? — indaga o instrutor, recuando para que a aluna comece a guiar o cavalo de novo. — Ele sabia o tempo todo o que fazer. Sabe como posicionar a cabeça. Você precisa fazer com que ele repita isso quando você estiver montada, fazer com que ele lembre onde deve colocar a cabeça. Agora o trote, quando você estiver pronta. Trote, por favor.

O cavalo começa a trotar num círculo que vai se alargando ao redor da garota, e ela solta as voltas da guia para dar espaço à distância que começa a se ampliar.

— Muito bem — elogia o instrutor. — Ótimo. Deixe o cavalo desfrutar do que está fazendo e lhe dar o que você quer. Agora o galope médio, quando você quiser. Círculo menor, círculo menor. Mantenha o galope médio, galope médio, galope médio... ótimo. Agora, círculo maior, trote. Certo, viu isso? A rédea lateral está meio comprida. Dá para ver na transição que o cavalo levantou o focinho.

A garota para o cavalo de novo para ajustar a rédea lateral, e o instrutor vem e assume o trabalho, gesticulando para ela se afastar. Vejo seu rosto agora, primeiro de perfil, depois de frente, quando ele se aproxima pelo outro lado para retirar a rédea lateral. Ele tem traços fortes e regulares e um bigode comprido, detalhe que eu não estava esperando.

O instrutor desamarra a longa guia e pede à aluna que lhe entregue um chicote de adestramento. Ela retira um da lateral do gradil, depois espera enquanto ele arruma as rédeas do cavalo. Quando ele apanha o chicote, ela se afasta.

Ele fica bem na frente da espádua esquerda do cavalo, segurando a rédea interior perto da embocadura e a rédea exterior, que cruza a cernelha do cavalo alto, com a mesma mão que o chicote. Olha para um ponto qualquer na caixa torácica do cavalo e estala a língua. O cavalo balança a cauda e agita a cabeça. O homem estala a língua de novo e toca a ponta do chicote no flanco do animal. Sem perda de tempo, o cavalo dá um coice de lado.

Prendo a respiração. Meu pai jamais permitiria uma coisa dessas, mas esse homem parece não se alterar. Não exibe nenhuma reação. Simplesmente continua encarando o mesmo ponto do corpo do cavalo e estala a língua baixinho. O cavalo dá outro coice.

Desta vez, o homem para e se aproxima da cabeça do animal. Fica imóvel ao lado dele por um momento, depois coloca a mão sobre sua testa. O cavalo a empurra, levantando a focinheira para o alto — uma, duas, três vezes —, depois abaixa a cabeça devagar.

Agora, quando o homem fica ao lado de sua espádua, o cavalo começa a dançar, movendo-se de lado ao redor do homem como se ele fosse uma coluna. O movimento do cavalo é fluido e contido, suas pernas dianteiras e traseiras se cruzam a cada passada.

Meu Deus. Eu nem quero piscar, com medo de perder alguma coisa.

— Você precisa fazer bastante trabalho de solo com esse garoto aqui — afirma o instrutor, olhando de novo para a aluna. — O garotão não gosta, diz "preciso mesmo fazer isso?". E a resposta é sim, mas só quando ele quiser. A sua tarefa é fazer com que ele queira.

Parece que ele está se preparando para devolver o cavalo à aluna. Vou até a porta, mas quando chego olho para trás uma última vez.

O instrutor montou o cavalo e o animal tomou forma embaixo dele. Suas costas estão erguidas, suas ancas voltadas para a frente, o pescoço arqueado — ele está perfeitamente equilibrado e encaixado, embora as rédeas que saem da cabeçada estejam tão leves que quase pendem. Observo, enlevada, ele conduzir o cavalo por um *piaffe* — um trote perfeitamente cadenciado sem sair do lugar — e depois passar para uma *passage* elevada e prolongada, tudo sem fazer nenhum movimento perceptível com as mãos ou as pernas. *Descente de main, et descente de jambe.* Ele está se exibindo, sim; mas por que não?

Homem e cavalo se movimentam numa união sibarítica agora, flutuando à vontade manobra após manobra: pirueta completa em galope médio seguida de apoio lateral com mudança de pé a galope, e depois, de forma impossível (e brilhante), uma cabriola. O cavalo salta e paira no ar, como se estivesse suspenso. No ápice de seu voo, lança as pernas traseiras para trás.

Fico parada onde estou. A aluna olha para aquilo como se estivesse vendo Deus.

— Você precisa colocá-lo no ritmo; espádua para dentro, espádua para dentro e de novo espádua para dentro — ensina o instrutor, como se não houvesse acontecido nada demais. — Viu? Ele só finge — continua, demonstrando o que diz com perfeição. — Diz "não consigo fazer isso, não consigo fazer isso", mas consegue. Só não gosta.

Ele para o cavalo e sorri alegremente para a aluna. Depois, com elegância, passa a perna direita sobre a sela e desaparece de vista.

Olho para o relógio. Faltam cinco minutos para bater uma hora cheia, ou seja, a aula chegou ao fim. E, me sentindo subitamente tímida, saio de fininho para reunir os cavalos.

— Ah, aí está você — diz Mutti quando entro pela porta dos fundos. Ela anda apressada pela cozinha, reunindo talheres e guardanapos. — Está quase na hora do jantar. Pode ir chamar Eva?

Obedeço, e ela aparece, silenciosa e carrancuda. Juntas entramos no gabinete, que agora abriga a mesa de jantar. Mesmo sem a mobília costumeira dali, o lugar fica apertado.

Papai está sentado à cabeceira, e, ao vê-lo, perco o ar. Ele nunca foi um homem grande — começou a carreira como jóquei —, mas tem ombros largos e sempre foi musculoso o bastante para impor uma presença física e tanto apesar da pouca altura. Agora seus braços e pernas estão flácidos, ou pelo menos seus braços estão (não consigo ver as pernas, pois estão escondidas embaixo da mesa). Uma correia presa ao seu peito o mantém sentado ereto na cadeira de rodas, sua pele tem um tom amarelado e dá para ver seu crânio sob o rosto. Ele parece minúsculo, como um passarinho.

— Papai — digo.

Apesar dos meus maiores esforços, minha voz treme. Eu me obrigo a andar até ele, esperando que meu rosto não denuncie o que estou sentindo. Eu me inclino para abraçar meu pai, hesitando um momento para pensar como fazer isso. No fim, enlaço seus ombros angulosos e pressiono o rosto contra o dele. Sua pele é fria e flácida, sua clavícula, proeminente.

— Que bom ver você, Annemarie — diz papai. Sua voz está mais arrastada e rouca do que antes. Ouço o esforço que ele faz para falar isso, tanto para respirar quanto para articular as palavras. Esse som faz os músculos da minha garganta se contraírem.

Quando aprumo o corpo, estrelas miúdas explodem em meu campo de visão periférica. Fecho os olhos, esperando o sangue voltar.

— Eva, venha cumprimentar seu Opa — chamo.

Ela fica onde está, de olhos arregalados, o lábio tremendo. De repente, minha vontade é que estivéssemos sozinhas no quarto, para podermos expressar o horror e a tristeza que estamos tentando ao máximo esconder, lamentar a morte deste homem ainda vivo sem fazer com que ele se entristeça. Mas é besteira achar que ele não percebe o que está acontecendo. Papai sempre sabe o que está acontecendo.

— Tudo bem, Annemarie — ameniza papai. — Deixe a menina em paz.

Mutti entra com um prato numa das mãos e uma tigela na outra. Entro em ação e retiro ambos de suas mãos.

— Aqui, deixe eu ajudar você — me ofereço, colocando a louça sobre a mesa. — É só isso?

— Não — responde ela. — Tem ainda a salada, o pão e o vinho.

— Eva, você me ajuda? — Antes mesmo de eu terminar a frase, ela já está me seguindo para fora da sala.

Quando chegamos à cozinha, eu a abraço. Eva cruza os braços atrás das minhas costas e se inclina sobre mim, chorando baixinho. É um som animal que sobe pela garganta dela. Fico chocada, quase aterrorizada, com aquele contato, pois não consigo me lembrar da última vez em que ela tolerou receber um abraço meu.

— Ah, meu amor — murmuro, afagando a sua nuca. — Ah, querida. Shh, quietinha agora, senão ele vai escutar.

Ficamos assim por vários minutos, até que ela se afasta, enxugando os olhos. Se os meus estiverem tão vermelhos quanto os dela, não temos a menor chance de esconder o que fizemos ali. Mas eles já sabem, claro. Eles sabem.

Reunimos o resto da comida em silêncio e depois voltamos ao gabinete.

É então que percebo o lugar extra à mesa.

— Estamos esperando mais alguém? — pergunto.

— Jean-Claude costuma jantar conosco, mas ligou há alguns minutos. Não poderá vir esta noite.

— Jean-Claude?

— O instrutor.

— Ele mora aqui? — Percebo, tarde demais, que existe um tom de afronta em minha voz.

— Está morando no apartamento em cima do estábulo — explica papai. — Ele precisava se mudar para cá por causa do trabalho, por isso pareceu lógico oferecer o apartamento.

Olho para ele quando começa a falar, mas depois giro instintivamente. Em seguida me sinto péssima, mas agora não consigo mais me virar para encará-lo. Não conseguiria dar uma mancada maior que essa nem que eu tentasse.

Mutti apanha um prato e o estende para Eva, que o espia, mas não tira as mãos do colo.

— Não como carne — declara ela.

— Claro que come — insiste Mutti, ainda cutucando-a com o prato. — Tome.

— Não, é sério. Sou vegetariana.

— Que besteira é essa? — indaga Mutti. — Uma menina em fase de crescimento como você precisa de proteína.

— Obtenho proteína de outras fontes — diz Eva com firmeza, mas também com educação, ainda se recusando a tocar o prato.

— Besteira — minimiza Mutti. Ela espeta com um garfo uma costeleta de vitela e a coloca no prato de Eva, cujo rosto fica sombrio.

Eu interfiro.

— Na verdade, nós apoiamos a decisão de Eva de não comer carne.

— *Nós*? — questiona Mutti, me olhando com uma sobrancelha arqueada.

— *Eu* apoio Eva — corrijo em voz alta. — E se ela não quer comer carne, não precisa comer. Aqui, querida. Eu troco com você.

Passo meu prato para Eva, que, então, me entrega o dela, segurando-o pela borda para indicar seu nojo.

— Que maluquice essas ideias dos jovens de hoje — murmura minha mãe, para si mesma. — Acho que a próxima coisa que vocês vão me dizer é que não devemos usar couro, ou que devemos libertar todos os ratos de laboratório. Talvez nem mesmo andar a cavalo.

— É claro que eu acho errada a vivissecção — começa a dizer Eva, ficando da cor de uma beterraba. — É monstruoso. Maligno.

— Vivi o quê? — pergunta Mutti.

Meu bom Deus. Essa mulher não faz ideia de onde está se metendo.

— Eva tem direito de ter as próprias opiniões, assim como vocês têm o direito de ter as suas — afirmo em voz alta.

Mutti se vira para mim, e, justamente quando sinto que a ira divina está prestes a desabar, o telefone toca. Ela me encara por mais um instante e depois sai da sala.

— Aqui, Eva — digo, estendendo-lhe a tigela de batatas.

— Dê salada a ela também — diz papai. — E pão. Para colocar um pouco de sustância nela. Ou de pão, sei lá.

Olho para ele e vejo que os cantos da boca se arquearam numa careta horrorosa. Ele está tentando sorrir.

— Obrigada, papai — agradeço, torcendo para não desabar em lágrimas. Olho para meu colo, piscando como louca.

— E então, o que achou de nosso novo instrutor?

Toco com os dedos os cantos dos meus olhos — de alguma forma parece que se eu contiver minhas lágrimas com os dedos em vez de usar o guardanapo, não ficará tão evidente que estou chorando.

— Ah — fungo. — Acho que ele é muito bom. Eu o observei um tempinho esta tarde. Ele cavalgou um dos cavalos dos pensionistas.

— Ele é francês, sabia?

— Percebi sim, pai.

— Sua mãe o contratou.

— Bem, isso explica tudo — comento, tentando rir. — Há quanto tempo ele está aqui?

— Há uns dois meses — responde papai. Ele tenta apanhar o guardanapo com uma mão flácida e o levanta da mesa com grande esforço. O movimento parece começar no ombro e envolver todo o braço.

— Você gosta dele? — indago, observando o progresso do guardanapo. Não consigo decidir se o ajudo ou se finjo que não percebi nada. Esse novo terreno é cheio de minas terrestres.

— Ele não é ruim — responde papai, finalmente limpando os cantos da boca com o guardanapo. — Só que mima os cavalos. Com toda essa história New Age.

— Então por que o contratou?

Seus ombros dão um espasmo. Fico na dúvida se ele está sentindo dor, mas então percebo que ele está tentando dar de ombros.

— Sua mãe gostou dele. E é ela quem vai ter de aguentá-lo.

O vinho ainda não foi aberto, portanto tomo a liberdade de fazer isso. Estou justamente voltando a me sentar quando Mutti retorna.

— Quem era? — pergunta papai.

Mutti olha de esguelha para as taças, depois se senta ao lado de papai.

— Dan.

Levanto o olhar depressa. Ela está me encarando, toda satisfeita.

Não. Ela não pode ter feito isso.

— Não é Dan Garibaldi, é? — protesto, mordendo a isca antes de conseguir me conter.

— Sim, Dan Garibaldi.

— Por que ele ligou?

— E por que não deveria ligar? É nosso veterinário.

Franzo a testa. Eu pensei que Dan havia ligado porque Mutti lhe dissera que eu estava de volta, mas descobrir que ele e meus pais têm um relacionamento completamente independente de mim... bem, de certa maneira eu não estava preparada para isso.

— Não sabia — falo, derrotada.

— Não mesmo; como poderia saber?

— Basta, Ursula — intervém papai.

Ele agita uma das mãos irritado, mas em vez de colocá-la de novo sobre o apoio da cadeira, estende-a para apanhar a colher. Eu ainda não tinha notado, mas este era o único item à sua frente além do prato. Ele envolve a colher com os dedos, penosamente, depois para, reunindo forças. Cada um dos movimentos envolvidos em levar um único punhado de comida à boca é um esforço para ele. Não consigo assistir aquilo.

Quando ele termina, Mutti leva o vinho até sua boca. Ele dá um gole, e ela pousa a taça de novo sem deixar cair nem uma única gota. Durante todo esse processo, nenhum deles olha para o outro ou para a taça, tão sincronizados são seus movimentos.

— E então, por que ele ligou? — pergunta papai.

— Comprou um cavalo num leilão e quer que você o veja. Você também, Annemarie.

— Então você *realmente* contou a ele que estou aqui.

— Claro que contei. Afinal, você está aqui. Isso devia ser segredo, por acaso?

Quando percebo que a mandíbula dela está contraída, regrido à velocidade da luz. Aqueles movimentos minúsculos, aquelas mudanças sutis — um simples enrijecimento dos lábios, uma projeção quase imperceptível do queixo — fazem minha maturidade cair por terra como a casca de uma árvore. Quase digo alguma coisa mal-educada, mas então percebo que Eva está me observando, esperando para ver o que vou fazer. Ela afundou de novo na cadeira e remexe a salada sem vontade, mas por baixo do seu tédio fingido noto que está interessadíssima.

— Claro que não — respondo. — Não dou a mínima para quem sabe que estou aqui. E afinal, que leilão é esse?

— Dan administra um centro de resgate de cavalos. Eles vão para as fazendas de confinamento todos os anos e salvam o máximo possível de potros, depois encontram quem os adote.

Eu devia ficar impressionada, mas em vez disso fico cada vez mais rabugenta. É como se Mutti estivesse exibindo Dan, segurando-o firmemente entre o polegar e o indicador de cada mão como se fosse um recorte de papel. Apresentação A: Dan, o veterinário. Dan, o santo padroeiro dos cavalos. E você, Annemarie? *Hmm?* O que tem a dizer em seu favor?

Eu como em silêncio, mantendo os olhos fixos no meu prato, mas duvido muito que Mutti deixe as coisas assim.

E estou certa. Um minuto depois ela pergunta:

— Você não está curiosa?

— Sobre o quê?

— Se ele se casou ou não? Sobre o que andou fazendo nos últimos dezenove anos?

Bato o garfo com força no prato e olho para ela, inclinando a cabeça de lado.

— Certo, Mutti — reajo, cruzando os braços. — Ele se casou? Conte para mim, o que ele andou fazendo nos últimos dezenove anos?

Ela me olha de modo incisivo, quero dizer, incisivo mesmo, como se ela, de algum jeito, houvesse conseguido fazer seu nariz e seu queixo ficarem ainda mais incisivos que o normal — e vira a cabeça para o lado com desgosto.

Não acredito que deixei ela me irritar tão rápido. Não era para ser assim. Sempre que venho aqui (o que não acontece com muita frequência, como ela seria a primeira a dizer), decido fazer com que *desta vez* eu a obrigue a me tratar feito adulta. Com que *desta vez* eu não deixe que ela me faça agir como uma adolescente. Mas não consegui aguentar nem um dia. Se nós duas somos assim aos 38 e 67 anos respectivamente, que esperança pode haver para mim e Eva?

O resto do jantar não se passou exatamente em silêncio, mas com certeza se passou sem nenhuma outra conversa entre mim e Mutti. E, uma vez que Eva continuava brava e eu não conseguia me obrigar a olhar para papai, foi uma noite relativamente incômoda.

Eu me retirei para o quarto tão logo isso foi humanamente possível. Agora estou sentada na beirada da cama, segurando sem vontade minha camisola no colo. Olho para o computador na mesa ao lado da janela e no mesmo instante rejeito a ideia de conectá-lo à internet. Ao fundo, vejo o estábulo. Há uma luz acesa no apartamento superior e vejo uma silhueta se movimentando atrás das cortinas. Não estou acostumada com a ideia de haver alguém ali. Terei de me lembrar de manter as cortinas fechadas.

Viro os quadris de modo a ficar de frente para a cama e então a encaro sem expressão. É uma cama *queen size*, com quatro travesseiros. Parece ampla. Posso dormir no meio se eu quiser. Posso esticar os braços e as pernas nas quatro direções e dormir toda esparramada. Posso embolar o edredom e usá-lo para apoiar os joelhos, posso me virar o quanto quiser — posso até começar a roncar. Fico pensando como arrumar os travesseiros e então resolvo que não existe nenhuma configuração para quatro travesseiros que acomode uma única pessoa dormindo sozinha no meio da cama. Depois imagino se a partir de agora irei sempre dormir sozinha, se nunca mais vai haver ninguém.

Bem, acho que sempre existe a Harriet.

5

Quando Mutti entra pela porta na manhã seguinte, estou esperando à mesa da cozinha, onde me encontrava desde as seis e meia da manhã afiando minhas palavras.

Decidi esclarecer as coisas com ela, deixar que saiba como será tudo daqui por diante. Mas, assim que ela aparece com seu robe acolchoado azul-turquesa, perco a coragem. Algo na maneira como o penhoar está fechado até a base do seu pescoço me deixa muda.

— Você parece cansada — comenta ela, passando por mim a caminho da bancada. Ela se vira para a babá eletrônica e depois mexe no botão do volume, enquanto ele faz barulho de estática.

— Estou mesmo. Não dormi bem.

Não é isso o que eu queria dizer. Olho desesperadamente para as costas dela, tentando me obrigar a prosseguir, mas não consigo: todo o meu maldito discurso sumiu.

Eu acabo fechando a minha boca inútil e olho para minhas mãos.

Mutti mói os grãos de café, alheia à minha desgraça. Depois que o café começa a borbulhar, ela vem até a mesa e senta à minha frente.

— Então quais são seus planos, agora que você voltou?

— Como assim?

— Você vai procurar um emprego?

— Não, claro que não.

— Então o que vai fazer?

Olho para ela, surpresa.

— Pensei em ajudar por aqui. Administrar o haras para que você possa passar mais tempo com papai.

— Ah, não sei, não — diz Mutti.

— Como assim? Por quê?

— Você nunca demonstrou o menor interesse no haras. Além do mais, administrá-lo é mais difícil do que você pensa.

Fico em silêncio um instante, tentando decidir se existe alguma maneira boa de encarar o que ela acabou de dizer. Não, nem mesmo depois de reflexão: tenho certeza de que ela, de uma tacada só, acabou de me acusar de ser burra e péssima filha. É melhor não responder nada, não responder nada, não responder...

— Não estamos falando de engenharia espacial, Mutti — retruco com irritação maldisfarçada. — Acho que sou capaz de entender como as coisas funcionam. Seja como for, foi para isso que eu vim.

— Ora veja — diz ela. Suas sobrancelhas estão arqueadas, e a expressão é arrogante. Ela examina sua aliança, girando-a no dedo.

— Que diabo isso quer dizer?

— Não quer dizer nada — retruca. Seus dedos passam para um fio solto no punho do robe. Eu a encaro sem desviar os olhos, obrigando-a a me olhar.

— Quer dizer sim, é óbvio. O que quer dizer?

— Estou surpresa, só isso.

— Com o quê?

— Com o fato de você querer ajudar no haras.

— Por quê?

Ela me ignora. Levanta da mesa e segue até a bancada, o próprio retrato da dignidade silenciosa.

— Por quê? — insisto.

Ainda assim, ela nada diz, fica ali de pé, de costas para mim, servindo duas canecas de café.

— Eu fiz uma pergunta a você, Mutti. Se não acredita que vim aqui para ajudar, por que acha que vim?

— Acho que você perdeu o emprego e seu marido te deixou, e agora você precisa de um lugar aonde ir. Então, aqui está você.

Ela pega as canecas e segue na direção da porta, então percebo que o segundo café é para papai, não para mim.

Salto da cadeira e vou até a porta antes que ela a alcance.

— Não saia assim, Mutti. Quero conversar sobre isso.

Ela me olha com frieza. No todo, parece bastante inalterada ao me ver no meio do seu caminho. Começo a me sentir ridícula.

— Então fale — diz ela.

— É assim que você quer que seja? Mesmo? Como a noite passada, me criticando sempre que surge uma oportunidade? Porque se é, pode esquecer. Volto com Eva para Minneapolis.

Ela parece achar aquela ameaça engraçada.

— Você sabe muito bem que eu vim aqui para ajudar — continuo, obrigando minha voz a ultrapassar o nó que surgiu na minha garganta. — Voltei para ajudar, para que você tenha mais tempo com o papai. Jesus Cristo, Mutti, por que você nunca consegue dar nenhum valor a nada do que eu faço?

Ela me encara com firmeza através do vapor que se ergue do café. Depois de um silêncio impossivelmente longo, diz:

— Está bem, então. Vamos esquecer que você nunca demonstrou o menor interesse em cavalos ou no haras na sua vida. Pode administrar o haras. Você sempre fez o que quis, mesmo.

Então ela escapa entre mim e o batente da porta e leva o café até a sala de jantar, onde meu pai aguarda. Ouço suas vozes pela babá eletrônica, e então, porque não quero escutar o que ela está dizendo a meu respeito, saio da casa, batendo a porta com força às minhas costas.

—

Mutti tem coragem, isso eu admito. Não me lembro de quais palavras usei quando lhe disse que estava voltando para casa, mas com toda certeza não falei que precisava de um lugar para morar.

Roger não me deixou exatamente com uma mão na frente e outra atrás: se eu quisesse ficar com a casa, teria ficado. Fui eu quem passou anos transformando-a no lar perfeito. Fui eu que viajei até Maryland para escolher o mármore exato para a lareira, que consultei especialistas para saber qual o revestimento certo para a pintura decorativa da escadaria e reformei toda a cozinha com lambris de carvalho quando já não aguentava mais aqueles armários todos brancos.

Apesar de tudo isso, descobri que não tinha o menor interesse em ficar com ela depois que Roger partiu. Acho que não deve ser grande surpresa o fato de Sonja também não ter nenhum interesse em morar na casa onde eu e Roger morávamos, portanto, nós a colocamos à venda. Foi praticamente a única coisa em que concordamos, mas quem sabe? Talvez se Roger tivesse desejado ficar com ela, eu tivesse brigado só para ser do contra. Nas atuais circunstâncias, acho que tenho direito de ser um pouco do contra.

Mas tudo isso não vem ao caso, e o caso é que não sou exatamente uma sem-teto em desgraça que volta para casa implorando a ajuda dos pais. Voltei por causa de papai, de Mutti e também de Eva — havia todo tipo de razões para voltar a New Hampshire, mas nenhuma delas era egoísta.

Olho para cima e vejo que estou quase no estábulo, o que me espanta.

Ouço som de cascos no cimento, e um instante depois um garoto sai, conduzindo dois cavalos, um de cada lado. Não é um hábito seguro e uma das minhas primeiras providências na nova direção será acabar com isso.

— Oi — cumprimento, quando ele passa por mim. — Sou Annemarie. Zimmer — acrescento, quando ele continua andando. Ele para.

— Oi — diz ele, com timidez.

É latino, mexicano, provavelmente, embora essa opinião não se baseie em nada mais do que o fato de a maioria dos funcionários que conheci ser mexicana. Parece muito jovem, talvez tenha uns 16 anos, embora possa ter até 20. Quanto mais me afasto dessa idade, mais difícil é avaliar.

— Como você se chama?

— Jose Luis — responde, piscando sob o sol da manhã. — Mas pode me chamar de Luis.

— Quer ajuda para levar os cavalos para fora?

Ele balança a cabeça.

— Certeza?

Ele torna a balançar a cabeça, obviamente torcendo para que eu simplesmente o deixe ir.

— Está bem, então. Vejo você por aí, Luis.

Quando entro no estábulo, fica claro o motivo de ele ter recusado minha ajuda. Há quatro outros funcionários, todos no processo de levar os cavalos para fora.

Paro diante de uma das baias justamente quando um cavalo tordilho castrado é conduzido para fora. Há um aviso plastificado preso à sua porta: PASTO C, NOROESTE. É a letra de Mutti.

Então Mutti faz uma rotação das pastagens. Acho que não é grande surpresa. A seu modo, ela é tão militar quanto papai sempre foi.

Alguns minutos mais tarde, estou novamente diante da baia de Harry, porém desta vez não sinto mais sua presença. Então, faço amizade com o garanhão branco, afagando seus bigodes. Mal acabei de decidir que ele, de fato, é uma criatura adorável quando ouço o som de botas pisando atrás de mim. Então elas param.

— Posso ajudar? — pergunta uma voz com sotaque francês.

— Annemarie Zimmer — eu me apresento, virando-me e estendendo a mão. É a segunda vez em dez minutos que uso meu nome de solteira. Acho que estou voltando a ele.

— Ah, a famosa Annemarie — comenta o homem à minha frente. Isso me irrita. — Jean-Claude des Saulniers — continua, segurando minha mão e levando-a até seus lábios. Aquilo me espanta de leve. — Vejo que já conheceu Bergeron — continua ele, recuando e apoiando uma das mãos na parede. Apoia a outra no quadril, o que me faz notar sua postura e depois, por proximidade, suas pernas, que são imensamente fortes. Ele usa culotes e suas coxas ficam visíveis através do tecido justo: grossas, com músculos bem definidos. Constrangida, olho para o lado.

— Ele é adorável — elogio, virando de novo para o cavalo. Bergeron gira o corpo e me mostra a garupa. Rio. — Mas dá para ver o que ele acha de mim. Ele é um dos pensionistas ou um dos nossos?

— Nem uma coisa nem outra. É meu garotão — responde Jean-Claude com orgulho evidente. — Trouxe dois comigo. Bergeron e Tempeste, os dois de que não pude abrir mão. Deixei os outros com meu ex-sócio. Bem, vendi para ele, claro — acrescenta, dando de ombros.

— Ele é lindo — digo. — Você realmente nunca o leva para fora?

— Claro que levo — responde ele. — Toda noite, depois do jantar. Mas somente quando os outros cavalos estão guardados. Senão, ele poderia resolver pular cercas para pegar as meninas. — Jean-Claude anda até a baia e fica de frente para ela. — Não é, Boo-Boo? Para você, só casamentos arranjados.

— E o outro, onde está? — indago, olhando rapidamente para as baias ao redor.

— Do outro lado. Mas ela já saiu para brincar. Você só poderá vê-la mais tarde. Quando chega seu cavalo?

— Meu cavalo? — pergunto, com voz fraca.

— Você não tem cavalo?

— Não monto mais.

Ele me olha, surpreso.

— Sofri um acidente — explico, observando seu rosto com cuidado. — Anos atrás.

O rosto dele continua inexpressivo.

Parece injusto que meus pais contem a todo mundo sobre meu passado ("a famosa Annemarie", afinal), mas não lhes diga nada sobre o acidente. O acidente é tudo.

— Sinto muito — diz ele. — Deve ter sido horrível. Mas faremos você voltar à ativa.

Antes que eu possa protestar, ele caminha a passos largos pelo corredor, e só me resta ficar olhando para suas costas largas e cintura estreita.

Quando volto para a casa, acesso a internet. Há novos e-mails de Roger, com assuntos cada vez mais urgentes, e um da minha advogada, que abro primeiro.

Ela anexou outra versão do acordo de divórcio, que não sinto a menor vontade de ler, por isso envio uma mensagem dizendo apenas que estou em New Hampshire e que darei uma olhada naquilo mais tarde. Depois mando outra mensagem pedindo que ela não conte a Roger onde eu estou. Então, seleciono todas as mensagens dele e as deleto.

A esta altura, são quase onze horas, mais do que hora de Eva acordar. Atravesso o corredor e bato à sua porta. Não há resposta, mas não me surpreendo, pois, como a maioria dos adolescentes, Eva é capaz de dormir mesmo durante um furacão.

Bato de novo, depois tomo a liberdade de entrar. A cama está vazia. Desfeita, claro.

Vou para as escadas. Já desci um terço dos degraus quando Mutti grita para mim:

— Espere! Espere! Não desça!

Paro onde estou, espantada. Ouço o som de uma máquina, de um motor e de objetos sendo manipulados. Minha mente fica em branco e eu recuo, voltando a subir as escadas. Não sei o que está acontecendo lá embaixo, embora pelo som tenha quase certeza de que envolve o trilho de teto.

Grito para baixo, tomando o cuidado de evitar olhar.

— Certo, não vou descer. Mas você sabe onde está a Eva? Ela não está aqui em cima.

— Não — grita Mutti de volta. — Deve estar no estábulo.

Pelo visto estou presa aqui, então pego duas toalhas do armário de roupas de banho e sigo para o banheiro.

Quando abro a porta, vejo Eva deitada na banheira. Dou um passo para trás, espantada. Ela está com os fones de ouvido, de olhos fechados e a cabeça apoiada na borda.

Não a vejo nua desde que ela tinha uns 10 anos, e fico chocada com a visão. Meu Deus, seu corpo está igual ao de uma mulher agora, a única diferença é que seus seios são impossivelmente firmes. Então percebo que sobre um deles ha a tatuagem de um unicórnio, com uns dois centímetros de largura.

— Eva, ah, meu Deus, o que você fez?

Ela abre os olhos, surpresa e assustada. Depois se levanta, espirrando água para todos os lados.

Dou um passo à frente e seguro seu braço. Ela o puxa de volta e cai na banheira com um estrondo enorme. Viro as costas, com medo de bater nela: não consigo me lembrar de ter sentido tanta raiva antes na minha vida.

— O que deu nessa sua cabeça? Sua menina burra, sua burra! — grito. Agora ela já saiu da banheira e enrolou o corpo na toalha.

Ouço um som atabalhoado atrás de mim, uma comoção de alguém subindo as escadas correndo.

— Que diabo está acontecendo aqui? — berra Mutti, entrando no banheiro. — Parecia que alguém estava sendo assassinado!

— Há quanto tempo você fez isso? — exijo saber, encarando Eva.

Ela não responde, só olha para baixo, para as marcas vermelhas dos meus dedos em seu braço. Vou ouvir poucas e boas por causa disso depois, tenho certeza.

— *Quanto tempo?* — repito.

— Um mês — diz minha filha, me observando com cuidado.

Atravesso o banheiro. Eva recua, mas eu a seguro pelos ombros e a obrigo a se encarar no espelho de corpo inteiro.

— Você não tem a menor ideia do que fez, não é? — pergunto, puxando a ponta amarrada da toalha, que cai no chão. Ela se ajoelha na mesma hora para apanhá-la, depois vira para me encarar.

A visão daquela coisa abominável sobre sua pele perfeita e firme me dá vontade de chorar. Olho para ela, pesando minhas opções, e vejo que ela está fazendo o mesmo. Quando ela se dá conta de que recuperei o controle, o ódio desliza sobre seu rosto como um escudo. Ela cheira vitória iminente.

— Você vai remover isso — digo, depois viro as costas.

— O quê? Para onde você vai? — berra Eva atrás de mim quando saio do banheiro.

— Procurar um cirurgião plástico — retruco por cima dos ombros.

Minha relação com Eva sempre foi difícil. Bem, nem sempre, creio eu. Houve uma brecha quando ela era uma bebezinha, gorda e dourada, com meus cabelos loiros e os olhos castanhos de Roger, quando nós éramos apaixonadas uma pela outra de um modo que Roger poderia achar uma ameaça, não fosse o fato de ele sentir o mesmo. Provavelmente é significativo o fato de termos convergido todas as nossas energias para essa criança a ponto de não restar nada um para o outro — e talvez seja ainda mais significativo o fato de nenhum dos dois ter se dado conta disso. Claro que estou predisposta a esse tipo de reflexão agora que ele se foi. Agora que vejo através do prisma de nosso divórcio iminente, tudo parece um presságio de nossa separação.

Porém, depois do êxtase inicial da primeira infância, as coisas jamais foram como deveriam ser. Ah, sim, até três anos atrás eu e Eva ainda conseguíamos conversar. De vez em quando nos divertíamos juntas, até curtíamos a companhia uma da outra, mas nunca senti a proximidade que sempre imaginei que mães e filhas compartilhassem.

Eu me lembro de uma vez em que eu e Roger a levamos a uma fazendinha. Fiquei olhando para os cabelos cacheados despenteados que emolduravam seu rostinho como a juba dourada de um leão, e para as dobrinhas de seus braços e pernas gorduchos enquanto ela se aproximava de uma cabra com a mãozinha estendida. Era uma criança perfeita, e, contudo, de algum modo, eu sabia que não sentia o que deveria sentir. O jeito como as outras mães caíam de joelhos quando os filhos choravam, o jeito como os pais se ajoelhavam ao lado dos filhos para não deixar que eles derramassem a aveia, a facilidade e a felicidade que essas pessoas transmitiam — tudo aquilo me escapava. Eu nunca me senti à vontade no papel de mãe, nunca realmente desfrutei dele. Sempre havia algo mais exigindo a minha atenção, algo me impedindo de viver o momento. A cozinha, que era um desafio, a roupa suja, que crescia organicamente, as contas, o isolamento de ficar sozinha em casa, o estresse causado pela impressão constante de que Roger e eu nunca conseguimos realmente nos conectar. Os quilos que ganhei durante a gravidez e que depois se prenderam teimosamente ao meu corpo, outrora atlético.

Nas raras ocasiões em que Roger e eu saíamos sem Eva, eu observava com inveja as pessoas que tinham trazido seus bebês, mesmo tendo minha própria filha me esperando em casa. De algum modo, eu simplesmente sabia que a experiência delas era mais completa do que a minha.

Fiz um enorme esforço para esconder isso, essa coisa que eu não podia admitir. Costurava vestidinhos, dava festas, levava e trazia Eva de suas aulas particulares — inclusive de equitação, embora ver minha filha em cima de um cavalo me aterrorizasse de um jeito inacreditável. Todos os sábados e domingos, fazíamos alguma espécie de atividade em família, como caminhadas, andar de bicicleta ou ir a museus infantis ou ao jardim botânico. Ela cresceu sendo amada e sabendo disso. Mesmo quando entrou na adolescência e tudo mudou, eu sempre estive atenta, sempre vigilante.

Achava que essa vigilância agiria como uma espécie de seguro e protegeria tanto Roger e eu quanto ela dos perigos dos anos da adolescência. Mas que vigilância era essa, se nem impedir que ela fizesse uma tatuagem eu consegui?

Fecho a porta do meu quarto e sento na mesinha ao lado da janela. Com mãos trêmulas, reconecto o computador à internet, decidida a encontrar um cirurgião que possa nos atender agora, hoje.

Não é tanto a tatuagem em si que me assusta — eu odeio a tatuagem, ela vai ter de sumir, mas não é isso o que me assusta. O que me assusta é o fato de isso ter passado despercebido para mim. E, se isso passou despercebido, o que mais eu não sei?

Vinte minutos mais tarde, desço as escadas com um papel nas mãos, aos berros, sem sequer saber se tem mais alguém em casa ou não.

— Eva! Eva, cadê você?

Paro ao pé das escadas, para ver se escuto algum sinal de vida.

— Eva! Venha aqui agora!

De início, tenho a impressão de que a casa está vazia. Depois ouço o zumbido de um motor e, quando me viro, papai aparece na porta da sala. Sou invadida pelo incômodo.

— Elas saíram — diz ele.

— Como assim? — pergunto, olhando meu pai.

— Sua mãe foi com ela ao supermercado.

Fico ali de pé, com a mandíbula tremendo. Então, explodo:

— Mutti não tinha o direito de levar Eva a lugar nenhum! Eva é minha filha! Temos uma consulta com um cirurgião plástico daqui a meia hora. Preciso dela aqui *agora*!

Fico olhando meu pai fragilizado, esperando que ele defenda Mutti. Quase torço para ele fazer isso, pois preciso de uma desculpa para brigar. Mas ele não defende.

Começo a chorar.

Após alguns segundos, ouço o motor zumbir de novo, e então papai estaciona ao meu lado. Com grande esforço, levanta a mão na direção da minha. Quando sinto as costas da mão dele roçarem meus dedos, sua pele tão fina quanto papel crepom, afundo no chão e apoio a cabeça em seu joelho. Que mais parece um osso coberto de tecido.

— Ah, meu Deus, papai. Por quê? Por que alguém com uma pele tão linda quanto a dela faria uma tatuagem de um maldito *unicórnio*?

— Ela estava brava por causa do piercing.

— O quê? — exclamo, levantando a cabeça.

— Ela estava brava por causa do piercing de língua, por isso fez a tatuagem.

Eu o encaro horrorizada, depois torno a apoiar a cabeça em sua perna. Um momento depois, sua mão pousa na minha cabeça, tão leve quanto um pardal. Ele afaga meus cabelos.

— Sei que você está chateada, Annemarie. É um choque, eu sei. Mas não fique assim descontrolada. É verdade, não deviam deixar uma pessoa da idade dela fazer uma tatuagem, mas parece que essa é a moda hoje em dia.

— Mas, papai! Vai custar uma fortuna removê-la e provavelmente deixará uma cicatriz. Eu simplesmente não posso...

— Calma, Annemarie — diz papai, ainda afagando meu cabelo. — Pense um pouco. Ela fez a tatuagem por causa do piercing de língua. Se você a obrigar a remover a tatuagem, quem garante que ela não fará outra? Maior ainda, num lugar ainda mais visível? Ou um novo piercing em outro lugar?

Franzo a testa contra a perna dele, mas não digo nada.

— Melhor ela ficar com essa tatuagem — continua ele. — Por enquanto. Quem sabe? Talvez, quando ela amadurecer, ela se canse e a remova. Aí então você poderá dizer "eu avisei", *mein Schatzlein.*

Levanto a cabeça e olho para o rosto dele. Ele não me chamava assim havia anos.

Sou a maior decepção da vida dos meus pais, algo que é ainda pior porque um dia já fui sua maior esperança. Ah, suponho que todos os filhos sejam a grande esperança da vida dos pais, mas no meu caso é diferente. Obtive a excelência naquilo a que meus pais dedicaram toda sua vida — eu já estava competindo no Grand Prix aos 16 anos. Quando ficou evidente que eu, de fato, era um talento de nível internacional, meu pai e eu percorremos toda a Alemanha, França e Portugal em busca do cavalo certo, mas no fim o encontramos na Carolina do Sul. Soube que era ele assim que o vi — e olhe que nem o havia montado ainda. Simplesmente vi suas poderosas pernas ruivas e brancas e seu porte e soube, e papai confiou em minha intuição. Sem falar no pedigree de Harry e em sua considerável carreira até aquele momento.

Oito meses depois que ele chegou da Carolina do Sul, tornamos a fazer as malas. Dessa vez, eu e Harry partimos para treinar com Marjory. Daquele dia em diante, fomos invencíveis. Até o acidente.

Eu já sabia desde o início que jamais montaria outro cavalo, embora nunca tenha declarado nada. No começo, não parecia necessário. Entretanto, mesmo quando meus nervos começaram a se recobrar e a ideia de me recuperar completamente deixou de parecer um sonho sem esperanças, não contei nada a meus pais. Permaneci em silêncio, enquanto eles faziam planos para o meu retorno triunfal.

Eles começaram a plantar exemplares da *Eventers Monthly* e da *Sport Horse Illustrated* pela casa toda. Eu ia à cozinha e encontrava uma revista sobre a mesa, aberta numa página mostrando um cavalo particularmente promissor, algum potente hanoveriano ou Sela Holandesa. Depois, a revista aparecia na mesa do hall ou sobre a minha cômoda. Eu olhava o anúncio, em seguida fechava o exemplar e o largava onde estava. Não importava quantas vezes eu fizesse isso: no dia seguinte, na semana seguinte, haveria outra, seguida de mais outra, seguida de outra ainda, até eu chegar ao ponto de fechar a revista sem sequer olhar para o cavalo.

Quando meus pais descobriram que eu me mudaria para New Hampshire e que não tinha planos de fazer mais nada da vida além de ser uma esposa, aquilo causou uma ruptura tão profunda que até hoje não cicatrizou. Mas, por mais que papai estivesse triste, quem se tornou abertamente hostil foi Mutti. Para ela, eu parti o coração de papai, e talvez tenha mesmo partido.

Não há dúvida de que eu poderia ter tido uma carreira na equitação, ainda que com escopo reduzido. Poderia ter virado treinadora. Poderia até ter assumido um posto ao lado de papai e transformado o haras numa empresa familiar.

Mas não. Eu — e apenas eu — acabei com o sonho da família, e, embora nenhum dos meus pais jamais tenha dito isso com todas as letras, cada palavra não dita tinha como função me fazer lembrar disso.

Parece perfeitamente natural, portanto, que Eva, Mutti e papai estejam assistindo à televisão na sala sem mim. Mutti e Eva estão enroscadas no sofá, enquanto papai está estacionado num canto. Os três dividem uma tigela de pipoca na maior intimidade.

Fico observando-os por um momento, sem que me vejam. Gostaria de me juntar a eles, mas não consigo. Minhas pernas não querem entrar na sala.

Em vez disso, saio de fininho para ligar para Roger.

Uma mulher atende — Sonja, acho — e não consigo dizer nada. Eu já devia esperar por isso, mas de algum modo não esperava. Fico parada, de boca aberta, e então bato o telefone na cara dela, segurando o fone com ambas as mãos como se ele pudesse saltar. Então levo as mãos ao rosto e respiro fundo por entre meus dedos.

Um minuto depois, volto a ligar. Dessa vez é Roger quem atende.

— Puta que pariu, Annemarie! Por onde você andou? Estou tentando entrar em contato com você há milênios! Por que não retornou minhas ligações?

Fico estupefata e por isso não digo uma palavra. Roger nunca fica bravo. Essa é uma das minhas queixas. Nunca houve sequer um grama de paixão nele — eu jamais consegui fazer com que ele perdesse a cabeça, nem mesmo quando eu estava comprando briga.

— Não recebi seus recados — respondo. — Estou em New Hampshire.

— Ah — diz ele, parecendo perplexo. — Está tudo bem?

— Não, na verdade, não. Meu pai está com esclerose lateral amiotrófica.

— Ah, meu Deus, Annemarie. Sinto muito mesmo. Não fazia ideia.

— Não mesmo, como poderia?

Há uma pausa estranha enquanto ele tenta encontrar o que dizer. Ele nunca foi muito chegado aos meus pais, em parte porque eles nunca gostaram muito dele e em parte por causa da minha relação com eles, mas mesmo assim devia estar chocado.

— Sinto muito mesmo. De verdade. Olhe, não quero ser insensível, mas quando você vai voltar? Precisamos conversar — informa ele.

— Não vou voltar.

— Como? — pergunta.

— Nós não vamos voltar. Vamos ficar aqui.

— Como assim?

— Vamos ficar aqui. Eva e eu vamos ficar aqui.

Pela segunda vez, Roger explode:

— Você não pode fazer isso! Annemarie, ela é minha filha também; você não pode simplesmente levá-la embora para outro estado!

— Posso e já levei — respondo. — E, seja como for, nós concordamos em vender a casa.

— É, mas você nunca me disse nada sobre sair da cidade. Annemarie — continua ele, mudando de abordagem. — Por favor, seja razoável. Será que podemos, pelo menos, conversar sobre isso?

— E existe alguma coisa para conversar? Ah, é mesmo, esqueci. Pelo visto, você tem algo a me dizer.

— Annemarie...

— Eu não vou voltar, e duvido muitíssimo de que você queira obrigar Eva a morar com você, portanto, diga de uma vez por todas o que você tem para me dizer e pronto.

Pausa.

— Preciso ver você.

— Para quê? Para me dizer que vai se casar com Sonja? Me poupe.

Ele fica tanto tempo em silêncio que eu não tenho certeza se a ligação caiu. Então fala:

— Por favor, dê uma olhada no acordo de divórcio. Podemos conversar melhor quando você vier para a audiência no tribunal.

— Ótimo — digo, decidindo não dizer que não vou para audiência nenhuma. Além disso, a menos que o que ele tenha a me dizer seja que vai largar Sonja, não tenho nada para conversar com ele.

— Annemarie?

— O que foi?

— Poderia, por favor, chamar Eva?

— Eva! — grito sem me incomodar em cobrir o bocal. — Você quer falar com o seu pai? — Estendo o braço, segurando o telefone na direção da porta.

— Não! — berra ela de volta, como se fosse um gesto ensaiado.

— Você ouviu o que ela disse — falo para Roger.

Ele suspira.

— Escute, Annemarie. Não vou fingir que você não tem motivo para estar chateada comigo; mais que isso, de estar muito, muito brava. Mas, por favor, pelo bem de Eva, não transmita isso a ela. Só vai magoá-la a longo prazo.

— Certo. Tudo bem — respondo.

Então eu desligo, porque estou com raiva por ele ter razão.

No dia seguinte a Roger me abandonar, Eva voltou da casa de Lacey sem saber que, por mais incrível que pudesse parecer, a transgressão do seu pai havia superado a sua.

Quando lhe contei o que havia acontecido, ela me culpou, chorando e berrando que se eu não tivesse sido uma escrota durante todos aqueles anos ele provavelmente nunca teria me deixado. Depois ela foi para o quarto dela, pisando duro e batendo um monte de portas.

Quando Roger me ligou mais tarde naquele dia para dar o endereço de onde estava morando, agradeci e disse que repassaria a informação para o meu advogado. É óbvio que eu ainda não tinha advogado nenhum, pois estava crente de que ele iria voltar, mas queria ser firme. Queria que ele soubesse que era melhor não demorar muito para colocar a cabeça no lugar, pois não havia nenhuma garantia de que eu ainda estaria à sua espera. Então ele pediu para falar com Eva.

Quando lhe passei o telefone, o rosto dela se nublou como o de um bebê reunindo fôlego para berrar. Antes mesmo de ele conseguir falar alô, ela começou a gritar: "Vai se foder! Vai se foder! Vai se foder!" Depois desligou. Não falou mais com ele desde então.

Fiquei horrorizada, mas não por causa de Roger. Já fazia algum tempo que Eva estava descendo ladeira abaixo, e agora começo a achar que o seu futuro está em risco.

6

Na manhã seguinte, nós quatro nos amontoamos dentro do furgão e partimos para o centro de resgate.

Talvez "amontoar-se" não seja o termo correto. Muito embora a tecnologia tenha avançado consideravelmente ao longo dos últimos vinte anos, colocar papai dentro do furgão é um longo processo: primeiro, Mutti abre a porta deslizante e extrai do interior do furgão uma caixa com controles. Depois ela aperta um botão que desdobra o elevador hidráulico e outro que o abaixa até o chão. Aí papai desliza a cadeira até o elevador e ela inverte o processo. Após ele manobrar a cadeira até ficar de frente para o para-brisa, Mutti prende as rodas com braçadeiras, de modo que fiquem bem presas ao chão. Então, finalmente, nos colocamos a caminho.

Todo aquele processo me deixa nauseada, mas não tenho certeza se é por causa da minha incapacidade de encarar o que está acontecendo com papai ou se pela perspectiva de ver Dan de novo.

Estou mais nervosa do que achei que ficaria. Como cumprimentá-lo? Será que vinte anos é o suficiente para supor que ele me perdoou? Será que eu devo abraçá-lo? Apertar sua mão? Ser simpática e efusiva ou formal e reservada?

Isso me preocupa até o momento em que o vejo sair pela porta do estábulo, alto e musculoso, a epítome da masculinidade americana com aqueles jeans e camisa de flanela. Ele para ao me ver, mas se recompõe quase instantaneamente.

— Annemarie — diz ele, com simpatia. — Você está maravilhosa. — Dá um passo para a frente, pega minha mão direita entre as suas e me beija no rosto. Por algum motivo, de repente, sinto que estou prestes a cair no choro.

— Obrigada. Você também — respondo.

E é verdade. Ele está fantástico. Seu cabelo cor de areia agora exibe alguns fios grisalhos, e suas feições estão um pouco mais rústicas, mas juro que está tão lindo quanto no primeiro dia em que bati os olhos nele. Fico constrangida, arrependida de não ter me arrumado mais de manhã. Também me pego imaginando se ele sabe do atual estado da minha vida.

— Anton, que bom ver você — diz Dan, virando-se para papai e segurando a sua mão. Depois ele se vira e beija Mutti nas duas bochechas. Quando segura a mão dela, vejo que ela entrelaça a mão na dele, que seus lábios de fato tocam o rosto dele. Então me lembro do nosso abraço no ar, lá no aeroporto.

— E você deve ser a filha de Annemarie — fala ele, virando-se para Eva com um sorriso largo e estendendo a mão num cumprimento.

— Isso — responde ela, desconfiada. Depois de uma pausa constrangedora de tão longa, ela aceita a mão estendida.

— Você é tão linda quanto sua mãe — comenta ele, e o rosto dela se endurece visivelmente. É a coisa errada a se dizer, mas ele não tinha como saber disso. Ele não sabe que qualquer comparação comigo é um insulto das mais gigantescas proporções.

— Então cadê esse cavalo, e o que ele tem de tão especial para fazer a gente vir até aqui só para vê-lo? — quer saber papai.

Parece grosseiro, por isso me viro na direção dele, constrangida com seu mau humor. Só que papai, na verdade, está sorrindo. Dan ri imediatamente — não o levou a sério nem por um segundo —, e eu volto a sentir uma onda de ciúme. Mas, enfim, por que eles não deveriam ser próximos de Dan? Não é como se eu houvesse estado presente esse tempo todo...

— Está no estábulo da quarentena, e acho que você devia ver com seus próprios olhos.

Dan nos conduz pelo estábulo principal e depois segue em direção a um edifício de concreto localizado a uma boa distância dali.

Vou atrás de papai, mas observá-lo atravessando o chão de cascalho é mais do que consigo suportar. A cabeça dele balança perigosamente, como se ele quase não tivesse mais forças no pescoço, e acho que não deve ter mesmo.

Então olho para Mutti, para sua figurinha austríaca enérgica marchando decidida ao lado da minha filha, e sinto raiva dela. Raiva por ela não ter me contado como a doença estava avançada, por não ter me dado nenhum sobreaviso. Por não ter me contado antes, muito embora eu não saiba se isso teria feito alguma diferença no meu modo de agir. Com um marido e um emprego, eu não teria como vir para cá — nem teria desejado.

— Ah, droga. Judy está com um cavalo no corredor — diz Dan, espiando pela porta. — Esses meninos acabaram de chegar do leilão e estão todos agitados. Não quero você no corredor, Anton. É perigoso demais. Por que vocês não rodeiam o estábulo pela direita? Há um *paddock* ali. Vou levar o cavalo pela rampa.

Fico chocada com a facilidade com que Dan se refere à fragilidade do meu pai, quando eu, sua filha, não consigo sequer decidir se a reconheço ou se finjo que nada está acontecendo. Olho de relance para papai para observar qual é a sua reação, mas ele já está manobrando pela lateral do edifício. Eu o sigo, correndo um pouco para acompanhá-lo, e nós quatro ficamos lado a lado atrás da cerca.

Um minuto depois, Dan abre a porta de correr da rampa. Leva uma corda enrolada no braço e, depois de conferir se já estamos todos ali, avança dois passos para o espaço aberto e agita a corda diante do corpo.

— Iááá! — grita. — Iááá!

Um instante depois, dá um salto para a segunda tábua da cerca quando um cavalo sai do estábulo numa explosão.

Fico sem ar, porque na mesma hora vejo o que ele é, muito embora ele ainda seja um turbilhão enevoado, um borrão emaciado de movimento rodopiando ao redor da cerca.

— *Mein Gott in Himmel* — diz Mutti.

O cavalo estaca no *paddock* com o lado esquerdo voltado para nós, os flancos arfantes, olhando-nos com cautela.

Levo a mão até a boca, com medo de gritar.

É Harry. É Harry. Morto de fome, sarnento, capenga, mas é Harry. Tenho a sensação de que meus joelhos vão ceder.

— Nossa, que cavalo mais esquisito — comenta minha filha.

— Não, Eva — responde a voz de Dan às minhas costas. Ele saiu pelo estábulo e agora está ao meu lado, tão perto que sinto seu hálito contra o meu cabelo quando ele fala. — Esse é um alazão com listras brancas. Um em um bilhão. É uma sorte ver um desses na vida. Que dirá dois.

Em termos de pelagem, esse cavalo podia ser o irmão gêmeo de Harry. O mesmo tom avermelhado escuro, da cor de sangue seco, dos pés ao topete, atravessado por listras brancas uniformes. Absurdamente maravilhoso, e maravilhosamente absurdo.

— Onde diabos você o encontrou? — indaga papai.

— No matadouro.

— O quê? — exclama Eva. Ela se vira bruscamente, com uma expressão ultrajada.

— No leilão — diz Dan. — Eu o vi no matadouro e, bem, não tive como não comprá-lo. Obviamente.

— De onde ele veio? — pergunta Mutti.

— Quem sabe? Veio com uma carga do México, mas não conseguimos rastrear sua procedência. Você sabe como são esses leilões: a história dos cavalos é a última coisa que passa pela cabeça dessas pessoas. Meu scanner não detectou nenhum chip, também. Não existe nenhum motivo concreto para supor que ele seja valioso. Ele está detonado. Mas, com essas listras... — Ele olha para mim de relance, como se pedisse desculpas, e deixa a frase no ar.

— Por que ele estava no matadouro? — pergunto. Ainda não consigo tirar os olhos do cavalo, que está em péssimas condições. Os ossos do quadril estão aparentes, e os cascos rachados, o que força as pernas a se abrirem num ângulo estranho. O topo da cauda foi tão danificado que está quase sem pelos, e sua crina está rala e seca. Ele fica ali de pé com as orelhas para trás, observando cada movimento nosso. Então bate as patas no chão e abaixa o focinho para esfregá-lo na perna.

— Vocês viram como ele saiu daquela rampa? Precisei sedar o coitado para colocá-lo no trailer, e depois sedá-lo de novo para tirá-lo de lá e colocá-lo na baia.

— Ele não parece enlouquecido agora — defendo, surpresa com o tom de indignação na minha voz. Este não é Harry.

— O que é esse matadouro? — Ouço Eva perguntar enquanto me afasto, seguindo o perímetro externo da cerca. O cavalo me olha e, enquanto rodeio o cercado, ele se vira, centímetro por centímetro, de modo que seu lado esquerdo está sempre voltado para mim. Quando chego do outro lado do *paddock*, estamos a 5 metros de distância.

Eu me encosto na cerca e observo sua cara. Existe medo em sua expressão, mas há algo mais também. Gostaria de saber o que se passa pela cabeça dele. E que cabeça: mesmo emaciada, é linda. Ossatura forte, mas refinada; um focinho com um quê de romano. Hanoveriano, aposto. Aliás, exceto pela pequena estrela na testa, essa cara bem poderia ser a de Harry.

O cavalo vira a cabeça e sinto um instante de incompreensão. Seu olho direito. É escuro demais. Então percebo que a órbita está vazia.

Grito antes de poder me conter, e o cavalo dá um salto, gira e dispara a todo galope. Chega ao pé da rampa e vira o corpo com tanta força que tenho certeza de que irá cair, mas termina rodopiando ao redor do perímetro da cerca.

— Ah, merda — ouço Dan dizendo. — Annemarie — diz ele, mais alto agora, começando a correr ao redor da cerca. — Annemarie, eu devia ter avisado a você. Ah, merda. Devia ter avisado antes.

No trajeto para casa, Eva alterna entre xingar os fabricantes de medicamentos para terapia hormonal e sonhar acordada em êxtase com os potros. Eu a ouço falando como se fosse uma espécie de zumbido ao fundo, sua fúria e seu ultraje agem como uma moldura para meu horror.

Estou furiosa com Dan por ter me pegado desprevenida assim, sem nenhum sobreaviso. É como mostrar a alguém sua avó falecida. Eu podia ter entendido melhor se a coisa tivesse vindo de uma pessoa que não sabe o que sinto em relação a Harry, mas Dan sabe. Se tem alguém nesse mundo que sabe, é Dan.

Ver Harry daquele jeito... Eu me interrompo, balanço a cabeça. Não é Harry. É algum cavalo decrépito, coitado e avariado com pelagem igual, mas não é Harry.

— Ei, mãe. — A voz de Eva se projeta pelo interior do furgão, interrompendo os meus devaneios. — Você toma essas coisas, né?

— Hã? — pergunto.

— Esses remédios produzidos com urina de éguas grávidas.

— Não. O que eu tomo é sintético.

— Ah. — Ela parece desapontada.

Quando chegamos em casa e Mutti começa o processo de descarregar papai, percebo que a paralisia dele não me passou pela cabeça nem um minuto durante todo o caminho de volta.

Naquela noite, sonho com o acidente. É a primeira vez em anos e acordo suada, com o coração batendo a mil.

Costumava sonhar frequentemente com isso e por um bom tempo tomei soníferos para afastar tais sonhos. Parecia uma ironia tremenda: eu daria qualquer coisa para sonhar com Harry em qualquer outra situação, mas isso nunca aconteceu. Harry só vinha até mim voando por cima daquele oxer. Entretanto, fazia quase uma década que eu praticamente não sonhava mais com a cena.

Na vida real, eu perdi a consciência no momento do impacto, mas nos meus sonhos a minha imaginação fornece todos os detalhes. Vejo o chão vindo em minha direção e sinto as rédeas afrouxarem quando a cabeça de Harry bate no chão e ricocheteia para trás, porém minhas mãos continuam se movendo para a frente. Então eu caio também, primeiro colidindo com o Harry imóvel, depois deslizando ao longo de sua espádua esquerda e atingindo o chão à velocidade de quase 50 quilômetros por hora. Sinto algo arenoso em minha boca quando meus dentes se desintegram, vejo formas vermelhas e brancas quando meu nariz se espatifa e meus olhos se enchem de sangue. Sinto a dor quando o capacete se afunda na minha nuca, sem saber, naquele instante, que foi o protetor de queixo que impediu que ele quebrasse completamente a minha coluna.

Sinto (ou melhor, de algum modo eu vejo, como se estivesse fora do meu corpo e observasse a cena a 4 metros de altura) meus braços e minhas pernas serem sacudidos para trás com o impacto, caindo tão frouxos quanto os de uma marionete largada no chão. E Harry, desabado. De olhos abertos e imóvel, a não ser por um retorcer involuntário da pele sobre sua espádua e seu flanco, e por um dos cascos que se dobra num tique nervoso, sem parar.

Quando desperto, o colchão está balançando. Sei que deve ser por causa da violência do meu despertar, mas poderia jurar que foi pelo impacto do meu corpo ao cair sobre ele.

Na manhã seguinte, vou até o escritório, que fica no segundo andar do estábulo, exatamente sobre a sala de estar. E, como a sala de estar, tem uma janela que dá de frente para o picadeiro.

Jean-Claude está dando uma aula particular, supervisionando do chão um aluno saltar uma série de obstáculos baixos montado numa égua cinzenta puro-sangue.

Observo por um instante, envolvida numa espécie de meditação com o galope médio da égua.

Os registros de Mutti são, obviamente, impecáveis. Toda aquela operação é maior do que eu me lembrava: existem cinco funcionários em tempo integral e mais Jean-Claude, que custa mais do que eu teria imaginado. Quando vejo seu salário no livro de contabilidade, olho para o instrutor lá no picadeiro, surpresa. Seu currículo deve estar aqui em algum lugar; preciso encontrá-lo para dar uma olhada.

Há trinta e dois cavalos; catorze são da escola, dois de Jean-Claude e dezesseis são pensionistas em tempo integral. Temos entrega regular de itens básicos, como serragem, feno e cereais. Outros fornecimentos mensais são os de repelente de inseto e medicamentos. Há ainda que coordenar as visitas do veterinário e do ferrador, e a manutenção dos equipamentos para os tratores e espalhadeiras. E, claro, um complicado sistema de administração dos pastos desenvolvido de forma a minimizar o uso do feno nos meses de verão e preservar dois campos de feno para colheita no outono. Sem falar em toda a papelada de previdência, impostos, seguro-saúde e tudo o mais relativo à folha salarial.

Enquanto folheio os registros da contabilidade, encontro uma cópia feita em carbono cor-de-rosa de um contrato de empréstimo bancário. Corro os olhos pelo papel e minha testa começa a se franzir. Pelo visto, meus pais tomaram um empréstimo dois anos atrás para cobrir os custos de um novo telhado no estábulo. Fico surpresa e aterrorizada: embora eles já não administrem um haras de primeira classe e o gasto envolvido fosse elevado, para mim eles teriam como bancar a despesa. A verdade, entretanto, é que eles vêm administrando o lugar com a corda no pescoço.

Suponho que seja por causa da mente austríaca, mas tudo está absolutamente em ordem. E limpo, droga. Acho que minha mãe deve passar o aspirador até dentro das gavetas dos arquivos. Não existe a menor esperança de que eu consiga manter o mesmo padrão dela. Isso simplesmente não faz parte de mim. Minha mente austríaca se diluiu depois de passar uma vida inteira nos Estados Unidos.

Termino de vasculhar todos os arquivos depois de quase três horas. Eu me levanto e ando até a janela. Alongo os braços por cima da cabeça e depois inclino o corpo para um lado e para o outro.

Jean-Claude está ministrando uma aula em grupo agora, e cinco garotas adolescentes trotam ao redor do perímetro do picadeiro. Ele caminha num pequeno círculo na extremidade, de frente para uma delas, e, mesmo sem escutar o que ele diz, entendo o que está acontecendo, porque a garota de repente aguarda algum tempo e em seguida começa a trotar na diagonal correta.

Decido descer para tomar um refresco. Quando chego na base das escadas, vejo que a porta da sala de troféus está entreaberta. Em vez de fechá-la, entro e acendo a luz.

Não admira que Jean-Claude tenha me chamado de "a famosa Annemarie". Embora meus pais jamais tenham mencionado, todas as minhas placas e faixas estão afixadas nas paredes, sem falar nas fotos que cobrem o corredor e a sala de espera.

— Olá — diz uma voz, e eu me viro rapidamente. É Dan. Eu não ouvi quando ele entrou.

— Oi — respondo, me sentindo ao mesmo tempo nervosa e agitada.

Ele olha para o que há dentro da sala, depois fica em silêncio.

— Você teve uma carreira e tanto — afirma, por fim.

— É. Cujo ápice foi aos 18 anos. Sorte a minha — respondo.

Dan fica quieto por um instante.

— Olhe, eu, hã, queria pedir desculpas por ontem. Eu devia ter imaginado como você reagiria, mas acho que fiquei tão empolgado com a pelagem dele que não previ o que aconteceria.

Vou até o baú de arreios e abro a tampa. Mais faixas e um fichário cheio de certificados plastificados.

— Não tem problema, fique tranquilo — digo, tentando parecer à vontade. — Como ele está, a propósito?

— Mais ou menos na mesma. Com a diferença de que, agora que ele saiu, não conseguimos colocá-lo para dentro de novo. Não sei o que vamos fazer se não conseguirmos nos aproximar dele em breve. Estou começando a pensar que foi um erro trazê-lo.

— Não foi, não — retruco ferozmente, depois paro, espantada com a minha própria reação.

Dan me fita do outro lado da sala.

— Talvez não — concorda ele. — Só que ele precisa se exercitar mas não deixa ninguém nem chegar perto dele.

— Mas vocês precisam mesmo se aproximar dele? Quero dizer, já?

— Você viu os cascos dele.

— O que você vai fazer?

— Provavelmente vou acabar apelando para um dardo tranquilizante.

— E você tem esse tipo de coisa?

Ele faz que sim com a cabeça.

— Chegam uns animais bem ensandecidos no centro.

— É, aposto que sim.

Estou torcendo a barra do meu moletom agora, olhando para baixo. Quando olho para ele, Dan ainda está me observando.

— É impressionante, né? — comenta Dan, e não precisa dizer mais nada. Sei que ele está falando da pelagem do cavalo. Faço que sim, devagar.

Novo silêncio. Então ele diz:

— Bom, acho que vou nessa. Tudo bem se eu vier apanhar Eva umas sete horas?

— Para quê?

— Para trabalhar.

— Do que você está falando?

— De amanhã. No centro — responde ele.

— Ainda não tenho a menor ideia do que você está falando.

— Sua mãe ligou hoje e perguntou se Eva não poderia ajudar com os potros durante o verão.

— Ela ligou para você?

— Algum problema?

— Não sei. Ninguém se incomodou em me consultar.

Dan continua me observando. Parece preocupado.

— Não, tudo bem — digo, tentando me recompor. — Se é isso o que ela quer, fico feliz. Pelo menos sei onde ela está e o que está aprontando.

— Você quer pensar melhor?

— Não; é que eu não sabia de nada. Mas tudo bem, não tem problema. Eu a levo até lá.

— Tem certeza? Não me importo em vir buscá-la.

— Não, pode deixar que eu levo.

— Tudo bem, então. — Dan sai arrastando os pés e desacelera perto da porta. — Acho que vou indo. Só quis dar uma passada para ver se você estava bem.

— Estou ótima — digo.

Ele se vira para ir, depois para diante da porta. Abaixa a cabeça, mantendo as mãos dos dois lados do batente. Depois vira para mim.

— Você parece bem, Annemarie. É bom ver você de novo.

— Igualmente — respondo.

Então ele sai.

Encontro Mutti no jardim lateral, arrancando ervas daninhas. Harriet está deitada ao seu lado na grama, uma salsicha inchada. *Et tu*, Harriet?

— Acabei de encontrar o Dan — comento, parando ao lado de Mutti. Ela olha para mim, piscando porque estou posicionada entre ela e o sol. — Ele me contou que vocês dois combinaram de Eva trabalhar no centro durante o verão.

— Sim, hoje de manhã — responde ela, com uma das mãos enluvadas sobre os olhos para protegê-los do sol.

— E não passou pela sua cabeça perguntar o que eu achava disso?

— Eva que me pediu para ligar. Achei que você soubesse.

— Não.

— Tudo bem. Desculpe — diz ela, virando-se de novo para o jardim e enfiando a pá na terra.

— Não, não está nada bem.

Ela pousa a pá no chão e se vira para me encarar de novo.

— Você parece brava.

— E estou.

— Por quê? Que mal há nisso? O que mais você quer que ela faça durante o verão?

— Tem bastante coisa para fazer por aqui.

— O mesmo tipo de trabalho que tem lá — retruca ela.

— Não é essa a questão.

— E qual é a questão?

Faço uma pausa longa o bastante para ter certeza de que, quando eu tornar a falar, não grite.

— A questão, Mutti, é que eu sou a mãe dela, e sou eu quem toma esse tipo de decisão. Não é você, nem ela. Vocês duas passaram dos limites.

O queixo se endurece, os lábios se apertam e o rosto assume a expressão de indignação orgulhosa.

— Não fiz nada de errado — defende-se ela em *staccato* germânico. — Eva me procurou; *ela* que me pediu para ligar para Dan e ver se poderia ajudar por lá, e foi o que eu fiz, e ele concordou. Naturalmente achei que ela havia conversado com você a respeito e que você não quisesse ligar para Dan. Se não foi o que aconteceu, lamento. Mas não é culpa minha se sua filha não se sente à vontade para falar com você.

— Sou perfeitamente capaz de falar com o Dan. E não interessa o que minha filha sente em relação a mim: você não tinha o direito de passar por cima da minha autoridade.

— Nossa, que discurso mais pomposo, Annemarie — diz Mutti, voltando às suas ervas daninhas.

Fico em silêncio, estupefata. Se eu disser alguma coisa — qualquer coisa — isso vai acabar ficando feio.

Então, em vez disso, vou procurar a minha filha.

Eu a encontro no corredor do estábulo, penteando Bergeron.

O grande cavalo branco aguarda pacientemente no travessão enquanto Eva se agacha ao lado de sua espádua esquerda, massageando sua pata com um pente de borracha. Luis está à porta da baia, retirando serragem e estrume com uma pá e formando uma pilha organizada. Quando me aproximo, Eva lhe diz alguma coisa e ele ri.

Ao me ver, ela se põe de pé num pulo.

— Ah, oi, mãe! Adivinha só?

— O quê? — pergunto, tão animada quanto uma pilha de carvão.

— Jean-Claude falou que, se eu o ajudar com o Bergeron e os cavalos da escola, ele vai me dar aulas!

— Ah, é?

— É, e adivinha o que mais?

— O quê?

— Mutti ligou para aquele tal de Dan hoje de manhã, e ele disse que eu posso ajudar a cuidar dos potros durante o verão. Não é demais?

Olho para a minha filha. Ela está usando jeans que vão até a cintura, botas que escondem suas unhas azuis e um moletom que já está manchado de baba de cavalo. Depois olho para o seu rosto, que está sem maquiagem e brilha com uma expressão que não vejo há uns dois anos.

— É — digo, começando a concordar. — Demais mesmo. De verdade.

7

Às quinze para as sete da manhã seguinte, ouço batidas infames na minha porta.

— Mãe! Vamos! Vou chegar atrasada.

Olho para o relógio, piscando contra a luz hostil da manhã.

— Certo, certo, já me levantei — grito, passando as pernas pelo lado da cama. Harriet cai resmungando no chão. — Encontro você no carro.

Pego na cadeira os jeans do dia anterior e os enfio apressada. Paro um minuto diante da cômoda para olhar meus olhos inchados, depois passo uma escova no cabelo. Quando chego à porta, paro, volto e ponho um batonzinho.

No centro de resgate, vemos Dan de pé nos fundos de um caminhão de plataforma atirando serragem com uma pá para dentro da caçamba de um trator. Quando ele nos vê, salta para o chão e puxa a máscara de proteção contra pó para o alto da cabeça.

— Bom dia, damas — cumprimenta ele, andando pelo chão de cascalho. — Chegaram bem na hora, pelo visto.

— Eu não queria chegar atrasada no meu primeiro dia de trabalho — comenta Eva.

— De jeito nenhum — retruca Dan. — Senão eu poderia descontar do seu salário.

— Você vai pagar pelo trabalho dela? — pergunto, rápido.

— Não — diz ele, sorrindo.

— Ah. Entendi.

Ele se vira para Eva:

— Quer um café antes de começar? Tem lá no escritório. Final do corredor do estábulo principal — diz ele, apontando com um dedo enluvado. — Depois venha aqui para começarmos.

— Claro, chefe — responde Eva.

Eu a observo entrando no edifício.

Quando me viro, Dan está me olhando.

— Espero que você não se incomode de ela tomar café — desculpa-se ele. — Eu devia ter perguntado primeiro.

— Não, tudo bem. Eva só faz o que quer, de certa maneira. — Fico em silêncio um instante, pensando duas coisas: que eu provavelmente não devia ter dito isso e que Mutti falou algo parecido a meu respeito. — Obrigada por deixar que ela ajude por aqui — continuo. — Isso significa muito para ela.

— Para nós também. Estamos sempre precisando de gente. E de dinheiro. E de suprimentos. Bom, que inferno, estamos sempre precisando de tudo.

Pausa estranha.

— Então — começa ele. — Quer dizer que você veio passar o verão aqui?

— É, no mínimo.

— No mínimo?

Faço uma pausa, sem saber o quanto ele já sabe.

— Roger e eu estamos nos divorciando, e, com papai doente assim, decidi voltar para cá.

— Sinto muito — retruca ele. — Eu não sabia. Do divórcio, quer dizer.

— Não tem problema.

Ouço passos no cascalho e vejo Eva voltando com um copo de isopor branco.

— Dan. Posso dar mais uma olhada naquele cavalo antes de voltar para casa?

— Claro. Quando quiser.

— Certo. Obrigada. Se a gente não se vir mais, a que horas devo buscar a Eva?

— Oi — cumprimenta Eva quando se junta a nós com um sorriso.

— Pode deixar que eu a levo — responde Dan. — Preciso mesmo dar uma passada por lá mais tarde.

— Precisa?

— É. Vou lixar os dentes de alguns dos cavalos da escola.

— Ah, certo — concordo.

O cavalo está no mesmo *paddock* onde eu o vi da última vez, com o pescoço esticado para a frente e as orelhas viradas para trás, desconfiado. Dan obviamente deu um jeito de se aproximar dele, pois os cascos foram aparados e ferrados. Olho de perto: são ferraduras corretivas, com uma barra atrás. Considerando como seus cascos estavam horríveis anteontem, fico surpresa por estarem tão bem agora.

Droga, ele é a cara de Harry. E não só pelas listras brancas que correm em zigue-zague uniforme pela sua pelagem. A cara é incrivelmente parecida. Exceto o olho.

Ando ao redor da cerca mais uma vez, agora preparada para o que irei encontrar. Mais uma vez ele se vira para mim, de modo que eu fique sempre olhando para o lado esquerdo da sua cara.

Quando chego perto, me aproximo devagar da cerca e me inclino contra ela, apoiando o queixo entre meus antebraços.

— Oi — murmuro baixinho. — Oi, bonitão.

Ele agora se vira para me encarar, e mais uma vez, fico sem ar ante a visão daquela órbita vazia.

Não parece ser um ferimento recente, graças a Deus. Quase tenho a impressão de que existe uma pele atrás de onde deveria estar o olho, com pelos e tudo, embora seja difícil dizer, pois o buraco é muito escuro. Cicatrizes correm pelas suas bochechas e testa, longas linhas nas quais não crescem pelos. Parecem as rachaduras de uma estrada reparadas com faixas coleantes de asfalto.

Ele levanta a cabeça e me encara. Suas narinas se abrem ligeiramente a cada inspiração. Ele está me farejando.

— O que aconteceu com você? — pergunto, sem me mexer.

Ele funga e depois resfolega; estica o pescoço para a frente e o sacode. Depois gira as orelhas, primeiro uma e depois a outra, mas não ao mesmo tempo, e sinto um aperto no coração.

— Ah, meu Deus — murmuro baixinho.

Um minuto depois, entro no estábulo, onde Dan e Eva estão limpando as baias dos potros.

— O que você vai fazer com ele? — indago em tom autoritário.

— O quê? — pergunta Dan.

— Com o alazão — respondo, cheia de impaciência. — Com o alazão listrado.

— Hmm, bem... — responde ele, começando a entender. — Primeiro vou curá-lo, depois tentarei encontrar um lar para ele.

— Eu o quero para mim.

Dan se apoia na pá e fica me encarando.

— Estou falando sério. Eu o quero.

— Tem certeza? Pelo visto ele vai ser do tipo que dá um trabalhão.

— Mais certeza impossível. Não poderia ter mais certeza. Mais certeza do que qualquer coisa na vida.

— Bem, tudo bem. Depois que a gente...

— Não. Eu quero levar o cavalo agora.

— Não — retruca Dan, balançando a cabeça. — De jeito nenhum. Primeiro porque eu nem sequer consigo fazer com que ele entre no estábulo ainda. Como vamos fazer com que entre no trailer?

— Você já fez isso antes, não fez? Com tranquilizadores. Dardos. O que for necessário. A única coisa que eu sei é que quero esse cavalo. Agora.

— Annemarie, eu só acho que não é...

— Não estou nem aí. Quero esse cavalo, e se você ainda não o prometeu para outra pessoa, não tem por que não me deixar ficar com ele.

Percebo que ele está cedendo.

— Quero ser a pessoa que vai trabalhar com ele — continuo. — Quero ser a pessoa que vai recuperá-lo. Eu pago a taxa do leilão. Pago pelo transporte dele.

— A questão não é o dinheiro.

— Pode apostar que não. Quero esse cavalo, Dan.

Atrás dele, Eva me olha com algo parecido com respeito.

Dan continua inspecionando meu rosto, e eu o encaro nos olhos. Sinto meu queixo se endurecer bem de leve, como o de Mutti. Meus lábios viram linhas finas.

— Certo — concorda ele, com um gesto ligeiro. — Está bem, então. Acho que não posso dizer que isso me deixa surpreso.

Durante o jantar, Eva me interroga para saber por que eu queria tanto o cavalo. Quando respondo que a pelagem dele é quase idêntica à de Harry, ela me olha sem entender. Será possível que eu nunca tenha lhe contado sobre Harry? Parece incrível, quase inacreditável.

— Você nunca ouviu falar no Harry? O cavalo que eu perdi no acidente?

Pelo canto do olho vejo Jean-Claude olhar para mim depressa.

— Ele é aquele das fotos no estábulo, né? — pergunta Eva.

— Isso.

— Não foi por isso que acharam que seu útero se rompeu?

Respiro fundo. Essa é uma das teorias, mas com certeza não deve ter sido apenas nesse contexto que ela ouviu falar do acidente, não é?

Olho para Jean-Claude, que está olhando discretamente para o prato.

— Sua mãe era uma amazona de nível internacional, Eva — diz Mutti, estendendo a mão para apanhar a travessa de nhoque ao pesto. Ela a passa para Eva, depois estende o braço para pegar a tigela de tomates-cereja e a de mozarela fresca.

— Sério? — pergunta Eva, olhando surpresa para mim.

— De nível olímpico — completa papai, com orgulho, fazendo os cantos da boca se esticarem num arremedo de sorriso.

Eu me preparo para o inventário inevitável de minhas conquistas, mas papai para, porque Mutti está levando o vinho aos lábios dele. Todos recomeçam a comer, e, por um instante, acho que escapei.

— Olimpíadas, é? — diz Jean-Claude por fim, tomando um grande gole de vinho. Ele se reclina para me olhar, cruzando os braços na altura do peito.

— Ela ganhou o Claremont — continua papai. — A próxima etapa seria o Rolex-Kentucky, e depois, quem sabe?

— Então foi em Claremont, o acidente? — indaga Jean-Claude.

— Sim — respondo, olhando para o meu prato. Estou com medo da próxima pergunta.

— E o cavalo que você estava cavalgando era listrado? — quer saber Eva.

— Sim — digo.

— Então é disso que Dan estava falando. Vocês deviam ter visto mamãe hoje — fala Eva, virando-se para Mutti.

Mutti arqueia as sobrancelhas.

— Eu bem posso imaginar.

— Dan disse que ela não podia levar o cavalo embora, mas ela continuou pressionando. Não foi, mamãe?

— É, acho que sim — respondo, constrangida.

— Aí ele finalmente desistiu. Não teve muita escolha. —Eva sorri. — Então, que nome você vai dar a ele?

— Hã... — respondo. — Não sei. Não pensei ainda.

— Harry?

— Não — digo, ofendida só de pensar nisso.

— Bom, acho isso tudo uma péssima ideia — intervém Mutti, com ar orgulhoso. — Já temos cavalos demais por aqui.

— Não como esse, como esse, não — diz Eva. — Quer dizer que você vai voltar a montar?

— Não! — respondo, quase gritando. Então percebo que estão todos me olhando. — Não, claro que não — repito, agora no tom mais calmo possível.

— Certo, Mike, pode dar ré — grita Dan, agitando os braços em círculo.

O homem no caminhão engata a ré e recua devagar até o portão do *paddock*.

— Isso aí não é um trailer para cavalos — diz Eva.

— Não — concorda Dan. — É um caminhão. Não existe jeito de alguém enfiar esse camarada num trailer para cavalos, nem eu ia deixar tentar. — Ele se vira para mim com a testa franzida. — Tem certeza mesmo de que quer fazer isso?

Faço que sim com a cabeça.

Mutti e papai estão a 30 metros de distância, aguardando no furgão. O plano é seguir o caminhão até a nossa casa depois que o cavalo for embarcado.

O alazão listrado está na extremidade do *paddock*, encostado na cerca, olhando tudo com grande desconfiança.

— Você lhe deu um tranquilizante? — pergunto.

— Você não está vendo ele botando para quebrar, está? — devolve Dan.

— Certo — diz Mike, saindo da cabine do caminhão e atravessando o chão de cascalho. Bate as palmas, metidas em luvas de trabalho de couro, diante do corpo. — Vamos nessa.

Ele e Dan sobem na cerca do *paddock* e abrem o portão interno. Depois, abaixam a rampa do caminhão.

O cavalo recua até o canto mais longínquo, com o lado esquerdo voltado para nós, batendo os cascos no chão sem parar.

— Ei, Chester... Chester! — grita Dan para um homem que está saindo do estábulo de quarentena. — Vá chamar Judy. Acho que vamos precisar de ajuda.

Com Chester e Judy um de cada lado da rampa do caminhão, Dan e Mike se aproximam do cavalo por ambos os lados. Ele permanece absolutamente imóvel, com a cabeça erguida para o vento. Vejo o branco do seu único olho.

— Venha, querido — sussurro para mim mesma. — Ninguém aqui vai machucar você.

Quando Dan chega a 4 metros de distância, o cavalo lança a cabeça para cima e sai em disparada. Depois de passar por Dan, desacelera para um trote ligeiro e rodeia o *paddock* com a cauda em pé, balançando a cabeça para os lados. Depois estaca de repente, parando as pernas na frente do corpo e sumindo na nuvem de poeira resultante.

Dan e Mike se aproximam de novo, bem devagar. Quando chegam perto, o cavalo leva as orelhas para trás da cabeça, dá um giro nas patas traseiras e mais uma vez foge deles em disparada.

Ao passar pela abertura do caminhão, Mike dá um salto para a frente e atira a rédea, mas o cavalo apenas muda de direção e retorna na direção de Dan.

Dan balança a cabeça, frustrado. Um instante depois, ele e Mike tornam a assumir a posição inicial.

Todas as vezes que tentam rodear o cavalo para fazê-lo entrar no caminhão, ele os deixa chegar a 4 metros de distância e depois dispara. Na última, ele vira o corpo tão perto de Mike que ele se vê obrigado a saltar para a cerca para sair do caminho. Não é culpa do cavalo: Mike estava do lado sem olho.

— Isso não está dando certo, Dan — fala Mike, caindo no chão do outro lado da cerca. — Vou apanhar os adestradores.

— Adestradores? — questiona Eva, virando-se para mim. — Se eles podiam fazer o cavalo entrar com adestradores, por que não fizeram isso desde o começo?

— É um tipo de chicote, querida. É um chicote de adestramento — respondo.

— Eles não vão bater nele, né?

— Não, claro que não

Poucos minutos depois, Dan e Mike retornam com chicotes curtos cor de laranja. Andam devagar, em silêncio. Quando assumem posições, ficam tão imóveis quanto estátuas até o cavalo parar de se mexer. Então, Dan faz um pequeno sim com a cabeça.

Os dois pulam a cerca e atacam. O cavalo dispara do outro lado, perto do caminhão aberto, depois gira, prestes a escapar por eles em disparada. Dan e Mike abrem os braços, bloqueando o caminho com os chicotes. O cavalo recua e relincha, e os homens saltam para a frente, gritando, agitando os chicotes na frente do corpo.

Finalmente, numa série de acontecimentos que dão a impressão de ser um só, o cavalo entra galopando rampa acima com um estrondo gigantesco, Chester fecha ruidosamente o portão de madeira da abertura traseira do caminhão e Judy tranca o ferrolho.

Através das barras de metal, vejo lampejos vermelhos e brancos do cavalo andando lá dentro, um vislumbre de anca subindo e descendo, uma espádua sumindo de vista quando ele recua e bate as patas no ar. Ouve-se um longo gemido desesperado e, em seguida, os estalos agudos das ferraduras contra a lateral metálica. De início, são sons rápidos e em sequência, como pipoca estourando num micro-ondas, mas depois aquilo vira apenas um ruído ocasional.

Chester e Judy levantam e prendem a rampa. Dan fica de pé olhando, balançando a cabeça.

— Droga, Annemarie. Tem certeza mesmo?

Faço que sim.

— Você não tem a menor ideia de onde está se metendo, tem?

— Ok — digo, esfregando as mãos diante de mim. — Vamos levar esse moço para casa.

Eva, animada, corre na minha frente, passa por papai e vai para os fundos do furgão. Quando me aproximo andando, vejo Mutti no banco do motorista balançando a cabeça.

— Quanto desperdício de pasto bom — murmura Mutti, enquanto Mike e Dan se preparam para libertar o cavalo numa campina perto do estábulo.

— Não é desperdício, Mutti — retruco, irritada. — Ele não vai precisar de feno extra.

— Mas os outros cavalos não vão poder pastar aqui, não é? O pasto não vai mais poder ser usado no sistema de rotação, não é?

— Não, logo no início não. Mas não sabemos ainda se ele não vai se dar bem com os outros cavalos, não é?

— Você *não vai* colocar esse cavalo lá fora com a manada — ordena ela com voz firme.

— Não, Mutti. Não vou fazer nada por enquanto. Mas não vamos excluir a possibilidade de que ele um dia se acalme e consiga viver na manada.

— Tá — faz Mutti. — E tudo isso só porque ele é listrado?

Dan e Mike, a esta altura, já deram ré no caminhão pelo portão do pasto e agora se preparam para descer a rampa.

— Ah, sei lá, Mutti. Acho que sim.

— Talvez a gente devesse ter comprado aquele outro, afinal de contas — comenta ela, dando as costas e indo embora.

Eu me viro para perguntar o que ela quis dizer com aquilo, mas sou distraída pelo som da rampa atingindo o chão e então pelos coices em série do cavalo preso ali dentro.

Mas eu não esqueço. Mais tarde, quando Brian volta depois de colocar papai na cama e Eva está assistindo à televisão, entro em silêncio na cozinha. Fico observando as costas de Mutti por um tempo enquanto ela termina de lavar a louça. Seu cabelo loiro está puxado com força para trás no mesmo rabo de cavalo baixo com cacho de sempre, desde o início dos tempos, e seus braços magros balançam quando ela ataca o último prato. Esta noite ela preparou um suflê de espinafre e cogumelos e assistiu vitoriosa Eva repetir duas vezes. Mutti, a amante de vitela, a Rainha do Schnitzel, rendeu-se.

— Que outro? — pergunto, chegando por trás dela.

— Que outro o quê? — indaga ela, sem perder a pose. Deve ter visto meu reflexo na janela atrás da pia.

Ela se vira de lado e empurra a Harriet adormecida com o pé para poder abrir um dos armários de baixo.

— Quando você me perguntou se eu queria o cavalo só porque ele é listrado, você disse: "Talvez a gente devesse ter comprado aquele outro." Que outro?

Mutti retira uma pilha de panelas do armário, levanta as três primeiras e guarda ali a limpa. Aquilo me faz lembrar os jogos de empilhar dos bebês.

— Não importa mais. É tudo passado.

— O que é passado?

Mutti coloca as panelas dentro do armário e volta ao escorredor de pratos, de costas para mim.

— Não adianta nada ficar remexendo o passado — pondera ela.

— Isso é loucura, Mutti. Não faz o menor sentido.

Neste momento, Brian surge do corredor. Atravessa a cozinha e pega sua jaqueta do gancho ao lado da porta.

— Anton já está pronto para dormir — avisa, tateando às suas costas em busca da segunda manga da jaqueta. — Volto amanhã às oito.

— Obrigada — diz Mutti, empilhando os pratos na bancada.

Brian abre a porta e depois me olha através da porta telada.

— Um cavalo e tanto, esse que você tem aí — comenta ele. — Meio magricela, mas, enfim... acho que nunca tinha ouvido falar que existiam cavalos listrados. Você sabe, fora as zebras, é claro.

— É bastante raro — responde Mutti. Espero que ela diga que zebras não são cavalos, mas ela não diz.

Quando Brian fecha a porta, Mutti liga a babá eletrônica.

— Mutti, por favor — peço, quando ela para de limpar. — Por favor.

Ela estaca e, então, depois de um longo silêncio, fala:

— Harry teve um irmão. Um irmão igual a ele, outro alazão listrado.

Ofego como se tivesse recebido um soco no peito.

— O quê? Quando?

— Dezessete anos atrás.

— Como você sabe?

— Porque ligaram para seu pai para saber se ele não queria comprá-lo.

Eu a encaro, chocada. Mutti lança um olhar por cima do ombro, depois deixa a louça de lado e vem até a mesa se sentar. Eu me sento ao seu lado.

— Como você se recusava a cavalgar novamente...

— Eu não me recusava a cavalgar novamente — protesto.

— Como você se recusava a cavalgar novamente — continua Mutti, num tom mais alto —, seu pai achou que talvez não fosse só medo. Que talvez fosse por causa de Harry. Então ligou para um criador, tentando encontrar outro alazão listrado. Achou que, se você soubesse que havia outro igual a caminho, talvez quisesse montar novamente. Assim, quando o cavalo estivesse preparado para ser treinado, você também estaria preparada para o cavalo. Então, três anos depois, nasceu outro: um irmão igual a Harry, e o ofereceram ao seu pai.

Sinto meus olhos se arregalarem quando ela diz isso, mas já projetei o que vem pela frente. Àquela altura, eu já estava em Minneapolis com Roger. Àquela altura, havia deixado essa parte da minha vida irremediavelmente para trás.

Mutti olha para mim com ar de vitória, esperando submissão, quem sabe até gratidão.

— O que aconteceu? — pergunto em voz baixa.

— Bem, você já tinha deixado bem claro que não tinha o menor interesse em montar de novo...

— Com o cavalo, Mutti. Com o cavalo.

— Ele virou um cavalo de competição, como Harry. Ian McCullough o comprou.

— Meu Deus — exclamo, estupefata. Ian McCullough competia no mesmo circuito que eu, foi meu mais ferrenho adversário em meu último ano. Conquistou uma vaga nas Olimpíadas no ano em que me feri. Ocupou o meu lugar. — O irmão de Harry compete no Grand Prix?

— Competia.

Mais uma vez, aquela sensação de levar um soco no peito. Busco no rosto dela algum sinal, esperando que ela não esteja querendo dizer o que eu acho que está.

— Ele morreu alguns meses atrás. Se você acompanhasse os eventos de hipismo, já saberia disso. Na verdade, se acompanhasse os eventos de hipismo, já saberia do cavalo.

Ela me encara com frieza até eu virar o rosto para o lado, me sentindo mal.

Eu me levanto depressa, arrastando a cadeira pelo chão, e abro a porta telada com o braço esticado. A porta se fecha com um estrondo enquanto rumo até o pasto.

Quando chego lá, pulo a cerca e caminho em direção ao meu cavalo; meu cavalo danificado, caolho e sarnento. Ele levanta a cabeça para me olhar, com as orelhas viradas para trás em atitude desconfiada. Quando se certifica de que não vou me aproximar mais, continua a pastar.

De repente, a perda do irmão de Harry, desse alazão listrado que nunca vi, que podia ter sido meu e que eu não conheci, faz meu rosto se contorcer de tristeza. Quando percebo, já estou soluçando como uma criança de 4 anos.

—

Naquela noite, pesquiso na internet até quase de manhã, buscando desesperadamente informações sobre o irmão de Harry. Faço uma pesquisa atrás da outra na ferramenta de busca — "hanoverianos listrados de Highland Farm", "cavalos hanoverianos listrados competidores do Grand Prix", "alazão hanoveriano listrado" — até que finalmente apelo com "cavalo listrado de Ian McCullough".

É um artigo de uma edição antiga da *Equine World* que continua no ciberespaço quase seis anos depois de ter sido escrito.

"Highland Hurrah conquista o primeiro lugar do Rolex-Kentucky de 1994", grita a manchete, enorme e azul no topo da página.

Highland Hurrah. Leio o nome com uma onda de enjoo, uma sensação de vertigem. Leio incontáveis vezes, olhando aquelas duas palavras até que elas não mais pareçam ser palavras e sim objetos concretos que flutuam acima da minha tela.

Minha conexão com a internet é lenta, e a imagem embaixo da manchete vai surgindo em surtos agonizantes. Primeiro, um enorme céu azul, interrompido nas extremidades por árvores e que vai aparecendo em regiões de cor semelhante. Depois as extremidades das orelhas alertas; escuras, triangulares e pontudas. Então, finalmente, lá está ele, com o corpo alongado passando pelo topo de um muro de tijolos e Ian McCullough deitado contra seu pescoço listrado, as mãos lançadas para a frente enquanto sua montaria salta o enorme obstáculo.

Fico congelada, olhando para a tela enquanto um nó sobe pela minha garganta. Esse cavalo se parece tanto com Harry que não sei como processar aquilo, quase sinto medo de tentar.

Embaixo da imagem, a matéria já terminou de ser carregada, portanto passo para ela, pois é mais fácil do que olhar o irmão de Harry. Ela explica como três competidores estavam espantosamente perto da vitória, como Ian McCullough, na terceira vitória do Rolex-Kentucky da sua carreira, faturou o prêmio de US$ 50 mil e o relógio Rolex com uma liderança de apenas 4 pontos de penalidade.

Olho de novo para a foto e, desta vez, não consigo desviar o olhar. Analiso avidamente o tal irmão de Harry, suas listras, o formato dos cascos, focinho, joelhos e articulações, porque sei exatamente qual é a sensação deles sob minhas mãos. Vê-lo me faz voltar ao passado, vai arrancando as camadas da minha memória até alcançar o local onde a lembrança do corpo de Harry permanece intacta. A longa curva de suas espáduas; o ponto morno — macio como seu focinho — entre as pernas dianteiras; o *V* de seu peito onde o pelo muda de direção; o redemoinho onde sua caixa torácica encontra os flancos. Como era a sensação de passar a mão pela perna de Harry para checar se ele estava quente demais. As espáduas musculosas que levavam até suas pernas longas e macias; a protuberância gentil e ossuda do joelho; o machinho surpreendentemente delicado e o casco duro, frio; o oco macio e quente atrás da pata, logo acima do calcanhar. E, embora doa muito, eu me demoro naquela lembrança, porque parece real.

Ah, Harry. Ah, Harry. De certo modo, acho que nada mais pareceu real desde então. Acho que estou em modo de espera desde o dia em que você morreu.

—

Quando eu me arrasto até o escritório na manhã seguinte, meus braços e minhas pernas pesam e a visão está turva.

Apesar de ter passado a maior parte da noite conectada, a primeira coisa que faço é abrir o Internet Explorer e lançar outra busca no Google. Depois outra. E mais outra.

Quarenta minutos depois, um dos links sublinhados à esquerda da tela diz: "Campeão listrado morre em trágico acidente".

Clico no link e prendo a respiração.

A foto é igual à primeira que encontrei na noite passada, só que numa versão minimizada. Highland Hurrah pulando um muro de tijolos, explodindo com toda a energia necessária para impulsionar 650 quilos de cavalo e homem sobre uma área de 3 metros, que no ponto mais elevado atinge a altura de 1,5 metro.

Mais ou menos na metade do texto, percebo que ainda não voltei a respirar.

Ele morreu num acidente de transporte. Morreu porque alguém se esqueceu de engatar o freio de mão e o caminhão rolou para trás, bateu contra um tanque de propano e explodiu.

O texto é extremamente imparcial, direto ao ponto. Como editora, em geral isso é algo que aprecio, mas este artigo aqui é absolutamente insuficiente. Ele devia descrever o terror que ele sentiu, preso naquele inferno em chamas. Como sua pele e sua carne assaram e se abriram, pendendo de seu corpo vivo enquanto ele tentava inutilmente se livrar das amarras. Como, depois de lutar o máximo que pôde, ele finalmente desistiu e se entregou às labaredas, esticando o longo e musculoso pescoço sobre o alumínio derretido embaixo dele com a resignação que chega com a morte.

O artigo termina assim: "Nossas mais sinceras condolências a Ian McCullough, cuja carreira com o grande hanoveriano não teve adversários à altura e cuja vida jamais será a mesma".

Sinto uma ira assassina ao ler isso. Era o irmão de Harry. Era um cavalo que (se o universo não tivesse se dividido em dois) teria sido meu. Um cavalo que terminou morrendo nas mais horrendas circunstâncias porque algum retardado mental se esqueceu de engatar o caminhão. Ou seja, que morreu por causa de um idiota tão burro que não merecia continuar vivo, e, mesmo que não tenha sido o próprio Ian, foi alguém contratado por ele — o que o torna culpado mesmo assim.

Olho para a tela durante o que parece ser uma eternidade com o coração batendo a mil, cheio de raiva e tristeza. Irada, arrasada e com vontade de gritar, olho para a minúscula imagem pixelada como se fosse possível entender melhor caso eu a olhasse por tempo suficiente. Com a mão sobre o mouse, movimento o cursor a esmo pelos contornos da silhueta do cavalo, traçando seus cascos e suas orelhas na tela, circulando o redemoinho que sei existir em seu peito. E então, antes de me dar conta, já estou com o corpo inclinado para a frente digitando de novo, procurando desesperada pelo ciberespaço mais uma foto, qualquer uma, de Highland Hurrah. Para lamentar a sua morte, preciso antes reconstruir a sua vida.

8

Papai está decaindo rapidamente, indo ladeira abaixo. Eva e eu só estamos aqui há seis semanas, mas a diferença é impressionante. Ele está esquelético, tão magro que é dolorido olhar, pele e osso. Suas unhas estão amareladas e duras, o cabelo branco, penteado de modo esparso sobre o couro cabeludo.

Ele mal come, pelo menos não na nossa frente. Tudo o que Mutti lhe serve — invariavelmente algo de um de seus novos livros de culinária vegetariana — pode ser comido apenas com um garfo ou uma colher, mas, quando não é o caso, ela corta a comida em pedacinhos na cozinha antes de servir a porção dele. Mesmo assim, é um esforço imenso, e muitas vezes a comida cai antes de atingir a sua boca. Quando isso acontece, ele descansa antes de fazer uma nova tentativa. Acho que só consegue comer meia dúzia de colheradas em cada refeição, portanto, está literalmente sumindo. Mutti continua o ajudando a beber, mas nunca a comer. Tenho certeza de que é porque ele não quer ser alimentado na frente dos outros, como se isso, de alguma forma, representasse um reflexo dele enquanto pessoa.

É ridículo, claro, mas eu entendo, pois já estive na posição de não ser capaz de fazer nada sozinha. E, como papai, odiava pedir ajuda. Quantas vezes resisti em pedir para alguém coçar meu nariz ou afastar o cabelo para que ele parasse de irritar meu pescoço, ou para levantar o copo e colocar o canudo na minha boca para eu conseguir beber. Sei que não é a mesma coisa, pois minha inutilidade veio de repente, enquanto a dele está avançando devagar. A vida está escapando entre seus dedos.

Agora sua cabeça fica apoiada no encosto da cadeira de rodas, em geral num ângulo que indica que ele não consegue mais mantê-la ereta. Logo haverá apoios nas laterais do encosto de cabeça para segurá-la, ou então ele será obrigado a usar um colete cervicotorácico, como eu mesma usei no início da minha recuperação. Além disso, sua fala está ficando mais lenta, e, quando ele tenta sorrir, em geral só consegue puxar o rosto numa careta tão horrenda que eu procuro não olhar. É o mesmo com a comida, mas embora eu desvie os olhos, percebo cada tentativa frustrada, cada pedacinho que cai pelos cantos justamente quando o garfo chega até sua boca. Isso me enche de tristeza, desespero e raiva. Não sei para onde dirigir essas emoções, embora Mutti represente uma ótima alternativa na maioria das vezes. O que é extremamente injusto, pois sou eu quem está fracassando, não ela.

Ela passa o dia inteiro com papai. Brian chega de manhã e volta à noite, mas isso é apenas porque Mutti não consegue levantar papai da cama. Fora isso, ela fica ao lado dele o dia todo. Se vai cuidar do jardim, ele estaciona a cadeira de rodas ao lado dela, sob a sombra do guarda-sol do pátio. Se está cozinhando, ele fica lendo na mesa da cozinha. Eles alugam filmes, ouvem Wagner, montam quebra-cabeças — uma atividade tormentosa, mas na qual ele não se importa de deixar cair as peças e tentar de novo, ao contrário de quando está comendo.

Só há uma coisa que papai faz sozinho. Toda tarde, logo depois que os cavalos são trazidos para o estábulo, Mutti abre a porta dos fundos e papai manobra até a varanda. Depois desce a rampa e atravessa a trilha de cascalho, com a cabeça balançando a cada irregularidade do chão. Quando chega ao estábulo, para diante da baia de Razzmatazz.

Assim que ele chega, o funcionário que estiver mais próximo se aproxima e, imediatamente, sem dizer nenhuma palavra, abre a porta deslizante e ergue a barreira da baia. Então Tazz, um cavalo muito alto, metade percheron e metade sabe-se lá o quê, com cascos do tamanho de pratos, move-se pesadamente e estende o pescoço na direção do corredor. Fareja o rosto e as mãos de papai e procura alguma guloseima em seu colo.

Papai sempre lhe traz cenouras, nunca maçãs, e tenho certeza de que sei o motivo. A menos que o cavalo coma a maçã de uma vez só, é preciso fazer a pressão contrária enquanto ele a morde. E papai não tem mais força para isso. Portanto, chega com pedaços de cenouras, que entrega a Tazz — um por um. Mesmo depois que as cenouras acabam, Tazz continua na porta da baia, farejando meu pai e sua cadeira enquanto papai fala baixinho com ele e, de vez em quando, acaricia a cara cinzenta do cavalo com sua mão ossuda.

Acho isso tanto fascinante quanto comovente. O velho papai jamais demonstraria esse tipo de carinho. O velho papai acharia que isso é mimar um cavalo.

Eu assisto religiosamente à sua peregrinação noturna, mas tomo o cuidado de ficar fora de vista. Em geral, fico num canto ou dentro do boxe para lavagem dos cavalos, sempre tomando o cuidado de evitar que ele consiga me ver, a menos que vire a cadeira. Quando ele vira, o som do motor me dá tempo de sobra para apanhar uma pá ou um forcado da parede e passar por ele com um alegre "oi, papai!", como se eu estivesse extremamente ocupada e não tivesse tempo sequer de parar.

Eu sei, é cruel, é estúpido e imaturo, mas não sei mais o que lhe dizer. Não posso falar "oi, papai, como você está se sentindo hoje?", porque tenho medo que ele responda. Não posso me aproximar dele para conversar sobre outras coisas, porque isso cheiraria a covardia. Então finjo que não existe nada fora do comum, ignoro os sinais físicos que estão em toda parte: o trilho no teto que vai até o banheiro, o fato de todos nós fazermos as refeições no gabinete, os sons terríveis e familiares que vêm da sala de jantar quando Brian tira papai da cama para começar o dia.

Eva parece ter aceitado o declínio de papai e sua morte iminente como algo que faz parte da vida, o que me causa admiração e desespero. A morte pode até ser algo natural, mas com certeza não essa morte. Esta é um roubo, uma abominação, e próxima demais de um palíndromo da minha própria experiência para que eu consiga lidar com ela.

Esta não é uma boa noite. Papai me surpreendeu no estábulo hoje, então fiz minha encenação costumeira de "não tenho tempo para conversar" e agora me sinto péssima. Mas, a não ser que o procure para conversar a respeito, não vejo outro modo de consertar as coisas. Portanto, assim que termina o jantar, saio com Jean-Claude. Subo na cerca com um cesto de maçãs enquanto ele vai para o estábulo apanhar Bergeron.

Sua devoção ao garanhão branco é comovente. Ele passa no mínimo uma hora no campo com ele todas as noites, conversando com o cavalo, penteando-o, correndo a escova por seu pelo macio. Às vezes penteia a longa cauda de Bergeron enquanto ele pasta, segurando-a de lado com uma das mãos e desembaraçando os longos pelos brancos com a outra. É um homem que entende cabelos compridos, o que me faz imaginar as mulheres que ele conheceu.

Eu me sento no gramado, o mais próximo de meu cavalo que ele permite. Ele é um osso duro de roer. Já faz semanas, mas mesmo assim ainda continuo atirando maçãs de longe para ele. Isso diverte muitíssimo Jean-Claude, mas o que mais posso fazer?

Não que nosso relacionamento seja exclusivamente unilateral. Estamos progredindo, ainda que devagar. Quando ele me vê, levanta as orelhas. Sabe quem sou. Sou a mulher que lhe atira maçãs.

Esta noite, entretanto, ele está sendo particularmente antipático. Nossa rotina em geral é: atiro uma maçã, ele vai apanhá-la, e, enquanto a come, eu me aproximo um centímetro a mais. Esta noite, ele apanha a maçã e depois leva as orelhas para trás ao primeiro sinal de movimento meu.

Eu me viro para voltar para a casa. Pelo canto do olho, vejo Jean-Claude se aproximar da cerca. É um convite para que eu faça o mesmo. Vou até lá deprimida: não estou a fim de conversar, mas não quero ser mal-educada.

— Não fique desanimada — aconselha ele quando eu paro. — Você sabe como são os cavalos. Talvez seja o vento.

— Ou talvez ele me odeie — respondo, encostando nas tábuas caiadas.

— Não. Uma hora ele vai ceder.

— Você acha? — pergunto, olhando de novo para meu cavalo, que está mastigando o último pedaço de maçã com os olhos semicerrados de desconfiança.

— Sem dúvida. Ele já deixa você chegar mais perto, não deixa? Você devia ter visto Bergeron no início. Um verdadeiro selvagem. Um maluco.

— Como assim, ele? — desdenho, olhando para o garanhão branco. — Aquele docinho?

— Isso mesmo, aquele docinho — concorda Jean-Claude.

— Quando foi isso?

— Oito anos atrás. Eu estava num haras perto de Montreal procurando um cavalo diferente, talvez para comprar, e esse garotão aqui estava preso num estábulo dos fundos. Eles o haviam rotulado de malvado, iam sacrificá-lo, mas eu vi algo a mais nele. Não queriam vendê-lo para mim, mas insisti. E agora olhe só para meu Boo-Boo, meu menino lindo. Não é, Boo-Boo? — diz ele, levantando a voz.

Bergeron levanta de leve a cabeça, movendo a mandíbula inferior para os lados. Logo volta a pastar, arrancando a grama do chão e balançando a cauda elegante, como se seguisse um ritmo.

— Quem diria — comento. — Como você conseguiu?

— Com amor, paciência e tempo. Não existe atalho, não existe mágica. Mas vai acontecer. Você vai ver.

Nós dois olhamos para o meu cavalo, que se afastou o máximo possível e está junto à cerca, fingindo não olhar para nós, com as orelhas achatadas para trás.

— Alguma coisa aconteceu com seu menino, só isso. Você precisa dar tempo para que ele confie em você, para que queira dançar.

Já vi Jean-Claude dando aulas o bastante para conhecer seu vernáculo.

— Isso não vai acontecer, Jean-Claude. Não vou montar nele — digo.

— Bem, isso nós veremos — retruca ele. — Veremos. Mas que você tem um belo garotão aí, isso tem.

Existe algo tão carismático no jeito de Jean-Claude que acho que ele poderia dizer qualquer coisa que eu acreditaria. Mas uma coisa é certa. Este cavalo, que estava em frangalhos ao chegar aqui, está bonito. Impressionantemente bonito, de fato, e não só porque atingiu um peso saudável. Com carne nos ossos, sua conformação está começando a aparecer. Cada vez mais, ele parece um hanoveriano. Cada vez mais, parece-se com Harry.

As semelhanças na pelagem já existiam desde o início, assim como o formato da cara, mas foi só quando ele começou a engordar que aquele formato familiar de corpo se pôs a aparecer, como uma estátua surgindo de uma rocha bruta.

A mudança foi tão gradual que essa percepção não surgiu em um único instante de reconhecimento. Foi se enfiando na minha cabeça devagar, em silêncio, que nem eu percebi o que estava acontecendo. De repente, já estava lá. Provavelmente levou semanas a fio para se espreitar, mas só escolheu se revelar depois que já tinha se instalado e montado guarda.

Na primeira vez que isso me passou pela cabeça, afastei a ideia, considerando-a loucura. Mas, por mais que eu tentasse evitar o assunto, ele surgia de novo, esgueirando-se pelas beiradas como vapor.

Até que, certa noite, não pude mais ignorar. Depois de ter certeza de que todos em casa estavam dormindo, fui de fininho até o gabinete e passei a noite inteira folheando revistas antigas até encontrar uma foto de Highland Hurrah. Eu precisava de uma foto em papel, uma foto que pudesse carregar comigo.

Então, quando o sol raiou, eu a levei até o pasto e a segurei afastada do corpo, com o braço bem esticado, comparando-a ao cavalo na minha frente, examinando desesperadamente primeiro o cavalo e depois a foto. Depois o cavalo e, então, a foto. Identificando um traço isolado aqui e comparando-o com outro ali.

Highland Hurrah morreu. Eu sei disso. Mas também sei que ele está pastando no meu campo. Não sei se isso aconteceu de tanto eu desejar que seja verdade, como se de algum modo místico eu tivesse feito o cavalo listrado morto se aglutinar do nada, se formar como um diamante a partir do peso do meu coração. Já ouvi falar de curas pela fé, de como a energia mental concentrada é capaz de fazer cânceres inoperáveis desaparecerem... Será que é realmente um exagero acreditar que provoquei a reencarnação do hanoveriano perdido simplesmente por desejar isso com toda força?

Sei que não devo contar isso a ninguém. Pensariam que estou louca. Não Eva, claro, que se atirou ao trabalho no centro de resgate com uma dedicação que nem eu sabia existir nela, mas com certeza Mutti e Dan. Eles não sabem direito o que está acontecendo, mas suspeitam que perdi um pouco a cabeça. Vejo isso no rosto deles, no véu de paciência que recobre seus rostos quando estou falando. Nos gestos tristes de compreensão de Dan e nos olhares de esguelha carrancudos de Mutti.

Tudo começou por eu não ter dado um nome ao cavalo. No começo, a coisa apareceu na forma de provocações simpáticas, divertidas, sobre como eu estava demorando para escolher um nome. Depois de várias semanas, porém, ficou óbvio que havia algo mais na minha relutância, que ela era alguma coisa patológica. Dan, educado e gentil até os ossos, simplesmente parou de perguntar. Mutti parou de perguntar também, mas com uma espécie de brusquidão crítica.

Bom, é claro que dei um nome ao cavalo (ou pelo menos lhe dei seu antigo nome), mas não posso contar isso a ninguém. Achariam que pirei. Até eu acho que pirei, às vezes. Contudo, não consigo afastar essa certeza. Ela assoma tão sólida quanto um obelisco.

Um dia, entretanto, até eu serei obrigada a admitir que é impossível eu ter formado esse cavalo do nada.

A linha estala do outro lado quando aperto o fone contra o meu ouvido. Sei que não devia estar fazendo isso, mas não consigo evitar. Quando Dan atende, estou tremendo.

— Dan?

— Sim.

— Sou eu.

— Eu sei — diz ele.

De repente não consigo encontrar as palavras para começar.

— Está tudo bem? — pergunta ele.

— Sim, está tudo ótimo. É que... eu... Escute, quero perguntar uma coisa a você.

— O quê?

— Meu cavalo. Há quanto tempo tem aqueles ferimentos?

— Não sei. É difícil dizer com certeza.

— Então, me dê uma estimativa.

— Quatro ou cinco meses, talvez. Por quê?

— Eles são compatíveis com um acidente de transporte? E um incêndio?

Silêncio do outro lado.

— Dan?

— Estou ouvindo.

— São ou não são?

— Talvez. Pode ser que sim. Por que está me perguntando?

— Acho que sei quem ele é.

— Sabe?

— Acho que é o irmão de Harry.

— Annemarie...

— Sei que parece loucura, mas pense. Quantos cavalos listrados você já viu na vida?

Paro para que ele responda, mas ele não diz nada. Há uma descrença palpável em seu silêncio. Acho que ele está tentando decidir se eu enlouqueci de vez.

— Sei que parece maluquice, mas não é. Baixei várias fotos da internet. Os marcadores físicos são iguais. Quero dizer, exatamente iguais.

Nova pausa esquisita.

— Annemarie, eu realmente acho que não seja o caso.

— Eu sei o que parece — continuo, ciente de que estou começando a parecer histérica. — Sei mesmo. Mas você precisa ver as fotos! É o mesmo cavalo.

— Por que alguém fingiria a morte dele?

— Sei lá, pelo dinheiro do seguro.

— Por que alguém preferiria o dinheiro a um cavalo de competição de nível internacional? — pergunta ele.

— Porque Hurrah tem 17 anos de idade, ou seja, estava perto do fim da carreira esportiva.

Silêncio.

— Você acha que estou louca — concluo, enfim.

— Não acho que você está louca.

— Acha sim. Eu sei.

— Acho que você passou por muita pressão recentemente.

— Não é isso. Você precisa ver as fotos.

— Annemarie, ele não é o irmão de Harry.

— E se for?

— Se fosse, ele teria um microchip. Além disso, as seguradoras pedem que um veterinário identifique o corpo, principalmente quando a soma envolvida é alta.

Eu não havia pensado nisso. Minha fé crescente desinfla como um suflê.

— Olhe — prossegue Dan, com gentileza. — Eu entendo por que você deseja acreditar nisso. Eu sei que...

— Não, não sabe — interrompo com aspereza. Sei que é irracional, mas essa história do microchip parece culpa dele.

— Sei sim. Acredite, eu sei. Eu estava lá, lembra? Harry sempre foi tudo para você. Sempre. Meu Deus, Annemarie... até a sua cachorrinha se chama Harry.

— Não é verdade! — esbravejo em protesto. — Ela se chama Harri... — Então paro, congelada, espantada com a minha falta completa de autoconhecimento. — Ah, meu Deus, eu estou louca. Eu realmente enlouqueci de vez.

— Talvez você só precise colocar tudo isso para fora — diz Dan. — Sabe, esquecer.

— Não, estou só maluca mesmo.

— Você tem todo motivo do mundo para estar estressada. Está coberta de motivos. — Outra pausa. — Olhe, quer sair amanhã à noite? Depois que eu deixar Eva aí? Não estou falando de um encontro romântico, só um cinema e talvez comer alguma coisa. Só para você deixar a fazenda um pouco.

— Hmm... Certo, está bem. Por que não?

— Combinado então. Ótimo.

Desligo, estranhamente desapontada por não ser um encontro romântico.

Certo, então estou mesmo maluca. Quanto a isso, todos parecem concordar, e por alguns minutos depois que desligo, eu também concordo.

Não estou cega para o óbvio. Sei o quanto isso parece irracional. Ian McCullough é um atleta respeitado, e o que estou sugerindo faria dele um criminoso. Quando volto a olhar as fotos, porém, não há como negar que é o mesmo cavalo. Não sei se isso demonstra uma grande fé ou uma ilusão digna de pena.

De pé ao lado da cerca, olho da foto na minha mão para o cavalo no pasto e decido que não, não é nenhuma ilusão digna de pena.

Durante duas décadas, eu me senti como um espécime de laboratório num tubo de ensaio. Sempre houve trevas sobre tudo, a sensação de que eu, de algum modo, tinha me desencaixado e não conseguia mais retomar a normalidade. Nos últimos tempos, porém, ando vendo flashes, vislumbres sedutores do que existe por trás do véu. Estou começando a sentir as coisas novamente de um modo como não sentia havia vinte anos, e não dá para voltar atrás.

Por mais irracional que possa parecer, sei a verdade, e se ela precisar ser apenas minha, consumida em segredo como um alcoólatra bebendo vinho trancado no armário, então que seja. Não vou desistir.

Dan vem me apanhar às cinco e vamos ao cinema. É o filme mais popular do verão, mas eu não consigo me concentrar, porque os atores não param de fazer fugas mirabolantes e pular por cima das árvores. Mas o que mais me impede de me concentrar é Dan.

Fiel à sua palavra, ele age de modo platônico em relação a mim. Eu me pergunto o que ele faria se eu simplesmente segurasse sua mão. Não seguro, porque é provável que ele ficasse chocado. Uma mulher solteira há tão pouco tempo quanto eu provavelmente não devia se atirar para cima de ex-namorados em encontros não românticos. Mas, mesmo assim, seria bom sentir o calor da mão dele na minha, ou da sua coxa sob a minha palma.

Olho para seu perfil, observando-o pegar algumas pipocas.

Eu me lembro da primeira vez que pus os olhos nele: ele estava com um bando de alunos da escola local, que tinham vindo de excursão para me ver competir. Eu estava recebendo a faixa quando o vi na plateia. Ele me observava atentamente, enquanto os outros meninos faziam a maior zona. Aí ele sorriu para mim, um sorriso largo gigantesco. Fiquei sem ar.

Ele continua sendo o homem mais atraente que já vi, com sua exuberância natural e seus olhos azul-claros. Até a idade está lhe caindo bem, o que não é justo, porque não está me caindo nada bem.

Dan se vira para mim com um olhar interrogativo e um sorriso. Sorrio em resposta, e nós dois nos viramos de novo para a tela.

Mutti e papai o adoraram no mesmo instante. Eles devem ter achado que Dan era um presente de Deus: um garoto católico bom e respeitável que me encorajava no hipismo. Pela primeira vez em toda a minha vida, meus pais me estimularam a ter uma vida social. Eles me deixavam sair sozinha com ele, convidavam-no para ir à nossa casa, pareciam felicíssimos quando ele aparecia sem avisar. Até aprovavam quando ele viajava para a casa de Marjory nos fins de semana, quando eu estava lá para treinar. Dan, pelo visto, não representava ameaça — e esse foi o beijo da morte.

Será possível que eu tenha sido mesmo tão idiota assim? Escolher Roger só porque vi o olhar de desaprovação de Mutti quando o apresentei a eles? Deliciar-me com o desgosto dela diante do protestantismo dele, com sua desaprovação da personalidade rasa dele? Seria de imaginar que qualquer mãe ficaria feliz se a filha levasse para casa um aluno do terceiro ano de Direito, mas não Mutti, portanto, fiz a única coisa que tinha sentido para mim. Larguei Dan e comecei a namorar Roger.

É estranho como parece que, se eu simplesmente estendesse a mão por cima do braço do assento e segurasse a de Dan, poderíamos recomeçar de onde paramos. Não tenho nenhum motivo para acreditar que ele continua interessado em mim. Aliás, por que continuaria? Da última vez em que estivemos juntos, eu tinha algo mais. Era especial. E agora, o que eu sou?

Dan muda de posição no assento ao cruzar as pernas para o outro lado, e sinto o tecido da manga dele roçar no meu ombro nu. Eu pressiono o corpo contra o dele de leve, e ele não se afasta. Durante o resto do filme, eu me concentro naquele pedacinho de algodão e no calor macio sob ele, imaginando a pele por baixo.

Ele me leva para jantar num bistrô italiano e, enquanto comemos linguine com siri mole e cubinhos de tomate maduro, tocamos no assunto de nossa conversa anterior. Eu rio, tentando passar a impressão de que percebi o quanto aquilo é ridículo.

— Mas é que parece tão incrível! Só por interesse, você devia olhar a foto e o cavalo ao mesmo tempo. Quer dizer, você sabe o quanto essa pelagem é rara. Pode imaginar que raridade então os marcadores físicos serem também exatamente iguais?

— A chance de você ganhar na loteria é maior — concorda ele. Vira o garfo e espeta uma vieira, escorregadia de manteiga. Um raminho de aneto, parecido com uma samambaia, fica grudado no canto.

— Foi o que eu pensei também... Bom, você sabe.

— Sei.

Comemos em silêncio por alguns minutos, pois estamos adentrando território perigoso. Ele me achar insana seria um impedimento certeiro à retomada do nosso relacionamento.

— Andei pensando nisso a tarde toda — começa ele de repente, pousando os talheres na mesa e cruzando os braços. Olho para ele, sem saber o que esperar. — Na verdade, fiz uma pequena pesquisa sobre coloração de pelagens e genética, e a chance de dois cavalos terem exatamente as mesmas listras é quase nula.

Eu o encaro.

— Você ainda tem aquela foto? — pergunta.

— Claro.

— Posso dar uma olhada quando eu deixar você em casa?

Ao andarmos de volta para o carro depois do jantar, coloco a mão na dobra do seu cotovelo. Ele olha para mim, dá um sorriso largo e pousa a outra mão sobre a minha.

—

— Bem, olha só — comenta ele, analisando a foto e depois erguendo o rosto para Hurrah.

— Viu? Viu? — exclamo, sem conter o entusiasmo.

Ele balança a cabeça devagar.

— Dá para entender por que você achou o que achou.

Franzo a testa:

— Mas... Olhe para ele! Você mesmo disse que as chances de eu ganhar na loteria eram maiores.

— Seriam, se os marcadores físicos fossem idênticos. Mas esta foto foi tirada de longe, e dá para ver apenas um quarto de cavalo. E veja, toda essa parte aqui, a área sob a sela e o cavaleiro, está obscurecida.

— Eu sei, mas olhe as espáduas, o pescoço. E a estrela.

Dan tem em sua defesa o fato de se demorar olhando o que mostrei. Franze a testa enquanto analisa a foto, agora desgastada. Então levanta a cabeça para olhar Hurrah, piscando enquanto seus olhos se ajustam para olhar a distância.

Finalmente ele me devolve a foto, assentindo devagar.

— É muito parecido. Muito mesmo.

— Mas você não acredita em mim.

— Não é questão de acreditar em você.

Aperto os lábios.

— Pense só no que você está me dizendo — prossegue ele. — Quer dizer, pense de verdade.

Olho para a grama, com medo de chorar.

— Não sei como explicar isso — continua Dan. — É uma coincidência incrível que os dois sejam assim tão parecidos. Talvez sejam aparentados; depois do que li, estou disposto a acreditar que esses três cavalos compartilham um mesmo ancestral, quem sabe nem tão distante assim. Mas, droga, Annemarie...

Meus olhos se enchem de lágrimas. Dan dá um passo à frente e me abraça, apertando meu corpo contra o peito. Enterro o rosto em sua camisa, o topo de minha cabeça sob seu queixo. E, ah, como a sensação é boa. A sensação de seu corpo e o seu cheiro, como são bons.

— E aí, se divertiram? — diz Eva, com escárnio, quando entro na cozinha. Ela está de pé perto da porta, com o braço apoiado na bancada. Devia estar nos olhando pela janela. — Eu perguntei, *se divertiram*? — A voz dela aumenta de volume como uma sirene.

— Eva...

— Você me dá nojo — prossegue. — Papai foi embora há o que, dez minutos, e você já arrumou um namorado?

— Não é nada disso. Dan é só...

— Nem tente negar. Você não passa de uma velha no cio. Você é nojenta! Me dá nojo!

Cio? Velha? Desde quando 38 anos é velha? Abro a boca para responder, mas Eva já saiu em disparada para o corredor, deixando um rastro de perfume atrás de si.

— Eva!

— O que está acontecendo aqui? — Mutti aparece à porta, com a testa franzida. — Papai está tentando dormir.

— Não sei. Eva está brava comigo.

— Por quê?

— Porque interpretou mal uma coisa que viu.

— E o que ela viu?

Eu não quero contar, mas se não o fizer, Eva fará.

— Dan me abraçou quando me deixou aqui.

Mutti continua me encarando. Depois, sua expressão se suaviza um pouco.

— Eu converso com ela — diz.

— Não, por favor — peço depressa, porque ela já está se virando para ir. — Pode deixar que eu converso. Eu só... só acho melhor ela se acalmar primeiro, só isso.

Para minha surpresa, Mutti volta. Anda até o armário da cozinha, abre-o e tira de lá duas taças.

— Quer um Jägermeister? — pergunta.

— Por favor.

Ela coloca as taças na bancada e depois desaparece pelo corredor. Um instante depois volta com a garrafa. Serve um pouco em cada taça.

— Quer tomar aqui ou na sala?

— Hmm, na sala.

Depois de nos acomodarmos nas poltronas, bebemos em silêncio.

— Há anos que não bebo isso — falo por fim, erguendo a taça para a luz. O abajur é de um tom laranja queimado, e o líquido à sua frente cor de âmbar. — Que gostoso.

— Você e Dan se divertiram esta noite? — pergunta Mutti, mas quando olho para ela para ver se escolheu as mesmas palavras que Eva por acaso ou de propósito, ela me encara.

— Sim, nos divertimos.

— O que vocês fizeram?

— Assistimos a um filme e depois jantamos.

Ela fez que sim com a cabeça, devagar.

— É bom para você, sair um pouco.

— Não foi um encontro romântico — explico.

— E daí se foi? — pergunta ela. — Você precisa viver sua vida.

Tomo outro gole.

— Isso é, se realmente você e Roger terminaram — acrescenta.

— Foi ele que terminou comigo, Mutti.

— Eu sei, *Schatzlein*, eu sei.

Esse jeito carinhoso de falar me traz lágrimas aos olhos. Olho para a borda da taça, tentando não piscar.

— As coisas andavam ruins entre vocês? — continua Mutti.

Suspiro, depois olho pela janela.

— Não — respondo, por fim. — Não, não andavam. Mas também não andavam bem. Simplesmente... andavam.

— E aí apareceu essa tal de Sonja..

— E aí apareceu essa tal de Sonja, e eu acho que Roger decidiu que não era o suficiente.

— E para você, era?

— Não sei. Acho que sim. Parecia ser, naquele momento.

— Vocês tentaram fazer terapia de casal? — pergunta ela.

Olho para Mutti para avaliar sua intenção.

— Não — respondo apenas.

— Por que não?

— Não sei. Nunca me passou pela cabeça — replico.

— Você queria que ele ficasse?

— Acho que não. Não.

Parece libertador e até mesmo chocante dizer isso, mas Mutti não parece surpresa.

— Então talvez tenha sido melhor assim — opina ela.

— Duvido que Eva concorde com você.

— É difícil para ela.

Não digo nada.

— Você sabe como é o relacionamento entre pais e filhas.

— Esse caso é totalmente diferente — digo apressada.

— Tem certeza, Annemarie?

Estou a milésimos de segundos de dizer, Sim, porque Roger nunca levou Eva para todo lado como papai me levava, porque Roger nunca projetou suas próprias ambições na nossa filha. Porque Roger respeita o que Eva deseja fazer e não a pressiona, nem a faz sentir que está arruinando a vida dele se ela não se dedica a realizar o sonho dele.

Quando levanto o olhar, Mutti está me observando.

— Sei que está sendo duro para você, *Schatzlein* — diz ela com carinho, e sei que ela está falando de papai, que viu no meu rosto. — Mas não espere demais.

Balanço a cabeça, enquanto meus olhos novamente se enchem de lágrimas.

— E sei que não foi você quem começou isso tudo, mas não deixe o que está acontecendo entre você e Roger atrapalhar o relacionamento entre Roger e Eva.

— Ele nos abandonou, Mutti. Não fomos nós que o abandonamos.

Mutti ergue a taça e a aponta para mim.

— Ele está se separando *de você*, Annemarie — declara ela, com uma voz que é ao mesmo tempo gentil e firme. — Não da sua filha. Além do mais, você não é nenhuma inocente. São necessárias duas pessoas para um casamento chegar a esse ponto.

Na verdade, quem está se divorciando dele *sou eu*, mas não sinto vontade de argumentar. Além do mais, tem outra coisa que quero perguntar.

— Então, Mutti — digo, examinando a base da taça e tentando parecer natural. — Você acabou não me contando. O que Dan andou fazendo nesses últimos dezenove anos?

Quando olho para ela, um sorriso está se espalhando pelo rosto de minha mãe.

Quinze minutos depois, subo as escadas e encontro o quarto de Eva vazio. Quando me viro para sair, ouço uma porta se fechar e a vejo saindo do meu quarto.

— Eva? — chamo, andando até ela. — O que você estava fazendo aí?

Ela resmunga qualquer coisa e segue na direção das escadas.

— Eva! — grito, mas ela me ignora. Ouço minha filha descendo as escadas ruidosamente até o primeiro andar, depois a porta telada se fechando com um estrondo.

Entro no meu quarto e passo os olhos por ali. Tudo parece normal. A cama está feita, com a habitual marca deixada pelo corpo de Harriet. Meu computador está ligado, porém o protetor de tela está rodando.

Vou até a janela e vejo Eva atravessando o jardim em direção ao estábulo, seguida de perto por Harriet. Então, sem saber por que, pouso a mão no telefone. Está quente.

Eu levo o fone à orelha e aperto o botão de REDIAL.

Ouço uma sequência de toques, depois uma pausa enquanto a linha se conecta. Três toques e então alguém atende.

— Alô?

Congelo. É Roger.

— Alô? — repete ele, depois de uma pausa.

Abro a boca e então, justamente quando decido que vou desligar, ele diz:

— Eva? É você, meu amor?

Droga. Ele tem identificador de chamadas.

— Não. Sou eu — respondo.

Nunca passou pela minha cabeça que Eva ligaria para Roger. Nem consigo imaginar o que ela lhe contou. Acho que não quero saber.

— Ah. Oi.

— Eva acabou de ligar para você, é?

— É — responde ele.

— Ela estava bem?

— Por quê? Aconteceu alguma coisa?

Sinto como se estivesse cavando minha própria cova.

— Não. Sim. Quer dizer, não, ela está chateada comigo, só isso. E pensei que ela não estivesse falando com você.

— Está falando comigo, sim. Ela me liga umas duas vezes por semana.

— Liga?

— Liga. Por que ela ficou chateada com você?

Faço rodeios:

— Ela não falou nada para você?

— Não.

Balanço a cabeça, aliviada.

— Não tem importância.

— Tem importância, sim, se ela está chateada.

— É só o tipo de coisa que chateia Eva. Ela faz tempestades em copo d'água.

— Bom, se você tem certeza...

Um silêncio interminável, insuportável, se estende entre nós.

— Você queria falar alguma coisa comigo? — pergunta Roger por fim.

Ah, meu Deus, é claro: ele acha que liguei para ele de propósito.

— Não — respondo. Ai, ai. Será que é a melhor resposta que consigo dar?

— Está tudo bem?

— Está tudo ótimo — retruco, irritada.

— Que bom que você ligou. Ainda está checando seus e-mails? Andei tentando entrar em contato.

— Na verdade, não. Estou trabalhando no haras, então só estava usando a conta dos meus pais.

— Você sabia que temos uma audiência marcada no tribunal?

— Não — respondo, sentindo-me mal de repente.

— Dia 26 de julho.

Eu me sento, debruçada sobre a mesinha. Isso quer dizer, daqui a menos de três semanas, cinco dias depois do nosso décimo oitavo aniversário de casamento.

— Não acha que é cedo demais? — Esfrego minha testa franzida. — Quer dizer, ainda nem concordamos quanto ao acordo de divórcio.

— Fiquei mesmo espantado quando não recebi notícias suas a esse respeito. Você leu o acordo?

— Não — respondo, constrangida em admitir.

— Poderia ler, por favor?

— Sim. Sim, vou ler.

Entramos em outro silêncio, só que este parece deliberado.

— Annemarie?

— Sim?

— Está tudo bem com você?

— Claro. Por que não estaria? — Não estou a fim de ter essa conversa com Roger. Roger, que provavelmente neste exato momento está ao lado de Sonja, metida num robe preto e sentada por cima das pernas macias e jovens, a mão delicadamente apoiada sobre o braço dele. — Preciso ir — digo de repente.

— Certo. Quer dizer então que você vai...

— Vou, sim. Vou ler o acordo.

Próxima parada: estábulo.

Está completamente escuro agora, e, enquanto atravesso o jardim, mosquitos me rodeiam. Resisto ao impulso de começar a correr e decido, em vez disso, agitar os braços inutilmente em volta da minha cabeça, torcendo para que Jean-Claude não esteja olhando pela janela. Em alguns dias não há mosquito nenhum, mas em outros parece que eles vão nos arrastar até a floresta.

As portas do estábulo estão abertas, e um enorme ventilador preto de 1,5 metro de altura está postado na entrada soprando ar úmido para os corredores. As luzes estão apagadas, mas graças ao luar consigo ver todo o caminho até o picadeiro.

Adoro o estábulo de noite. Adoro o estábulo de dia também, mas de noite, quando não existe ninguém ali, a não ser os cavalos, parece um mundo diferente. O cheiro doce do feno e da serragem, do couro, do estrume e da aveia. Um remexer ou um resfolegar ocasional, o chiado do feno sendo puxado através das redes. Mas o melhor de tudo é o cheiro dos cavalos. Inconfundível, e diferente de qualquer outro cheiro nesse mundo, é o cheiro dos cavalos. Já entrei num estábulo e pressionei o rosto contra o pescoço de um cavalo só para sentir esse cheiro. É o que eu faço agora, antes de ir procurar Eva.

Dou uma olhada na sala de estar primeiro, mas ela não está lá. Depois verifico a sala dos arreios, a sala dos troféus e o longo corredor entre as baias, aquele repleto de baús com coisas dos cavalos pensionistas. Ela pode estar em qualquer lugar, pode ter entrado numa das baias junto a algum cavalo, se ajoelhado no canto de um boxe para lavagem dos cavalos ou atrás de um dos baús. Pode ter subido a escada que leva ao depósito de feno, ou ter se escondido atrás do sofá na sala de estar. Se realmente não quiser ser encontrada, não vou encontrá-la.

Entro na baia de Bergeron e passo a mão sob sua crina. Apesar do ventilador, ele está suando. Saio da baia e vou olhar mais alguns cavalos. Todos estão suando, e os que estão nas baias com janelas estão de frente para elas, com o focinho pressionado contra a tela.

Atravesso o picadeiro para abrir as portas dos fundos. Assim que piso na areia, vejo uma luz acesa atrás de mim. Paro e me viro.

A luz é do meu escritório. Eva está sentada na minha mesa com os pés para cima. Olha o monitor, com a mão sobre meu mouse. Ela não me viu.

Suspiro e atravesso de novo o picadeiro. Na extremidade oposta, abro as enormes portas corrugadas deslizantes, grunhindo pelo esforço. A brisa resultante do corredor de ar é imediata e gratificante, e paro um instante, saboreando seu frescor.

Quando me viro, Eva está me observando pela janela. Deve ter ouvido as portas se abrindo. Olhamos uma para a outra por um instante, eu e minha filha. Então rumo de volta para a casa.

Não fiquei surpresa com a explosão de Eva na cozinha. Se existe alguma surpresa é isso não ter acontecido antes.

E, mais uma vez, pelo visto eu perdi o bonde.

Eu sabia que isso ia acontecer, mas não fiz nada. Podia ter procurado minha filha e lhe dado a chance de conversar a respeito, mas não procurei. Ela está sempre com tanta raiva que parece inútil me aproximar dela. Talvez eu devesse ter insistido mesmo assim, dado a ela a chance de me repelir. Pelo menos assim ela saberia que eu não gostaria que estivesse magoada.

Ela e Roger sempre foram tão próximos que é perfeitamente compreensível que ela sinta saudades dele. O que não sei é como lidar com a expectativa dela de que eu também sinta o mesmo. Ela parece sentir raiva por eu ter desistido dele, embora saiba muito bem que foi ele quem desistiu de mim.

Não sei como fazer com que ela entenda que nossas perdas não são comparáveis. O fato de que para mim isso nem sequer parece uma perda é algo que eu mesma não entendo, então como poderei explicar isso para Eva?

Eu deveria estar arrasada. Deveria me ocupar tentando reconquistá-lo, ou então estar envenenada de ira, ou ter contratado um matador profissional, ou sei lá o quê... alguma coisa! Mas não, e esse vazio é um choque. Sinto raiva — sim, claro, disso não tenha dúvida —, mas a desolação não veio.

Eu esperei — até me preparei para isso — e imaginei que a calmaria seria temporária, apenas uma maneira de eu enfrentar as coisas até ser capaz de suportar o baque. Mas ele ainda não veio, e estou começando a achar que não virá. Eu pareço ter me desvencilhado de Roger com a mesma facilidade com que uma cobra se livra de sua pele.

Talvez não devesse ser nenhuma surpresa. Não me casei com Roger por sentir uma necessidade absurda de estar com ele. Casei com Roger porque Harry estava morto; e eu, paralisada, já não sabia que caminho seguir. Antes do acidente, era tudo tão claro, mas depois foi como se alguém tivesse virado o lápis de cabeça para baixo, apagado meu futuro e depois limpado com a maior displicência a sujeira da borracha de cima da página.

Vamos nos casar mesmo assim, disse ele. Se preciso for, adotaremos uma criança. E, embora, para começo de conversa, eu nem sequer me lembrasse de haver concordado em casar, me senti tão agradecida por ele não ter me abandonado — eu, uma cabeça abominável em cima de um aquário, um cérebro numa travessa — que simplesmente aceitei.

Por mais horrível que seja admitir, de certo modo o fato de ele ter me abandonado me dá a sensação de que ganhei uma segunda chance.

9

Com a infalível lógica adolescente, Eva espera que eu a leve para o trabalho na manhã seguinte, apesar de não estar falando comigo oficialmente.

— Mãe, *vamos logo!* — berra ela pela fresta da minha porta, provando que, pelo menos, ainda grita comigo.

Suspiro, porque, na verdade, já estou ficando de saco cheio disso.

Rolo para fora da cama e, sem querer, derrubo Harriet. Ela cai toda enroladinha, espantada. Para me desculpar, eu me inclino e afago seu pescoço.

Quando eu e Eva estamos entrando no furgão, o Passat azul de Brian passa pela lateral da casa. Ele acena e eu apenas assinto com a cabeça. Acho que não é culpa dele o fato de eu associá-lo com a doença de papai, mas eu associo. Mal consigo me obrigar a ser educada.

Eva passa todo o trajeto olhando pela janela do banco do carona. Eu devia perguntar qual é o problema e depois aliviar a tensão com negações cada vez mais enfraquecidas, mas apenas não estou a fim disso hoje.

Como resultado, assim que chegamos ao centro ela está fula da vida e salta do furgão praticamente antes mesmo de ele parar. Bate a porta com toda a força e sai pisando duro pelo jardim sem nem sequer olhar para trás.

Estaciono e vou procurar Dan. Eu o encontro no estábulo principal, ao lado de um grande cavalo de carga, segurando um frasco de vermífugo. O cavalo é um baio enorme com uma mancha ampla na cara. É absolutamente gigantesco, deve ter pouco mais de 1,80 metro de altura.

Dan sorri ao me ver.

— Annemarie! Oi!

— Oi — cumprimento. Enfio as mãos nos bolsos e me encosto na parede, observando.

Dan mete o polegar entre os dentes da frente e os de trás do cavalo e, com a outra mão, espirra o vermífugo nos fundos da boca do animal. Na mesma hora, ele levanta a cabeça e tenta se soltar das amarras, esticando o máximo possível os lábios inferior e superior. Parece mais uma mula urrando.

Caio na risada.

— Meu Deus, que cara!

— Isso não é mesmo a coisa preferida dele — concorda Dan, dando um passo para trás e atirando o frasco vazio numa lata de lixo meio distante. Ele olha para ver se o frasco caiu mesmo ali dentro e depois limpa as mãos no jeans. Aí, dá um tapinha ruidoso no pescoço do cavalo. O animal gigantesco continua arreganhando os lábios.

— Ah, coitadinho — digo. Eu me aproximo e afago sua cara bigoduda. — Como ele se chama?

— Ivan. Ivan, o Terrível.

— E ele é mesmo? Terrível?

— Nem um pouco. É só seu nome de registro.

— Ele tem registro? — pergunto, surpresa. Recuo para dar uma segunda olhada mais de perto nesse Ivan.

— Você ficaria surpresa com alguns dos cavalos que vêm parar aqui. Basta ter azar, não precisam ser nenhum garrano velhote.

Dan prende uma guia no cabresto de Ivan e depois deixa as amarras presas no focinho do animal caírem contra a parede com um estrondo oco e metálico — primeiro uma, depois a outra.

Dan conduz Ivan até a porta de uma baia e depois dá um passo para o lado. O animal entra, abaixando a cabeça pesada e levantando as enormes patas com cuidado sobre o trilho da porta deslizante. Dan entra também logo atrás.

Eu me aproximo da porta da baia.

— Você o comprou em um leilão?

— Não. Ele foi um dos três Clydesdales que recebemos há mais ou menos um ano. Ficou amarrado numa baia minúscula durante uns quinze anos, até onde se sabe. Sem nunca ver a luz do dia. Os vizinhos nem sabiam que havia cavalos na propriedade.

Dan sai da baia e pendura o cabresto vermelho queimado de Ivan num gancho ao lado da porta: tal como o cavalo, ele é enorme.

— Meu Deus.

— Quando o dono finalmente morreu, as duas filhas encontraram Ivan e os outros de pé sobre o equivalente a vários anos de estrume e feno mofado, com o pior caso de cascos crescidos que já vi. As filhas pelo menos tiveram o bom senso de ligar para nós, em vez de mandá-los ao matadouro. Um dos cascos de Ivan estava tão crescido que tinha se curvado para baixo. Tivemos de cortar uns 30 centímetros com uma serra elétrica antes de sequer começar a tratá-los, e ainda estamos consertando o estrago. Olhe só para o ângulo das patas dele — diz Dan, apontando para um dos cascos de Ivan. — Até eles voltarem ao normal, se é que vão, precisarão ser aparados a cada quinze dias.

Olho para os pés imensos de Ivan. Não parecem assim tão mal, mas, agora que Dan observou, percebo que são um pouco mais perpendiculares ao chão do que deveriam.

— Isso é muita coisa para um novo dono.

— Ivan não está disponível para adoção. Ele é o que costumamos chamar por aqui de ornamento de pasto.

Ando ao redor e espio na baia seguinte, dando de cara com a garupa de um cavalo cor de areia.

— Quem é? — pergunto.

— Mayflower.

— É linda. O que ela é, uma quarto de milha?

— Sim.

— Onde a conseguiu?

— Era de Jill.

— Ah — digo. Olho para ele de relance, sem saber se devo prosseguir. — Mutti me contou que você foi casado.

Dan parece triste.

— Contou, é?

— Bem, na verdade, eu perguntei.

— Ah. — Dan não diz nada durante vários segundos. — O que ela contou a você?

— Contou que Jill teve câncer nos ovários.

Um dos braços de Dan está esticado, apoiado na baia de Ivan. O outro está em seu quadril. Ele olha para algum ponto distante, além da parede do estábulo.

— Sinto muito. Eu não devia ter tocado no assunto — desculpo-me. Sou péssima nessas situações. Nunca sei se as pessoas estão esperando que eu pergunte ou se prefeririam que eu ficasse de boca fechada.

— Não, tudo bem; é que é... difícil — explica ele. — Estávamos tentando ter um filho. Fazia uns dois anos. Procuramos uma clínica de fertilidade, e a coisa apareceu em um exame de rotina. Não havia nenhum sintoma. Nada. Quando descobrimos, já estava avançado.

— Sinto muito — digo.

— É — murmura ele. — Eu também.

Agora o silêncio fica ostensivo, interrompido apenas pelo som dos cavalos se mexendo nas baias.

— Então — falo, com falsa alegria. — Vocês têm muitos ornamentos de pasto por aqui?

— Dezesseis cavalos e dois jumentos.

— Meu Deus — digo.

— Isso fora os nove cavalos para adoção. E, claro, os potros. Gostaria de vê-los?

Paro um segundo. Meu trabalho no escritório está lamentavelmente atrasado: o feno e a serragem estão no fim, sem falar que o dia da folha de pagamento está chegando — e quando não está? A folha de pagamento é um horror interminável, a ruína da minha existência administrativa. Mas não é nada que não possa esperar uma horinha. Ainda mais, uma horinha ao lado de Dan.

— Claro. Por que não? — respondo.

Então começa um tour mais comovente do que eu poderia imaginar. Presa à porta de cada baia está a foto do seu ocupante tirada no dia da sua chegada. Todas as fotos são, sem exceção, inacreditáveis.

O casco da pata dianteira de Ivan estava tão grande e encurvado quanto os chifres de um carneiro; seu vizinho de baia era uma pilha de ossos, quase pelado de tantos parasitas. Não existe um único cavalo que eu teria achado que seria capaz de sobreviver, muito menos de se transformar na criatura satisfeita e esguia que hoje reside na baia.

Passamos para o estábulo de quarentena, onde os cavalos ainda estão se recuperando de seus vários traumas.

Eva está de pé diante da porta de uma baia, atirando estrume com uma pá em um balde de excremento. Ao me ver, encosta a pá na parede e sai.

— O que há com ela? — indaga Dan.

— Nada para você se preocupar — respondo. — É um assunto de mãe e filha.

Sou apresentada a Caspar, um cavalo árabe branco que pesava apenas 180 quilos ao chegar. Hannah, uma égua Appaloosa emaciada com feridas profundas e sem explicação nos flancos, que foi salva do matadouro dois dias antes de dar à luz. A potra de Hannah parece realmente um milagre, com seu pequeno focinho aveludado e doçura curiosa. Os oito potros das éguas vindas de fazendas de confinamento para fabricação de medicamentos de reposição hormonal, que saltam e brincam alegremente, e de vez em quando disparam num galope sem motivo nenhum.

— E esta é Flicka — apresenta Dan, conduzindo-me para o último *paddock*. Lá dentro está uma égua árabe delgada, completamente preta exceto por uma listra branca no focinho, que termina rosada. — Tenho certeza de que já ouviu falar dela.

— Não, nunca ouvi.

— Sério? Eva nunca lhe falou dela?

— Não — respondo.

— Estou surpreso. Flicka é sua preferida. Eva a penteia e arruma todos os dias. Leva-a para pastar no seu horário de almoço.

Não digo nada, com medo de que a dor transpareça na minha voz.

— Olá, doçura! — diz Dan, chamando Flicka.

Ela vira a cabeça delicada, com as orelhas em pé, curiosa. Dá alguns passos na direção dele e fareja a mão estendida com seu focinho preto e rosado.

— Então, qual é a história de Flicka? — indago, encostada contra a cerca. A égua é minúscula.

— Esta bela garota foi vítima de derrubada de cavalo.

— Nunca ouvi falar disso.

— É quando um cavalo, em geral jovem e árabe, é levado a cavalgar a todo galope e depois suas pernas são laçadas por baixo.

— O quê? Onde?! — exclamo, revoltada.

— Nos rodeios.

— Mas isso com certeza não deve ser legalizado, é?

— É, na maioria dos estados. Nenhum político quer mexer nisso.

— Por quê?

— Porque a derrubada de cavalo só acontece nos rodeios de estilo mexicano, e porque na maioria dos outros tipos de rodeio se pratica a derrubada de boi. Então, se você permite uma coisa e proíbe a outra, começa a parecer discriminação.

— Tudo isso deveria ser proibido.

— Claro que sim. Mas não vai ser. — Dan faz uma pausa. — Não quero parecer derrotista, mas é que vejo tanta coisa horrível por aqui. Quanto mais faço esse trabalho, menos gosto das pessoas. Da espécie humana, quero dizer — acrescenta ele, sombrio. — Há indivíduos isolados de que gosto muito.

Naquele momento, me sinto inclinada a concordar. Afago a crina sedosa de Flicka, sentindo sua pelagem macia ondear sob meus dedos. Ela é minúscula e esguia, deve ter 1 ano. Até seus cascos perfeitos são em miniatura.

Dan prossegue:

— Flicka teve muita sorte. Quando caiu no chão, deslocou a rótula, por isso a mandaram ao matadouro e foi lá que a interceptamos. A maioria dos cavalos acaba morrendo no picadeiro ou então fica gravemente ferida. E, quando isso acontece, podem ser obrigados a suportar semanas com os ferimentos intocados a caminho do matadouro. Para que gastar dinheiro com veterinário, se o cavalo já está condenado mesmo?

Nunca ouvi Dan parecer tão amargo, mas eu o entendo completamente. Quando vou embora, me sinto disposta a devotar a vida a esses animais.

De tarde, continuo tão distraída que cometo um erro na folha de pagamento que seria capaz de inspirar P.J. a voltar imediatamente para a Argentina, caso nosso banco descontasse o cheque. Inquieta, fecho o programa e atiro a pilha de planilhas de horas no cesto da minha mesa. Posso fazer isso depois. Ainda tenho quase três dias.

Coloco a mão no mouse e, quando me dou conta, já estou navegando na web. Ando gastando tempo demais nisso, mas não consigo me conter. Navego em casa, enquanto espero o jantar. De noite, quando devia estar dormindo. De manhã, assim que chego ao escritório. É a promessa de encontrar algo novo — uma foto, um artigo antigo, uma lista das pontuações de algum evento esportivo distante.

Tenho agora catorze fotos e uma montanha de artigos no meu disco rígido. Hoje encontrei dois artigos interessantes sobre microchips e seguro de vida para equinos. Abro três imagens, salvo os sites em meus favoritos e depois fico olhando pela janela para o picadeiro.

Jean-Claude está dando uma aula particular. O aluno é um senhor, que cavalga Razzmatazz. Bem, cavalga é modo de dizer.

Tazz é um profissional perfeito: segue num galope médio com facilidade, mesmo que as pernas do homem estejam muito para trás, fazendo seu corpo ficar muito para a frente e ele sacolejar para fora da sela a cada passada. A impressão que se tem é de que ele está segurando a crina de Tazz. Tenho medo de pensar no que um cavalo como Harry teria feito com esse cara.

— Annemarie?

— Hmm? Que foi? — pergunto, espantada com a interrupção. Minimizo a janela do Internet Explorer e me viro para ver quem está à porta.

É P. J. Ele está me olhando por baixo da aba de seu boné vermelho sujo, completamente alheio de que quase ganhou uma fortuna.

P. J. é grisalho, curtido pelos anos de trabalho duro e vida difícil. Pode ter qualquer idade entre 35 e 68. É um gnomo com rosto caído, pele queimada pelo sol e banguela em diversos pontos. Mas gosto de P. J. Ele é bondoso com os cavalos e trabalha duro. Também se intitulou o porta-voz dos funcionários do haras.

— A senhora já pediu o feno e a serragem? O suprimento *tá acabano* — diz ele, com o rosto moreno enfiado no vão da minha porta.

Está acabando.

— Hã. Não, ainda não — respondo, resistindo à vontade de corrigi-lo. — Vou ligar esta tarde.

— Tudo bem — concorda ele, timidamente. — Também preciso que a senhora venha dar uma olhada nos picadeiros ao ar livre. Passei a máquina neles hoje de manhã, por isso precisei tirar os obstáculos. Agora não me lembro direito onde eles ficavam.

— Pergunte a Jean-Claude, ele sabe.

— Ele vai dar aulas até as cinco, e tem uma pensionista lá embaixo reclamando — explica P. J.

— Certo, sem problemas — concordo. Apanho os óculos de sol e desço as escadas.

Logo fica evidente quem é a pensionista irada. É uma senhora de meia-idade robusta, com cabelo loiro desbotado e culotes cor de vinho da Aanstadt Das. Ela me olha, fica obviamente irritada e volta a se virar para P. J.

— Eu pedi para chamar o gerente! — esbraveja. Sua voz é tão nasalada que me faz ter vontade de pigarrear.

— Bem, na verdade a gerente sou eu — digo, colocando-me diante dela.

P. J., que tinha aberto a boca, torna a fechá-la e recua para as sombras.

— Onde está Ursula? — pergunta ela, voltando à atenção para mim. Não consigo ver seus olhos, escondidos que estão atrás de óculos de sol Ferragamo.

— Sou a filha dela — respondo.

— Quando ela vai voltar?

— Não sei. Ela está tirando uns dias de folga.

A mulher coloca as mãos nos quadris.

— É inacreditável. Primeiro, metade das minhas aulas é cancelada sem explicação. Depois, chego aqui e tem um treinador novo. E agora, uma gerente nova. Por favor, me diga, o que mais vocês estão planejando mudar?

— Absolutamente nada — respondo. — Como você disse que era mesmo seu nome?

— Viu? Você nem sabe quem eu sou.

Olho para ela. Ela me olha de volta.

— Dra. Jessica Berman — apresenta-se ela por fim.

— Certo, Jessica...

— Dra. Berman.

Eu me recomponho e começo de novo.

— Certo, Dra. Berman, vamos colocar esses obstáculos de volta em suas posições.

Rumo para a porta, com P. J. e a Dra. Berman a tiracolo. É fácil saber onde ela está. Despeja uma torrente constante de reclamações, como um escaler com um buraco no meio.

— ... creio que isso explica por que ninguém me contou sobre a espádua de Sam na semana passada. E também por que o sal dele estava tão imundo. Isso aqui supostamente deveria ser um haras com serviço completo. Eu não devia ser obrigada a gastar meu tempo limpando sal nem esperando alguém colocar os obstáculos no lugar.

— O corte na espádua de Sam tem o tamanho de uma moeda de dez centavos, mas vou registrar nos arquivos dele que a senhora gostaria que lhe telefonassem caso isso volte a acontecer. — Às três da manhã. No dia de Natal. — E os obstáculos só não estão no picadeiro porque P. J. acabou de passar a máquina por lá, ou seja, a senhora será a primeira pessoa a cavalgar ali, e as ferraduras...

Paro, distraída. A picape azul de Dan vem serpenteando pela trilha, depois desaparece atrás da casa. Olho para meu relógio de pulso, confusa. Quando a picape ressurge no quintal, Eva sai. Ela grita algo — não consigo ouvir o que, embora perceba que ela está histérica. Depois ela bate a porta com força, corre para dentro de casa e bate essa porta com força também.

Saio correndo. Atrás de mim, as reclamações de Jessica Berman continuam.

— ... ou seja, ele deveria... O que está acontecendo? Para onde você está indo? — Essa última pergunta vem gritada, e sua voz assume um nível completamente novo de descontentamento.

— Desculpe. Volto daqui a um minuto — grito.

Dan começa a dar ré no caminhão, depois me vê e para. Aguarda, com o motor ligado.

Percorri quase um terço do caminho até a casa, mas ainda consigo ouvi-la. Ela é uma verdadeira buzina:

— Isso é absolutamente intolerável! É melhor vocês pensarem muito bem em como tratam os clientes. Este não é o único haras na...

Paro e me viro para ela, prestes a explodir.

— Ah, pelo amor de Deus, mulher, pode fechar essa sua maldita matraca?

Ela fica de queixo caído. P. J. arregala os olhos.

Por uma fração de segundo sinto medo, tenho um instante de clareza quanto ao que acabei de fazer, depois continuo correndo.

Quando alcanço a picape, Dan abre a janela.

— O que aconteceu? — pergunto inclinando o corpo para a frente, ofegante, com a mão apoiada na janela aberta.

— Fui obrigado a demitir Eva — responde ele, olhando para o para-brisa.

— Como assim? O que aconteceu?

— Acho melhor você perguntar a ela — diz.

— Estou perguntando a você.

Dan continua imóvel.

— Dan, me conte o que está acontecendo.

Por um instante, tenho a impressão de que ele não vai contar. Depois ele se vira para mim. Parece triste.

— Peguei Eva fumando no depósito de feno.

— O quê?

— Alguns minutos atrás. Com outro voluntário. Também adolescente.

— Você não pode estar falando sério. — Encaro Dan, querendo que ele esteja errado. — Onde ela pode ter conseguido cigarros? — continuo. — Estamos a 43 quilômetros do lugar mais próximo! Ela nem sequer tem uma bicicleta!

— Desculpe — diz ele, apenas.

— Merda — explodo. Tiro os óculos escuros e passo a mão pelo rosto. — Tem certeza absoluta?

Ele faz que sim com a cabeça.

— Certo. Bem, obrigada por me contar. E por trazê-la aqui.

Ele assente e continua olhando para mim. Está na cara que quer me dizer mais alguma coisa, por isso eu aguardo.

— Olhe, pode ser que esta não seja a melhor hora para dizer isso, mas gostei muito da noite passada.

Rio.

— Desculpe... — fala Dan, depressa.

— Não, por favor. Não diga isso. Eu também gostei. Gostei mesmo. É que... — Olho impotente para a porta dos fundos da casa.

— Eu sei. Eu provavelmente devia ter ligado mais tarde em vez de falar agora, mas... — Ele para, olhando para suas mãos ao volante. — Gostaria de repetir a dose um dia desses.

— Eu também — admito. Nossos olhos se encontram e não se desviam.

Percebo algo gigantesco deslizando atrás de mim mesmo antes de o olhar de Dan se desviar do meu. Quando me viro, um enorme Lincoln prateado está bloqueando o sol. A janela fumê desaparece por dentro da porta, revelando ira atrás de Ferragamos.

— Dra. Berman, sinto muitíssimo...

— Poupe suas desculpas. Meu marido irá telefonar assim que providenciarmos um novo local. Ninguém fala comigo dessa maneira, nem mesmo meu filho adolescente. Devia estar com vergonha de si mesma.

— Ah, mas eu estou. Realmente estou...

— Já disse, poupe as suas desculpas. Só imagino o que sua mãe iria pensar.

Ela vira o rosto na direção do para-brisa. A janela volta a subir, e o Navigator se afasta.

Enquanto estou ali de pé pensando exatamente nisso, ouço Dan às minhas costas, gargalhando.

Quando chego ao topo da escada, dou de cara com Harriet, que está refletindo sobre uma possível descida. Ela me lança um olhar e foge apressada para nosso quarto, escorregando nas curtas perninhas marrons e nas pequeninas unhas pretas ao virar para entrar.

A porta do quarto de Eva está entreaberta. Fico de pé ali parada e bato com suavidade.

— Eva?

Após alguns instantes de silêncio, abro a porta.

Eva está sentada de pernas cruzadas na cama. Está de costas para mim, mas olha por cima do ombro evidentemente assustada, com olhos vermelhos e pálpebras inchadas.

— O que foi? — pergunta ela com tom de indignação, como se não tivesse a menor ideia de por que estou ali.

— Ah, Eva — digo.

Ela me encara, com as pálpebras tremendo. Então é seu queixo que começa a tremer. Um instante depois uma lágrima enorme desliza pela bochecha esquerda, seguida de outra na bochecha direita. Ela enterra o rosto nas mãos, de dedos abertos. Suas unhas estão curtas, com esmalte azul lascado.

Eu a fito por um instante, depois atravesso o quarto. Arrasto a cadeira de madeira com rodinhas na direção da cama e sento com o encosto voltado para meu rosto e nele apoio os braços.

— Tem ideia de como isso é perigoso?

Ela para um instante, examinando meu rosto.

— Tem ou não tem? — continuo. — Você percebe o quanto seria fácil incendiar todo o estábulo? Você podia ter colocado aquilo tudo abaixo. O que acha que aconteceria com os cavalos então?

— Eles têm alarme de incêndio! Nós poderíamos...

— Não, não poderiam. Tem ideia da velocidade com que o feno queima? Não haveria a menor esperança de tirar ninguém de lá de dentro. Muito provavelmente você ficaria presa no depósito de feno e queimaria até a morte também.

Ela para de chorar e olha para o rodapé atrás de mim, com expressão de surpresa horrorizada. É incrível, mas acho que isso nunca tinha passado pela cabeça dela.

Eu me levanto.

— Mãe — diz ela, depressa. Ela se vira de lado na cama, olhando para mim de um jeito desesperado. — Por favor, fala com ele?

— Com quem? Com Dan?

Ela faz que sim.

— Para dizer o que, exatamente?

— Que estou arrependida. Que nunca mais vou fazer isso.

Balanço a cabeça.

— Ah, meu amor. Desculpe. Não posso.

— Mas os potros, e Flicka! Se você não falar com ele, nunca mais vou vê-la de novo. Por favor, mãe! Ele vai escutar você!

Eu me sento na beira da cama, e então, quando ela não se afasta, abraço-a hesitante. Ela se encosta em mim, com o corpo tomado pelos soluços.

— Eu sei que é difícil, meu amor, mas não posso pedir para Dan aceitar você de volta. Se eu encontrasse alguém fumando no nosso estábulo, eu faria o mesmo.

— Mas, mãe...

— Você tem ideia do que poderia ter acontecido? Tem alguma ideia do que acontece quando um estábulo cheio de cavalos se incendeia?

Ficamos sentadas em silêncio por um instante.

— Sei que é duro, querida, e sinto muito mesmo. Mas você precisa usar a cabeça. Eu sei que não é exatamente a mesma coisa, mas você pode ajudar aqui.

— Não é a mesma coisa, de jeito nenhum. Aqui não tem Flicka.

Coloco a mão em sua nuca e a trago para mais perto.

— Eu sei, meu amor. Eu sei.

Péssima jogada com a Dra. Jessica Berman. Acontece que ela tinha cinco cavalos aqui — acomodados no estábulo principal, nas baias com janela — e mais a renda da pensão completa dos serviços opcionais e das aulas de equitação. Isso representa uma parcela considerável do nosso orçamento mensal.

Uma hora depois de retornar ao escritório, recebo uma ligação do seu marido, que está lívido.

— É a gerente do haras?

— Ela mesma.

— Aqui é Jack Berman — diz uma voz grave completamente isenta de humor. — Minha esposa me contou o que aconteceu hoje no haras, e estou ligando para avisar que transferiremos nossos cavalos assim que possível.

— Sr. Berman...

— Dr. Berman.

— Dr. Berman, lamento muito o que aconteceu com a sua esposa hoje, de verdade. Tenho uma filha adolescente e estávamos em meio a uma, hã, questão adolescente, e falei com a Dra. Berman de um modo que não devia. Foi completamente inadequado, não consigo expressar o quanto lamento por isso. Existe algum modo de convencê-lo a nos dar mais uma chance?

— Absolutamente não.

— Não existe nada que eu possa fazer?

— Você já fez até demais.

Minha dor de cabeça volta.

— Neste caso, embora eu espere sinceramente que o senhor mude de ideia, o contrato estabelece claramente que o senhor deve nos comunicar por escrito com sessenta dias de antecedência...

— A menos que haja uma quebra do contrato.

— Eu não quebrei o contrato.

— Abuso verbal é definitivamente uma quebra de contrato. Escute aqui, minha senhora, seja lá quem você for, nós não trouxemos nossos cavalos para esse haras por acaso. Nós o escolhemos porque gostamos da forma como ele era administrado. Agora, de repente, sem aviso e sem explicação, substituem o treinador, depois a gerente, e, em seguida, nos vemos impossibilitados de usar as instalações e ainda agredidos pelos funcionários.

— Senhor, Dr. Berman, meu pai... o antigo treinador... está muito doente e teve de parar de trabalhar. Minha mãe está se dedicando a cuidar dele. Este é o único motivo das mudanças. Estou aqui agora, e tenho confiança absoluta de que sou capaz de administrar o haras no mesmo nível a que os senhores estão acostumados. Sei que não deveria ter falado com a sua esposa do jeito que falei. É indesculpável, e não posso dizer o quanto lamento, mas simplesmente perdi a cabeça. Gostaria muito de ter a oportunidade de reparar o ocorrido.

— Receio que isso não será possível. — O tom dele é de alguém que não será demovido. Como é possível que alguém ouça o que acabei de dizer e não sinta nada?

Suspiro.

— Nesse caso, o senhor pode ao menos considerar permanecer até o final de agosto? Se retirar os cavalos este mês, terei menos de três semanas para ocupar cinco baias.

— Infelizmente isso é problema seu.

E, assim, perdi quase um terço dos nossos pensionistas de uma tacada só.

Na manhã seguinte, um enorme trailer vermelho e cromado para oito cavalos entra pela trilha. Ainda estou na cama, flutuando em algum lugar maravilhoso relacionado a Dan, mas quando ouço o barulho do motor do caminhão, salto da cama e afasto as cortinas para o lado. Ao ver o trailer passar direto pela casa, entendo imediatamente o que está acontecendo.

Visto correndo a camiseta e os shorts do dia anterior e desço as escadas a toda velocidade, dois degraus por vez. Enfio os pés nos tamancos de borracha de jardinagem de Mutti e disparo pelo jardim numa corrida desembestada.

Hurrah está nervoso; atira a cabeça para os lados e trota para a frente e para trás ao longo da cerca do seu pasto. Sempre que alcança uma das extremidades, gira tão rápido que some numa nuvem enorme de terra. Nunca o vi tão agitado desde que o trouxemos para cá.

— Posso ajudar? — grito para os homens de pé ao lado do trailer. Os dois estão encarando Hurrah. O maior se vira para mim.

— 'Dia — diz ele. Inclina o boné em cumprimento e se aproxima de mim, estendendo um papel. — Só viemos retirar uns cavalos.

Pego a folha e corro os olhos por ela.

— Está tudo bem? — pergunta ele.

Devolvo a folha para o homem e faço que sim, debilmente.

Enjoada, eu dou as costas e caminho até a cerca. Hurrah agora está andando a galope médio ao longo dos fundos do pasto, coberto de suor espumoso, a cabeça erguida, as orelhas para trás. Na extremidade do pasto, ele para abruptamente a apenas centímetros da cerca. Depois gira e dispara na direção oposta.

Sem demora, ouço o barulho de cascos no cascalho. Ao me virar observo Sam I Am, Hello Stranger, Mad Max, Ariel e Muggins — todos lindos, todos caros — serem conduzidos um a um para dentro do trailer. Então os homens fecham a porta, inclinam o boné em despedida e vão embora.

Fico ali parada observando em silêncio desesperado, seguindo o trailer com o olhar. Ele serpenteia pela trilha da entrada, para no final e depois vira à direita, com o motor rugindo pelo esforço. Um instante depois, some atrás dos bordos espessos.

Sumiram. Do nada. Quatro mil e quinhentos dólares de receita mensal, e isso sem levar em conta o que se pagava pelas aulas de Jean-Claude. Sinto vontade de vomitar.

— O que está acontecendo? — pergunta a voz de Jean-Claude atrás de mim. Eu me viro. Ele também está amarfanhado, saiu correndo da cama. O lado esquerdo do seu rosto tem uma marca de travesseiro e seus cabelos compridos estão soltos do rabo de cavalo costumeiro.

É quase constrangedor contar a ele.

— Os Bermans.

— Jessica?

— Isso aí, Jessica.

Ele me olha sem entender.

— Eles se foram. Levaram os cavalos daqui.

— O quê?

— Entrei numa discussão com ela ontem e eles levaram os cavalos embora.

— Caramba — diz ele. Coloca as mãos nos quadris e olha para o ponto da estrada onde o trailer acabou de sumir. — Bom, então é melhor ficar com o dinheiro do depósito deles.

Dinheiro do depósito — mas claro! Quase solto um grito de alívio.

Talvez tenha mesmo soltado, porque ele se vira para me olhar:

— Está tudo bem com você?

— Hã, sim — respondo, embora não tenha tanta certeza assim.

O dinheiro do depósito vai nos ajudar a passar o mês seguinte, e fico grata por isso, mas ainda tenho uma péssima sensação quanto a tudo isso. Não poderemos nos manter sem a renda daquelas baias, nem sequer por um mês.

— Nós vamos arrumar outros cavalos — diz ele, lendo minha mente.

— São cinco baias — retruco, desesperada.

— Nós vamos arrumar outros cavalos. Meus alunos têm amigos. Vamos arrumar outros cavalos.

Ele se vira para voltar ao estábulo.

— Jean-Claude — digo, depressa. Não quero que ele vá embora ainda.

— Sim?

— Eva vai ajudar por aqui pelo resto do verão.

— Ela já está ajudando — observa ele com lógica.

— Eu quero dizer, em tempo integral.

— Ela não está mais trabalhando no centro? — Os olhos castanhos dele me encaram sob as sobrancelhas espessas.

— Dan apanhou Eva fumando no depósito de feno.

Ele não diz nada, mas sua expressão muda de leve.

— É que ela está naquela idade — começo a explicar.

— Por favor — diz ele, levantando uma das mãos. — Eu também tenho uma filha adolescente. Sei como é.

Em todas as nossas conversas — todos os jantares, todos os encontros perto da cerca — ele jamais mencionou uma filha ou ex-esposa. Fico ao mesmo tempo magoada e curiosa. Seria de se imaginar que ele, ao menos, mencionasse ter uma filha.

— Ela pode me ajudar com muita coisa por aqui — diz ele. — Muita. Eu vou impedir que ela se meta em encrenca, fique tranquila. E se eu a encontrar fumando no nosso estábulo... — Ele faz uma pausa e passa a borda da mão pela garganta. — Eu a mato.

— Fique à vontade — concordo.

Ele sorri e some no interior do estábulo.

Sozinha mais uma vez, olho para o pasto. Hurrah parou de trotar. Está no extremo mais distante do campo, ainda olhando para a estrada, com flancos subindo e descendo, as narinas alargadas.

E, então, algo impressionante acontece. Ele se vira para mim e relincha, rindo.

Eu o fito sem acreditar, sem saber se me mexo ou não. Então entro em casa e faço algo idiota.

— Alô?

— Alô. Gostaria de falar com Ian McCullough, por favor.

— É ele.

— Ian, não sei se você se lembra de mim. Meu nome é Annemarie Zimmer.

Paro, dando a ele a chance de responder. Quando ele não diz nada, continuo:

— Nós disputamos o mesmo circuito por algum tempo, há muitos anos.

— Claro que me lembro. O Claremont — diz ele.

Essas duas palavras me deixam péssima, embora o natural fosse que eu, a esta altura, já tivesse superado isso. Fico surpresa, mas apenas um pouco, por ele lembrar do acidente. Acho que aquilo foi marcante até mesmo na vida dele. Imagino se ele estava assistindo. Também imagino se ele sabe que não teria conquistado uma vaga nas Olimpíadas se eu ainda estivesse na ativa.

— Ah, é — prossigo, depois fico sem saber como abordar com jeito aquilo que desejo conversar. Ajudaria se ele contribuísse com conversa mole, mas isso não vai acontecer. Ele fica em completo silêncio aguardando. — Bem, eu, hã, estou fora há muito tempo. Do hipismo, quero dizer. Um blecaute completo, pode-se dizer.

— Hã-hã — concorda ele, me incitando a ir logo direto ao assunto. De repente, me lembro do motivo pelo qual nunca gostei dele, para começo de conversa. Aposto que, neste exato momento, ele está usando um blazer com brasão no peito e um lenço cor-de-rosa no bolsinho lateral.

— Acabei de descobrir que você montava o irmão de Harry. Harry era o meu cavalo, o que eu estava montando em Claremont.

Silêncio.

— Enfim, eu, hã, acabei de saber da existência de Hurrah. Quero dizer, que existiu outro cavalo listrado por aí, e que ele alcançou o mesmo nível de Harry. E também do acidente.

Não ouço nada além dos estalos suaves do outro lado da linha. Por um segundo, acho que estou falando com o ar.

— Alô, você está aí?

— Estou — responde ele. Seu tom é claro, pétreo, frio como pedra. Mas já fui longe demais para não continuar.

— Você se incomodaria em me contar o que aconteceu? No acidente, quero dizer. Aquele em que você perdeu Hurrah.

— Por que você está me ligando?

— Porque ele era irmão de Harry e eu só queria... Só queria saber como é perder um cavalo desses.

— Não tenho tempo para conversar sobre esse assunto. Apareceu nas revistas especializadas. Procure. — E, com isso, ele desliga na minha cara.

Quase imediatamente depois, o telefone toca. Salto para atender, deixando o fone cair no chão.

— Alô? — digo, depois de conseguir pegar o fone caído.

— Annemarie? É você? — pergunta uma voz feminina.

— Sim — respondo, consideravelmente mais calma agora que sei que não é Ian.

— Aqui quem fala é Carole McGee.

Oh-oh. Minha advogada. Que eu meio que andei evitando nos últimos tempos.

Ela cai com tudo em cima de mim. Seguro o telefone ligeiramente distante da orelha assim que entendo o argumento central da bronca. É difícil acreditar que a fonte de todos esses guinchos e gritinhos seja a mesma morena reservada e acolhedora que me recebeu em seu escritório reconfortante e me disse que a lei tinha sido criada para proteger mulheres como eu de homens infiéis como Roger. Na ocasião, ela me olhou de um jeito preocupado e compreensivo, e empurrou uma grande caixa de lenços de papel na minha direção, para o caso de serem necessários. Não foram.

Os gritos agudos diminuem para um ritmo mais tranquilo, portanto, volto a trazer o fone até o ouvido.

— Então, você precisa pensar nisso, Annemarie. Quer que eu continue a representá-la ou não?

— Ah, meu Deus, claro que quero — digo. A última coisa de que preciso é de um chute da minha advogada logo agora, com a audiência tão próxima.

— Neste caso, você precisa começar a se envolver mais. Preciso saber que, se eu lhe envio um arquivo, você vai lê-lo, e que se eu deixo um recado, você irá me ligar de volta. Principalmente, com a data da audiência chegando.

— Sim, claro. Desculpe — digo. — Eu quero muito que você continue a me representar.

Ela fica em silêncio, e cerro os dentes, em suspense. Por favor, ah, por favor, por favor...

— Tudo bem, então — concorda ela, por fim. — Mas se isso acontecer de novo, terá de encontrar outro advogado. Eu simplesmente não posso continuar a representá-la se você continuar me evitando.

Eu não a evitei. Não exatamente. Afinal, eu lhe mandei um e-mail assim que cheguei.

Tudo bem, não incluí meu número de telefone, mas isso foi apenas uma omissão. E acho que parei de ler os e-mails depois disso, mas não só os dela — também parei de ler os de Roger, e mais os montes de mensagens que recebi das empresas de recolocação profissional às quais minha ex-empresa pelo visto me indicou. É que eu não queria lidar com tudo isso ainda, só isso. Tem coisa demais acontecendo por aqui.

Carole, porém, não sabe disso. A única coisa que ela sabe é que foi obrigada a ligar para Roger para conseguir meu número de telefone. Acho que esse é o verdadeiro motivo de ela estar tão irada, e creio que não posso culpá-la por isso.

10

Quando chego ao estábulo de manhã, vejo Eva conduzindo Bergeron até um dos picadeiros ao ar livre por uma guia, arrastando um longo chicote.

— O que você está fazendo? — pergunto.

Ela me olha como se eu tivesse problemas cerebrais. Ela deve ter motivos para achar isso.

— Jean-Claude me disse para tirar Bergeron daqui, para que eles possam levar os machos para fora — responde ela, rabugenta.

— Use um capacete.

Ela levanta o tom na mesma hora:

— Mãe! Eu só estou conduzindo Bergeron. Vou parecer uma idiota!

— Ele é um garanhão. Use um capacete.

— Que saco, mãe — resmunga ela, que vira Bergeron e o leva de volta até o estábulo. O fato de o cascalho não conduzir o barulho de pisadas duras não a impede de tentar.

Quando chego ao escritório, puxo o arquivo dos Bermans e descubro que não houve nenhum depósito.

Minha cabeça dói. Sem o dinheiro do depósito, não tenho a menor certeza de que conseguiremos pagar o empréstimo e mais as despesas da folha de pagamento. Podemos até conseguir dar conta dessa rodada de cheques, mas depois, a menos que consigamos novos cavalos para preencher as vagas, estaremos fritos.

Fico olhando mal-humorada para a minha lata vazia de Coca, imaginando se vai haver alguma retaliação do meu telefonema para Ian. Será que fiquei louca? Será que estou enlouquecendo? Será que esse tipo de coisa pode ser considerado perseguição? E se Mutti descobrir?

Se descobrir, ela vai ficar furiosa. Claro, também vai ficar furiosa se descobrir o que se passou no haras: ou seja, não posso deixar isso acontecer.

Abro o Internet Explorer, buscando alguns minutos de distração. Uma hora depois, ouço uma batida hesitante na porta.

— Hã. Annemarie?

Minimizo o programa, mas permaneço de frente para a tela.

— O que foi, P. J.?

— Quando vão chegar a serragem e o feno?

— Não sei direito — respondo, preferindo não admitir que ainda nem os pedi.

— Poderia descobrir e me avisar?

— Claro, pode deixar.

— Quando? — insiste ele.

— Mais tarde.

— Porque só temos para mais dois dias.

Eu me viro para ele, horrorizada.

— O quê?

— Há semanas estou lhe pedindo mais — diz ele, parecendo meio horrorizado também.

— Ah, meu Deus — digo. Giro a cadeira para que fique de frente para o picadeiro. Estou brava, furiosa: comigo mesma, suponho, por falta de candidato melhor, e não quero que ele veja meu rosto. — Certo. Certo, vou ligar agora mesmo.

Ele desaparece, e eu me inclino para a frente. Apanho uma pilha desorganizada de papéis da mesa. Folheio a pilha, buscando os números de telefone que sei que enfiei ali alguns dias atrás. Depois coloco todo aquele monte desconjuntado na mesa de novo. O que eu preciso fazer é ler o acordo de divórcio.

Quando termino, ligo para Carole.

— Carole McGee — atende ela, depois que a recepcionista transfere minha ligação.

— Tem alguma coisa acontecendo. O que está acontecendo? — pergunto com tom autoritário.

Pausa.

— Annemarie? — pergunta ela.

— Sim. É Annemarie quem está falando.

— Certo, vamos com calma. Respire fundo.

— Não — respondo, balançando a cabeça. Eu me levanto e caminho até o fio do telefone me fazer parar de repente. — Não, tem alguma coisa errada.

— O que foi?

— Acabei de ler o acordo.

— Certo — diz ela, devagar, buscando as palavras. — Você parece chateada.

— E estou.

— Que versão você está lendo?

— A que você mandou ontem.

— Então não estou entendendo. Ele está oferecendo sessenta por cento. É um acordo muito bom.

— Exato. Bom demais. Significa que tem algo de errado.

— Tipo o quê?

— Não sei, mas sinto cheiro de alguma coisa suspeita.

— Que coisa, Annemarie? Você precisa ser mais específica. Acha que existem bens escondidos ou algo do gênero?

— Tenho certeza absoluta de que não — respondo.

Agora começo a caminhar de um lado para o outro dentro do limite da extensão do fio do telefone, de um lado para o outro, de um lado para o outro. Apoio o fone entre a orelha e o ombro e fico torcendo o fio com força entre os dedos da minha mão esquerda.

— Então não entendo a sua objeção — ressalta ela, devagar.

— Você não está vendo? Ele é advogado. Sabe exatamente o que tenho direito a receber. Por que me ofereceria mais?

— Talvez se sinta culpado — sugere Carole, parecendo claramente exasperada. — Se você, de fato, acha que ele não está tentando esconder alguma coisa, meu conselho é assinar o acordo antes que ele mude de ideia.

Desabo — como um saco de batatas — na minha cadeira.

— Annemarie?

— Estou aqui — digo. Eu inclino o corpo para a frente e abro a gaveta da mesa, remexendo ali em busca de Tylenol.

— Isso é um sim?

— Não sei.

— Escute. Sei que é estressante. Sei disso. Mas a data da audiência está chegando, e se não arquivarmos essa petição a tempo de o juiz ler, correremos o risco de...

— Certo, certo, certo, certo. Eu assino — concordo, fechando a gaveta com força. Não tem Tylenol.

— Tudo bem. Ótimo. Pode enviá-la por fax para mim ainda hoje?

— Acho que sim — respondo.

— Volto a perguntar: isso é um sim?

— Sim. É um sim.

— Tudo bem, então. Não se esqueça. Se tiver alguma dúvida, pode me ligar. Senão, acho que nos vemos daqui a duas semanas.

— Para quê?

— Para a audiência.

— Eu não vou para a audiência — retruco, confusa. Por que ela acha que eu quero ir à audiência? Não foi para isso que eu a contratei?

— Você precisa ir. A parte queixosa precisa comparecer.

Deixo a cabeça cair na mesa. Meu cabelo se esparrama para a frente, cobrindo meu rosto.

— Sei que é difícil, Annemarie, mas eu estarei lá com você. Você pode me encontrar no tribunal ou então passar antes no meu escritório para irmos juntas. — Carole mudou para o modo gentil, depois de me colocar na linha. Estou sendo conduzida, tal como Eva ou um cavalo.

— Encontro você no escritório — balbucio através do meu cabelo.

— Claro. Acho uma ótima ideia. E, Annemarie, não se esqueça de me mandar de volta o acordo assinado assim que possível. Preciso dar entrada nisso.

— Certo. Eu o envio ainda hoje.

— Aguente firme. Está quase no fim.

— Certo — respondo, sem forças.

Ouço um clique quando ela desliga. Eu também desligo, depois fico olhando para o telefone.

E agora, uma vez que não quero que os cheques-salário voltem, acho melhor descobrir se o banco me deixaria pagar a parcela do empréstimo com um ligeiro atraso.

—

Não vou com a cara da gerente. Nem um pouco. Tenho vontade de fazer churrasquinho dela.

Tudo bem, não sou nenhum Dr. Seuss, mas essa mulher é completamente desumana. Ela me informa, em termos absolutamente claros, que é lógico que posso pagar a parcela depois, mas terei de pagar pelo privilégio. Uma quantia que chega às centenas de dólares.

Protesto, e sem mais nada a não ser a intuição para me apoiar, começo a falar que nunca atrasamos nenhum pagamento em toda a nossa história. Isso deve ser verdade, porque Átila, a Gerente não contesta. Entretanto, continua inflexível: posso pagar depois, mas pagarei mais.

Isso, porém, é só o começo da minha manhã horrorosa. Em seguida, ligo para o fornecedor de serragem. Ele só pode fazer entregas na semana que vem.

— Semana que vem? Não. Desculpe. Não posso esperar — digo.

— Não dá para ir antes. Estou atolado de entregas até sábado — retruca ele.

— Por favor — imploro. — Daqui a três dias os cavalos vão ter de deitar no chão duro. Estou desesperada.

— Desculpe. Só tenho um caminhão de entregas.

— E se eu levar o meu caminhão até aí e carregá-lo eu mesma?

— Não posso deixar você fazer isso.

— Por que não?

— Por responsabilidade. Olhe, se você realmente está desesperada, vá até uma loja de artigos para animais e compre serragem ensacada. Eu vou fazer sua entrega assim que puder, mas estou atolado.

Ligo para a Kilkenny Feed and Seed. Eles têm serragem ensacada, claro que têm. Só que custa doze vezes o preço da vendida a granel.

Além disso, há falta de feno no mercado. Àquela altura, só faltava aparecer gafanhotos.

Nosso fornecedor costumeiro, o que atende Mutti há anos, está sem estoque nenhum. Eu o adulo um pouco, testando para ver se o que ele quer é mais dinheiro, mas ele parece estar falando a verdade. Mas diz que conhece alguém que talvez tenha um pouco. Quando ligo para esse alguém, ele não tem feno, mas conhece outro que talvez tenha. Depois de onze ligações, finalmente encontro alguém que tem feno. Ele quer 8 dólares por fardo.

Não me contenho:

— Você deve estar brincando!

— Ei, desculpe aí — diz ele. — Feno está em falta no mercado.

— Nós costumamos pagar 2 dólares o fardo. Como você pode justificar esse preço exorbitante?

— Como eu disse, está em falta.

— E então você vai lucrar o máximo com isso. É assim?

— Você quer o feno ou não quer?

Paro, e depois, por ele estar com todas as cartas na mão e eu ter trinta e três — desculpe, vinte e oito — máquinas de comer lá embaixo, faço o pedido. Àquele preço, uma única entrega de quinhentos fardos será capaz de praticamente nos liquidar.

Deixo a cabeça cair nos meus braços de novo e fico olhando o vazio por quase meia hora. Quando torno a me sentar direito, vejo que a pele nua dos meus braços ficou grudada na mesa e que faz um som de coisa se desgrudando quando eu os levanto.

Por mais que odeie admitir isso, não consigo mais continuar. Preciso contar a Mutti, antes que seja tarde demais.

—

Ao me aproximar da casa, vejo que o furgão não está lá. Não posso voltar para o estábulo, portanto, paro onde estou e caio sentada no meio da passagem dos carros. Cruzo as pernas e deixo a cabeça cair entre as mãos.

O sol se acomoda em meus ombros como um lençol de urtigas ardentes, e as pontas afiadas das pedrinhas de cascalho deixam dolorida a parte de trás das minhas coxas.

Não consigo acreditar que as coisas chegaram a este ponto. Fiquei tão ofendida quando Mutti sugeriu que administrar o haras era algo além das minhas capacidades. Não estamos falando de cirurgia cerebral, eu retruquei então. Nem de engenharia espacial.

E, na verdade, não estamos mesmo, o que só torna tudo pior. Se eu estivesse prestando atenção, teria me saído bem. Mas não prestei atenção. Passei o verão inteiro na internet, buscando informações que confirmem que meu cavalo é Hurrah.

Puxo, de repente, os joelhos para cima e solto um gemido, balançando o corpo para a frente e para trás sobre o cascalho.

Então, ouço um relincho alegre. Paro de me balançar e ouço com atenção, ainda olhando para o cascalho ensombreado entre minhas pernas.

Ouço de novo.

Desta vez, levanto a cabeça. Hurrah está perto da cerca, a apenas 9 metros de distância, olhando diretamente para mim, seu único olho brilhante e rodeado de cílios compridos maravilhosos, as orelhas voltadas para a frente, curiosas. E, então, enquanto estou olhando, ele relincha de novo, e vejo a carne macia de seu queixo e narinas tremer com a vibração.

Dou um pulo e começo a andar, sem sequer me incomodar em tirar as pedrinhas de cascalho presas nas minhas coxas. Caminho calma, com um propósito — nem devagar, nem depressa, com uma sensação de inevitabilidade. Pulo a cerca e, quando percebo, estou ao lado da espádua daquele cavalo, da criatura dos meus sonhos. Levanto uma mão trêmula, prestes a tocar o seu pescoço. Tenho medo de fazer contato, medo de quebrar o encanto.

Ele gira o pescoço e pressiona o focinho contra mim, soprando no algodão da minha camisa. E então eu o toco, sinto o calor da sua carne sob meus dedos. Quando dou por mim, estou passando as mãos em seu corpo quente de sol, traçando os raios que correm em zigue-zague por seu pelo cor de sangue, memorizando aqueles contornos familiares com todo o êxtase de um novo amante, enquanto ele fareja, funga e balança a cabeça.

Ele se vira para me olhar, e levanto a mão até sua cara desfigurada. Alegre e timidamente, toco seu focinho, e apesar da ausência de um olho, ele não recua quando sente o toque de meus dedos. Sinto a pele nua das cicatrizes negras, e depois passo por cima da órbita vazia e seguro entre os dedos fechados sua orelha. Eu me inclino contra ele, de modo que nossas pernas quase se tocam, e passo a mão direita entre suas pernas dianteiras, sobre a pele, tão aveludada e macia quanto uma lagarta, até que meus dedos encontram o redemoinho que já sabia existir.

E de repente tudo, tudo, tudo fica bem.

Quando Mutti e papai retornam, estou sentada à mesa da cozinha. Harriet está no meu colo, depois que me pediu na maior educação para eu levantá-la. Ela nunca foi muito uma cadela de colo, por ser baixinha demais para saltar. Sempre foi mais uma cadela de chão, que se aproxima e desaba nos nossos pés. Mas hoje Harriet está carente.

Alguém poderia imaginar que ela está farejando algo em mim, mas não. Eu estou bem. Na verdade, estou repleta de algo semelhante ao êxtase. Fico ali sentada acariciando Harriet quase como se estivesse sonhando. Minhas mãos estão sobre a cadela, mas minha cabeça está no cavalo.

Estou até começando a pensar duas vezes se conto a Mutti sobre o haras. Com certeza, vou encontrar um jeito de nos tirar dessa.

Vou colocar anúncios para as baias. Sacar adiantamentos nos cartões de crédito empresariais para pagar o feno e a serragem. Usar o dinheiro da parcela do empréstimo para cobrir a folha de pagamento, e então, quando chegarem os novos pensionistas, pedir depósitos-fiança, que usarei para pagar os cartões de crédito e o empréstimo.

Quando Mutti e papai entram em casa — Mutti segurando uma sacolinha branca da farmácia e papai parecendo quase transparente —, já decidi não dizer nada. Afinal, vim aqui para ajudar, não para aumentar ainda mais o estresse deles.

Volto para o escritório determinada. Sou Annemarie, a (ex) amazona de nível Grand Prix. Annemarie, vencedora do Prêmio de Excelência da Associação dos Editores de Software dois anos seguidos. Posso dar a volta por cima. Claro que sim.

A primeira coisa que faço é ligar para os dois jornais locais e colocar anúncios para as baias vazias. Então, por uma taxa módica, coloco anúncios on-line em quatro sites relacionados a adestramento de cavalos, e, embora me sinta meio fraudulenta fazendo isso, menciono meu nome, sabendo que significa um atrativo a mais para quem se lembrar de mim. E, por fim, ligo para a Kilkenny Saddlery para saber se eles têm um mural de anúncios — eles têm. Abro o CorelDRAW e em dez minutos faço um *flyer* oferecendo dez dias de aulas gratuitas para quem trouxer seus cavalos para nosso haras até o início do mês que vem. Enquanto o anúncio é impresso, já aguardo com tesoura na mão. Antes mesmo de a impressora soltar o papel, eu o seguro e corto dezenove vezes, criando uma franja de números de telefone destacáveis na borda.

Justamente quando estou apanhando a bolsa para sair, Dan liga. É como se o dia tivesse mudado de direção.

— Oi, sou eu — diz ele, e fico tonta com a intimidade da sua atitude de supor que eu iria reconhecer sua voz.

— Oi!

— Está livre essa noite?

— Hã-hã — respondo, com o que sinceramente espero ser uma voz sedutora.

— Ótimo. Eu estava pensando que já está na hora de dar uma olhada nas patas do seu meninão, quem sabe tirar as ferraduras corretivas. Tudo bem se eu levar o ferrador lá pelas cinco?

Meu coração se aperta de decepção e respondo:

— Sim, claro.

— Legal. Bem, nesse caso... — começa ele, com o tipo de tom maquinal que as pessoas usam logo antes de encerrar uma conversa.

Mudo de assunto.

— Dan?

— Sim?

— Eu estava pensando... será que eu poderia fazer um jantar para você?

— Eu adoraria — responde ele. — Quando?

— Não sei. Hoje. — Eu me sinto ousada, atrevida. Sou uma garota da revista *Cosmo*, que assume o controle.

— Claro.

— Bem, só que pode ser na sua casa? Aqui sempre tem gente demais.

— Claro. O que quer que eu compre?

— Nada. Eu levo tudo.

— Bem, está certo, então. Quer voltar comigo depois que o ferrador terminar?

— Você vai ter de me trazer de volta depois, também.

— Não ligo.

— Então combinado — digo, com meu tom de encerrar conversa. Só que o meu não tem nada de maquinal. — Estou ansiosa por isso.

— Eu também — diz ele.

Não sou lá uma grande cozinheira, mas não vou me deixar abalar por um pequeno detalhe como esse. Não aprendi a cozinhar — nunca me interessei.

Não é que eu seja uma inútil total: sei fazer espaguete e queijo quente, e fritar filés de frango, e depois que Eva deixou de comer carne, expandi meu repertório a fim de incluir alguns pratos vegetarianos, mas todos estritamente plebeus. Nada que se esperaria da esposa de um bem-sucedido advogado de patentes, mas é isso aí. Nunca vi motivo. E por que deveria, quando existem ótimas empresas de bufê para produzir jantares?

Mas, de repente, sinto vontade de aprender. Quero fazer algo delicioso. Algo complicado, impressionante e absolutamente magnífico, e quero que pareça fácil. Quero, em outras palavras, deixar Dan sem fala. Afinal, da última vez em que ele esteve interessado em mim, eu era uma candidata às Olimpíadas. Agora preciso encontrar outra maneira de impressioná-lo.

Já estou vendo tudo. Nós dois na cozinha dele. Que é grande, porque ele mora numa antiga casa de fazenda. As bancadas são de granito, os armários de madeira de bordo. No ar, sente-se o cheiro de manteiga, alho e do sumo quente das panelas. Dan está ali perto, bebericando uma taça de vinho e observando com admiração amorosa enquanto eu pairo de um lado para o outro, como um beija-flor. Fico diante do fogão, perfeitamente arrumada e divina num vestido azul justo. Dou uma sacudida numa das panelas, verifico o conteúdo de outra com uma colher de pau e depois troco de talher para empurrar algo sobre uma camada de manteiga que está na panela da boca de trás do fogão. Logo em seguida, eu me viro graciosamente para apanhar a tábua de corte, onde há uma pilha de algo cortado em cubinhos perfeitos, e jogo os cubinhos na panela de cobre chiante da quarta boca. Se possível, quero que haja algo na grelha também e o micro-ondas apitando para dizer que terminou de fazer seja lá o que estava fazendo.

A cena é ótima, mas meu devaneio para de repente quando percebo que tenho menos de quatro horas para me preparar. E não tenho a menor ideia do que fazer, muito menos de como se faz.

Corro até a casa e pego os novos livros de culinária de Mutti da prateleira. Há seis, mas não estou interessada nas brochuras. Quero fotos. Quero passo a passo. Quero ver a aparência do prato em cada etapa do processo.

Sei assim que o vejo. Minha mão não responde com a mesma rapidez da minha mente, portanto, preciso folhear de volta para encontrá-lo. Mas lá está, sensacional.

Uma foto bonita, página dupla. Um *gâteau des crêpes* — uma torre de panquecas caseiras francesas intercaladas com recheios lindos e coloridos, tudo isso arrematado por um leve creme de queijos. Complicado, impressionante e absolutamente perfeito. Acrescente-se a isso uma salada verde ligeira com peras pochê e queijo de cabra assado, mais uma garrafa de Chianti, e pronto, estamos entendidos. E, já que vou mesmo fazer crepes, posso muito bem fazer crepe suzette de sobremesa.

Já vejo as chamas alaranjadas com fundo azul saltando da frigideira de cobre enquanto eu mexo seu conteúdo cheia de bossa. Ah, já estou delirando de orgulho.

Não tenho tempo para copiar a lista de ingredientes, por isso enfio o livro embaixo do braço e vou até a porta.

Estou manobrando o furgão quando Mutti vem correndo agitando os braços. Paro o veículo e espero.

— Para onde você vai? — indaga ela com tom autoritário, correndo até a minha janela, agora aberta.

— Para o supermercado.

— Não. Preciso do furgão para ir até a farmácia.

— Mas você já foi de manhã!

Ela olha furiosa para mim.

— Onde você quer chegar, Annemarie? Seu pai está muito doente.

— Mutti, por favor. Não vou demorar.

— Isso é ridículo. Você nem pede mais antes de pegar o furgão. Como sabe que não vou precisar dele? E quando você vai trazer o seu próprio carro para cá, falando nisso?

— Logo depois da audiência no tribunal. Por favor, Mutti.

O queixo dela se enrijece, e meu coração afunda.

— Por que você precisa tanto ir ao supermercado?

— Vou preparar um jantar para Dan esta noite. Na casa dele. Eu disse que levaria as compras.

Ela continua me encarando, e justamente quando eu perdi toda a esperança que ainda me restava, ela diz:

— Vá.

Assim. Do nada.

Depois vira as costas e sai pisando o cascalho até a varanda.

Não tenho muita certeza do que aconteceu aqui, mas que importa? Consegui o furgão.

Faço uma rápida parada na Kilkenny Saddlery para colocar o *flyer* no mural de anúncios, depois rumo para o supermercado.

No fim das contas, se eu tivesse gasto um tempinho em uma lista teria sido ótimo, porque conseguiria agrupar por seção as coisas de que preciso. Mas, em vez disso, sou obrigada a ir apanhando os itens à medida que aparecem nas receitas, ou seja, acabo indo à seção de hortifrúti pelo menos umas seis vezes. Na minha terceira visita à seção de pães, já perdi a paciência, porque o tempo está correndo e não me lembro quando foi a última vez em que raspei as pernas. Eu me sinto como a criança pequena daquela tirinha, cujo caminho tortuoso para casa é marcado por uma linha tracejada de *loops*.

Quando volto para casa, Eva está me esperando na cozinha.

— Ei, deixe eu ajudar você — oferece ela enquanto luto contra a porta de tela. Gemo e estico a mão na direção dela, para que ela consiga extrair algumas das sacolas, cujas finas alças de plástico deixaram marcas arroxeadas nos meus dedos.

— Nossa, para que tudo isso? — pergunta ela, colocando os sacos na bancada e olhando dentro deles, um a um. Vira-se para me olhar com surpresa. — Você vai cozinhar?

— É, vou para a casa de Dan — respondo.

Eva congela — é apenas um ligeiro soluço no fluxo de seus movimentos, mas o bastante para eu perceber — e depois volta ao que estava fazendo. Saca um pacote de endívias e o inspeciona atentamente.

— Na verdade, querida, melhor deixar tudo nas sacolas. Veja se tem lugar na geladeira.

— Beleza — diz ela.

Agora eu sei que ela está atrás de alguma coisa, porque senão teria arrancado minha pele por eu ter um encontro com Dan.

— Sabe, mãe — começa ela como quem não quer nada, e eu sei que lá vem. Ela abre a geladeira e espia ali dentro. — Tudo bem se eu sair hoje à noite?

— Para onde?

— Para a cidade. Para o Across the Border.

— Com quem?

— Luis.

— De jeito nenhum.

Sua fachada de simpatia cai no chão.

— Por que não? — quer saber ela, em tom autoritário.

— Quantos anos ele tem?

— Dezessete.

— Por isso.

— Mãe! Vou fazer 16 anos em outubro.

— E só então você vai poder sair com rapazes.

— Não é um encontro com ele. Todo mundo do haras vai estar lá. É o aniversário do Carlos!

— Mais motivo para eu não querer que você vá — afirmo, firme.

— Por quê?

— Porque eles são mais velhos e provavelmente vão beber.

— Não vão, não! E, de toda forma, eu não vou — retruca ela.

— Isso mesmo. Porque você não vai a essa festa.

Eva explode:

— Você é uma hipócrita do caramba, sabia? Para você, tudo bem, não é? Você pode sair com quem quiser, a hora que quiser, e não está nem aí para o que as outras pessoas acham. Puta que pariu, mãe, eu só queria sair para jantar com a galera com quem você me obriga a trabalhar!

— Pode esquecer. Você ainda está de castigo por fumar, e, falando nisso, acabo de aumentar o castigo em uma semana por causa desse "puta que pariu" que você acabou de falar. E sim, sou adulta, e por isso posso sair com quem eu quiser.

— E papai?

— O que tem ele?

— Como você acha que ele vai se sentir ao saber que você está indo jantar na casa do seu namorado?

— E eu me importo? Ele estava pensando em mim quando foi morar com Sonja?

Percebo na mesma hora que não devia ter dito isso.

Eva me olha com algo parecido com ódio. Depois bate a porta da geladeira com toda força e sai.

Fico olhando ela ir embora, incerta se vou ou não atrás. No fim, decido que vou esperar até ela se acalmar.

Passo alguns minutos revisando as receitas e olhando as fotos. Minha visão de como seria a noite de hoje não inclui consultar livros de receita. Quero que Dan ache que minha magia culinária vem do meu próprio gênio criativo, de alguma parte sábia e inspirada do meu cérebro.

As instruções para o *gâteau* incluem cinco receitas diferentes — crepes, três recheios distintos e um molho de queijo —, portanto, preparo pequenas "colas" para levar na bolsa. Só uma listinha de ingredientes na ordem em que são utilizados e no estado em que supostamente devem aparecer — tipo, em cubinhos, picado, purê etc. Uma coisinha à toa para estimular minha mente, caso seja necessário.

Quando fico pronta, Mutti está lavando espinafre na pia.

— Vejo que você se saiu bem na sua empreitada — comenta ela.

— É.

— O que vai cozinhar?

— *Gâteau des crêpes* e crepe suzette.

Mutti congela onde está e depois se vira para me olhar.

— *Schatzlein*, você já fez algum dos dois antes na vida?

— Não — respondo, arrasada com a óbvia falta de confiança dela.

— Não acha que seria melhor tentar fazer algo mais simples primeiro?

— Não — digo, atravessando a cozinha e sacando o livro de receitas da prateleira para dar uma última olhada nele. — Tenho as receitas, que trazem um monte de fotos. Vou me sair bem.

— Bem, você está muito bonita, pelo menos — diz ela, voltando ao espinafre.

E estou mesmo. Para 38 anos, eu estou ótima. Verdade que tenho umas rugas no rosto, mas elas combinam com meu sorriso, e, com um pouco de batom e rímel, me sinto quase glamorosa.

Passei mais tempo me arrumando esta noite do que jamais passei na minha vida. Sequei o cabelo com a escova achatada de Eva, puxando meus cachos loiros espessos até eles ficarem macios e lisos. A cor loira é ótima quando se está começando a ficar grisalha, e depois que o prendi num coque no alto da cabeça, fiquei ali admirando o resultado no espelho. Minhas bochechas, que na verdade estão queimadas pelo sol, parecem ficar bronzeadas depois de um leve toque de pó bronze. Eu até me dei dez minutinhos para passar a lixa nas calosidades dos meus pés. Só por precaução.

— Acho que seu amigo chegou — diz Mutti, olhando pela janela sobre a pia.

Dan e o ferrador estão parados perto do pasto. Apanho a bolsa e as compras e caminho pela trilha de cascalho para encontrá-los.

Quando Dan me vê, aproxima-se para apanhar as sacolas.

— Você está linda — diz ele, me dando um beijo no rosto. — Não precisava se arrumar tanto.

— Não me arrumei — digo, mas sinto o rosto arder, porque é óbvio que me arrumei.

— Já conhece Francis? — pergunta Dan, voltando do carro. Ele faz um gesto para o ferrador, que está organizando suas ferramentas na plataforma do seu caminhão.

— Não.

— Ele presta um monte de serviços para nós lá no centro. Doa seu tempo para nós de graça, mas seria muito bom se você pagasse por esta visita.

— Lógico — digo. — Não tinha passado pela minha cabeça não pagar.

Dan fica em silêncio um minuto, olhando para Hurrah no pasto. Ele está a meio caminho de distância nos olhando, farejando o vento.

— Ele está muito bonito, Annemarie — comenta Dan. Coloca as mãos nos quadris e se vira de novo para mim. — E aí, o que acha? Vamos ter de usar tranquilizante ou não?

— Acho que não — respondo. — Ele me deixou segurá-lo hoje.

— Quer levá-lo para o estábulo?

— Ah, isso eu já não sei — respondo depressa.

— Ele deixaria você segurar a cabeça dele?

— Acho que sim.

— Então vamos tentar aqui.

Abro o portão e atravesso o campo. A grama está seca, faz cócegas e pinica meus pés metidos em sandálias.

As orelhas de Hurrah se viram para a frente quando me aproximo dele, e ele resfolega baixinho para me cumprimentar. Seguro seu cabresto e depois corro de leve os dedos da mão direita sob sua crina. Quando me viro para conduzi-lo até o portão, ele começa a andar antes mesmo de eu puxar.

Seguro o cabresto de Hurrah enquanto Francis coloca a perna dianteira esquerda do cavalo entre as suas. Então ele ergue o casco para cima e para trás, de modo que fique apoiado sobre seu joelho.

— Ele tem belas patas — diz Francis.

E tem mesmo: as patas de Hurrah são tão surpreendentes quanto o resto — rosadas, com listras negras de espessuras variadas. Parecem códigos de barras.

— É incrível — diz Dan, enquanto Hurrah espera pacientemente. — Mal posso acreditar que seja o mesmo cavalo.

— Precisei de umas mil maçãs — digo sorrindo.

Francis trabalha rápido. Retira os pregos e atira as ferraduras para o lado. Depois apara as bordas dos maravilhosos cascos listrados com o que parece uma gigantesca tesoura de jardinagem. Por fim, ele os lixa até ficarem lisos.

— Ei, Dan, venha até aqui um minuto — pede Francis, abaixando a perna dianteira direita de Hurrah.

Dan olha para mim, depois vai até o outro lado de Hurrah e se agacha.

Eu vou até o lado oposto da cabeça de Hurrah para poder ouvir o que eles estão conversando.

— É, acho que você tem razão — diz Dan, passando a mão com cuidado pela perna de Hurrah, do joelho até o machinho e vice-versa, antes de envolver o joelho do cavalo com as mãos em concha.

— Razão quanto ao quê? — pergunto.

— Parece que ele tem uma leve degeneração nas articulações. Muito leve — afirma ele, notando meu olhar. — Não se preocupe. Não vai causar nenhum problema.

— Causaria, se ele fosse um cavalo de competição? — pergunto.

Dan e eu nos entreolhamos, porque estamos pensando a mesma coisa. Ou será que ele só está me olhando porque sabe no que estou pensando?

Francis, porém, não percebe nada.

— Bem, é isso aí — diz ele. — Por hoje é só. — Ele endireita o corpo e limpa as mãos no avental de couro. — Estou bastante impressionado. Esse cavalo estava imprestável na última vez em que o vi. E também um saco de ossos.

Um nó de orgulho se forma na minha garganta.

— Prazer em conhecer você — diz Francis, fazendo um breve gesto com a cabeça.

— Igualmente. Ah, quer que faça um cheque agora? — digo, remexendo na minha bolsa dourada.

— Não precisa, eu mando a conta. Talvez eu possa fazer mais algum serviço para vocês um dia desses.

— Seria ótimo — digo.

Enquanto Dan acompanha Francis até seu caminhão, olho mais atentamente para a perna direita de Hurrah e a toco de leve com os dedos. Não consigo ver nada de errado. Ele parece perfeito para mim.

Seguro a focinheira do cabresto com as mãos e aproximo sua cara da minha, para beijá-lo. Ele obedece, balançando seus lábios bigodudos contra meu queixo.

Então eu o solto. Ele se afasta alguns metros e começa a pastar, balançando a cauda para espantar moscas imaginárias. Meu Deus, como ele é lindo. Parece tanto com o irmão.

Dan volta e envolve meus ombros com um dos braços, e ficamos parados em silêncio, observando Hurrah.

— Ele é mesmo lindo — diz por fim.

Porém, como eu não tinha percebido que ele ia começar a falar, acabo falando por cima da voz dele:

— Dan, você é veterinário.

Seu braço se enrijece sobre meus ombros, e sinto um arrepio de vergonha no meu couro cabeludo.

— Quer dizer, eu sei que você é veterinário; o que eu queria dizer é: você já fez exames clínicos para apólices de seguro, não é?

— Já fiz sim, claro.

— Então, se Hurrah começasse a demonstrar sinais de doença degenerativa nas articulações, ele não passaria no exame, certo?

— Você acabou mesmo de chamá-lo de Hurrah?

Olho para baixo, percebendo minha gafe. Não quero admitir, mas também não quero negar.

Dan tira o braço dos meus ombros e se vira para me encarar.

— Não me diga que você ainda está nessa.

Eu me sinto uma criança petulante, olhando para baixo e mordendo o lábio.

— Ah, minha querida — diz Dan, e o tom de preocupação na sua voz me faz ter vontade de gritar. — Você sabe que ele não é irmão de Harry.

— Não, não sei.

— Annemarie, Harry morreu. O irmão de Harry morreu.

— A questão dessa vez não é Harry. Não mesmo. É Hurrah.

— Annemarie...

— Olhe, sei que você acha que estou louca e estou preparada para aceitar isso. Mas não exclua a possibilidade ainda. Andei fazendo umas pesquisas.

A pena em seus olhos é evidente, portanto, acelero o ritmo, achando que, se conseguir ficar alguns passos adiante dele, talvez consiga evitar que ele chegue à conclusão óbvia.

— Não, escute, sério. — Eu paro, respiro fundo e depois começo de novo, a própria imagem do autocontrole. — Existem três tipos diferentes de tecnologia de chip, três tipos diferentes de scanner.

— Existem dois, e tenho aparelhos para ambos no centro.

— Quais?

— O quê?

— Quais? Que tipos?

— FDX-B e HDX.

— Ahá! Mas não tem FDX-A.

— Annemarie, você deve estar brincando. — Agora o tom de Dan é baixo, e ele franze a testa.

— Não estou, não. Os Trovans, Destrons e AVIDS são todos não ISO, e não seriam detectados pelo seu scanner.

— Isso é porque ninguém mais os utiliza.

— Hurrah é um cavalo velho. Por que não poderia ter recebido um microchip da tecnologia antiga?

Dan me encara, sem piscar, e eu não desvio os olhos.

Então, ele põe as mãos na cintura e se afasta de mim. Depois de um momento, caminha até a cerca.

Hurrah agora está de barriga para cima, contorcendo-se na maior alegria na terra dura. Um minuto depois, ele se levanta e sacode do pelo uma nuvem de poeira.

Dan enfia as mãos nos bolsos de trás e fica absolutamente imóvel por vários minutos. Então, volta para onde eu estou.

— Annemarie — diz ele, levantando os olhos para me encarar. — Quero fazer um trato com você.

— Que trato?

— Vou tentar localizar um scanner antigo, mas, se eu conseguir e o scanner não detectar nada, quero que você deixe esse assunto para lá. Não é saudável.

Faço que sim com a cabeça, solenemente, o coração batendo forte.

— Quero que você olhe para mim — fala ele, colocando as mãos dos lados do meu rosto e o levantando até a altura do dele. Olha então bem fundo nos meus olhos. — Não vou fazer nada disso, a menos que seja um trato. Se eu não detectar nenhum chip, você vai deixar o assunto de lado. Não importa quem ele foi; agora ele é seu cavalo. Afinal, se a questão não é mesmo Harry, isso não devia importar. Combinado?

Continuo assentindo, mas enquanto faço isso minha mente já disparou em busca de uma saída, só para o caso de não haver chip nenhum.

Meus planos para o jantar perfeito começam a dar errado logo de cara. Primeiro, o clima dentro do carro está de certo modo tenso, e depois, a antiga casa de fazenda fantástica do meu devaneio na verdade é um trailer. Um trailer branco imundo com a madeira descascando, estacionado em blocos de concreto atrás de uma fileira de árvores esparsas. Fico chocada. Isso não é um bom presságio para a cozinha.

Enquanto Dan procura as chaves, eu me demoro um pouco olhando ao redor. O espaço entre o trailer e o chão duro e rachado está repleto de lixo e teias de aranha, e um cabo de vassoura quebrado aparece de um dos blocos de cinzas.

— Ah, pronto — diz ele, empurrando a porta para dentro. Entra e depois se vira para mim, segurando a porta de tela para eu passar. Engulo em seco e subo as escadas. A madeira está apodrecida, e não é pouco o meu medo de afundar o pé em um dos degraus.

O interior é melhor do que o exterior, mas ainda assim é um trailer. Quer dizer, suponho que dê para considerá-lo acolhedor, de certa maneira. À maneira das casas de homens solteiros. Pelo menos é limpo.

A porta de entrada dá direto na sala. Ou melhor, na sala de jantar, se é que se pode chamá-la assim. Enfim, existe uma grande área aberta com uma mesa e, à direita, um sofá, uma poltrona e uma falsa lareira brega. À esquerda, também fazendo parte dessa mesma área, fica a cozinha.

Olho aquilo cheia de horror. Adeus, armários de madeira de bordo e ilha central.

— Vou apanhar as sacolas — avisa Dan, passando por mim. A porta de tela bate com tudo atrás dele, isenta de qualquer mecanismo suavizante de impacto. Quando ele volta, ainda estou ali de pé. — Está tudo bem?

— Tudo ótimo, tudo ótimo — respondo, tentando me recuperar.

Eu o sigo até a bancada. Ele coloca as sacolas ali e começa a descarregar o conteúdo em meio ao farfalhar alto de plástico.

— Uau — diz, segurando o pacote de endívias com uma das mãos e um Valencia cor de laranja e avermelhado com a outra. Coloca os dois sobre a bancada e apanha a garrafa de Grand

Marnier. — Pelo visto vou me dar bem — diz, segurando a garrafa marrom contra a luz.

A esta altura, já levei um punhado de coisas até a geladeira e abri a porta para guardá-las ali. Está completamente vazia, a não ser por uma garrafa de vinho, três latas de cerveja e um vidro de mostarda. E uma caixa de bicarbonato de sódio.

— Quer beber alguma coisa?

Olho para trás. Ele está me olhando na maior inocência. Parece inteiramente alheio ao meu horror, o que é bom. Não quero ofendê-lo. Mas, ao mesmo tempo, se ele mora aqui, o que faz com todo o seu dinheiro? Ele é um veterinário bem-sucedido. Eu sei que os veterinários não são ricos, mas com certeza ganham bem o bastante para morar em... bem, *casas*. Então percebo tudo e sou tomada por tanta vergonha que tenho medo de chorar. Dan mora assim porque não tem família. Coloca todo o dinheiro nos cavalos.

Dan continua me encarando, só que agora parece confuso. Percebo que ainda não respondi nada.

— Adoraria. Obrigada.

Fecho a geladeira e volto para a bancada. Em vez de retirar as coisas das sacolas, passo o dedo pelo laminado, que está desgastado e rachado. Suspiro e olho para a sala de estar e de jantar, sem saber se vou ser capaz de fazer o ajuste mental necessário.

Bem nesse momento ouço um agradável *pop*. Dan acabou de abrir o vinho (graças a Deus! Um saca-rolha!) e, enquanto ouço o *glug-glug-glug* das taças sendo servidas, penso que talvez eu já tenha conseguido fazer o tal ajuste. Tudo vai ficar bem. Se é isso que eu tenho, é isso que eu tenho.

Organizo os ingredientes sobre a bancada e sinto a onda de orgulho e empolgação voltando. As endívias, brilhantes e firmes; o queijo de cabra fragrante e macio; os cogumelos selvagens com seu aroma terroso e secreto.

— Não sabia que você cozinhava — comenta Dan, vindo por trás de mim e colocando uma taça sobre a bancada. Noto pelo barulho que ela é de vidro de verdade. Apanho-a, agradecida, e giro o líquido pálido com suavidade, observando o brilho puro cascatear pelas laterais. Sim, realmente creio que estou começando a me recuperar.

— Há muita coisa que você não sabe sobre mim — ronrono. — Sou uma deusa doméstica. Boa em todo tipo de coisa.

Ele arregala os olhos, fixa-os aos meus e, devagar, leva a sua taça para diante até ela encontrar a minha com um barulho de vidro contra vidro.

E é então que eu deveria começar minha dança coreografada do gênio criativo. Deveria me virar graciosamente e, com um olhar atrevido e sedutor, pousar a minha taça na bancada e começar a cortar, mexer e refogar, fazendo deliciosas ondas de vapor cheiroso flutuarem no ar. Deveria brandir os instrumentos da minha arte com graça e velocidade, esvoaçar entre uma tarefa e outra e administrar treze panelas ao mesmo tempo, sem deixar nem por um instante de parecer descolada e deliciosa, parando de vez em quando para beber meu vinho e atirar um olhar sugestivo na direção de Dan.

O problema é que não consigo me lembrar de por onde começar, por isso preciso consultar minhas "colas" imediatamente. Não quero, porém, que Dan saiba que eu as trouxe, então me retiro para o banheiro. Mas sou obrigada a levar a bolsa, porque meu vestido não tem bolsos, ou seja, ele vai achar que estou menstruada — o que, claro, é impossível, mas ele não sabe que passei por uma histerectomia (não que eu esteja pensando em terminar a noite com ele na cama. Não *seriamente*, pelo menos, mas seria assim tão terrível se isso acontecesse?).

Quando chego ao banheiro e fecho a porta, me sinto uma idiota total. Sento na tampa da privada e remexo minha bolsa procurando minhas colas, com o orgulho e a empolgação substituídos pelo pânico. Primeiro, leio a receita da massa dos crepes, depois fecho os olhos para ver se consigo repetir os ingredientes de cor. Então leio os ingredientes dos recheios. E da salada. Mas que diabo é *duxelles*, por favor? Será algo que você *acrescenta* aos cogumelos, ou serão os *próprios* cogumelos? E *roux*? Meu Deus, será que eu não podia ter colocado umas dicas nas margens ou algo assim? Onde eu estava com a cabeça?

Pouco antes de sair, eu me lembro de dar a descarga, depois lavo as mãos para garantir. Estou começando a me arrepender de não ter trazido o livro. O negócio é que dos ingredientes eu até consigo me lembrar, mas não na ordem. Quer dizer, sei que em algum ponto entra meia xícara de creme de leite fresco, mas, neste exato momento, não consigo nem por decreto lembrar onde.

Consultar o livro não teria sido tão ruim. Não seria tão impressionante quanto cozinhar tudo aquilo de cor, mas é um belo livro de receitas, brilhante e colorido. Eu poderia tê-lo deixado aberto na página certa para dar uma espiada discreta aqui e ali. Não necessariamente pareceria que eu estava sendo escrava do livro, mas que estava seguindo minha intuição culinária.

De volta à cozinha, tomo um gole de vinho para dar coragem. Então me viro para lançar meu primeiro sorriso sedutor para Dan e encosto em alguma coisa fria e molhada.

— Ai, meu Deus — digo, dando um pulo para a frente. Puxo o tecido do meu vestido o máximo possível para a frente para poder avaliar o estrago. A mancha fica bem em cima da minha bunda, uma elipse de mais ou menos 18 centímetros de comprimento e 10 de altura. E que continua se espalhando pela minha linda seda azul.

— Ah, desculpe, Annemarie — diz Dan, apanhando um pano de prato da gaveta e tentando enxugar meu traseiro. Eu me viro com violência e puxo o pano da mão dele.

Ele fica parado, sem saber o que fazer.

— Minha torneira está vazando um pouco e a água sempre fica parada bem aí. Desculpe, eu devia ter avisado.

— Tudo bem, não se preocupe — vocifero, me virando como um cachorro perseguindo a própria cauda para me limpar com o pano de prato. Ai, meu Deus, isso só está piorando a mancha.

— Quer algo para se trocar?

— Não — respondo depressa. Usar uma das camisetas de Dan não faz parte do meu devaneio. Nem usar um vestido manchado, para todos os efeitos, mas é isso aí. Fecho os olhos e me recomponho. Respire fundo, digo a mim mesma. De novo.

Abro os olhos, com o equilíbrio restaurado, e vou até Dan.

— Estou ótima — anuncio, estendendo o pano de prato para ele. — Sério.

— Tem certeza?

— Tenho.

Então volto para a bancada, tomo outro gole enorme de vinho e começo.

O problema é que Dan não poderia empatar mais. Acho que está só interessado no que estou fazendo, mas tenho a impressão de que toda vez que me viro ele está bem ao meu lado, espiando por cima do meu ombro. Suponho que não me incomodaria com isso se eu soubesse o que estou fazendo e achasse que estava causando uma impressão e tanto, mas não é o caso, então o que ele está fazendo me tira do sério.

Quando fica evidente que cada um dos meus crepes idiotas brancos como cadáveres vai grudar irremediavelmente no fundo da frigideira e precisará ser raspado de lá com uma variedade de utensílios, eu me viro para vociferar para ele:

— Será que você não podia esperar lá na sala?

Silêncio, imobilidade, como se o mundo tivesse parado. No fundo, uma única gota de água cai na pia.

— Claro. Lógico. Desculpe — diz ele, parecendo magoado. — Não queria atrapalhar.

— Não está atrapalhando — justifico, completamente arrasada.

Afasto do rosto uma mecha de cabelo solta e depois tateio hesitante o resto do penteado para ver se está caindo. Está meio solto, mas continua mais ou menos de pé. Resisto ao impulso de ir consertá-lo, porque estou começando a me desesperar, pensando que jamais vou conseguir servir esse jantar.

Dan recua para a sala e eu volto para o jantar. A partir daí, as coisas só vão ladeira abaixo.

Eu fervo as peras até elas virarem bolhas melequentas no fundo da panela, e, quando tento retirá-las com a escumadeira brilhante que trouxe comigo justamente para esse fim, elas se desintegram com o contato. Ficam apenas cascas vazias boiando em um líquido que, se com certeza é aromático, ao mesmo tempo é turvo e impossível de aproveitar na minha salada. Eu me esqueço do queijo de cabra no forno e ele vira uma gosma preta horrível e fedorenta que gruda no fundo e nas laterais da assadeira de biscoitos, e quando eu atiro aquilo na pia e jogo água corrente para ver se para de soltar fumaça, ele chia, espirra e solta uma onda de vapor pútrido.

— Hã, está tudo bem por aí? — grita Dan, que está obedientemente sentado no sofá, na sala de estar. Área de estar. Sei lá.

— Sim, sim — respondo cantarolando.

Certo. Deve haver algum jeito de consertar isso. É. O *gâteau des crêpes* está cozido, portanto, não importa muito se está meio em frangalhos. Ou, na verdade, completamente estilhaçado. Quanto aos crepes suzettes da sobremesa, bom, se Dan tiver sorvete no freezer simplesmente vou servi-lo com a calda por cima. Vai ficar ótimo. E a salada... bem, pulemos a parte das peras e do queijo de cabra. Vai ficar simples. Elegante. Despretensioso.

Respiro fundo e apanho a garrafa de vinho.

— Quer mais? — pergunta Dan. — Tem outra garrafa, posso colocá-la no freezer.

— Pode ser uma boa ideia — respondo, secando o resto da garrafa na minha taça. Eu, na verdade, deveria recusar, pois já estou meio alta, mas pro diabo. Só preciso ir com calma. Ou então comer alguma coisa, e logo.

Pelo canto do olho, vejo Dan se levantando do sofá.

— Fique aí!

Ele para, espantado.

— Só me diga onde está que eu pego — protesto logo, porque não posso suportar a ideia de ele ver a bagunça que eu fiz.

Ele parece perplexo.

— Tem certeza?

— Tenho.

— Certo, está no armário embaixo da pia. À esquerda.

E está mesmo, bem ao lado do desentupidor líquido. Eu coloco a garrafa no freezer, notando com horror a falta de sorvete, e depois fico parada olhando a cozinha. Meu Deus, eu absolutamente a destruí, e até agora não consegui concluir com êxito nenhuma parte do jantar.

Na hora em que ateio fogo na cozinha, percebo que é inútil. Quando Dan percebe o que está acontecendo, sai correndo e me afasta. Fico de pé, tossindo e agitando as mãos na frente do rosto enquanto ele retira dos armários uma coisa atrás da outra, até encontrar uma tampa de panela enorme e pesada. Ele a segura em cima da frigideira em chamas e a deixa cair ali, contendo o fogo completamente.

— Tudo bem com você? — pergunta ele, parando um momento para olhar para mim. Depois ele vai até a pia e bate na janela acima dela, tentando forçar a abertura.

Faço que sim, arrasada, olhando para a parede acima do fogão. Ela está manchada de fuligem preta até o topo. Uma mancha no teto, com quase 30 centímetros de largura, completa o quadro. Bem nessa hora, o detector de fumaça começa a berrar. E eu idem.

— Por que você não espera lá fora até a fumaça sair? — grita Dan por cima do barulhão, agitando o pano de prato para cima e para baixo. Acho que deve estar tentando fazer a fumaça sair pela janela, mas sua aparência é absurda, parece o matador do Pernalonga.

Trêmula e à beira das lágrimas, saio e me sento num toco de árvore úmido e fedido. Ao fundo, o detector de fumaça continua a berrar seu protesto.

11

Alguns homens teriam encarado aquilo como o fim da noite. Mas Dan não é qualquer homem, reflito enquanto o observo através da luz bruxuleante das velas.

Duas horas depois, estamos sentados a uma mesa de piquenique na Cabana do Siri do Gil. Estou vestida com uma camiseta e uma cueca boxer dele — daquelas bonitonas, que quase parecem shorts — e o ambiente do lugar é tal que combina perfeitamente conosco.

O chão é de concreto e pontilhado de pingos de tinta. Nas paredes estão penduradas redes de pesca com crustáceos de plástico emaranhados. Do teto pende uma boia em forma de orca gigantesca, que praticamente está pedindo que alguém acabe furando-a com um cigarro aceso, e as garçonetes vestidas com shorts exibem camisetas onde se lê SIRI-GAITA.

No fim do pátio, há um parquinho de areia com uma cerca que dá para a área de jantar, e crianças descalças voam por ali gritando como leitões ensebados.

É, em suma, perfeito.

Respiro fundo enquanto Dan serve o resto do chardonnay na minha taça, observando a amplitude dos seus dedos ao redor da garrafa. Ele tem mãos lindas, percebo que nunca notei antes. São bem-formadas e fortes, com a quantidade certa de pelos. Perfeitas: não existe nada nelas que não seja completamente adequado. Bem diferente das de Roger. As dele são mãos de advogado, macias e sem pelos, com dedos curtos e afilados.

Dan pousa a garrafa e se inclina para a frente, apoiando os cotovelos sobre a mesa.

— Sabe de uma coisa, Annemarie Zimmer? — começa ele, erguendo a taça e deixando as palavras languidamente no ar.

Sorrio para meu prato de cascas de caranguejo remexidas, esperando.

— Nunca vi você mais linda em toda a minha vida — conclui.

Respiro fundo, arfando, como se alguém tivesse roubado o ar. Então vejo o meu reflexo no vidro do candelabro, que se curva na minha direção fazendo meu nariz ficar enorme, mas o resto do reflexo é fiel: o cabelo molhado, penteado com pressa e sem secar; meu rosto, sem fuligem, mas também sem maquiagem; minhas roupas, uma camiseta masculina XL que em mim parece mais um saco de batatas, com mangas que chegam até meus cotovelos. Pode ser que minha aparência esteja melhor do que antes da minha chuveirada emergencial, mas linda?

Rio tanto que sai vinho pelo meu nariz, e enquanto apanho o guardanapo do meu colo e o pressiono no rosto, percebo a expressão de Dan. Então paro, porque ele está me olhando com uma intensidade incrível.

Aí a coisa me atinge, com a força de uma tonelada de tijolos, ou de um trem de carga, ou de um holofote no meio da escuridão; me atinge como todos os clichês manjados que se pode imaginar...

Eu amo este homem. Amo, e sempre amei. O véu finalmente se ergueu, e as cores embaixo dele são tão brilhantes que não sei se consigo suportar olhar, mas, ao mesmo tempo, me vejo incapaz de desviar os olhos.

É quase meia-noite quando chegamos na fazenda. Ao rodearmos os fundos da casa, vejo a cortina da sala de jantar se mexer Inacreditável. Tenho 38 anos, mas mesmo assim minha mãe continua acordada me esperando. Olho instintivamente para a janela do quarto de Eva, imaginando se ela também estará acordada.

Dan estaciona ao lado do furgão de Mutti. Estranho como agora penso nele como sendo de Mutti. Papai ainda está vivo, mas eu já estou descontando sua existência, já o estou riscando da página.

— Então — começa Dan. Desliga o motor do carro, abre a janela e volta a colocar as mãos no volante.

— Então — digo, timidamente, olhando para o meu colo.

Ficamos ali sentados por um momento, ouvindo os grilos. Depois ele segura a minha mão.

Sua mão é morna e cobre a minha completamente. Há calos na palma e nas pontas dos dedos, cuja sensação é maravilhosa. Por um instante, me esqueço de respirar.

Não dá para acreditar que ele está aqui comigo. Não dá para acreditar que estou aqui com ele. É como se os últimos vinte anos nunca tivessem acontecido — como se alguém tivesse juntado as extremidades e as costurado, transformando tudo o que há entre elas numa bainha invisível.

Sob essa luz, ele parece igual a antes. Se mudou alguma coisa, ficou ainda mais lindo. Talvez seja porque agora eu saiba o que estou olhando.

Ele se inclina para mim e fico tonta. Em algum ponto acima do cinto de segurança do meio do banco, nossos lábios se tocam. Só um roçar, na verdade, mas o suficiente para me deixar sem fôlego. Nem me importo mais com a fivela do cinto de segurança, que está enfiada na minha coxa. Seus lábios são quentes e carnudos, e disparam uma série de choques elétricos que sobem pelo meu pescoço.

Quero esses lábios de novo. Quero sentir seu gosto, sugá-los para dentro da minha boca, passar a língua entre a dureza macia dos seus dentes e a carne tenra da parte interna dos seus lábios. Quero girá-los entre os meus e sentir sua língua me tocando. Eu quero. Quero. Quero. Quero.

No instante seguinte, percebo que estou parada sem mexer um músculo, inclinada para a frente com os olhos fechados. Abro os olhos. O rosto de Dan está a 30 centímetros do meu. Parece preocupado.

— Tudo bem com você? — pergunta.

Faço que sim com a cabeça.

— Porque não quero apressar as coisas...

Fecho os olhos e balanço a cabeça.

— Ei — diz ele baixinho, guiando meu rosto para que eu olhe para ele. Sua mão se demora ali, e ele percorre com a ponta dos dedos a linha do meu maxilar. — Podemos ir com calma, como você quiser.

Se eu estivesse de pé, meus joelhos cederiam. Parte de mim deseja berrar, Não! Não! Não quero ir com calma! Pode me levar para a sala dos cabrestos agora mesmo! Mas não faço isso.

Ele volta a me beijar, depois desliza a mão por trás da minha cabeça, envolvendo-a em concha. É tão bom que não sei se vou aguentar. É como se uma onda efervescente acompanhasse cada pequeno gesto dele.

— Acho que isso significa que vou ter que fazer as pazes com a sua filha — comenta.

— Acho que sim.

— Como devemos fazer isso?

— Não sei mesmo — respondo. Paro um instante, pensando nas possibilidades. — Acho que podíamos começar com um jantar, todos juntos. Quer jantar aqui?

— Não sei. Você é que vai cozinhar?

Abro os olhos de uma vez. Ele ri e me abraça. O cinto de segurança se enfia ainda mais fundo na minha perna, mas continuo não ligando.

— Adoraria — diz ele. — Mesmo que você cozinhe.

Meu rosto está pressionado contra o seu peito, e sua voz ressoa através do meu corpo. Talvez, se eu ficar bem quieta, consiga ouvir seu coração. Respiro fundo e tento.

— Desculpe pela sua casa — balbucio.

— Nem pense nisso — retruca ele.

Então percebo que, se eu não tivesse ateado fogo na casa dele, teríamos terminado a noite por lá. Ah, como eu teria adorado terminar a noite por lá. Mas tudo bem. Não vai ser nossa última oportunidade. Disso eu tenho certeza.

Entro em silêncio na casa, sem acender as luzes, procurando fechar a porta sem fazer barulho. Sei que Mutti me viu chegar, portanto, suponho que, a esta altura, ela já esteja dormindo.

Suposição errada. Segundos mais tarde, a luz do corredor se acende e Mutti aparece à porta, com seu robe turquesa fechado até a haste macia do seu pescoço. Ela acende a luz da cozinha e fica parada me olhando, piscando.

— Ah, é você — diz.

— Claro que sou eu. Quem mais poderia ser? — questiono, pendurando a bolsa em um gancho ao lado da porta. Então eu congelo.

— Ah, não — diz Mutti devagar, e sua expressão endurece. — Ah, não me diga que... Ela disse que tinha pedido a você.

— E pediu. Mas eu disse não. — Giro o corpo. — Deus do céu. Vou matá-la.

— *Schatzlein, Schatzlein, Schatzlein.*

— Vou sim. Matá-la. Eu lhe dei a vida, e agora vou tirá-la. Quase na mesma hora, ouvimos o som de pneus sobre o cascalho. Mutti e eu nos entreolhamos. Um segundo depois, bate uma porta de carro.

— Quer que eu lide com isso? — pergunta Mutti.

— Por quê? Acha que eu não consigo lidar com minha filha?

— Na verdade eu estava me oferecendo para ser a ogra.

Eu me viro para ela e noto pela primeira vez os semicírculos cinzentos embaixo de seus olhos. Olho para ela até ouvir as dobradiças da porta rangendo enquanto ela se abre.

Eva nos vê e para onde está. Seus olhos correm de mim para Mutti e vice-versa, depois pousam nas cuecas boxer de Dan.

Basta dizer que, mais uma vez, Eva não está falando comigo. Na verdade, creio que a frase exata foi "Espero que você morra", mas isso se traduz grosseiramente em não falar comigo. Lógico, toda essa história de não falar comigo só começou depois de ela me chamar de racista, fascista, beata e hipócrita, e de mais uma série de outros termos mais impactantes, embora menos criativos.

Eva também não está falando com Mutti, que ficou física e figurativamente ao meu lado, para grande surpresa da minha filha. Depois da história da tatuagem, acho que ela pensou que Mutti tinha virado sua aliada automaticamente — mas como achou que explicaria uma mentira descarada é algo que não faço a menor ideia.

Ela se esforçou ao máximo para nos jogar uma contra a outra — o velho artifício do "mas Oma disse!" —, depois ficou pasma ao ver Mutti caindo em cima dela. Quando cheirei seu cabelo e seu hálito para ver se havia indícios de cigarro ou bebida, seu torpor se transformou em lágrimas atrozes, e então, quando falei que eu tinha motivo recente para não confiar nela, explodiu numa série de insultos e desejou que eu morresse.

Depois que ela saiu, pisando duro em meio a uma choradeira, completamente convencida de que era tudo muito injusto, Mutti e eu ficamos de pé em silêncio, uma ao lado da outra. Aí Mutti se vira e me olha de cima a baixo.

— O que aconteceu com você?

— É uma longa história — retruco. Uma porta se bate com um estrondo lá em cima, fazendo o vidro da cristaleira encostada na parede chacoalhar.

— Tenho tempo — diz Mutti, ainda me olhando.

— A gente devia ir dormir — falo.

— Não sei você, mas eu vou precisar de alguma coisa para me ajudar a cair no sono. Venha, *Liebchen* — diz ela. Vira as costas e pega duas taças da cristaleira. Depois liga a babá eletrônica, coloca-a embaixo do braço e caminha pelo corredor até a sala de estar. Sem olhar para trás.

Eu vou atrás dela, embora sem saber bem o porquê. Não é que não goste daquele carinho todo, mas não sou besta. Sei que não tem nada a ver comigo e tem tudo a ver com Dan. Mas vou mesmo assim. Afinal de contas, Jägermeister é Jägermeister.

De manhã, Eva não atende a porta. Sei que ela está dentro do quarto porque a porta está trancada. Decido deixá-la em paz por enquanto.

Estou a meio caminho do estábulo quando me dou conta de que não penteei o cabelo, mas não dá para voltar para casa, pois Brian já chegou e não quero estar presente quando papai aparecer da sala de jantar.

É um dia lindo e ensolarado, e mesmo a esta hora tão cedo o sol me atinge com toda a sua glória feroz. Estou vestida com meu uniforme costumeiro de short e camiseta. Com o acréscimo de meias compridas esportivas e galochas curtas, sou um verdadeiro exemplo de moda a seguir.

Paro diante do pasto de Hurrah e me inclino na cerca. Ele vem e estende o pescoço, soprando suavemente na minha mão.

— Desculpe, lindo. Esqueci a sua maçã — digo quando ele vai da minha mão para o meu bolso.

Ouço um carro atrás de mim e me viro justamente quando um Impala dourado antigo — com uns 16 anos no mínimo — passa por ali, trazendo Carlos, Manuel e Fernando. Atrás vem um Monte Carlo verde metálico igualmente antigo trazendo P. J. e Luis. As janelas estão abertas, e delas sai o som de risadas e música em espanhol. P. J. levanta a mão para me cumprimentar e eu aceno de volta.

As palavras de Eva voltam até mim e me incomodam mais do que deveriam. Não sou racista — claro que não —, embora não tenha a menor certeza se Luis e os outros não achariam igualmente ofensivos os meus verdadeiros motivos para ser contra aquele relacionamento. Dois anos é uma diferença enorme quando se tem 15 e 17 anos. Garotos de 17 anos têm certas expectativas, e tenho certeza de que hoje deve ser pior do que quando eu era jovem.

Mas a verdade é que, mesmo que ele não fosse mais velho do que ela, ainda assim eu não gostaria que eles dois se envolvessem. Não tem nada a ver com raça. Tem a ver com a educação e as perspectivas dele — as quais, considerando que ele é um funcionário em tempo integral de um haras aos 17 anos, equivalem a quase zero.

Acredito que qualquer pai acharia o mesmo, mas a ideia de ser criticada por isso me deixa mal. Para ser franca, fico feliz de ter a desculpa da diferença de idade na qual posso me esconder.

Penso em talvez falar alguma coisa com os funcionários do haras, mas não consigo encontrar a oportunidade certa. Apesar de Luis ser onipresente, se eu fosse falar com alguém, seria com P. J. Chamá-lo ao meu escritório, entretanto, daria mais importância à conversa do que eu gostaria: estou brava com Eva, não com eles. Por isso, acabo não dizendo nada.

Ainda assim, sinto dificuldade em me concentrar. Meu cérebro se vê tomado por uma ideia latente. É uma massa sem forma, uma ventania em constante transformação.

Eu me sinto uma anti-Midas espalhafatosa que anda tropeçando por aí, deixando um rastro de desastres para trás: meu casamento, minha filha, a situação no haras.

Tem ainda a doença de papai, que se recusa a ficar quieta por mais que eu tente empurrá-la para um canto esquecido do meu cérebro. Fiz mais do que empurrá-la: amarrei suas mãos e seus pés, depois a enfiei embaixo de um encerado e o prendi ao chão com blocos de concreto. Apesar disso tudo, ela pula insistentemente, como uma máquina de lavar desregulada, me obrigando a olhá-la nem que seja só para empurrá-la de novo para o seu canto.

Também estou preocupada com Mutti. Isso está sendo um peso terrível para ela, mesmo que eu não consiga identificar de que maneira exata. Ela parece a mesma, mas ao mesmo tempo não é. Seu cabelo continua preso no rabo de cavalo baixo costumeiro, à prova de bala, mas há algo de apagado nele, uma falta de brilho que antes não existia. O seu rosto também está diferente, de um modo indefinível também. Continua sem nenhuma ruga (trata-se de uma mulher, afinal de contas, que passou a vida inteira evitando com todas as forças manifestar qualquer expressão) e, sob um exame mais cuidadoso, ela parece não ter perdido peso. Mas há algo a mais, um cansaço, quase uma resignação, que me assusta. Mutti é uma Valquíria. Mutti deveria ser invencível.

Tudo isso faz com que seja ainda mais importante que ela não descubra o que está acontecendo no haras.

Passo boa parte da manhã tapando os buracos do naufrágio, ou, para ser mais precisa, apanhando um saco de serragem atrás do outro.

Depois, ajudo Carlos e P. J. a esvaziá-los nas baias. Sinto algo parecido com um ataque de pânico quando vejo quantos sacos utilizamos: é como ver uma hemorragia de dinheiro no chão em meio a uma explosão nublada de pó. Cada baia praticamente engole dois sacos de serragem, e ainda assim a cobertura não fica tão espessa quanto eu gostaria.

Penso seriamente em deixar os cavalos nos pastos até chegar o carregamento regular, mas isso simplesmente não é factível. Primeiro porque os alunos terão de ir de caminhão até o pasto para pegar sua montaria *du jour*. Nesse calor, com certeza vão reclamar, e minha experiência com os Bermans me deixou nervosa em relação ao relacionamento com os clientes.

Acho que se eu fosse mais inteligente, manteria quatro ou cinco baias arrumadas e depois faria um esquema de rotação com os cavalos das aulas do dia, mas só de pensar em toda essa organização já me dá dor de cabeça.

Quando digo ao pessoal para peneirar a serragem das baias e não tirá-la completamente até eu resolver as coisas, vejo P. J. balançar a cabeça. Não em desafio, mas num clima de "meu Deus, o que você fez?". Escolho ignorar e vou para o meu escritório checar quais clientes solicitaram serragem extra para seus cavalos. Depois desço e esvazio um terceiro saco de serragem nessas baias. A última coisa de que preciso é mais clientes fugindo daqui.

O feno chega no início da tarde numa carroça alta. É uma geringonça instável, mais alta que larga, que quase tomba quando vira a esquina para percorrer a trilha da fazenda. Ao serpentear ao lado da casa, meu coração se acelera. Por favor, ai, por favor, não olhe pela janela, Mutti. Por favor, esteja fazendo outra coisa.

O ladrão não veio, mas eu resmungo mesmo assim, principalmente ao preencher o cheque e entregá-lo. Com alguma sorte, esses homens vão lhe contar como sua última cliente ficou satisfeita. Não que ele pareça dar a mínima.

Mas eu dou. Nesse ritmo, estamos gastando dinheiro como loucos.

Como castigo por ter sido grosseira com os homens que trabalham para o ladrão, ajudo os caras a guardarem o feno no depósito.

Guardar feno é um trabalho duro e monótono. Durante três horas fazemos a mesma coisa: Manuel atira um fardo para Fernando, que o atira para mim. Eu o atiro na esteira, e então, lá em cima, Luis o descarrega. Ele o atira para P. J, que o atira para Carlos, que o empilha com os demais no depósito.

Sem parar eu me inclino, enfio os dedos embaixo da corda que amarra o fardo, estico o corpo e atiro o fardo, tudo isso no calor ardente do sol. Antes de vinte minutos já tem pedacinhos de feno no meu cabelo, no meu nariz e, pior de tudo, no meu sutiã. Meus braços doem, eu estou coçando e cheirando mal.

Trabalhamos sem conversar, mas tudo bem. Fazer aquele cheque pelo feno me deixou meio que em pânico, e estou refinando meu plano de combate na cabeça.

Serei cuidadosa. Serei frugal. Vou trocar para vermífugo convencional. Vou tirar as ferraduras de trás de todos os cavalos da escola. Acrescente-se a isso o dinheiro do depósito caução que planejo obter dos nossos novos clientes e o truquezinho do cartão de crédito que imaginei ontem, e talvez eu consiga repor o dinheiro até a época dos impostos, quando eu sinceramente espero que seja a próxima vez em que Mutti virá espiar como andam as coisas no reino da Dinamarca.

De tarde, os cavalos ficam inexplicavelmente malucos, galopam pelos pastos como uma única nuvem amorfa, com patas trovejantes e caudas para cima. O chão está duro e, portanto, em breve eles são engolfados por uma nuvem enorme de terra. É uma visão impressionante, e todos do lado de fora param para olhar.

Não tenho ideia do que provocou isso. Pode ter sido o vento; pode ter sido a mudança abrupta de hierarquia no bando depois da remoção dos cavalos dos Bermans; pode ter sido apenas que um começou a fazer isso e os outros o imitaram. Seja lá o que foi, os dois bandos estão correndo pelo chão duro de seus respectivos pastos a tal velocidade que prendo a respiração sempre que se aproximam de uma cerca, já imaginando lascas de madeira enfiadas em seus peitos. Mas eles sempre mudam de direção no último instante ao mesmo tempo, como um bando de pássaros.

Hurrah também está galopando a toda a velocidade, embora uma cerca o separe do bando de cavalos castrados. Galopa de um lado do pasto para o outro e depois estaca as pernas dianteiras, parando de um modo tão abrupto que quase acaba se sentando nas patas de trás. Aí ele se vira e volta a trotar ao longo da cerca, gemendo para o bando galopante com a cauda para cima, como Harry costumava fazer. A semelhança é tão marcante que fico sem fôlego. Já o vi em pânico, já o vi com medo, já o vi de pé sobre as patas de trás e dando pinotes, mas nunca o vi se mover desse jeito. Ele gira, andando de um jeito pomposo e arrogante, chutando cada perna diante de si como se fosse um saddlebred americano. As narinas estão tão abertas que vejo vislumbres de vermelho, e o pescoço se curva de um jeito penosamente familiar. Ele é simplesmente lindo. Lindo, mas está tão sujo que mal se veem suas listras.

Dez minutos mais tarde, ele está amarrado no boxe externo para lavagem e eu o molho com a mangueira.

A água atinge Hurrah com tanta força que boa parte espirra de volta em mim. É pior quando eu levanto a mangueira para enxaguar suas costas, porque aí a água corre pelas costas do meu braço e para dentro da minha camiseta.

Enquanto vou com a mangueira de um lado para o outro, ele dança um pouco nas amarras, batendo os cascos listrados na água ensaboada e sacudindo a cabeça. A água se reúne e escurece na leve depressão que existe ao longo da sua coluna, depois desce em cascata pela sua caixa torácica e seus por flancos. Aos poucos, as listras cinza viram brancas.

Quando viro a mangueira para enxaguar sua cara, Hurrah abre os lábios, tentando beber a água. Acho isso hilário e seguro com boa vontade a mangueira na frente do seu focinho enquanto ele bebe a água no ar.

Jean-Claude aparece ao nosso lado, conduzindo Bergeron até o picadeiro ao ar livre. Chega sem eu notar, e quase o atinjo com um jato sem querer.

— Ei — diz ele, desviando.

— Ah, desculpe — falo, enxugando minha testa com as costas do pulso. Uma bola de espuma cai na minha bota.

— Sem problema — diz ele, recuando. Observa um instante, em silêncio, com atenção. Depois sorri. — Então o cavalo de quem é um docinho agora?

Meus olhos se enchem imediatamente de lágrimas. Em vez de responder, eu me viro e dou um tapinha carinhoso na espádua de Hurrah.

— Daquilo para isso aqui em questão de dias — continua Jean-Claude, fazendo um gesto para o pasto e depois para Hurrah. — Amor, paciência e tempo. Exatamente como eu... — Ele para. Seus olhos pousam na minha camiseta molhada.

Olho para baixo depressa. Minha camiseta, embora ainda esteja opaca, está grudada no meu corpo. Ah, que importa. Com certeza Jean-Claude já viu seios antes. Olho para cima de novo, decidindo ignorar o estado da minha camiseta e desafiando-o a fazer o mesmo.

— Quer dizer, então, que você está se preparando para montar? — pergunta Jean-Claude, com os olhos grudados no meu rosto.

— Claro que não — respondo.

— Por quê?

— Já lhe disse. Não monto mais.

Jean-Claude faz um triste *tsc, tsc:*

— Ah, eu chateei a dama. Minhas desculpas.

Desconcertada, eu me viro de novo para Hurrah e esfrego a base da sua crina com a esponja ensaboada.

— Nesse caso, tudo bem se eu montá-lo?

— O quê? — Paro ali mesmo, no meio do ato de ensaboar. Olho para Jean-Claude, espantada por ele nem sequer ter sugerido uma coisa dessas. Cada fibra do meu ser grita contra a ideia.

— Bem, *alguém* devia fazer isso — sugere ele, dando de ombros de leve. — Eu o estava observando lá do picadeiro. É de primeira linha, um menino poderoso. Eu gostaria de ver o quanto ele sabe.

— Acho que não, Jean-Claude.

— Por que não?

— Não quero forçar a barra. Os cascos dele ainda estão se recuperando — justifico, mas meu rosto arde com aquela mentira.

— Então, vamos conduzi-lo com a guia em vez disso.

Busco uma resposta em vão.

Jean-Claude entende meu silêncio como concordância e abre um sorriso.

— Ah, que bom — exclama ele, endireitando a corda da guia de Bergeron nas mãos. — Traga o garoto para o picadeiro depois que acabar. Eu esperarei por vocês lá.

Os olhos dele vagam mais uma vez para a minha camiseta molhada, depois ele estala a língua para Bergeron e o conduz até o estábulo.

Após Jean-Claude ir embora, eu continuo o que estava fazendo, mas em câmera lenta. Pingo condicionador nos cascos de Harry, depois aparo seus bigodes e a parte de trás dos seus machinhos com uma tesoura. Borrifo ShowSheen em seu pelo, depois o esfrego com as palmas das mãos. Ao terminar todas as outras tarefas, massageio Cowboy Magic em sua crina e a penteio meticulosamente.

Estou adiando. Sei disso. O que não sei é o motivo. Eu devia estar louca para conduzi-lo numa guia, porque isso mostraria o que ele sabe. Mas talvez a questão seja essa. Talvez eu não queira mais saber, e não entendo, já que venho caçando a verdade como um cão farejador durante todo o verão.

Por fim, esvazio três sacos de serragem em uma das baias deixadas pelos Bermans e coloco Hurrah ali dentro. Então fico de pé ao seu lado, passando as mãos pelo seu pelo macio e brilhante enquanto ele mastiga o feno dourado.

Ouço passos no corredor e justamente quando estou pensando em como explicar para Jean-Claude que não vou fazer trabalho de solo nenhum com ele, nunca vou permitir que ninguém faça isso, jamais; ouço uma voz com sotaque francês pelo alto-falante:

— Certo, agora vá até a linha do meio e faça uma cessão à perna direita. Não, as ancas dele estão baixas. Sente como a coluna do cavalo está dobrada? Monte *através* do seu cavalo, imagine uma linha reta. Melhor, melhor. Certo, quando chegar na cerca, comece a trotar, por favor...

Os passos no corredor são de Dan. Ele me vê pelas barras da baia e entra.

— Oi, linda — cumprimenta. Beija a minha nuca. — Trago presentes.

— Ah, não me beije — digo, recuando porque tenho certeza de que estou salgada. — Estou nojenta.

— Você está linda.

— Ah, por favor!

— Está, sim.

— Estou imunda, encharcada e com feno no cabelo.

Dan recua e me inspeciona.

— Certo, então seu cavalo está lindo.

Rio.

— Nisso eu concordo. Então, o que você me trouxe?

— Duas coisas. Flores, que deixei na casa com sua mãe. Ela me convidou para jantar, aliás. Espero que não se importe.

— Fico muito feliz — respondo, e fico mesmo, embora tenha sido Mutti quem fez o convite.

— E também trouxe isso para você — diz ele, estendendo um scanner.

Meu coração acelera.

— Meu Deus.

Dan vira o equipamento nas mãos, como se fosse a coisa mais normal do mundo, depois anda até Hurrah.

— Dan... — começo a dizer, mas não sei como terminar. Como dizer que mudei de ideia? Que não quero mais saber a verdade, não quero saber se ele é ou não é o irmão de Harry? Eu me sinto como Pandora, com a mão sobre o fecho da caixa.

— Eu consegui isso com uma colega. É do pai dela, também veterinário. É uma espécie de relíquia, mas enfim, pelo visto ele também é. Não joga nada fora.

Enquanto ele fala, vai passando o scanner pela cernelha de Hurrah.

Eu devia impedi-lo, mas não consigo me mexer. Minha respiração se acelerou, meus dedos ficaram dormentes.

— Dan... — começo, enquanto o teto da baia começa a girar.

Minha voz sai entrecortada, e paro para pigarrear. Mas não consigo. Agora tem um nó na minha garganta, algo que não consigo engolir. Tenho a impressão de que vou sufocar.

Dan está de pé ao lado de Hurrah, sem perceber meu incômodo. Balança a cabeça, olhando para algum ponto distante na serragem, sem parar de agitar o scanner pela base do pescoço do cavalo.

— Não — declara ele, por fim. Vira-se para me encarar e balança a cabeça. — Não, desculpe, querida, mas não tem nada aí.

Começa a baixar a mão e, então, acontece. Quando o scanner passa sobre a escápula de Hurrah, apita três vezes.

Dan fica imóvel, olha para o scanner e depois para mim. Eu olho de volta, ou acho que olho, não posso dizer com certeza porque o mundo está balançando de um jeito horrível.

— Bem que você disse — diz ele.

Ouço algo cair no concreto fora da baia. Ao me virar, vejo P. J. correndo na direção da saída a toda a velocidade. Sua pá fica balançando sozinha no meio do corredor.

Menos de um segundo depois, Carlos também passa correndo, seguido de perto por Luis.

— Mas que diabo...? — Enfio a cabeça no corredor do estábulo e olho em direção à saída.

É papai. Ele está a 200 metros do estábulo, sentado no meio da pista, absolutamente imóvel.

— Ah, meu Deus. Papai! — grito, e começo também a correr. Às minhas costas, ouço a porta do estábulo se fechar. Então ouço passos e Dan passa por mim, as pernas compridas engolindo a distância.

Ele alcança papai antes que eu o faça. Quando eu chego, Dan já está inclinado sobre ele com a mão em seu ombro, inspecionando seu rosto. P.J., Carlos e Luis cacarejam como galinhas ao fundo, olhando na cadeira de papai e ao redor dela em busca de sinais visíveis de algum problema e discutindo suas descobertas em espanhol.

Paro ao lado dele, ofegante.

— O que está acontecendo? Papai, você está bem?

O rosto de papai está congelado, a boca ligeiramente aberta. Seus lábios e sua língua parecem secos.

Eu me viro para Dan.

— O que está acontecendo? Ele está bem? — Busco em seu rosto uma resposta, mas ele apenas balança a cabeça.

Olho meu pai de cima a baixo, mas não vejo nada de estranho. Ele leva um saco de cenouras no colo e algumas caíram no chão. Seu braço direito está apoiado sobre elas, como se ele tivesse tentado apanhá-las e não houvesse conseguido. A mandíbula dele se move.

— Shhh, silêncio, rapazes — ordeno, levantando a mão. — Papai, o que aconteceu? Você veio ver Tazz?

Ele faz que sim duas vezes com a cabeça, um gesto rígido, de madeira.

— Houve algum problema com sua cadeira?

O mesmo gesto rígido, mas dessa vez de um lado para o outro. Então entendo o que aconteceu. Ele não estava tentando apanhar as cenouras caídas. Sua mão caiu do painel de controle, derramando as cenouras, e ele não teve forças para colocá-la de volta no lugar.

Levo uma das mãos até a boca para sufocar o som que se ergue da minha garganta, mas é tarde demais. Já saiu.

Dan se agacha diante de papai.

— Você ficou preso ali? Foi isso o que aconteceu?

Eu me viro para o outro lado, enxugando depressa as lágrimas dos meus olhos.

— Quer que eu leve você a algum lugar? — continua Dan às minhas costas.

Eu me viro, fungando e chorando.

— Ele quer ver Tazz. Ele vem todas as noites. Sabe onde está Tazz?

Dan assente.

— Sim — diz, baixinho. Fica de pé. — Anton, é para lá que você quer ir?

Mais uma vez o gesto rígido, e então, através do borrão das minhas lágrimas, eu vejo Dan ir para trás da cadeira de rodas de papai e acionar o botão que lhe permite controlar a cadeira por trás. E então, em meio ao zumbido do motor e ao barulho do cascalho, leva meu pai para ver seu amado cavalo cinzento, meio percheron, meio sabe-se lá o quê.

Volto para casa e entro pela porta dos fundos em estado de pânico. Mutti está de pé diante da bancada, passando manteiga em camadas de massa filo.

Quando lhe conto o que acabou de acontecer, ela abaixa a cabeça por um instante. Depois coloca o pincel de untar sobre a tábua de corte e se vira para mim.

Ainda estou tentando me acalmar, com as mãos na frente do rosto, respirando através dos dedos.

Mutti me olha por um momento e depois vai até o armário do canto. Quando abre a porta, uma avalanche de sacolinhas brancas de farmácia cai na bancada. Ela as apanha depressa e as enfia de volta no lugar, depois pega um frasquinho de comprimidos.

Valium é uma coisa maravilhosa. Acho que podiam derrubar uma bigorna no meu pé que eu não estaria nem aí. Ou melhor, esse é um exemplo horrível. Eu, na verdade, olharia para a bigorna e para o meu pé machucado e analisaria a situação com calma.

Ele tira o nervosismo o bastante para que, pela primeira vez, eu seja capaz de olhar para a doença de papai sem ser invadida pelo pânico. Não que eu me torne capaz de olhar para ela sem pestanejar, mas que consiga me pôr de lado e então hesitar apenas um instante antes de tornar a me afastar.

Esse único instante é longo o bastante para que eu veja — pela primeira vez, e com clareza cegante — que isso não está acontecendo comigo. Está acontecendo com papai.

Em um acordo mudo, passamos o jantar fingindo que nada aconteceu.

Sob o manto da sedação, consigo olhar nos olhos de papai algumas vezes, mas cada vez que o faço descubro que ver o sofrimento dele tem um peso insuportável e me sinto obrigada a desviar o olhar.

Este, porém, não passa de um único estrato das nuances sutis e complexas que nos atravessam. É difícil acompanhá-las, já que elas mudam e fluem como correntes submarinas.

Eva está emburrada e quieta, porque ainda odeia Dan por tê-la despedido. Também me odeia por tê-la colocado de castigo, e Mutti por me apoiar. Jean-Claude ela adora, porque hoje ele a deixou cavalgar Bergeron. Jean-Claude parece ter algo contra Dan, mas sabe Deus o quê, e Mutti... bem, por incrível que pareça, Mutti parece quase satisfeita.

Pode ser tudo fingimento, não sei — mas ela sorri serenamente do seu lugar ao lado de papai, e de vez em quando aperta a mão dele, que mais parece uma garra.

Papai agora parece sereno, embora não tenha comido uma colherada sequer. O pânico completo que se via no seu rosto de tarde foi substituído por algo quase igual à tranquilidade. Talvez Mutti tenha esmigalhado um comprimido de Valium dentro do vinho dele, e meu Deus — por que não? Se eu mesma não consigo encarar o que está acontecendo com ele, como não deve ser para ele?

Jean-Claude alfineta Dan, que desvia dos golpes educadamente, olhando sem parar para mim através do buquê de flores que ele trouxe e que Mutti colocou na mesa num jarro azul.

— Então, ouvi dizer que você gerencia uma espécie de abrigo — diz Jean-Claude. A ponta de seu lábio está curvada, como se sentisse um cheiro detestável.

— É. Um centro de resgate de cavalos.

— E você é veterinário também, não?

— Isso — responde Dan, colocando o guardanapo ao lado do prato e encarando Jean-Claude.

Não sei para onde isso está indo, e obviamente, Dan também não. Jean-Claude sabe que Dan é veterinário. É nosso veterinário. Mesmo que nunca tenha tratado de Bergeron ou Tempeste, ele frequenta o haras tempo suficiente para Jean-Claude, no mínimo, saber quem ele é.

— Você é um homem ocupado — continua Jean-Claude.

— Pode-se dizer que sim.

— Não deve sobrar muito tempo para a vida pessoal. — Jean-Claude se recosta na cadeira, estreitando os olhos. Apanha a taça de vinho e agita o líquido cor de rubi no fundo.

— Isso certamente foi verdade durante um bom tempo. Mas ultimamente as coisas melhoraram — diz Dan, sorrindo na minha direção. Mutti abre um sorriso enorme, e Jean-Claude se enrijece visivelmente. — E você? Tem família? — pergunta Dan, sustentando o olhar do outro.

Jean-Claude para de girar o vinho, mas o líquido vermelho continua girando sozinho.

— Uma filha e uma ex-mulher no Canadá. Perto de Ottawa — responde ele.

— Quantos anos tem sua filha?

— Dezesseis.

— Uma bela idade.

Jean-Claude e eu viramos a cabeça em uníssono para encarar Dan. Não posso dizer nada porque Eva está aqui, mas Jean-Claude, sim.

— É uma idade infernal — vocifera ele. — Uma idade terrível.

— Ei... — protesta Eva, em defesa dessa filha desconhecida.

— Você a vê bastante? — continua Dan. Pressiona a faca na massa filo dourada, espalhando migalhas quebradiças para os lados.

Jean-Claude estreita os olhos ainda mais e depois se inclina para a frente, cruzando os braços diante do corpo, sobre a mesa.

— Nem de longe com a frequência que gostaria. Vocês me dão licença — diz ele, levantando-se meio depressa demais. Ele faz um aceno breve para Mutti.

Assim que ele sai, Dan se inclina para a frente, olhando para mim através dos caules dos gladíolos.

— Acho que ele gosta de você — sugere ele, com um sussurro teatral.

Fico boquiaberta, e Eva arregala os olhos. Mutti e papai fingem que não escutaram.

— Dan! — sussurro, furiosa. Ouço a porta dos fundos se fechar, e depois a porta de tela bater no batente.

— O que foi? — indaga Dan, como se não estivesse entendendo nada. E depois de novo, agora confuso: — O que foi?

Quando Brian finalmente chega, com quase quarenta minutos de atraso, Mutti, Eva e eu estamos acompanhando Dan à porta dos fundos. Se eu não tivesse tomado o Valium, provavelmente iria com ele até lá fora, mas a essa altura a única coisa que quero é rastejar para o andar de cima e cair na cama.

— O jantar estava ótimo, Ursula — agradece Dan, apertando a mão de Mutti e beijando seu rosto. E, então, acho que porque Eva está ali, faz o mesmo comigo.

A dita filha se encosta na parede, com as mãos enfiadas nos bolsos e o olhar fixo no chão.

— Boa noite, Eva — diz Dan. Como ela não responde, ele sai para a noite. Eu me inclino para pegar a guia de Harriet e impedir que ela o siga. Então, quase como se tivesse esquecido de dizer algo, Dan volta a entrar. — Ah, Eva. Sabe, Mike me disse hoje de manhã uma coisa que me deixou pensando. Disse que Flicka não está muito bem.

Minha filha fica tensa.

— Não é nada demais, nenhum grande problema — continua Dan, depressa. — Só está meio... sei lá, empoeirada. Como se precisasse de uma bela limpeza. — Ele para. — Então, Mike e eu pensamos que... sabe, supondo que sua mãe concorde, é claro... bem, pensamos que talvez você queira tentar mais uma vez. Quem sabe começar a trabalhar no centro de novo.

Eva parece ter sido atingida por um raio, depois grita e se atira em cima dele, abraçando seu pescoço. Dan pressiona a bochecha no cabelo dela e a levanta do chão. Ele está sorrindo, e olha direto nos meus olhos.

Ele a pousa no chão e assume uma expressão severa:

— Mas, se eu apanhar um único cigarro aceso na nossa propriedade, você não vai ter mais nenhuma chance. Nada. Finito. Está entendendo?

Eva assente de modo exagerado e faz um X no peito, no lugar do coração.

— Juro. Prometo. Pela minha vida e que eu caia morta se não estiver falando a verdade — diz ela, desesperada na tentativa de demonstrar sinceridade. — Ah, Dan! — exclama, na ponta dos pés para abraçá-lo de novo. — Obrigada. Obrigada, obrigada, obrigada, obrigada.

Olho para os dois e quase sinto vontade de chorar.

12

Acordo ansiosa por dois motivos, igualmente importantes: Hurrah e possíveis respostas aos meus anúncios. Só vou saber alguma coisa quando for para o escritório, mas não consigo me mexer. É como se eu estivesse de ressaca, porém sei que não estou, porque não bebi vinho na noite passada. Estava com medo demais de beber por causa do Valium. Mas, seja lá qual for o motivo, agora há tijolos atrás dos meus olhos, um saco de batatas ao redor do meu cérebro e pesos de chumbo atados em todos os meus membros.

Harriet está enrodilhada ao meu lado como uma bolinha, pressionando o focinho úmido contra meu queixo.

A lateral da cama se afunda de repente e solta um rangido odioso.

— Mãe, acorda.

Abro um olho. Eva está vestida e pronta para sair. Seu cabelo foi preso numa trança embutida e uma aura de menta e xampu a rodeia.

— Hmmm — balbucio, e torno a fechar o olho.

Harriet suspira e abaixa de novo a cabeça. Seu focinho úmido aterrissa num ponto diferente do meu corpo, e fico pensando de um jeito vago se aquilo é suor canino e, se for, se vai me causar alguma alergia.

— Mãe. — Eva sacode meu ombro. — Vamos, vou chegar atrasada.

Resmungo e viro de costas, protegendo os olhos com o antebraço.

— Que horas são?

— Oito. Vamos — insiste ela.

— Dez minutos.

— O quê?

— Daqui a dez minutos. Dez minutos. Aí eu prometo que vou me levantar.

— Não! Vamos! É meu primeiro dia de volta e não quero que ele fique bravo comigo.

— Ele não vai ficar bravo com você. Pode dizer que foi culpa minha. Não, pode deixar que eu digo. Preciso mesmo conversar com ele.

Minha filha suspira de forma grave, até mesmo violenta, e eu olho para ela por baixo de um braço.

— Ah, está bem. Certo. Vou me levantar — concordo.

E me levanto, mas é difícil. Tudo é difícil hoje de manhã, desde arrastar meu corpo para fora da cama até atravessar a cozinha e encontrar as chaves na minha bolsa. Só quando estou sentada no furgão é que me pergunto onde estará Brian. Ele já devia ter chegado, mas não há sinal de seu carro. Ele chegou tarde na noite passada também. É melhor ele se cuidar: Mutti não é do tipo que tolera atrasos.

Quando chegamos ao centro, Eva mal consegue esperar que o furgão pare antes de saltar. Vai direto ao pasto onde Flicka costuma ficar. Eu saio, me encosto no furgão e fico olhando.

Flicka é uma coisinha linda, brilhante e com belas patas. Está desbotando ao sol, ficando quase cinzenta, com algumas pintas nos flancos. O efeito é impressionante.

Eva tira algo do bolso de trás. Flicka cheira sua camiseta em expectativa, mas Eva continua procurando. Ah, sim, estou vendo. É uma bala de menta, e Flicka sabe exatamente o que é. Pressiona o focinho com insistência contra as mãos de Eva, mordiscando o papel enquanto Eva luta para removê-lo.

Meu coração se aperta quando olho para elas. Estão tão alheias ao mundo exterior que os limites de seu universo particular ficam quase visíveis. Eu sei o que Eva sente. Ah, se sei.

Encontro Dan no seu escritório, sentado atrás de uma mesa de metal verde-menta.

— Annemarie! Oi! — cumprimenta, levantando-se.

Fico parada na porta.

— Não ligue — peço.

— Não ligue para quem?

— Não ligue para notificar o chip.

Ele pisca duas vezes, parecendo confuso.

— Tarde demais. Já liguei.

Minha garganta se aperta:

— O quê? Quando?

— Hoje de manhã.

— O que eles disseram?

— Não disseram nada. Eu só liguei para a linha direta.

— Ah — digo, mas a palavra sai quebrada, quase como um grito.

— Annemarie, está tudo bem com você?

— Tudo ótimo.

— Você parece chateada.

— E se for ele? E se vierem para levá-lo embora?

— Ah, minha querida. — Ele se levanta e vem até mim. — Ele não é Hurrah.

— Como você pode ter tanta certeza assim?

— Porque Hurrah morreu — afirma ele, me abraçando. — Desculpe se isso tudo a deixou chateada. É a última coisa que eu queria. Acredite em mim, não vai acontecer nada de mau. Na metade das vezes, a informação de contato registrada no chip não é válida. E, mesmo se for, lembre que esse cavalo estava num matadouro. A pessoa que está nesse chip, seja lá quem ela for, não o quer mais.

Dan se afasta e me olha nos olhos, sem tirar as mãos dos meus ombros.

— Você entende que a existência de um chip não prova nada, não é?

Faço que sim com a cabeça, mas não entendo nada disso. A única coisa que entendo é que eu não estava pensando adiante e creio que coloquei algo terrível e inevitável em movimento.

Quando volto para casa, encontro Mutti ajoelhada diante dos seus canteiros, perto de uma pilha crescente de galhos amputados. Ela manuseia a tesoura de jardinagem com graça, retirando grandes extensões de plantas que parecem perfeitamente boas para mim. Claro, deve ser por isso que seu jardim está sempre maravilhoso e que eu sempre tive de contar com algum serviço de paisagismo.

Paro ao lado dela.

— Oi, Mutti. Cadê papai?

Ela me olha, protegendo os olhos do sol.

— Ficou na cama esta manhã. — Ela se vira para o jardim e continua cortando.

— Mutti?

— Sim, *Liebchen*.

— Qual é o prognóstico dele?

— Você sabe qual é o prognóstico dele.

— Sim, mas... — Meu Deus, como é difícil. Não consigo nem encontrar as palavras. Engulo com dificuldade e tento mais uma vez. — Quanto tempo ele tem até...

Mutti hesita por uma fração de segundo, depois continua sua tarefa. Eu fico olhando suas costas magras e ágeis e seu chapéu de palha arredondado, sem saber o que o rosto embaixo dele está fazendo.

— Mutti?

— Aquele seu cavalo — comenta ela, virando o corpo para mim. Ela se apoia colocando uma das mãos no chão. — Jean-Claude me disse que você progrediu muito.

— Sim, mas...

— Acho que ele está preparado para andar com o bando. Não acha? — Ela me encara, com os olhos claros inflexíveis.

— Sim, Mutti.

— Você podia tentar colocá-lo no D Oeste. Talvez com um bando pequeno, para começar. Poderia colocá-lo junto de Domino, Beowulf e Blueprint.

— Sim, Mutti.

Se eu não piscar, talvez consiga fingir que não estou chorando.

Fico preocupada com a reação de Hurrah, basicamente por causa do olho, mas assim que solto a guia percebo que eu não precisava me preocupar.

Em vez de esperar que os outros cavalos venham examiná-lo, ele trota até eles e começa a farejá-los.

Depois vêm os gritos e as cabeçadas no ar, comuns quando os cavalos estão se conhecendo, mas ninguém fica realmente agressivo.

Fico por perto, só para o caso de o clima esquentar. Não sou ingênua de pensar que basta atirar um cavalo novo em um grupo e esperar que ele se encaixe sem dificuldade. Qualquer acréscimo faz com que seja necessário todo um ajuste hierárquico — eles precisam formar novas alianças, criar uma nova hierarquia social, e só fazem isso usando os dentes e as patas. Por isso, ao levá-lo de volta ao estábulo, no fim da tarde, fico surpresa e feliz ao ver que Hurrah saiu completamente ileso.

Jean-Claude está no corredor conversando com os pais de uma aluna que nunca vi antes. A aluna, uma menina de uns 12 anos, está emburrada nos fundos. Suas calças de montaria e suas botas Ariat falam tudo, assim como o comportamento do pai.

— Se ela não quer, então ainda não é hora — diz Jean-Claude enquanto conduzo Hurrah até sua baia.

A mãe murmura algo que não consigo ouvir porque nesse momento os cascos de Hurrah se prendem no topo do trilho da porta.

— Talvez ano que vem — diz Jean-Claude.

— Não, isso é completamente inaceitável — declara o pai. — Isso descarta toda uma temporada.

Desamarro o cabresto de Hurrah em silêncio e depois fico parada ao lado da sua espádua, fazendo força para escutar.

É Jean-Claude quem fala em seguida.

— Mas a menina acabou de dizer que não quer saltar.

— É claro que ela quer saltar.

Ando até a entrada do estábulo e espreito para dentro.

O pai encara Jean-Claude com ódio ressoando do seu corpo.

Jean-Claude continua:

— Ela não quer saltar. E até ela querer, não vou obrigá-la a pular nenhum obstáculo.

O pai levanta a voz:

— Não estou nem aí se ela quer ou não. Courtney tem talento, mas precisa de orientação. Precisa de disciplina. E se você não pode lhe dar isso, vou encontrar quem possa.

Jean-Claude levanta a mão para indicar que, para ele, a conversa acabou.

— O que está acontecendo aqui? — pergunto, saindo da escuridão da baia de Hurrah.

Os pais, Courtney e Jean-Claude se viram para me encarar.

Jean-Claude fala primeiro:

— Este cavalheiro veio perguntar sobre uma das nossas baias disponíveis.

— Quem é você? — indaga o pai em voz autoritária.

— Annemarie Zimmer — respondo, com os olhos fixos em seu rosto. — Sou a gerente.

Os olhos dele disparam para a parede, para as fotos de Harry e eu nos nossos dias de glória, e depois voltam para mim. Uma ligeira mudança na sua expressão entrega o jogo. Pelo visto, ele é um dos que se lembram de mim.

— É um enorme prazer conhecê-la, Annemarie — diz ele, agora com um tom ligeiramente mais baixo e bem mais respeitoso. — Meu nome é Charles Mathis. Nós sabemos há tempos da existência do seu haras, e quando soubemos que uma das baias estava vaga, e que você estava de volta... Minha filha Courtney é muito parecida com você. Tem um talento extraordinário, extraordinário. Mas precisa de um treinador com pulso firme. Precisa de disciplina, mas esse cara... — Ele faz um gesto para Jean-Claude, soltando um suspiro de desgosto. — Bem, quem sabe você não possa me ajudar.

— Farei o melhor que puder. Qual seria o problema?

— Este... este... este seu "treinador" diz que não vai obrigar minha filha a saltar obstáculos, quando é imperativo que ela o faça.

— Por quê?

— Por que o quê?

— Por que é imperativo que ela salte obstáculos já?

— Porque se não fizer isso, não poderá progredir.

— Quantos anos ela tem?

— Onze.

— Então ela tem bastante tempo para progredir. Bastante.

Ele franze a testa, mas não responde. Pelo visto, esperava uma reação diferente.

— Você é mais que bem-vindo em trazer seu cavalo para cá, mas Jean-Claude é o treinador, e eu apoio as decisões dele.

— Mas com certeza você entende que...

— Entendo muitíssimo bem, acredite.

— Como?

— Diga, você realmente quer que Courtney seja como eu?

— Sim, claro.

— Não, não quer.

Quatro pares de olhos me encaram. Ninguém se mexe.

— Você não tem ideia de como era a minha vida, não é? Não estou falando das conquistas. Não estou sequer falando do pescoço quebrado, nem de perder meu cavalo. Estou falando de ser obrigada a passar o dia inteiro fazendo uma coisa que eu não queria fazer. Estou falando de não poder frequentar a escola porque isso roubaria tempo demais do meu treinamento. Estou falando de não ter nenhum colega porque eu literalmente não tinha nenhuma oportunidade de conhecer ninguém. Estou falando de ter sido arrancada do convívio social e de pagar por isso durante os últimos vinte anos.

Quando termino de falar, todos os olhos estão grudados em mim. Até mesmo Jean-Claude me olha como se eu fosse uma aberração. Não o culpo: sou uma aberração.

Eu me viro para a menina.

— Courtney, você quer saltar ou não?

— Não — responde ela, com uma vozinha clara como um sino.

— Pronto, decidido — digo para o pai

— Ela vai saltar, quer queira, quer não — declara ele. — É minha filha, e enquanto estiver morando embaixo do meu teto...

— Neste momento, você é que está embaixo do meu teto e sou eu quem manda aqui. Lamento, Sr. Mathis. Gostaria que vocês se juntassem ao nosso haras, você não faz ideia do quanto eu gostaria, mas simplesmente não vai ser possível. Talvez sua filha queira saltar um dia, talvez não; mas ninguém aqui irá obrigá-la.

— Obviamente eu tinha uma opinião errada a seu respeito.

Aguardo, porque fica claro que ele ainda não acabou.

— Talvez um dia você tenha sido alguém — declara ele, erguendo um dos cantos da boca num sorriso de desdém —, mas não é mais. Hoje você não passa de uma tola sentimentaloide com pena de si mesma.

— E você é um imbecil, então estamos quites.

Dez minutos depois estou afundada nas profundezas do sofá de Jean-Claude, com os joelhos para cima, cobrindo o rosto com uma das mãos. Meu cérebro está me matando, pulsando contra as têmporas.

Não tem desculpa para o que aconteceu. Verdade, ele estava intimidando a filha, e sim, foi inacreditavelmente grosseiro comigo, o que é motivo mais do que suficiente para eu recusá-lo como cliente, mas não para reagir como reagi. Então por que fiz isso?

Porque enquanto eu o ouvia se lamentar, reclamar e insistir, vi papai. O velho papai, o papai da minha juventude. Eu não o via fazia vinte anos, mas agora ali estava ele, bem na minha frente, e toda a amargura, todo o ressentimento — toda a frustração acumulada da minha vida inteira — ferveu e explodiu como uma erupção vulcânica.

Por que ainda tenho tanta raiva? Por que ainda desejo fazer com que ele entenda quanta pressão colocou sobre mim? Por que ainda me importo? Não faria o menor sentido enfrentá-lo hoje, pois o papai atual não tem a menor semelhança com o homem que me fazia acordar todos os dias às cinco da manhã para correr 3 quilômetros e depois montar um cavalo atrás do outro o dia inteiro. O papai de hoje leva cenouras para cavalos velhos horrorosos. O papai de hoje amoleceu de um modo irreconhecível, embora eu não tenha ideia de quando ou como isso aconteceu. Talvez tenha sido a doença que o transformou, talvez ele esteja tentando fazer as pazes consigo mesmo e com os outros antes de morrer. Não sei afirmar com certeza, porque mal falei com ele nos últimos vinte anos. Todo o nosso relacionamento girava em torno da minha carreira, e depois do meu acidente, deixamos de compartilhar do mesmo vocabulário.

— Aqui — diz Jean-Claude.

Afasto a minha mão. Meu campo de visão se preenche com um par de calças marrons de montaria e um copo de conhaque. Um trago? Esse homem me trouxe um copo de conhaque?

— Obrigada.

Aceito a bebida e dou um gole maior do que devia. Percebo isso assim que a bebida atinge minha boca, mas em vez de cuspir de volta para o copo, não tenho alternativa a não ser engolir. O conhaque desce queimando e depois sobe de novo numa nuvem de vapor ardente. Minhas adenoides protestam. Respiro pelo nariz, o que só faz reacender as chamas.

— Tudo bem com você? — indaga Jean-Claude quando cuspo como uma louca. Ele vem se sentar ao meu lado.

Faço que sim, agitando a mão diante do rosto.

— Tem certeza?

Balanço a cabeça mais rápido ainda e me viro, para que ele não veja a cor do meu rosto, que me parece ter ficado azul. Suspiro e espero que as lágrimas sejam reabsorvidas por meu corpo.

Depois que me recupero, reclino a cabeça no encosto do sofá.

— Ah, meu Deus. Como eu sou idiota.

— Eu não diria idiota. Talvez meio... nervosa. Mas você tem razão, ele é *mesmo* um imbecil.

— Eu precisava fazer isso. Precisava recusar que ele viesse. Provavelmente teria sido pior se eu tivesse deixado ele vir para cá, porque acho que eu acabaria expulsando ou matando o cara. Faz sentido? — Levanto a cabeça para olhar Jean-Claude.

Ele faz que sim com a cabeça, solenemente.

— *Parfaitement.*

Encaro meu conhaque, e nas profundezas do líquido cor de ferrugem, aparece o rosto de Mutti. Eu a observo por um instante e depois giro o copo até que ela suma. Olho para cima, com medo que ela reapareça.

— Ele vai encontrar alguém que a obrigue a saltar, não é?

Jean-Claude assente mais uma vez.

— Imbecil — digo.

— Acho que já concordamos nisso.

Sentindo uma coragem repentina, tomo outro gole de conhaque. Desta vez, mantenho a bebida algum tempo na boca, deixo que deslize pelos lados da língua e pressiono-a contra o palato antes de finalmente engolir. Desta vez, simplesmente relaxo a garganta e deixo a bebida descer, antecipando a sensação. É ótima, quando nos acercamos dela com cuidado. Dá um calor gostoso em vez de arder como o diabo, e termina com um repique bacana. Agora mais audaz, eu arremato com outro gole. Talvez no fim das contas o conhaque seja meu amigo.

Mutti volta a aparecer, desta vez nas dobras da cortina verde, mas pisco depressa para afastá-la.

Eu me viro para Jean-Claude:

— Você sabe por que ela está com medo de saltar?

— Parece que ela caiu. Quebrou o braço e agora está com medo.

— E ele mesmo assim quer obrigá-la a saltar? Que... — Olho de lado para Jean-Claude e percebo que ele já está se preparando para o que vai vir. Talvez eu tenha usado demais aquele termo hoje. — ... idiota. Idiota! Não entendo o que passa pela cabeça das pessoas. Pode ser que ela não seja saltadora.

— Acho que não. As crianças são tão diferentes. Minha Manon, por exemplo, salta qualquer coisa. É uma diabinha. Não tem medo de nada.

— Sua filha?

— É.

— Manon — repito, melancólica. — Que nome lindo. Ela mora com a mãe?

— Sim. Em Hull, Quebec. Do outro lado do rio, em frente a Ottawa. Manon treina no Centro de Hipismo Nacional.

— É mesmo? — Olho para ele com mais interesse. A menina deve ser muito boa. — Que engraçado, sempre achei que você fosse francês. Quero dizer, francês da França, não franco-canadense.

— E sou. Sou de Montargis. Fui para o Canadá quando ganhei uma bolsa de hipismo em 1986. Mas minha esposa, minha ex, é *Québecois, pur laine.*

— Pur... o quê?

— *Pur laine.* Significa, como vocês dizem mesmo? Puro-sangue. *Québecois* até a medula. Minha filha poderia remontar sua história em Quebec por dezesseis gerações. — Ele enfatiza cada sílaba das duas últimas palavras golpeando o ar com o indicador. Depois solta um suspiro fundo.

Caímos no silêncio, revolvendo nosso conhaque.

— Você sente falta dela? — pergunto por fim. É uma pergunta boba, porque eu sei a resposta, mas na verdade não estou perguntando nada a ele. Estou fazendo a pergunta para me sentir melhor por ter afastado Eva do pai tanto assim.

— Terrivelmente. Terrivelmente, de verdade — responde ele.

Atiro o resto do conhaque no fundo da garganta e imediatamente me dobro em duas, tossindo com violência.

13

Com a exceção de Courtney, não recebemos mais nenhuma resposta aos anúncios para encontrar novos clientes e agora a situação está medonha. Se eu não controlar o problema imediatamente, vou perder o haras. Não prejudicá-lo, nem deixá-lo em estado precário, nem ser obrigada a recorrer a alguma poupança inexistente: estou falando de o banco vir executar a hipoteca.

A primeira coisa que faço é ligar para o ferrador para saber se ele poderia tirar as ferraduras das patas traseiras dos cavalos da escola. Isso me pouparia 50 dólares por cavalo a cada seis semanas. Não vai cobrir o rombo das baias vagas, mas já é um começo.

Francis me escuta com educação e depois diz:

— Não vai dar.

— Por que não?

— Porque temos uma seca este ano e o chão está duro como pedra. Colocar um bando de cavalos lá fora com orifícios de pregos nos cascos é chamar encrenca.

— Ou seja, preciso ter cavalos com ferraduras nas patas traseiras para sempre?

— Claro que não. Mas já vi um monte de cascos doentes este ano por causa do chão. Precisei ferrar até cavalos que costumam andar sem ferradura nenhuma. Fazer o oposto seria irresponsável.

Quando desligo o telefone, estou prestes a cair no choro. Todo o meu plano de batalha a esta altura consiste em conseguir depósitos de clientes imaginários e economizar 3 dólares por frasco em 27 frascos de vermífugos. São 81 dólares a cada oito semanas.

Preciso sair dessa.

Encontro Dan no meio das escadas. Como estava olhando para a ponta das minhas botas, tomo um susto quando me vejo diante das pernas e do tronco de um homem. Meu susto pelo que parece é evidente, porque Dan pega o meu cotovelo para me segurar.

— Está tudo bem — digo por reflexo, embora esteja prestes a ter um treco. Quero que ele me abrace. Quero cair em seus braços, enterrar a cabeça em seu ombro e lhe contar que tudo está ruindo ao meu redor.

Não é isso o que acontece. Olho para ele, e ele está lívido.

— O que foi? O que aconteceu? — pergunto, depressa.

Ele franze a testa, mas não diz nada.

— Dan, o que foi? Você está me assustando.

Ouço o medo na minha voz, e justamente quando estou imaginando Eva presa num debulhador, ou o crânio de Eva atingido por um casco, ou Eva atropelada por um trator, ele fala:

— O departamento de registros me ligou.

A parede na minha frente começa a ondular.

— O chip estava registrado no nome de Ian McCullough — continua ele, baixinho.

Olho para Dan até os contornos de seu rosto saírem de foco e depois caio sentada em um dos degraus. Calculo mal a distância e por isso bato os ísquios na beirada. O sangue bombeia com força em meus ouvidos.

— Não — digo.

— Sim.

— Não — repito.

— Ele é Highland Hurrah. É o irmão de Harry, Annemarie.

— Não, não pode ser — digo, passando mal. — Highland Hurrah morreu. Morreu num incêndio. Saiu nos jornais. — Espero que Dan concorde comigo, mas ele não o faz. Por que não? Sinto a ponta dos meus dedos formigar.

— É ele, Annemarie — repete Dan. Ele se senta no degrau e segura minha mão. Eu deixo, mas meus dedos estão tão moles quanto um espaguete. Sinto como se fosse desmaiar. — Annemarie? — pergunta ele, com carinho.

— Você mesmo me disse que a seguradora não pagaria uma soma dessa importância sem ver o corpo.

— Eu não sei o que eles viram. Não consigo explicar isso, mas o cavalo que está lá embaixo é Highland Hurrah. Não tem engano.

— Talvez eles tenham reutilizado o chip — prossigo. — Ou o número. Pode ser um erro de digitação.

— Não é possível reutilizar nenhum número. Cada um é único.

Puxo a mão das dele.

Ele me observa por um instante e depois continua:

— Não consigo explicar o que aconteceu, mas não há como confundir os chips.

A enormidade do que está acontecendo me atinge, e choramingo como uma mulher em trabalho de parto, esfregando a testa com a mão trêmula.

— Ah meu Deus, ah meu Deus, ah meu Deus, ah meu Deus. E agora? — Minha voz treme, mal consigo controlá-la.

Dan balança a cabeça:

— Não sei.

— O que eles vão fazer?

— Não sei.

Olho para ele por um longo tempo.

— Eles vão tirá-lo de mim.

Dan não diz nada, mas não desprende os olhos dos meus.

— Por que você fez isso?

— Fiz o quê? — pergunta ele.

— Nada disso teria acontecido se você não tivesse ligado para a linha direta do chip.

Dan me encara com olhos arregalados.

— Você não pode estar falando sério.

— Claro que estou. Eu pedi para você não ligar.

— Você me pediu para não ligar depois que eu já tinha ligado! — protesta ele, indignado. — E depois de me encher o saco por causa do scanner.

— Encher o saco? — continuo, levantando a voz com irritação. — Eu só pedi isso a você uma vez.

— Mas ficou obcecada com o assunto o verão inteiro.

— Eu não fiquei obcecada! — sibilo.

— Ah, não? Então que nome você dá para isso?

— Só estava... curiosa.

— Ah, é? Quer dizer então que você não estava nem um pouquinho interessada em scanners de chips?

— Era apenas pesquisa.

— Apenas pesquisa. Entendi. — Dan faz que sim com a cabeça depressa, com amargura.

— Eu queria que fosse ele, mas não queria que isso se... — Luto para encontrar a palavra melhor, depois solto-a de um jeito bobo: — Confirmasse. Você não me perguntou se eu queria que você ligasse para a linha direta.

— O quê? Ah, pelo amor de Deus. Essa é boa. Você é completamente maluca, sabia?

— Não sou, não! — Agora estou gritando a plenos pulmões, como uma pessoa escandalosa. Sei que é irracional, mas não consigo evitar.

No pé das escadas, Carlos aparece e olha para cima, alarmado.

— Que diabo você quer? — berro para ele, e ele some.

— Meu Deus, Annemarie, não é culpa dele.

— É verdade — concordo com amargura. — A culpa é sua.

Ele me olha por um momento, de testa franzida.

— Por que você está fazendo isso?

Percebo pelo seu tom que ele está tentando me fazer recuar. Mas já é tarde: não dá mais.

— Não estou fazendo *droga nenhuma!* — vocifero.

— Juro por Deus, Annemarie, você é a mulher mais impossível que eu já conheci.

— E por sua culpa eu perdi o irmão de Harry — retruco.

Dan se levanta e fica completamente imóvel. Depois vira o corpo e soca a parede com toda força. Uma rachadura enorme serpenteia na direção do teto. Eu me encolho instintivamente. Depois ele desce as escadas e vai embora sem olhar para trás.

Grito de raiva e também soco a parede, ficando ao mesmo tempo surpresa e grata pela explosão de dor.

Vou escondê-lo. Vou negar que está aqui. Ah, é claro, eles podem conseguir um mandado de busca para escanear todos os meus cavalos, mas isso só vai passar pela cabeça deles quando perceberem que não vou colaborar, e vou fazer de tudo para que só percebam isso no último momento. Quando conseguirem terminar toda a papelada para entrar com o mandado de busca

— e quando encontrarem o tipo certo de scanner —, Hurrah já vai estar bem longe daqui.

Direi que ele foi roubado. Farei um boletim de ocorrência. Vou levá-lo para... Onde? Para o centro de Dan? Sem chance. Se eles tentarem tirar Hurrah de mim, nunca mais falarei com Dan. Além disso, ele nunca iria me ajudar. É moralista demais, bonzinho demais. Não vai entender que existe hora e lugar para tudo, inclusive para fraude. Mas isso me deixa com um sério problema nas mãos. Onde esconder um cavalo listrado caolho?

Caminho de um lado para o outro no pasto quando a solução me vem à cabeça. Paro, aperto a boca com as mãos para suprimir um gritinho e depois tateio os meus bolsos, procurando as chaves. Devo tê-las deixado no gancho ao lado da porta da cozinha.

Alguns minutos depois, abro a porta dos fundos da cozinha, entro e inclino o corpo para a frente, sem fôlego por ter corrido. Eva está sentada à mesa, folheando uma revista. Não tem mais ninguém ali, e nenhum sinal de jantar.

— Cadê Oma? — pergunto com tom autoritário.

— Sei lá — responde Eva. — O furgão está aqui, mas não a vi.

Atravesso a cozinha a passos largos, com botas e tudo, e paro diante da porta.

— Mutti? — chamo em voz alta para o corredor vazio. — Mutti?

Um segundo depois, a porta da sala de jantar se abre e o rosto de Mutti aparece pela fresta.

— Shhhh — diz ela, de testa franzida. — Silêncio. Papai está dormindo.

— Está tudo bem? — Giro o corpo para o lado, tentando enxergar o que tem atrás dela.

— Sim — responde ela, fechando a porta até só aparecer seu rosto e as orelhas.

Espio por cima da cabeça dela.

— Tem certeza?

— Sim, mas dá para você fazer o jantar hoje? — sussurra.

— Mutti, não!

Ela me encara sem piscar com os olhos cinzentos.

— Mutti, não posso. Preciso ir a um lugar urgente.

— Annemarie, por favor.

— Ah, Mutti... — balbucio. Analiso seus olhos e percebo que não tenho a menor chance. — Certo. Tudo bem. Eu faço.

— Obrigada, *Liebchen* — agradece ela, antes de fechar a porta com suavidade.

Liebchen?

Volto para a cozinha, desesperada. Não há tempo de fazer o jantar. É só uma questão de tempo até a seguradora ligar ou aparecer. Posso ir com Eva apanhar uma pizza, mas, se fizer isso, terei de lhe contar o motivo.

Esqueci de Jean-Claude, que escolhe justamente este momento para entrar pela porta dos fundos. Ele inspeciona a cozinha e fica tão surpreso quanto eu ao ver a falta de evidências do jantar.

— Nem pergunte, porque não sei — falo, antes que ele pergunte.

— Está tudo bem?

— Sim, tudo ótimo. Ele só está cansado — respondo.

— E sua mãe...?

Jean-Claude é interrompido pelo telefone. Olho de cara feia para o aparelho, torcendo para que pare. Mas ele não para. No terceiro toque, atendo.

— Alô? — vocifero no bocal.

— Hã, é, oi. Aqui é Brian, o enfermeiro pessoal. Ursula está?

— Está ocupada.

— É Annemarie quem está falando?

— É, sim.

— Hã... Está tudo bem por aí?

— Sim, claro que está. Por que não estaria? — pergunto, irritada.

— Você sabia que sua mãe cancelou as minhas visitas de hoje e amanhã?

— Não, não sabia.

— Olhe, eu sei que é estranho, mas... Ela arranjou outro ajudante ou só está planejando dar conta de tudo sozinha?

— Não tenho a menor ideia. Pergunte a ela.

— É que ela ficou muito chateada quando eu me atrasei no outro dia e...

— Você chegou quarenta minutos atrasado. Os austríacos não gostam de gente que se atrasa.

— Meu pneu furou, eu expliquei isso a ela. Mas basicamente... Escute, só estou tentando dizer que ela tem direito a essa assistência, o seguro-saúde cobre isso, portanto, se cancelou minhas visitas porque não quer mais que eu vá, posso arrumar outra pessoa. Ela não precisa passar por isso tudo sozinha.

Paro. Apesar de minha pele se arrepiar sempre que penso em Brian, acho comovente a sua preocupação, ainda mais porque, pelo visto, Mutti o despediu por causa de um pneu furado.

— Vou perguntar para ela — digo, tentando ensaiar um tom mais simpático. — Hoje não vai dar, mas amanhã eu descubro o que está acontecendo. Posso ligar para você amanhã?

— Sim, claro. Obrigado — agradece ele.

Desligo o telefone e me viro para Jean-Claude e Eva. Ela agora está empoleirada na ponta da mesa, com as mãos apoiadas no tampo, balançando as pernas bronzeadas. Jean-Claude está sentado na cadeira da cabeceira.

— O que foi? — pergunto, porque os dois estão me olhando.

— Bem... o jantar? — quer saber Eva, mais sarcástica impossível.

— Droga — resmungo. Viro as costas para eles e me inclino na bancada. A ponta entra nos ossos dos meus quadris.

— Qual o problema? — pergunta Jean-Claude.

— Preciso ir a um lugar.

— Quer que eu prepare o jantar?

Uma onda de alívio me invade. Eu me viro, toda sorridente.

— Sério? Você se importaria?

— Nem um pouco. Vá aonde precisa ir e passe no meu apartamento quando chegar. Eu cozinho algo aqui. Eva, quer me ajudar?

— Claro — gorjeia ela, deslizando para fora da mesa.

Apanho as chaves do gancho e saio.

O tonalizante que achei ter visto na Kilkenny Saddlery na verdade não passa de um xampu que promete "destacar" tons específicos de pelagem. Destacar? *Pfff.* Leia-se: perda de dinheiro.

Tem um salão de cabeleireiro ali perto. Faço uma tentativa em seguida.

— Em que posso ajudar? — atende uma mulher magérrima na recepção. Está muito maquiada, o cabelo preto cortado curto. Juro que vejo reflexos arroxeados nas pontas espetadas.

— Sim, olá — cumprimento, andando até o balcão. — Seria possível falar com um colorista?

Ela me olha de cima a baixo, depois examina suas unhas compridas cor de beringela.

— Não atendemos sem hora marcada — diz.

Olho para as minhas mãos — para as unhas cheias de sujeira e a mancha verde na minha camiseta desbotada —, e então percebo que estou sendo esnobada. Eu! Esnobada! Por alguém que ganha a vida marcando cortes de cabelo!

— Não vim atrás de um horário — retruco com tom gélido. — Só preciso conversar com o colorista um instante. E o motivo de eu estar com essa aparência horrível é porque vim direto de um haras.

Sua pose desmonta na mesma hora.

— Ah, Deus... Eu não queria... Eu jamais...

Uma mulher gorda e alta entra atrás do balcão, com óculos minúsculos de aros finos equilibrados no nariz adunco. Seu cabelo cor de caramelo está bem cimentado no lugar.

— Norah, o que está acontecendo?

— Ah, Lise... você teria um minutinho? Esta senhora aqui deseja fazer uma consulta. — Agora que seu cocker spaniel interior foi revelado, Norah não para de tremer.

Alguns minutos depois, estou nos fundos do salão observando colorações com Lise.

— Essa. A cor é essa — afirmo, apontando para a mecha de cabelo de referência.

— Essa? Tem certeza?

— Absoluta.

Lise recua e cruza os braços sobre o colo impressionante, movendo os olhos do meu rosto para meu cabelo.

— Não sei — diz ela, na dúvida. — Quer dizer, a escolha é sua, e se realmente é o que você quer, eu farei, mas tenho que ser sincera. Acho que não é o tom certo para sua pele. Você é branca demais. Ficaria com aparência de lavada. E, em geral, eu não digo isso, por motivos óbvios, mas seu tom natural é lindo. Já pensou em fazer luzes em vez disso? — Ela anda para a frente e brinca com o cabelo no lado esquerdo do meu rosto, apanhando algumas mechas e depois deslizando-as entre os dedos. — Poderia fazer uns reflexos, descolorir um tom. Fazer algo mais... sutil.

— Não. É essa que eu quero — declaro, apontando de novo para a mecha vermelho-cobre.

Lise continua preocupada.

— Certo. Mas aviso uma coisa, é difícil tirar o tom de ruivo. Se você não gostar, vai ter de ficar com ele até o cabelo crescer.

— Ótimo, perfeito. É exatamente o que eu quero.

Ela me encara por um tempo, sem desviar os olhos. Finalmente, concorda.

— Tudo bem então — diz. — Vamos ver com Annette quando tenho um horário disponível.

— Ah, não — falo, apressada. — Só quero comprar a tinta. Vou fazer isso sozinha.

— Não posso vender a tinta a você — retruca ela, endurecendo o tom.

— Por que não?

— Porque é um produto exclusivo para uso profissional.

— Onde posso comprá-lo?

Seus olhos se estreitam:

— Nós o compramos com distribuidores de cosméticos, mas você não pode fazer isso. Precisa de licença.

Felizmente, o dono da Helen of Troy Beauty Supplies não liga muito para licenças.

Vou até a recepção e informo que preciso de quatro tubos de Schwarzkopf 0-88, o que de cara dá a primeira dica de que não estou comprando para um salão, mas a única coisa que ele faz é me perguntar se preciso do revelador também.

— O que é isso? — pergunto, oferecendo-lhe levianamente a dica número dois. Tenho certeza absoluta de que ele não está nem aí: já saquei que é do tipo que se importa mais com uma venda do que com alguma lei boba.

— É o catalisador que faz a cor pegar — explica ele, provando que eu tenho razão. Ele se vira e apanha três caixinhas de uma prateleira às suas costas

— Do que é feito?

— Peróxido de oxigênio. Há essas três dosagens — continua ele, dispondo as caixas no balcão à minha frente. — Você vai precisar disso aqui também.

Ele retira de uma das caixas abertas um par de luvas de borracha. Eu as ignoro e apanho uma das caixas de revelador.

— Peróxido. Isso causa alergia?

— Pode causar, se sua pele for sensível, mas não costuma dar problemas na maioria das pessoas.

— O que acontece se eu não usá-lo?

— No caso de alguém com seu tom de cabelo, a cor vai pegar de qualquer jeito. No caso de alguém com um tom de cabelo mais escuro, é como jogar dinheiro na privada. Você precisa clarear o cabelo para qualquer coloração firmar.

— Beleza. Vou levar só a coloração, então.

— Tem certeza? Por que não leva o revelador de dez volumes? Só vai clarear um pouquinho, sem ressecar seu cabelo.

— Não, eu só quero os tubos de tinta — digo, empurrando os tubos da 0-88 na direção do caixa.

Eu o ofendi por não aceitar seu conselho. Percebo isso porque ele arqueia as sobrancelhas e aperta os lábios. Também faz questão de não me olhar nos olhos durante o resto da transação. Mas que importância tem isso, desde que eu compre a coloração?

Quando volto para o haras, sinto um ligeiro alívio do meu pânico inicial. Não posso garantir que eu tenha parado o rolo compressor, mas pelo menos agora ganhei tempo.

Paro diante da baia de Hurrah a caminho do estábulo. Ele está deitado nas serragens — é um jogador daqueles, afinal —, mas se levanta assim que me vê.

— Ah, desculpe, meu amor — digo, beijando o focinho aveludado que fareja e vem inspecionar pelo buraco de alimentação. — Você não precisava se levantar.

Na parte externa da baia há uma caixinha de madeira pregada na parede. Abro a tampa e atiro ali a sacola de plástico com os tubos de coloração.

— Ei — digo para o focinho, ainda estendido. — Trouxe uma coisa para você hoje. — Envolvo seu queixo com a mão em concha, apertando a carne macia. Ele abre os lábios. — Desculpe, não é doce — sussurro, beijando-o uma última vez. — Amanhã eu lhe trago um doce. Prometo. Se você for bonzinho no seu banho especial, pode ganhar todas as pastilhas de menta que quiser.

— Ah, aí está você — diz Jean-Claude quando entro em seu apartamento. Não sei por que não me passou pela cabeça bater à porta, mas não passou. Felizmente, ele não parece achar isso estranho.

— Estou aqui e com fome — aviso, andando até seu sofá e desabando ali em cima. — Onde está Eva? — pergunto, olhando ao redor.

— Terminou o jantar e sumiu — diz ele, fazendo um gesto vago. — Adolescentes, sabe como é.

Rio. Depois de um dia como hoje, uma boa dose de Jean-Claude é exatamente do que eu precisava.

Ele está de pé ao lado da janela, olhando para a casa. Trocou as calças de montaria por jeans e uma camisa polo cor vinho, enfiada por dentro da calça, tudo arrematado por um cinto de couro.

— Sua tarefa terminou?

— Hã-hã. E a sua?

Ele me olha sem entender.

— O jantar — explico.

— Ah, sim — diz ele, batendo as mãos diante de si. — Claro. Minhas desculpas. Primeiro, vinho. Depois, *vichyssoise*. Eva me ajudou. Será uma ótima cozinheira. Ela entende a comida.

— Você tinha os ingredientes para um *vichyssoise* aqui no seu apartamento?

— Mas é claro. Você espera que eu coma o que no almoço, macarrão com queijo?

Fico encantada de um jeito inacreditável.

— Espere aí. Você acabou mesmo de me contar que Eva é ótima cozinheira?

— Sim.

— Verdade?

Jean-Claude está a caminho da cozinha, mas para na hora para me encarar.

Ops. Ele provavelmente acha que sou uma péssima mãe por subestimar minha filha. Tento consertar as coisas.

— Só estou surpresa, só isso. Digamos que ela não puxou isso de mim.

— Você não sabe cozinhar?

— Não muito bem — respondo, decidindo, por uma série de motivos, guardar para mim os detalhes do meu mais recente desastre na cozinha.

Jean-Claude fica ali de pé, pensativo, girando as pontas do bigode entre o polegar e o indicador.

— Bem — diz, finalmente, como se me perdoasse —, você não é francesa.

Enquanto ele desaparece na cozinha, eu solto uma gargalhada.

A *vichyssoise* está excelente, assim como a *mousseline de poisson a la maréchale*, que Jean-Claude bate com autoconfiança natural depois que terminamos a sopa.

— Minhas desculpas — pede ele, inspecionando uma tigela de verduras sobre a bancada. — Acabou a cebolinha. Ah — diz, tirando uma cebola e depois inspecionando-a. — Tenho uma cebola de Vidalia. Vai servir.

Observo, espantada, ele fazer exatamente o que eu esperava fazer na casa de Dan. Ele começa com mais ou menos um zilhão de ingredientes e os dispõe sobre a bancada sem consultar uma receita. Faz um monte de outras coisas também, como, por exemplo, aparecer com uma tigela de gelo picado que grita competência e glamour. *Eu* gostaria de saber preparar algo tão complicado assim. *Eu* gostaria de fazer algo que precisa ser batido sobre gelo picado.

Em vez disso, beberico o belo Borgonha branco que parece fluir tão facilmente e observo este homem que cavalga e cozinha como um anjo. E é verdade: quando o jantar aparece na minha frente, é simplesmente espetacular. Bolinhos de peixe com tempero adocicado, feitos apenas à base de linguado, creme de leite fresco batido e noz-moscada, salteados lentamente numa quantidade generosa de manteiga e servidos sobre um creme de cogumelos e pontas de aspargos com um fio de *beurre blanc*. É provavelmente a melhor coisa que eu já comi.

Agora penso que a cozinha austríaca é boa, mas vamos ser sinceros: é de um tipo pesadão, enquanto isso aqui... Bem, de muitas maneiras, é melhor do que sexo. Opto por não compartilhar tal opinião com Jean-Claude enquanto a noite se aproxima do fim — vai que ele decide testá-la? É bem possível. Ao ajudá-lo a tirar a mesa, sem querer tentamos pegar o mesmo prato e sua mão pousa sobre a minha por um momento. Olho para ele e vejo que está me encarando com os olhos castanhos ardentes. Existe eletricidade no ar, e me sinto dolorosamente tentada a ceder, pois há uma outra coisa pela qual os franceses são famosos, *n'est-ce pas?*

São quase onze horas quando volto para casa. A lua está alta no céu, lançando um manto azul sobre a casa e os campos, e o vento é pesado e quente, trazendo a promessa de chuva.

Mais ou menos na metade do caminho, eu me viro para fitar o estábulo.

Os holofotes do estacionamento cintilam sobre um único carro. Um Impala dourado.

Um momento depois, me vejo correndo a toda a velocidade na direção do estábulo.

Nem me incomodo em chegar de mansinho até a porta da sala de estar, simplesmente a escancaro. Antes mesmo de a porta bater na parede oposta, eu já acendi a luz.

Eva e Luis me olham ao mesmo tempo, horrorizados. Estão deitados no sofá. Luis está sem camisa.

— Mãe! O que você está fazendo aqui?

— O que *eu* estou fazendo aqui? — questiono, sem acreditar.

Entro e bato a porta com toda a força. Uma pequena foto de mim e Harry desliza pela parede e cai no chão com um estrondo, acompanhado do barulho de vidro quebrando.

— Mãe! O que foi?

Inspeciono a cena diante de mim e depois falo com Luis:

— Você — ordeno. — Vá para casa.

Ele me encara um instante, depois salta e apanha a camisa. Veste-a por sobre a cabeça, lutando para encontrar as mangas.

— Mãe, não exagere. A gente não estava fazendo nada de mais.

— Até parece.

— Não estava, não!

Luis agora já está vestido e paira num canto ao fundo. A única saída é passando por mim, mas ele obviamente está aterrorizado.

Eva se vira para ele:

— Ela é sempre assim. Não se preocupe. A gente conversa amanhã.

— Não conversa, não — retruco.

— Como assim? — pergunta Eva.

— Ele não é mais bem-vindo aqui.

Eva fica horrorizada.

— Como assim? Você não pode despedir Luis.

— Eu não posso despedir *você*, posso?

Luis sai correndo, parecendo aflito. De dentro da sala de estar, ouço seus passos pelo corredor.

— Mãe! Você está superexagerando!

— Ah, é mesmo? Então por que ele estava sem camisa, posso saber?

— Ele estava me mostrando sua tatuagem.

— Com a luz apagada?

Eva me encara e deixa os braços caírem ao lado do corpo.

— Por favor, mãe. Você não pode mandar Luis embora. Ele precisa desse emprego.

Eu a encaro nos olhos:

— Só me diga uma coisa. Eu cheguei a tempo?

— A tempo de quê?

— Você dormiu com ele?

Eva fica horrorizada.

— Mãe!

— Dormiu com ele?

— Não! Meu Deus, mãe. A gente só estava se beijando. Só porque você está louca de vontade de se enfiar na cama do seu namorado não quer dizer que...

— Confie em mim, Eva. É melhor não terminar a frase.

Ela fica parada em silêncio, com os olhos cheios de lágrimas. Depois de um momento, diz:

— Eu amo ele.

— Ele é muito velho para você.

— Não é, não. Vou fazer 16 daqui a dois meses, e ele só vai fazer 18 em abril.

Eva me encara por um longo tempo.

— É porque ele é mexicano, não é?

— Claro que não — retruco.

— É, sim. Você é uma maldita racista, é isso aí.

— E você está de castigo para o resto da sua vida, é isso aí.

Saio correndo dali, batendo a porta com força. Um microssegundo mais tarde, ouço outra foto atingir o chão com um estrondo.

Depois que entro embaixo das cobertas, fico deitada acordada, atenta para o barulho da porta dos fundos. Eu devia ter seguido Eva até em casa, para ter certeza de que ela iria voltar, mas isso só me passou pela cabeça quando já era tarde demais.

Até que finalmente ouço a porta se abrir e fechar, e então, alguns minutos mais tarde, o barulho da porta do quarto dela. Espero uns dez minutos e depois desço de fininho até a cozinha.

Abro o armário do canto. As sacolas brancas da farmácia sumiram, mas o vidrinho de Valium ainda está lá. Eu bebi esta noite, por isso parto com cuidado uma das pílulas amarelas ao meio e a coloco no fundo da língua. Depois abro a torneira e me inclino, bebendo de lado do fluxo de água corrente. Quando eu fazia isso na infância, Mutti ficava furiosa. Mas eu fazia assim mesmo, é claro.

Volto para a cama para esperar. Não demora e o Valium faz efeito.

Essa questão do Hurrah é amedrontadora — aterrorizante, até —, mas preciso acreditar que existe uma saída. Se acham que é só chegar e levá-lo embora, estão muito enganados. Vou lutar até a morte para manter este cavalo. Não pensei nos outros detalhes, mas amanhã de manhã qualquer um que vier procurando um cavalo com listras brancas não vai encontrar nada. Não é uma solução permanente, mas vai permitir que eu o esconda no meio do bando até descobrir o que fazer.

Mas e quanto a Dan? Meu coração dá um pulo quando lembro do som do soco dele na parede. Foi um som limpo, um *tum* rápido. O som da madeira reverberando. Meu próprio punho também atingiu a parede com uma série de estalos, e a cartilagem ainda está protestando.

Apesar do Valium, uma onda nada bem-vinda de adrenalina me invade, uma ansiedade terrível misturada com arrependimento doentio.

Eu saí dos limites, fui completamente irracional. Sei disso. É que eu estava anestesiada de medo; não sabia como reagir.

Amanhã vou ligar para ele. Vou dizer que estou arrependida. Vou admitir que aquilo tudo foi por culpa do medo, que eu não estava falando sério. Com certeza ele vai entender, não é? Com certeza vai me perdoar, não?

Enquanto tento me convencer de que tudo vai ficar bem, sinto a impressão cada vez mais desesperadora de que, desta vez, eu fui longe demais.

Fecho os olhos, tentando afastar o pânico.

14

Ressaca de Valium de novo. Pesos de chumbo atrás dos meus olhos, gaze em volta do meu cérebro.

Quando abro os olhos, são oito e vinte. Mesmo com a ressaca do Valium, fico tão chocada que me sento.

Eva em geral vem me acordar, embora esta manhã eu não possa culpá-la por ter me evitado. Olho para Harriet, que está esticada roncando aos meus pés. Os cachorros dos outros vêm acordá-los pedindo para passear. Acho que minha cadela no fundo é um gato.

Paro na cozinha apenas o bastante para fazer uma torrada e depois abro a porta dos fundos.

Paro na varanda, esfregando os braços, ainda com minha torrada sem manteiga na mão. O dia parece estranho. A temperatura despencou uns belos dez graus, e o céu tem uma coloração verde-ervilha. Ainda não está chovendo, mas vai chover. Sinto isso nos ossos. Seria melhor eu voltar para apanhar um casaco, mas então quando papai se levantar pode ser que eu ainda esteja na cozinha.

Se papai se levantar. Será que Mutti consegue se virar sem Brian? Que bicho a mordeu para ela cancelar a ajuda?

Na entrada do estábulo, ouço um relincho e então vejo um pedaço de focinho por uma porta de baia. Então percebo que parte da estranheza do dia são os pastos vazios. P.J. deve ter decidido manter os cavalos dentro das baias, mas não consigo entender o motivo. A chuva não vai lhes causar nenhum mal, não no verão, a menos que haja raios. Faço um lembrete mental para falar com ele a respeito.

Ainda esfregando os braços, entro na sala de estar, esperando encontrar Eva por ali. Ela não está. Procuro em todos os lugares óbvios, mas nem sinal dela. Deve ter convencido Mutti a levá-la até o centro de Dan, sabendo que eu e Mutti ainda não teríamos tido oportunidade de conversar. De certa forma, é preciso aplaudir essa menina.

Subo as escadas para pegar meu casaco de *fleece*, que está pendurado no encosto da cadeira. Já estou de saída quando a luz de recados vermelha do telefone chama minha atenção. Tiro o fone do gancho e digito a senha.

— Olá, este recado é para Annemarie Zimmer. Quem está falando é Harold Oberweis. Meus funcionários acabaram de fazer uma entrega de feno aí, mas, bem, o banco acabou de me ligar dizendo que seu cheque voltou. Pode, por favor, me ligar assim que possível para podermos combinar outra forma de pagamento?

O pânico me atravessa como um raio.

Esse cheque não deveria ter voltado. Deveria haver bastante dinheiro na conta.

Ligo o computador e, alguns minutos depois, estou diante do extrato on-line da conta.

Ah, que merda. Ai, meu Deus. O banco sacou o dinheiro do empréstimo apesar de eu haver dito à gerente que desejava atrasar o pagamento da parcela.

Pego o fone. Sob a mesa, meu joelho balança freneticamente. Minha outra mão tamborila no tampo: *tatara-ta-tatara-ta, tatara-ta.*

— Preciso falar com Sylvia Ramirez — digo, quando a recepcionista atende.

— Aguarde um instante, por favor.

Um clique, alguns segundos de silêncio e, então, uma voz feminina:

— Sylvia Ramirez.

— Sylvia. Annemarie Zimmer, da Maple Brook Farm.

— Oi, Annemarie. Como vai?

— Não muito bem, receio dizer. Seu banco aparentemente sacou o dinheiro do empréstimo, e agora os meus cheques estão voltando.

— Aguarde um pouco — pede ela. — Vou dar uma olhada.

Ouço o som de teclas de computador e, depois, silêncio.

— Lamento — diz ela. — O pagamento estava programado como débito direto em conta, portanto, o dinheiro foi sacado automaticamente.

— Eu disse a você que queria atrasar o pagamento da parcela.

— Sim, mas não me disse que o pagamento estava programado como débito direto em conta.

Ela tem sorte de não estar aqui para ver meu rosto, é só isso que eu posso dizer. Após um momento, aperto os lábios *à la* Mutti e me recomponho.

— Quando vocês poderiam devolver o dinheiro?

— Desculpe, isso não é possível.

— O quê?

— Quando o pagamento é debitado, não é possível revertê-lo. Se você tivesse me avisado que...

— Por que não? Você é a gerente.

— Desculpe — repete. — Lamento mesmo. Se quiser fazer o pagamento da parcela do mês seguinte com atraso, tudo bem, mas me avise com antecedência para que eu possa bloquear o débito automático.

— Quer dizer que vocês não podem devolver o dinheiro — resumo.

— Não. Para falar a verdade, eu nem poderia suspender os pagamentos, mas seus pais sempre foram bons clientes em todos esses anos e por isso estou disposta a abrir uma exceção nesse caso.

Isso coloca a pedra final no que eu iria dizer em seguida. Então, agradeço com educação e desligo.

Hurrah aguarda com paciência no boxe de lavagem, provavelmente imaginando por que eu não ligo logo a água. Em vez disso, eu apanho um tubo de coloração, inverto a tampa e perfuro o selo.

Uma linha pequena de líquido espesso e perolado se derrama da ponta. Eu coloco o tubo no chão de concreto e apanho um par de luvas. Meus dedos estão suados e as luvas não foram cobertas de talco; por um instante, não tenho certeza se conseguirei vesti-las.

Meu cérebro está dando voltas, o pânico interior camufla minha aparência decidida. É muito possível que eu seja presa por isso.

Apesar de eu não ter usado o revelador, fico com medo de que a tinta machuque a pele de Hurrah. Aperto um pouquinho no meu dedo enluvado e o levo ao nariz para sentir o cheiro, hesitando. É branco e opalescente, diferente de qualquer outra substância que eu já vi. Com certeza não tem cheiro de nada venenoso, o cheiro é até mais ou menos gostoso.

Então, respiro fundo e aperto uma linha de cor na espádua esquerda de Hurrah. Depois a massageio com meu polegar enluvado.

Não demora para que cada pedacinho de branco no corpo dele, exceto a estrela em sua cara, esteja coberto. Deixei a estrela porque, com ou sem revelador, não quero que esse negócio entre no olho dele. Quando esfrego o último grama em sua perna traseira direita, a mistura já adquiriu um tom arroxeado, o que presumo ser a indicação de que está fazendo efeito. Fico de pé e circulo a sua espádua esquerda, depois tiro um pouco da tinta com o polegar. É difícil dizer exatamente o que está acontecendo antes de enxaguá-lo, mas com certeza o pelo ali parece mais escuro.

Olho para o relógio e atravesso o corredor. Então me viro e deslizo devagar pela parede até ficar agachada. Depois de um instante, desisto e sento de uma vez no chão, tomando cuidado para afastar as mãos enluvadas das minhas roupas.

Certo, então já dei um jeito nas listras. Isso quer dizer que talvez ele não seja reconhecido de cara, mas com certeza não o livra do perigo. Pode ser que ele não seja o primeiro cavalo a ser escaneado, mas uma hora vão chegar nele.

Certamente a poeira vai baixar logo, logo. Com certeza eles não vão passar muito tempo procurando por ele. Pode ser que um dia ele tenha valido uma fortuna, mas agora, sem um olho e com doença degenerativa nas articulações?

Um pensamento maluco passa pela minha cabeça. Só existe uma pessoa no mundo que tem tanto motivo quanto eu para não querer que Hurrah seja descoberto: Ian McCullough. Mas não posso ligar pedindo sua ajuda. Ele tentou matar Hurrah. Eu quero Hurrah escondido; ele quer Hurrah morto.

Solto um gemido e encosto a cabeça na parede.

— Está tudo bem?

Abro os olhos. Jean-Claude está na minha frente.

— Sim, tudo ótimo.

— Onde está o pessoal?

— Que pessoal? — pergunto, pensando em como afastá-lo de Hurrah.

— P. J., Carlos, Manuel. Os funcionários do haras.

— Como assim, ninguém chegou?

— Não.

Não era de se admirar que o estábulo parecesse deserto. Como posso não ter percebido isso?

— Não sei. Talvez tenham tido algum problema no carro.

Jean-Claude caminha até Hurrah e estende a mão. Depois para, farejando o ar.

— O que é isso? — pergunta, com uma careta.

— Condicionador para pelagem — respondo. — Um tipo novo. Comprei na Kilkenny Saddlery ontem.

— Hmm — diz Jean-Claude, ainda de testa franzida. Olha para Hurrah por algum tempo e depois continua andando. Quase grito de alívio.

Mas que diabo estou fazendo? Será que eu realmente espero me safar? Assim que eu enxaguar Hurrah, Jean-Claude vai perceber o que estou aprontando. Ou, no mínimo dos mínimos, saberá o bastante para me incriminar.

Pode levar algum tempo para que alguém perceba ligeiras modificações em um cavalo baio, ou alazão, ou preto. Mas não estamos falando de ligeiras modificações. Estamos falando de modificações completas. Preciso tirar Hurrah daqui. Agora. Hoje, antes que alguém note o que eu fiz.

Esfrego uma das mãos enluvadas em meu rosto suado, mas então percebo que passei tinta na minha testa. Eu me levanto, desajeitada, e corro até os fundos do boxe para enxaguar aquilo. Uma coisa eu garanto: meu plano não vai funcionar lhufas se eu tingir uma mecha do meu cabelo e parte da minha testa com a mesma cor da nova pelagem de Hurrah.

Tiro as luvas e enfio a cabeça embaixo da água corrente, esfregando a cabeça e o cabelo furiosamente na água fria. Não tenho tempo para ajustar a temperatura. Lembro do que Lise disse, sobre ser difícil tirar o ruivo. Quando termino, meu cabelo é uma bagunça molhada colada na cabeça e estou batendo os dentes.

Ainda trêmula, cruzo o corredor e volto a me sentar. Olho para o relógio. Mais sete minutos.

Se eu quiser tirar Hurrah daqui antes de alguém notar que eu tingi seu pelo, preciso ser rápida. Encontrar um velho celeiro agradável não deve ser difícil, e, sem as listras, Hurrah não vai levantar suspeitas. Se eu não revelar quem sou, o dono do haras vai pensar que sou apenas uma cliente comum com um cavalo de estimação. Se eu realmente quiser eliminar os rastros, posso aparecer com uma sela *western*. Não precisa caber nele, por isso posso comprar a mais barata que eu encontrar. É só um disfarce, afinal de contas. Algo para colocar na minha estante de hipismo, na sala de arreios.

Quanto mais penso a respeito, mais gosto do plano. É perfeito. É brilhante. Óbvio, tem toda a questão de embarcá-lo num trailer, mas vou pensar nisso quando chegar a hora.

—

Na hora certa, eu volto a me aproximar do boxe para lavagem, com mãos e coração trêmulos.

Hurrah está esperando pacientemente, com a cabeça baixa e os olhos semicerrados. Está entediado. Ora, está praticamente dormindo.

Passo por ele a caminho da torneira, resistindo ao impulso de correr a mão sobre a lateral do seu corpo. Então abro a torneira e olho com atenção para a mangueira enquanto ajusto a temperatura e a pressão. Não quero olhar para Hurrah ainda, não tenho certeza se desejo que tenha dado certo.

Finalmente, respiro fundo e me viro. A corrente morna atinge sua espádua, fazendo o limo espesso e avermelhado cair em bocados sobre o concreto cinza. O resíduo se dilui com facilidade, é enxaguado como o sangue de um corte.

Com o polegar, esfrego a área que está diretamente sob a corrente de água. O pelo vermelho continua vermelho. Enquanto olho, sou tomada por uma frieza que tem o gosto do medo, mas também de algo mais. É a sensação da convicção, o reconhecimento de que fui longe demais para recuar.

Trabalho depressa. Enxáguo seu pelo e o esfrego com força, para ter certeza de que toda a química saiu. Depois aponto a mangueira para o chão, perseguindo os últimos restos de água vermelha até o ralo. A cor de Hurrah parece prodigiosa. Depois que todos os vestígios da tinta foram eliminados, coloco as luvas e os frascos vazios de volta na sacola de plástico. Giro as alças, envolvendo a parte frouxa da sacola várias vezes. Depois recuo para olhar meu hanoveriano baio sem listras.

A mudança é impressionante. Prendo a respiração entre os dentes e lembro inexplicavelmente de Macbeth:

Estou afundado em sangue
Tanto, que não posso mais voltar,
*Retornar seria tão penoso quanto avançar.**

Estou fechando a porta da baia de Hurrah quando Jean-Claude reaparece.

— Isso é intolerável! Eles ainda não chegaram. Tenho de dar uma aula daqui a vinte minutos.

Fica na minha frente, bem diante da baia de Hurrah. Não olhe dentro da baia, não olhe dentro da baia, não olhe dentro da...

— Bem, alguma notícia deles? — prossegue.

---

* Tradução livre. (*N. da T.*)

— Hã, não. — Eu me afasto da baia, torcendo para que Jean-Claude se vire a fim de continuar de frente para mim.

— Melhor ligar para eles — sugere ele, se virando. — Tem os telefones?

— Provavelmente. Lá em cima.

— Bem, então vamos — diz ele, e para meu imenso alívio, abre caminho até meu escritório.

Quando chegamos, ele se posta ao lado da janela enquanto eu procuro os arquivos no fichário.

— Que estranho. Parece que eles moram juntos — comento, folheando as páginas dos arquivos dos funcionários. Três deles moram em uma casa e, a julgar pelo endereço, os outros dois moram na casa ao lado.

— Sim, claro — diz Jean-Claude, desabando no sofá em frente à janela. Deita, com a cabeça apoiada sobre um braço e uma das pernas dobradas. — Eles são parentes.

Congelo.

— Quê?

— Irmãos, todos eles. Menos Luis. É um sobrinho.

— Ai, meu Deus.

Jean-Claude se senta e me encara.

— O que foi? Qual o problema?

— Eu despedi Luis ontem. Acha que isso pode ter alguma coisa a ver?

— Você o quê? Por quê?

— Encontrei Eva e ele juntos na sala de estar do estábulo.

— Juntos como?

Olho para ele até que ele entenda.

— Eles estavam...?

— Não. Mas poderiam estar, se eu não tivesse aparecido.

Jean-Claude parece incrédulo.

— E por isso você o despediu?

— Claro que sim!

Jean-Claude se levanta e continua me encarando. Finalmente, não consigo mais me segurar:

— Por que está me olhando desse jeito?

— Eles são adolescentes. É isso que os adolescentes fazem — afirma, com exasperação evidente.

— Talvez na França. Ou no Canadá. Mas não aqui.

— Ah, me poupe — retruca Jean-Claude, levantando a mão e virando a cabeça para não levar a sério. — Você está me dizendo que nunca deu uma escapada para beijar seu namorado quando era adolescente?

— Nunca — respondo. Mas, antes que a palavra saia completamente da minha boca, imagens de eu e Dan nos agarrando passam pela minha cabeça.

Ai, ai. Acho que talvez eu tenha mesmo exagerado.

Jean-Claude coloca um ponto final estrondoso em todo aquele pensamento compassivo.

— Você está mentindo — afirma, simplesmente.

— Como você ousa... — começo a dizer, mas termino com a voz fraca. Ele está me encarando ainda, não com malícia, mas com uma convicção calma.

— Estou só dizendo a verdade, mas você, pelo visto, não.

Resmungo e volto a afundar na minha cadeira.

— Como eu podia saber que eles eram parentes? Eles nem sequer têm o mesmo sobrenome. Dois deles são Hernández, dois são Santa Cruz e Luis é Gutierrez.

— São filhos de pais diferentes.

— E Luis?

— Filho da irmã deles.

Eu me levanto, agitada demais para ficar parada.

— Isso não pode estar acontecendo. Eles não podem ter se demitido.

— Parece que você está enganada. — O tom dele é frio e imparcial. Nesse momento, não dá para acreditar que eu cheguei a achar esse lado francês dele outra coisa que não irritante.

— Não faz sentido nenhum. Eles não podem ter pedido as contas. Não podem sobreviver sem o dinheiro.

Jean-Claude dá de ombros.

— O que mais pode ser?

— Sei lá. Problema no carro.

— Nos dois carros?

— Emergência familiar.

Ele balança a cabeça para a frente e para trás, pesando a possibilidade.

— Pode ser. Mas acontece que os cavalos continuam guardados, em baias sujas, e darei aulas o dia inteiro. Você precisa ligar para descobrir o que aconteceu.

— Como? Não tem nenhum número de telefone no cadastro deles.

— Não?

— Não. — Eu paro de caminhar de um lado para o outro, mas começo a bater o pé. Estou completamente desesperada. Eu devia estar providenciando a remoção de Hurrah da fazenda neste exato momento.

— Bem, então é melhor ir até a casa deles.

— Não posso. Não tenho tempo — digo. — Preciso fazer outra coisa esta manhã, que não dá para esperar.

— Se você não for, vai sobrar ainda menos tempo para você, porque nós dois teremos vinte e sete baias para limpar. O que, estritamente falando, não consta no meu contrato.

Olho para ele, horrorizada.

— Eu vou — declaro, por fim.

— Que bom. Mas primeiro vamos tirar os cavalos. Você primeiro — diz ele, levantando-se do sofá. Vai para trás da minha mesa com elegância e se senta em minha cadeira. — Vou ligar para cancelar todas as minhas aulas — avisa.

Ah, meu Deus. Ganhamos 150 dólares por hora nas aulas particulares, e o valor é ainda mais alto no caso dos grupos. Não podemos nos dar ao luxo de cancelar as aulas, nem sequer por um único dia.

Eu me pergunto se não é melhor simplesmente atear fogo no estábulo agora mesmo — e fazer isso direito.

Depois que terminamos de tirar os cavalos, estou um caco, imunda, e tive um vislumbre de como será a vida caso os caras não voltem. Não é nada bonito.

Tirar os cavalos não parece ser nenhum trabalho assim tão duro. Mas, com apenas duas pessoas, e estando os portões dos pastos a uns bons 200 metros de distância em alguns casos, tirar treze cavalos um a um começa a parecer um trabalho duro. No fim, estou correndo ao lado deles, incitando-os a trotar. Até penso em adotar a prática que obriguei Luis a abandonar — levar dois cavalos de cada vez, um de cada lado.

Depois, volto ao estábulo porque preciso pegar os endereços das residências de Hernandez/Santa Cruz/Gutierrez. Quando viro a esquina, vejo Jean-Claude abrindo a trava da baia de Hurrah.

— Não! Não faça isso! — grito.

Ele para e olha para mim, sem entender. Percebo que falei depressa demais, com ênfase demais.

— Hoje vou deixá-lo aí — explico, enfiando as mãos nos bolsos na tentativa de aparentar naturalidade.

Ele continua me encarando.

— Por quê?

— Porque sim, está bem?

Então, pareço irritada. Tudo bem. Ele provavelmente acha que deve ser porque temos vinte e sete baias para limpar. E, sinceramente, isso não está ajudando nem um pouco a melhorar meu humor.

A caminho da casa dos Hernández/Santa Cruz/Gutierrez, ensaio meu discurso. Tudo está ótimo, porém nunca soube me orientar direito e não consigo encontrar a rua.

Estou no bairro certo, o que só torna as coisas ainda mais frustrantes. Mas não consigo entender as placas de rua — algumas estão escondidas pelas árvores, outras simplesmente não existem — e nenhuma parece seguir em linha reta. Trinta e cinco minutos depois, quando passo pela quarta vez por uma casa particularmente horrível de concreto rachado em forma de caixa, caio no choro. Estaciono no meio-fio de cascalho e procuro meu celular na bolsa, mas não encontro. Quando olho para cima, vejo três homens se aproximando do furgão. Todos estão usando regatas brancas sujas. Todos são mexicanos.

Depois disso, só me lembro de pisar no acelerador como se minha vida estivesse em jogo, atirando cascalho para trás do carro e ouvindo o chiado dos pneus ao voltarem a rodar no asfalto.

Quando chego de volta ao estábulo, Jean-Claude está atravessando o estacionamento com um carrinho de mão cheio de feno. Ele o coloca no chão e vem até a janela aberta do furgão. Apoia uma das mãos na porta e a outra no quadril.

— O que aconteceu? — pergunta.

— Eu me perdi.

— Como?

— Como assim, como? As ruas parecem cobras. Já viu como é o bairro?

— Sim, já vi.

Olho para o meu colo, me sentindo punida.

— Eu vou desenhar um mapa para você — oferece ele.

— Não quero mais voltar. Você vai.

— Não — retruca ele com firmeza. — De forma alguma.

— Mas por quê? — imploro. — Você conhece o bairro. Conhece os caras.

— É, mas foi você quem despediu Luis.

— Exatamente! — confirmo, aproveitando a oportunidade. — Por isso eles provavelmente teriam uma reação ruim se eu aparecesse. Mas você anda por aí com eles, né? Você foi naquela festa de aniversário, não foi?

Ele me olha de um jeito acusador.

— Por favor, Jean-Claude, por favor, você iria? — Abaixo a cabeça e olho para ele com cílios sedutores, me esforçando ao máximo para parecer a Lady Diana, embora, com meu enxágue de cabelo emergencial, perceba que isso provavelmente deve ser ambicioso demais.

Jean-Claude suspira.

— Francamente. Mulheres. — Coloca as mãos nos quadris e olha para o picadeiro ao ar livre.

Eu espero. Ele acaba se virando de novo para mim.

— Tudo bem. Certo — concorda, abrindo a porta do furgão. — Eu vou. Mas você fica limpando as baias enquanto eu estiver ausente.

Faço que sim com a cabeça, repleta de gratidão, mas assim que ele se afasta no carro, volto para meu escritório, porque esta pode ser minha última chance de encontrar outro lugar onde abrigar Hurrah.

Antes de começar a procurar nos classificados, telefono para Dan. O telefone toca umas doze vezes. Quando estou quase desistindo, ele atende.

— Dan?

Pausa.

— Annemarie. — Seu tom é frio e distante.

— Você pode falar um minuto?

— Na verdade, estou ocupado.

— Ah, Dan, por favor, não fique assim. Eu preciso mesmo conversar com você.

Ouço um farfalhar de roupas do outro lado da linha, seguido pelo silêncio.

— Dan...

— O ferrador está aqui. Ligo para você mais tarde.

Ouço um clique seguido pelo toque de discar, e fico encarando o fone com cara de idiota.

Uma hora depois, ouço os passos de Jean-Claude subindo as escadas. Dobro a página de classificados depressa e me levanto da cadeira com ar culpado.

— Você os encontrou? — quero saber logo.

Jean-Claude inclina o corpo contra o batente e faz que sim. Posso ver pela expressão dele que a coisa está feia.

— E o que eles disseram?

— Estão com raiva por causa de Luis.

— E por isso simplesmente pediram demissão? — Eu estou à beira da histeria.

— Há também a questão dos cheques-salários.

— O que têm eles?

— Aparentemente, voltaram.

— Ah, meu Deus. — Ando até a parede e pouso a testa nela. Depois levanto a cabeça e deixo que caia contra a parede. E repito. E repito.

— Eles estão dispostos a voltar, mas só se Luis puder voltar também, e só depois que você os pagar.

— Vou dar um jeito. Mas Luis não pode voltar.

— Eles estão inflexíveis.

— Por quê?

— Se ele não trabalhar no mês que vem, não vai poder frequentar a faculdade no outono.

— Faculdade?

— New England College.

Olho para ele, estupefata.

— Você está surpresa?

— Estou. É claro. Como eu poderia saber que ele ia para a faculdade?

— Só me diga uma coisa: você alguma vez chegou a conversar de verdade com esse menino?

Aperto os lábios.

Jean-Claude continua.

— Luis é muito inteligente, muito esperto. Conseguiu uma bolsa para a mensalidade e os livros, mas o resto precisa vir do bolso dele. Seus pais ainda estão no México. Não podem ajudá-lo.

Sinto a comparação iminente e luto contra ela — tento me afastar dela —, mas não adianta.

Como eu sou idiota. Mais do que isso: sou um ser humano horrível. Luis jamais representou uma ameaça para Eva. Não apenas vai se mudar para Henniker no outono — e com certeza eu poderia ter evitado que os dois se agarrassem seriamente demais por mais quatro semanas apenas —, como também todas as minhas demais objeções a ele caíram por terra.

Aqui está um garoto fazendo a vida sozinho num país estrangeiro sem os pais, e que ganhou uma bolsa numa faculdade. E aqui está minha filha, que tem tudo de mão beijada, mas o que faz? Coloca um piercing na língua, faz uma tatuagem e abandona a escola. E quem exatamente é a má influência da história?

Sinto que estou prestes a chorar, e lembro da minha retirada infame do bairro de Luis há pouco mais de uma hora.

Sou culpada de todas as acusações de Eva. Julguei Luis — e todo mundo em seu bairro — apenas com base nos meus preconceitos.

Enquanto sigo Jean-Claude escada abaixo, me ocorre que se eu não encontrar um jeito de tirar Hurrah daqui sem Jean-Claude perceber, vou estar frita em poucos minutos.

Limpamos uma, duas, depois três baias, seguindo devagar na direção da de Hurrah. Quando chegamos à baia vizinha da dele, já mordi tanto os meus lábios que eles estão em carne viva.

Então, como por milagre, Jean-Claude pede licença para ir ao banheiro. Assim que ouço o barulho da tranca, corro até Hurrah, escancaro a porta da sua baia e o puxo pelo cabresto.

— Vamos, vamos! — digo irritada num sussurro alto, estalando a língua e puxando desajeitada a guia. Ele entra pesadamente no corredor. Parece confuso, até mesmo sonolento. Continuo puxando e estalando a língua até ele começar a trotar, de má vontade.

No caminho de volta do pasto, percebo que loucura é isso tudo. É possível que eu tenha conseguido esconder o que fiz esta manhã, mas assim que trouxermos todos os cavalos para as baias de novo, tudo estará perdido. Ou até antes, se Jean-Claude perceber a falta de Hurrah no bando. Ou a existência de um novo cavalo, um alazão caolho, junto com os demais castrados.

Quando volto ao estábulo, Jean-Claude está diante da porta da baia de Hurrah. Despeja uma pá de estrume num balde e depois se apoia nela.

— Mudou de ideia?

— Hã-hã — retruco.

Ele me encara com algo próximo da suspeita. Intimidada, apanho a outra pá e sumo dentro de uma das baias.

Levamos quase três horas, e isso usando todos os aparelhos auxiliares conhecidos pelo homem. Conduzimos o vagão pelo corredor para não termos de levar enormes baldes cheios de estrume denso até o jardim. Depois atiramos os sacos de serragem — os malditos sacos de serragem! — nas baias, voltando com canivetes para abri-los e esvaziá-los. Colocamos os cochos de água em carrinhos de mão para não termos de levá-los para fora um a um, e depois os reenchemos arrastando a mangueira até as baias. E então, por fim, enchemos dois carrinhos de mão secos com ração — o de Jean-Claude com Completa, o meu com Sênior — e os empurramos pelo corredor, colocando a quantidade adequada de ração nos cochos de alimentação de cada cavalo.

No final, minhas costas, meus braços e ombros estão me matando. Meu cabelo está cheio de nós, porque secou antes de eu conseguir penteá-lo. Minhas roupas estão manchadas de estrume, e meus shorts estão ensopados porque sem querer deixei cair água neles ao esvaziar os cochos.

— Bem — diz Jean-Claude, limpando as mãos nos jeans. — Merda.

— Merda mesmo — retruco.

Ele olha para o relógio de pulso.

— Daqui a duas horas, temos de trazer todos eles de volta.

— A menos que comece a chover.

— Hã-hã! — concorda ele, balançando a cabeça e o dedo. — Não desafie o destino!

Mas é tarde demais. O teto começa a tamborilar com o som de chuva, uma pancada súbita e violenta.

Jean-Claude e eu nos encaramos horrorizados. Estou ainda mais do que ele, mas só eu sei o motivo. Estou pensando na tinta, imaginando se ela vai permanecer intacta.

— Bem — começa Jean-Claude, puxando o bigode. — Sugiro que a gente os deixe lá fora, a menos que caiam raios.

— Idem — concordo depressa.

Ele fica ali parado me olhando, com as mãos nos quadris.

— Então — diz.

— Então — repito.

— Você vai dar um jeito hoje, né?

Momento de pânico; ele sabe sobre Hurrah. Então percebo que ele está falando dos funcionários do haras.

— Vou sim, com certeza. Hoje. Vou conversar com a gerente do banco e amanhã nós levaremos a grana para eles.

— Nós?

— Bom, você sabe como chegar lá e eu não.

Ele estreita os olhos.

— Não tenho o menor senso de direção — continuo. — Ora, vamos, Jean-Claude. Você quer que eles voltem, não quer? — É uma tentativa péssima de fazer piada, que ele ou ignora ou finge ignorar.

— Ah, está bem — diz ele, balançando a cabeça. Vira o corpo e some pelo corredor.

Agora é a minha chance. Corro pela chuva em disparada até o pasto, sentindo a água espirrar pelas minhas panturrilhas quando piso nas poças que já se formaram. Meus tênis de lona já estão encharcados antes mesmo de eu chegar ao comprido gramado do pasto, e meu cabelo está grudado ao redor do meu rosto.

Em menos de três minutos, já estou conduzindo Hurrah até o corredor, onde dou de cara com Jean-Claude.

— Achei que não íamos trazê-los para dentro, a menos que... — ele começa a dizer. Mas então Hurrah vira a cabeça.

Observo os olhos de Jean-Claude. Ele encara a órbita vazia, e então quase como se fosse uma dupla tomada cinematográfica, examina o resto do corpo de Hurrah.

Seguro a respiração e fecho os olhos, para que o teto pare de rodar.

— *Mon Dieu* — diz ele, em voz baixa.

Abro de novo os olhos, procurando nele algum sinal. Eu poderia cair de joelhos e implorar para que ele não contasse a ninguém. Chorar e implorar e agarrar sua perna. Levá-lo até meu escritório e explicar a situação, fazê-lo entender meus motivos. Se ele se recusasse a cooperar com a trama, eu poderia ir para a cama com ele.

Jean-Claude balança a cabeça, olhando para Hurrah com um olhar distante. Depois levanta o queixo, respira fundo e olha para a parede.

— Preciso de um drinque.

Ele se vira e se afasta de mim, me deixando ali parada com as mãos trêmulas, boquiaberta. Eu devia dizer alguma coisa, devia tentar explicar. Não posso simplesmente deixar que ele...

Logo antes de virar a esquina, ele para e olha para mim.

— Você não vem? — pergunta, impaciente.

15

Adoro os franceses. Que povo mais civilizado.

Não só Jean-Claude parece não se importar por eu me sentar encharcada e imunda em seu sofá de couro, como também me entrega um copo de conhaque. Enorme. A quantidade de conhaque, não o copo.

— Então, Madame Zimmer. Quer me contar o que está acontecendo? — pergunta ele, afundando no sofá ao meu lado. Vira-se para me encarar, cruzando a perna esquerda e apoiando o braço no encosto do sofá.

— É uma longa história — começo, engolindo uma corrente ardente de conhaque goela abaixo. Eu me preparo para o rebote. É uma bebida maravilhosa, quando nos acostumamos com ela.

— Mal posso imaginar.

Tomo outro gole de conhaque, sem saber se realmente desejo enveredar por toda a trama. A esta altura, porém, não tenho mais nada a perder. Ele já viu o que eu fiz.

— Ele é o irmão de Harry, o cavalo que montei em Claremont.

A única reação de Jean-Claude é arregalar os olhos.

— A gente não sabia. Eu não sabia. Quer dizer, sabia, mas... — Estou balbuciando como uma retardada, sei disso, mas como descrever o que eu senti, o que eu acreditava? — Ele era parecido demais para não ser, por isso, depois que eu o trouxe para cá, comecei a procurar umas fotos e coisa e tal. Tudo o que vi me dizia que era ele mesmo.

— Ele não tem nenhuma tatuagem, nenhum chip?

— Ele tem um chip, mas é de uma tecnologia antiga, portanto, não veio à tona nem no leilão nem no centro de Dan.

— Então como...?

— Enchi o saco de Dan até ele encontrar um scanner antigo, e ele identificou um número.

Lanço um olhar rápido para Jean-Claude, para ver o que está pensando. Ele me fita com atenção, com o conhaque apoiado no joelho.

— Então, por que você tingiu a pelagem dele?

— Seu antigo dono tentou matá-lo. É o que eu acho, pelo menos. Relatou que houve um acidente de trailer e que Hurrah morreu. Saiu em todas as revistas especializadas.

— Hurrah? *Este* é Highland Hurrah?

— Você o conhece?

— Sim, é claro. Bem, sei quem é, pelo menos. Foi um cavalo de competições famoso.

Eu tinha me esquecido que só eu estive por fora desse mundo. Suspiro, sombria.

— Então você acha que virão atrás dele. — Jean-Claude muda de posição para ficar de frente para a janela.

— Tenho certeza. A apólice do seguro devia valer uma fortuna.

— Mas por que...?

— Doença degenerativa nas articulações. Além disso, ele tem dezessete anos.

Jean-Claude se levanta e atravessa a sala. Momentos depois, volta com um decantador. Para diante de mim apenas para tornar a encher meu copo, depois enche o seu.

— Mas não entendo. Se você sabia que ele supostamente estava morto, por que pediu para Dan encontrar um scanner?

— Não sei — respondo, de mau humor.

— É uma pergunta razoável. — Jean-Claude me encara por um instante antes de pousar o decantador na mesa.

— Não sei por que pedi isso a ele — continuo. — Não sei mesmo. Não faz sentido agora, mas fazia no momento. — Faço uma pausa, tentando imaginar uma forma de explicar. — Quando achei que ele poderia ser Hurrah, a coisa toda pareceu ser tão improvável... ao mesmo tempo, porém, eu tinha certeza absoluta no fundo do meu coração. — Bato no peito com a mão livre e olho para Jean-Claude, para ver se ele está acompanhando meu raciocínio. Está se esforçando, pelo menos. — Era muito importante para mim saber com certeza — prossigo. — E acho que fiquei tão envolvida que só pensei nas consequências de saber a verdade quando já era tarde demais.

— E Dan, também não pensou nisso?

— Dan não acreditava que ele fosse Hurrah. Achava que eu estava obcecada com isso por causa de Harry. E talvez estivesse mesmo, sei lá. Perder Harry foi... — Balanço a cabeça, incapaz de prosseguir. — Dan achava que, se provasse que ele não era o irmão de Harry, eu deixaria a coisa para lá.

— Mas, em vez disso, comprovou que é. E terminou fazendo com que você perca o seu cavalo. — Jean-Claude torna a afundar no sofá. Estende um dos braços no encosto, de modo que sua mão acaba ficando perigosamente perto do meu ombro.

— Não — respondo. — Não de propósito. Ele achou que estava me fazendo um favor.

— Que favor, hein.

— Você não entende.

Nós dois ficamos em silêncio por algum tempo e eu, pelo menos, começo a ficar bêbada.

— Vocês estão tendo um caso? — pergunta Jean-Claude, com gentileza.

— Não sei. Talvez. Agora não mais. — Suspiro e olho com tristeza para a parede. — Ah, meu Deus, que idiota eu sou! Que *grandessíssima* idiota!

— Não é, não.

— Ah, sou, sou, sim. — Recosto a cabeça no sofá e cubro os olhos com uma das mãos. — Meu Deus, tudo que toco cai em pedaços.

Ele não pede um resumo, e eu tampouco ofereço, embora não consiga impedir de relembrar os fatos na minha cabeça. Bem que eu gostaria, mas a litania dos meus desastres é como uma ladainha: meu acidente, meu fracasso como mãe, meu fracasso como esposa, minha filha tatuada e agressiva que abandonou os estudos, minha perda de controle com Dan, meu relacionamento com meus pais, minha destruição dos negócios da família, a perda iminente de Hurrah...

— O que é isso? — pergunta Jean-Claude. As almofadas se movimentam quando ele se levanta do sofá.

— O quê? — digo, tirando a mão dos olhos. Lá fora, pela janela, vejo luzes piscando, parecidas com luzes de veículos de emergência.

Parecidas mesmo. Quando chego à janela, vejo uma ambulância e dois carros de polícia estacionados na frente da casa.

Eu nem me apresso. Sei tudo de que preciso pelo jeito como eles estão se movimentando. Devagar, rodeando desajeitadamente a porta dos fundos e a varanda com as mãos nos bolsos, encurvados por causa do chuvisco.

Nem fico surpresa quando aparece a maca com o saco preto. Não sinto absolutamente nada, mas os efeitos do conhaque desaparecem de uma tacada.

Nunca imaginei este momento, mas se tivesse imaginado, acho que pensaria que eu teria ficado histérica. Que gritaria, correria até o corpo, tentaria me atirar no peito morto do meu pai.

Em vez disso, caminho devagar pela trilha, tropeçando porque as lágrimas nublaram minha visão.

Eu me pego em pensamentos estúpidos, como imaginar se agora Mutti vai querer seu quarto de volta e, se quiser, onde irei dormir.

Quando finalmente chego até a casa, subo a rampa, ouvindo meus passos ecoarem de um jeito seco na madeira. O grupo barulhento de pessoas fardadas na varanda se vira para me encarar. Não digo uma palavra. Simplesmente passo por elas e entro na cozinha.

Um policial está sentado à mesa, preenchendo um formulário num bloco grosso, e me olha quando eu entro.

— Onde está minha mãe? — pergunto.

— Nos fundos — responde ele. — Na sala de estar.

Depois, a caminho do corredor, percebo que nem sequer me identifiquei.

Mutti está sentada em uma das poltronas com espaldar alto. Uma mulher de uniforme azul-escuro está sentada diante dela numa otomana, que ela arrastou para perto de minha mãe.

— Mutti — digo.

— *Liebchen* — responde ela. Seu rosto está contraído, os olhos vermelhos, com olheiras tão fundas que parecem ter sido pintadas ali.

— Esta é sua filha? — pergunta a policial com gentileza, levantando-se. Tem uns 50 e poucos anos, é sardenta e branca, com cintura grossa.

Mutti faz que sim.

— Acho que já terminamos por aqui. Talvez entremos em contato com a senhora mais tarde, depois que o legista terminar, mas por enquanto... — A policial deixa a frase no ar, depois se vira para mim. — Sinto muito pela sua perda.

— Obrigada — respondo, olhando em seus olhos sem cor. Olhos de tubarão.

— E sinto muito por termos de fazer isso tudo, Sra. Zimmer. Se tivéssemos escolha, não faríamos. Se conseguir, tente descansar um pouco. Nós entraremos em contato com a senhora caso o legista decida levar o caso adiante.

Que diabo isso quer dizer?

A policial reúne suas coisas. Inclina-se para arrastar a otomana até a posição original e depois para de um jeito estranho perto da porta. Olha uma última vez para nós duas e desaparece, andando pelo corredor com as botas pretas pesadas.

Mutti e eu ficamos olhando para a porta vazia. Um momento depois, ouvimos som de conversa na cozinha, barulho de coisas se arrastando, uma cadeira sendo arrastada pelo chão. A porta se abre e fecha, depois mais passos e então vozes, abafadas e respeitosas. Uma mistura de sons não identificáveis, um zíper sendo fechado. Mais passos e batidas, e aí a porta volta a se abrir. O guincho prolongado da porta de tela (alguém a está segurando aberta e a porta geme seu guincho de cachorro sempre que a mão da pessoa se mexe) e depois o som da porta da cozinha se fechando. Espero pelo ruído da porta de tela se fechando com estrondo, mas ele não vem. Quem a fechou teve o cuidado de fazer isso de modo gentil.

Eu me viro para Mutti.

— Por que a polícia está aqui?

Ela continua sentada na poltrona com espaldar alto olhando para o infinito com um dedo artrítico sobre os lábios.

— Mutti?

— Porque eu contei a eles o que aconteceu — responde ela, depois de um momento.

Minha pálpebra treme de modo involuntário.

— Como assim, você contou a eles o que aconteceu?

Ela não diz nada.

— Mutti, o que aconteceu? — pergunto num tom cada vez mais urgente.

Então ela me conta. A polícia apareceu porque papai se matou. A ambulância veio porque não estavam levando papai para uma casa funerária levavam-no para um necrotério, a fim de submetê-lo a uma necropsia — uma indignidade final em que nem quero pensar.

Ouço cada vez mais horrorizada Mutti descrever como eles passaram as últimas seis semanas indo de médico em médico para reunir o elixir fenobarbital prescrito para tratar as câimbras de papai, guardando tudo até terem certeza de que havia o bastante. Então Mutti misturou o remédio numa limonada com vodca e segurou o canudo para papai beber.

Quando ela termina de me contar isso, passa pelos meus olhos a visão das sacolinhas brancas de farmácia explodindo do armário da cozinha. O telefonema de Brian, suas visitas canceladas. O rosto de Mutti pela fresta da porta, na noite passada.

— Ah, meu Deus — murmuro, tentando absorver aquilo. — Foi... Ele sofreu?

— Não, *Liebchen*.

— Foi rápido?

Um espasmo involuntário atravessa o corpo de Mutti.

— Mutti?

Depois de um silêncio excruciante, ela responde:

— Demorou dezoito horas.

— Dezoito horas!

— E então esperei outras seis. — Ela se inclina para a frente, com o rosto retorcido de tristeza. Pela primeira vez, tenho a impressão de que ela vai chorar. — Precisei esperar para ter certeza de que ele tinha mesmo ido embora, porque... eu não tinha como saber. Sei que parece estranho, mas mesmo depois que ele parou de respirar, eu sentia que ele ainda estava aqui. Por isso precisei esperar até ele não estar mais.

Olho para ela, sentindo todos os músculos do meu rosto ficarem flácidos.

Ah, meu Deus. Vinte e quatro horas. Eu estava aqui na casa. Discuti com ela para não fazer o jantar. Voltei do estábulo e roubei escondida uma dose de Valium. Eu me levantei de manhã e fiz torrada, enquanto na sala ao lado...

Solto um gemido.

— *Liebchen, Liebchen*, era o que ele queria. Foi o melhor — implora Mutti, seus olhos examinando os meus. Será que ela acha que eu a culpo?

— Eu sei, Mutti, eu sei — respondo.

Mas sei mesmo? Como pode ser que seja o melhor? Contudo, ao mesmo tempo, nessas circunstâncias, como pode não ser?

Quero outra opção. Quero que o relógio ande para trás. Quero voltar para antes de papai ficar doente e prevenir que isso aconteça. E, se não for possível, quero outra chance. Quero voltar até aquele dia de abril quando eu e Eva chegamos e me comportar de modo diferente, com responsabilidade, com compaixão.

Mas não posso. Novamente fracassei com ele, e desta vez não existe um jeito de consertar as coisas.

Eu tive todas as chances de fazer isso — meses de chances —, mas em vez disso o que fiz? Fugi como uma criancinha, escondendo-me no boxe para lavagem dos cavalos quando ele ia até o estábulo, saindo de manhã cedo para não estar presente quando ele se levantasse, voltando tarde para só precisar encará-lo durante o jantar, quando estaríamos rodeados de outras pessoas.

Mas o que eu devia ter feito? Pedir seu perdão? Dar-lhe o meu? Dizer que entendo por que ele me pressionou tanto (coisa que não entendo)? Dizer que o amo?

Talvez eu não precisasse ter dito nada. Talvez apenas ficar sentada ao seu lado tivesse sido o bastante. Talvez pudéssemos atingir alguma espécie de compreensão mútua apenas passando tempo juntos. Aí tenho o pensamento mais odioso de todos: talvez já estivéssemos nos entendendo, só que eu nunca me dei a chance de descobrir.

Olho para Mutti, encarquilhada e pálida. De repente, a necessidade de uma necropsia e as palavras de despedida da policial se juntam em minha cabeça, e eu me sento ereta na cadeira como um raio.

— Mutti, você não contou para eles que teve parte nisso.

— Claro que contei. Não fiz nada de errado.

— Meu Deus... Mutti, e se prenderem você?

Ela aperta os lábios. Endireita a coluna e se recosta contra a poltrona.

— Precisamos telefonar para um advogado — declaro, subitamente frenética. Salto da poltrona e corro os olhos pela sala em busca de uma lista telefônica.

— Não faremos nada disso.

— Mutti, pelo amor de Deus! — Aperto a palma de uma das mãos na minha testa e respiro depressa, pela boca.

— Não fiz nada de errado.

— Não é essa a questão. É contra a lei.

— Então a lei deveria mudar.

— Sim, claro que a lei devia mudar! Mas você não precisa ser aquela que vai fazer isso!

— É uma lei bárbara e, se eu puder ajudar a mudá-la, é o que vou fazer.

— E se você não puder? — Eu a encaro com ar desafiador.

Ela estufa o peito e olha para o outro lado.

— Mutti?

Ela olha para a parede.

— Mutti, você iria para a prisão por causa disso?

— Eu fiz o que precisava fazer — declara, com voz firme e calma. A mártir, preparada para o que der e vier. — Ajudei meu marido no momento em que ele precisava e não conseguia mais ajudar a si mesmo. Fiz isso por amor.

— Eu sei disso, Mutti. Mas por que, em nome de Deus, você precisava contar isso à polícia?

— Não vou mentir.

— Ninguém pediu para você mentir. Você podia ter apenas omitido algumas coisas.

Ela balança a cabeça.

— Mutti — digo, tentando desesperadamente parecer calma —, me conte exatamente o que você disse a eles.

— Eu disse a eles o que acabei de dizer a você.

— Ai, meu Deus... — Engulo em seco e me viro para ela. — Precisamos conseguir um advogado para você. Agora mesmo. Você pode estar em uma grande encrenca.

— E o que importa? Anton morreu. Você está administrando o haras.

Sinto como se a água de um lago inteiro estivesse sendo armazenada sobre a minha cabeça e alguém acabasse de arrancar a lona de cima dela. A água despenca — *uuuush*! — nas minhas pernas. Caio de joelhos diante da minha mãe.

— Mutti, Mutti — grito com voz rouca, agarrada a seus joelhos.

Ela pousa a mão em meu cabelo. Tenta correr os dedos por ele, mas eles se prendem em um nó. Ela o desembaraça com delicadeza.

— Eu sei, *Liebchen*. Eu sei — diz. Pela primeira vez esta noite, sua voz treme, e sei que ela está chorando.

— Não, Mutti — retruco, enterrando o rosto em seu copo. — Você não sabe. Preciso contar uma coisa para você.

Mutti escuta em silêncio enquanto eu lhe digo o que fiz com o haras. No meio do relato, porém, sua mão some de cima da minha cabeça.

Sei mesmo sem levantar o olhar que pus tudo a perder entre nós. E foi preciso um bocado. Ela tolerou minha atitude em relação a papai e minha obsessão com Hurrah, absorveu a mim e Eva em sua vida quando viemos parar na porta da sua casa. Mas isso, isso, ela não pode aceitar, e não a culpo.

Meu último ato contra meu pai foi destruir o trabalho de sua vida inteira. Parece de certa forma apropriado. Uma versão diferente e mais definitiva do que fiz há vinte anos, só que desta vez eu não tenho nenhuma desculpa.

Quando termino de falar, mantenho a cabeça em seu colo. Sei que só estou adiando o inevitável, mas não consigo olhar para ela. Tenho medo.

Finalmente olho, deixando os braços sobre suas coxas ossudas.

— Mutti?

Ela está encarando a parede às minhas costas, pálida e frágil. Exceto pelo subir e descer rápido do seu peito, está completamente imóvel. Depois suas pálpebras se fecham de modo dramático.

— Desculpe, Mutti, do fundo do coração — lamento, fungando. Deslizo os braços das coxas dela, ciente de que já não sou bem-vinda. — Por favor, fale alguma coisa. Grite comigo se quiser. Mas, por favor, diga alguma coisa.

Durante cinco longos segundos, nada. Depois ela abre e fecha os dedos da sua mão, me dispensando.

Ao me retirar para meu quarto, passo pelo de Eva. A porta está aberta e a luz, apagada. Olho para meu relógio de pulso e franzo a testa. Já passam de seis e meia.

Desço de novo as escadas. Antes de entrar na sala, paro um instante, reunindo coragem.

Mutti continua na mesma poltrona, olhando para a parede. Não mexeu um músculo sequer, embora Harriet tenha se deitado sobre seus pés metidos em pantufas.

— Mutti?

— O que foi? — pergunta, sem sequer olhar para mim.

— Sabe o que foi acertado com Eva esta noite?

Ela fecha os olhos, obviamente desejando que eu apenas vá embora.

— Como assim?

— Eu é que devo ir buscá-la ou Dan irá trazê-la até aqui?

— Não sei.

— Bem, o que ela disse quando você a deixou no centro de manhã?

Mutti se vira de uma só vez:

— Eu não a deixei no centro de manhã.

Olho nos seus olhos e, então, entendo. Não vejo Eva desde a noite passada.

Entro trôpega na cozinha, cega de medo. Na minha pressa, deixo cair o telefone. Quando finalmente apanho o fone, eu o seguro com tanta força que os nós dos meus dedos ficam brancos.

— Alô?

— Dan? — Minha voz está sem ar, rígida.

— É. Annemarie? É você?

— Eva está por aí?

— Não, não está.

— A que horas ela saiu?

— Ela não veio para cá hoje.

Eu me ouço dar um grito agudo e depois desabar no chão, batendo cada uma de minhas vértebras no armário enquanto meu corpo vai caindo. Um instante depois, tenho a vaga consciência de que Mutti está ajoelhada ao meu lado.

— Annemarie, o que foi? O que está acontecendo? — A voz metálica de Dan pergunta pelo fone, que está pendurado pelo fio agora, batendo contra o armário da cozinha.

Pela segunda vez no mesmo dia, a polícia está aqui. Assim como Dan, que apareceu mais ou menos dez minutos depois do meu telefonema. Acho. Não tenho lembrança verdadeira do que aconteceu entre antes e agora.

Mais uma vez, estou abrigada na poltrona com espaldar alto, embora não faça ideia de como vim parar aqui. Dan está sentado de modo protetor no braço da poltrona. Mutti está sentada à minha frente, pálida como um fantasma. O dedo que paira diante de seus lábios treme violentamente.

A polícia vasculhou o quarto de Eva, me interrogou até cansar sobre nossa história — meu casamento, o relacionamento dela com Roger, o relacionamento dela comigo —, foi e voltou da residência de Luis, ligou para a casa de todos os voluntários adolescentes de Dan. Eva não está em lugar nenhum.

A atitude deles muda visivelmente quando lhes conto da nossa discussão na noite anterior, e se firma quando descobrem que a mochila dela não está lá. De repente, eles entram em modo de encerramento e se preparam para ir embora. Isso é absurdo, tão errado que sou tomada pelo pânico.

— O que estão fazendo? Vocês não podem simplesmente ir embora! — digo para a policial pálida com olhos de tubarão. Eu estou de pé diante dela, prestes a segurá-la se ela tentar ir.

— Sei que isso é difícil — diz ela, com gentileza. — Mas não há mais nada que possamos fazer agora.

— Pro diabo que não há! — Eu me viro, gesticulando como uma louca. — Grampeiem o telefone, deixem alguém aqui de guarda, coloquem alguém vigiando a casa de Luis. Mas, pelo amor de Deus, façam alguma coisa!

O tubarão, firme e calmo:

— Preenchemos um formulário de pessoa desaparecida e enviamos um alerta geral a todas as delegacias e postos policiais. Eles vão procurá-la nas estações de trem e de ônibus mais próximas, mas, no caso de fugitivos, é tudo o que podemos fazer. É muito difícil encontrar alguém que não deseja ser encontrado. Só podemos torcer para que ela entre em contato com você em algum momento.

— Minha filha está desaparecida, você está entendendo? *Minha filha está desaparecida!*

Dan passa um braço ao redor dos meus ombros e tenta me guiar até o sofá. Eu me desvencilho dele e ando trôpega para trás.

A policial muda de posição e fica como um Colosso. Sentiu que ali está uma mãe descontrolada e se posicionou de modo a proteger sua arma.

— Sra. Aldrich, sei que isso é muito difícil e sei o quanto a senhora está com medo. Se tivéssemos motivos para acreditar que ela foi levada contra sua vontade, então a situação seria bem diferente. Mas todas as evidências apontam que ela fugiu.

— E daí? Ela tem 15, 15 anos! Não sabe droga nenhuma. Qualquer coisa pode acontecer com ela.

Dan coloca a mão em meu ombro.

— Sinto muito. Sinto mesmo — continua a policial. — Continue ligando para os amigos dela, vasculhando o haras. E se souber de algo, nos avise imediatamente.

— Não vá embora! Por favor, não vá embora! — Dou um passo para a frente e a agarro pelos braços, com o rosto escorregadio de lágrimas e catarro, as pálpebras tão inchadas que limitam meu campo de visão. — Por favor, me digam que irão encontrá-la — imploro. — Por favor.

— Annemarie — intervém Dan, avançando para ajudar a policial a se desprender do meu aperto. Por que ele não está me apoiando? Por que não está bloqueando a porta?

Ele me abraça. Eu tento me soltar do seu aperto empurrando seu peito com as mãos espalmadas para afastá-lo. Como isso não funciona, soco Dan com os punhos fechados.

— Não vá embora. Por favor, não vá! — Quando a policial me ignora, levanto o rosto para Dan, implorando. — Não deixe eles irem.

Dan me aperta ainda mais, uma camisa de força humana.

— Vocês têm um médico de confiança da família? — ouço alguém perguntar. Mutti murmura uma resposta, baixo demais para que eu escute. A outra voz continua: — Vejam se ele pode vir para dar um sedativo a ela. Vai precisar de ajuda para passar a noite.

— Não preciso de sedativo. Preciso da minha filha! — berro, ainda lutando para me libertar do cerco firme de Dan.

Algum tempo depois — uma hora? Vinte minutos? Não sei — há mais atividade. Pelo visto o médico chegou. Àquela altura estou quieta, aninhada no sofá, apoiada pesadamente no corpo de Dan.

O médico e minha mãe conversam aos sussurros no corredor. Um instante depois, Dan se mexe e eu levanto o olhar.

O médico deve ter uns 50 anos e exibe uma enorme papada, um queixo que não é mais duplo, e sim múltiplo. Sua carne parece a de um cadáver, sua figura é ridícula, com o peito tão estufado quanto um pombo.

— Annemarie? — Ele senta ao meu lado e fala gentilmente. — Vou aplicar uma coisinha em você para ajudar a dormir. Tudo bem?

Fungo e continuo olhando fixo para a porta.

Dan muda de posição de leve, mais uma vez, e sinto a manga da minha camiseta ser enrolada e afastada. A frieza do álcool, a pontada de uma agulha e depois a pressão de um polegar.

— Pode segurar aqui? — pede o médico. A mão de Dan desce para substituir a dele. Ouço um papel se rasgando e então sinto a pressão se aliviar quando um curativo substitui o polegar de Dan. — Pode ajudar a levá-la para a cama? Ela vai se sentir tonta. Vai precisar de ajuda.

— Claro — responde Dan, levantando-se.

Enquanto seu corpo sai do meu lado, desabo no braço do sofá. Uma das mãos dele envolve o meu cotovelo. Outra, o meu braço.

— Venha, querida. Consegue ficar de pé?

Estou tão cansada — tão, mas tão cansada. O que eu realmente gostaria é de dormir aqui mesmo, mas Dan já me colocou de pé.

— Está tudo bem? Quer que eu carregue você?

Faço que não, apoiando todo meu peso nele. Quando chegamos ao pé das escadas, ele começa a se virar, mas eu paro.

— O que foi? Você quer alguma coisa?

— Mmmm — respondo, incapaz de articular uma resposta. Ele se deixa ser arrastado até o interior da cozinha, até o calendário pendurado na parede. Então, com grande dificuldade, retiro a caneta preta do seu prendedor de velcro. Enquanto Dan agora suporta quase todo o meu peso, tiro a tampa com os dentes e preencho meticulosamente o quadrado que representa o dia de hoje. Um buraco negro, um quadrado de tabuleiro de xadrez, um sorriso caipira, onde antes ficava o dia 23 de julho.

Logo sou engolfada por uma escuridão densa, pesada. É diferente do sono, pois não deixa espaço para pensamentos nem sonhos. Existe apenas um vazio onipresente que se expande para fora, impedindo o pensamento e o movimento. Eva está ali, mas além do meu alcance. Papai está ali, mas não estou de luto. Hurrah está ali, mas não entro em pânico. Eles orbitam em minha escuridão como satélites distantes.

Logo, entretanto, eles começam a voltar. À medida que o efeito do Ativan começa a passar, a dor, o sofrimento e a perda vão se aproximando lentamente de mim, até eu não ser mais capaz de ignorá-los.

Minha filha desapareceu. Minha filha — minha única filha — está lá fora em algum lugar, desprotegida e ingênua. Pode estar com frio. Pode estar com fome. Pode estar ferida, caída num meio-fio de concreto no meio de uma poça escura de esgoto, soluçando por sua mãe.

Uma imagem de Eva pedindo carona passa pela minha cabeça, e depois a de um homem — com barba por fazer, um sorriso maldoso, a mão subindo até a coxa dela. O pânico se acumula em mim e faz meu coração acelerar com tudo.

Ah, Eva! Eva! A ideia da minha filhinha lá fora em algum lugar — sem ajuda, sem dinheiro, sem sequer a proteção do bom senso — me deixa tonta de terror. Gemo o seu nome, depois viro o rosto para meu travesseiro, pressionando-o contra a bochecha.

Fico assim deitada pelo que parecem ser horas, embora não consiga dizer quanto tempo ao certo. A medicação anestesiou qualquer percepção real que eu poderia ter da passagem do tempo.

Um silêncio assustador permeia toda a casa, quebrado apenas pelo som dos passarinhos gorjeando alegremente em uma árvore em frente à janela.

Até que ouço o clique-claque das unhas de Harriet subindo as escadas e se aproximando do meu quarto. Pausa. Com minha imaginação, eu a vejo erguer uma pata cor de chocolate para abrir a porta, e então pronto: o rangido das dobradiças. Mais clique-claque, depois outra pausa, e ela pula, balançando as quatro patas para tentar se equilibrar sobre a colcha.

Rolo para o lado, localizo a parte de trás do seu corpo e a ajudo a subir na cama. Tenho a sensação de que meu cérebro continua a se mexer depois que minha cabeça para. Pressiono a mão contra os olhos. Quando meu cérebro para de latejar, espio entre os meus dedos abertos para o relógio.

Estou na cama há catorze horas.

Chocada, eu sento em um pulo. Enquanto as cobertas caem para o lado, percebo com espanto que estou vestida apenas com calcinha e a mesma camiseta imunda que estava usando no dia anterior. Lembro que Dan me ajudou a subir as escadas, mas tudo depois disso é um vazio.

Olho para cima e me vejo no espelho sobre a cômoda.

Eu me aproximo para ver melhor. Meu cabelo está emaranhado e despenteado, um ninho de rato de palha tingido ligeiramente de rosa na frente. Meu rosto está manchado de terra, meus olhos recuaram para a escuridão. Minhas unhas, quebradas, incrustadas de sujeira preta. Meus dentes, pelo menos, estão perfeitos, mas por que não estariam? São de porcelana. Eu os escolhi.

Tiro a roupa, torcendo o nariz quando a camiseta passa por cima da minha cabeça. Fungo mais ou menos na direção das axilas e depois sento na beira da cama. Só me levantei há três minutos e já preciso descansar.

Depois de um momento, me levanto de novo e ando para a cômoda. Devagar, começo a passar uma escova pelo cabelo, gostando perversamente quando ela encontra um nó. Estou pensando nisso quando uma mancha de movimento do lado de fora da janela chama minha atenção.

Caminho até lá, depois me inclino para a frente até que minha testa fique apoiada no vidro frio.

Dan aparece à porta do estábulo, empurrando um carrinho de mão. Jean-Claude passa por ele indo na direção oposta, levando um fardo de feno.

Os cavalos estão lá fora, inclusive Hurrah, e a visão de sua pelagem me espanta. Parece um sonho, porém. Ainda não tomei a menor providência para retirá-lo da fazenda, mas isso vai ter de esperar. Até mesmo encontrar um advogado para Mutti vai ter de esperar, assim como fazer os arranjos necessários para o enterro de papai. Até eu encontrar Eva, nada mais importa.

Preciso fazer alguma coisa. Não posso simplesmente ficar aqui esperando que ela telefone. Se estivéssemos em Minneapolis, eu pelo menos saberia por onde começar, mas aqui... O que posso fazer? Não posso entrar no furgão e sair dirigindo por aí sem mais nem menos.

Eu me enrolo em um robe e piso no corredor, deixando a mão sobre a maçaneta.

O quarto de Eva está na minha frente, escuro e cavernoso. Pela porta entreaberta, vejo suas coisas na cômoda — vidros de esmalte azul, dourado e verde; batons abertos em tons vermelhos dignos de uma meretriz, um copo pela metade de Coca-Cola sem gás, com a borda marcada pela impressão gordurenta de um lábio inferior. Um romance aberto, com todas as páginas onde ela parou sinalizadas por linhas brancas na lombada quebrada. Um suéter de seda fina pendurado no encosto de uma cadeira por um ombro só. Fico ao mesmo tempo atraída e repelida, desejando imergir nas suas coisas e com medo de fazer isso, com medo de que seja tudo o que me reste.

Minha mão ainda está na maçaneta da porta do meu quarto. Começo a fechá-la, mas ela tromba com algo macio. Harriet solta um gritinho de dor e depois se encolhe, indignada, na porta. Eu a apanho e a carrego como uma bola de futebol americano embaixo do braço.

O resto da casa está tão silencioso que tenho medo de descer as escadas, medo das novidades que me aguardam depois delas. Tenho ainda mais medo de que não haja novidade nenhuma.

Vago pelos ambientes do primeiro andar espiando em cada um, mas só há os sons da casa — um tique quando uma parede se acomoda, o zumbido do relógio quando o ponteiro dos segundos se mexe um milímetro, o estremecimento da geladeira quando se desliga.

Volto para a sala de estar e sento na poltrona de espaldar alto. Depois de ontem, esta cadeira e eu compartilhamos uma história secreta. A informação que recebi sentada aqui quase ultrapassa a compreensão: desde o modo como papai morreu até o ultrajante ato de mártir de Mutti, até descobrir que a polícia não estava nem um pouco interessada em me ajudar a recuperar minha filha perdida.

De repente, chego ao meu limite. Salto da cadeira e olho com jeito acusador para ela. Ela me olha de volta, pura inocência de veludo amarfanhado sorrindo suas boas-vindas.

Eu devia pegar o furgão e sair para procurar Eva. Devia ajudar no estábulo, já que fui eu que provoquei o problema que eles estão tendo de encarar. Devia procurar Mutti e ajudá-la nos preparativos para o funeral de papai. Devia chamar um advogado, mesmo que Mutti não queira. Devia tirar Hurrah o mais rápido possível daqui.

Volto para a cama.

Por incrível que pareça, caio no sono. Não é o vazio anestesiado de antes, mas com certeza foi provocado pelo Ativan. Eu simplesmente não sinto nenhuma vontade de me mexer, nem de ficar consciente. Até não existir motivo para me levantar, aqui é o único lugar que me resta.

Depois de um período indeterminado de tempo, o telefone estremece na mesinha ao lado da janela. É um minúsculo fragmento de toque, ou seja, ou era número errado ou alguém lá embaixo o atendeu assim que ele tocou.

Olho para o relógio e fico chocada a tal ponto que acordo. Estamos no meio da tarde: quase um dia inteiro se passou.

Alguns minutos depois, ouço passos na escada seguidos por um bater hesitante à porta.

— Pode entrar — digo.

A porta guincha para dentro, revelando Dan. Sua expressão está sinistra. Ele senta na beira da cama, depois segura minha mão entre as dele e olha bem fundo em meus olhos.

— Encontraram Eva — revela em voz baixa, e justamente quando estou abrindo a boca para gritar de tristeza, para esbravejar contra aquilo que não quero saber, ele fala: — Ela está na casa de Roger. Está bem. Apareceu há mais ou menos uma hora.

Olho fixo para ele, sentindo meu rosto se contorcer.

— Ela está bem, querida. Eva está bem.

Faço algum ruído, um grito esganiçado indefinido que parece uma risadinha, mas soa mais parecido com um soluço, depois cubro o rosto quando as lágrimas vêm. E então me sento ereta e ele me abraça, me abraça, me abraça, enquanto tento unir os pedaços do meu medo, da minha raiva e do meu alívio.

Óbvio que, agora que sei que ela está a salvo, serei obrigada a matá-la. Ela me assustou como o diabo, de um jeito que simplesmente vai além da compreensão.

Eva contou a Roger, que contou a Dan, que ela pediu carona até Minneapolis. Minha filha linda, loira e núbil pediu carona no meio-fio da estrada e rodou com um caminhoneiro atrás do outro, trocando de caminhão nas paradas, até finalmente chegar ao norte do nosso grande país, aparentemente intacta e ilesa.

— Quando ele vai trazê-la de volta? — pergunto, interrompendo o relato de Dan.

— Não vai. Ele disse que...

— Ah, ele vai sim — digo, endireitando o corpo. — Ela ainda é uma criança. Precisa da mãe.

— Calma aí, Annemarie. Você entendeu tudo errado. Ele disse que, como você vai mesmo para lá daqui a alguns dias, poderá trazê-la de volta. Isso se ele conseguir convencê-la. Pelo jeito ela não está nem um pouco ansiosa para voltar.

Olho para ele, sem entender. E então compreendo tudo.

A audiência. Com tudo o que estava acontecendo, eu me esqueci completamente da audiência.

16

Mutti não quer falar comigo. Nem esta noite, nem quando passo bem atrás dela para sair pela porta de casa na manhã seguinte.

Consegui um assento num voo, embora tenha precisado pagar caro por isso. E não apenas por ter comprado a passagem de última hora: com lógica surreal, a companhia aérea me cobrou mais pelo trajeto só de ida do que por um de ida e volta. Só depois me ocorreu que eu podia ter comprado a passagem de volta também e simplesmente a descartado.

Mutti está em frente à pia quando arrasto minha malinha pela cozinha. As rodinhas fazem um barulhão, depois ficam em silêncio quando paro para olhar para ela. Não há dúvida de que sabe que estou aqui, mas continua focada no que está fazendo sem se perturbar. Paro e olho impotente para o rabo de cavalo bem amarrado de cabelo loiro preso num cacho. Quero dizer alguma coisa, obrigá-la a reconhecer minha presença, mas não consigo.

Não a culpo por estar assim, mas isso me dói terrivelmente. Que família somos nós, em que uma filha intransigente dá à luz outra.

Quando a porta de tela bate atrás de mim, solto um suspiro de alívio. Nem sinal do táxi ainda, mas a porta fechada sinaliza o início da minha jornada — ou, no mínimo dos mínimos, uma trégua entre mim e Mutti.

Empurro o puxador retrátil da minha mala para baixo e me encosto na cerca de madeira, olhando com tristeza para o resumo da vida conjugal dos meus pais.

A cena é de uma pureza bucólica perfeita: os cavalos, gordos e coloridos, pastando em um enorme pasto sob um céu cor de índigo. Uma brisa agita de leve os bordos ao redor, cujas folhas de vez em quando são afastadas pela revoada de pássaros. O céu, claro, azul e repleto do barulho de cigarras, grilos, pardais, tentilhões e um único chapim da Carolina. Eu me identifico com esse chapim. Eu também devia ter virado à esquerda em Albuquerque.

Por fora a paisagem pode parecer perfeita, mas eu conheço a verdade. Sob a superfície, tão tangível quanto a madeira sob os meus braços, está uma dor tão incansável quanto uma dor de dente.

Viro a cabeça. O táxi chegou e vem serpenteando pela trilha, uma formiga amarela numa listra da calçada. Penduro a bolsa no ombro, saco para fora o puxador da mala e a arrasto, aos trambolhões, até o fim da rampa que já não mais usaremos. Um progresso da família, medido em rampas redundantes.

Mais ou menos um minuto depois, subo no banco traseiro do táxi. A dor sobe comigo e senta ao meu lado, ocupando mais espaço do que lhe seria de direito.

Uma hora e meia depois, estou apertada como uma sardinha em um assento de avião, incapaz sequer de cruzar as pernas. Faço cara feia para a aeromoça, que quer que eu pague pelo meu gim. Para mim, pelo que estou pagando, eles deviam é encher meu copo até a metade, isso sim. Uma hora e meia depois, estou em outro táxi amarelo cruzando as ruas familiares do meu antigo bairro. E então, com um *déjà vu* nauseante, me vejo diante da minha casa.

Eu me arrasto para fora do táxi e coloco a mala sobre a calçada. Então, enquanto o táxi se afasta, fico olhando para o cenário da minha antiga vida.

Há uma placa de madeira no gramado em que se lê "Vende-se", com o nome da imobiliária embaixo. A casa de tijolo vermelho, que antes me parecia imponente e sólida, agora mais parece negligenciada e infeliz. A grama está baixa, mas seca. Ervas daninhas compridas (que ironicamente agora estão entre as plantas mais bonitas do jardim) chegam até as escadas de madeira que conduzem à varanda. Os canteiros de flores ressecados e rachados foram tomados por cardos, alguns de até 1,5 metro de altura. Depois do apocalipse, as baratas e os cardos irão dominar o mundo.

Há uma tranca especial presa à maçaneta da frente, uma geringonça que dificulta mexer na porta. Quando consigo, já estou xingando entre os dentes.

A porta se abre para dentro com uma lufada de ar que varre meia dúzia de panfletos de cima da mesa do hall e os faz cair flutuando no chão. São informes da imobiliária. Eu me inclino para recolhê-los e os recoloco de qualquer jeito no lugar.

Passo pelo vestíbulo e olho ao redor, observando as plantas ressecadas e as velas moles despencando sobre a lareira. Há uma foto de Roger, Eva e eu (uma relíquia de tempos mais felizes) sobre a mesa de centro, entre um retrato dos pais de Roger e um vaso de sua tia-avó. Fico surpresa por ainda estarem ali, muito embora eu mesma tenha estipulado no acordo que tudo na casa ficaria comigo.

Nunca esperei que ele concordasse com isso. Eu estava apenas marcando território. Queria que ele soubesse que o preço de ficar com Sonja era sair com uma mão na frente e outra atrás. Nem por um minuto me passou pela cabeça que ele consideraria isso uma troca justa.

Na tarde seguinte, eu me aproximo de meu querido e velho carro com temor desnecessário: ele dá partida sem protestar, apesar de estar abandonado há meses. Grata, e afeiçoada ao ponto de chorar, dou ré para fora da garagem e sigo direto para o escritório de Carole.

Já estou começando a me arrepender da roupa que escolhi. O dia não podia estar mais quente, mas escolhi um terninho profissional — um *power suit*, como diríamos nos anos 1980 — de crepe cor de beringela e grandes ombreiras. Quero passar uma imagem de poder. Quero parecer no controle.

O escritório de Carole fica numa região mais antiga da cidade, renomada e bastante reflorestada. É uma área basicamente residencial, portanto, o estacionamento é minúsculo e acessível apenas por uma estreita trilha de cascalho ao lado da casa.

— Oi, posso ajudar? — pergunta a recepcionista quando entro pela porta.

— Vim ver Carole. Tenho horário marcado com ela às duas e quarenta e cinco.

— Seu nome?

— Annemarie Zimmer. Aldrich — conserto depressa. — Annemarie Aldrich. — Durante mais uma hora, pelo menos. Então realmente voltarei a ser Annemarie Zimmer.

A recepcionista parece não achar esquisito aquela indecisão quanto ao meu nome. Telefona para Carole.

— Seu compromisso das duas e quarenta e cinco já chegou. Hã-hã. Hã-hã. — Apanha uma caneta e faz um tique em um livro-razão. Depois, desliga e se vira para mim: — Carole está aguardando a senhora. Sabe o caminho?

— Sim — respondo. — Já estive aqui antes.

Apesar do telefonema da recepcionista, a porta de Carole está fechada. Bato.

— Ah, Annemarie. Entre, entre — diz Carole, abrindo a porta com um largo sorriso.

Aperta minha mão, sacode-a vigorosamente e depois a utiliza para me puxar para dentro da sala. Ela me encaminha a uma cadeira e depois se senta atrás de sua mesa. Tudo naquela sala é em miniatura, inclusive aquela mulher. Acho que foi tudo construído em três quartos da escala.

— Isso deve ser bem rápido — informa, inclinando o corpo para a frente com a intenção de me deixar à vontade. Se ela fosse um homem, teria desabotoado as abotoaduras e enrolado as mangas da camisa. — Já enviamos as cópias assinadas do acordo para o tribunal, então, a menos que o juiz encontre algo completamente fora do normal, o divórcio deve ser aprovado.

— Como assim, completamente fora do normal?

— Em geral, a divisão fica entre cinquenta e cinquenta e cinco por cento, normalmente a favor da mulher, por isso este acordo não está totalmente fora do normal. Além disso, ele ganha bem mais que você, e você não está pedindo pensão.

— Não, não estou — concordo depressa. — Não quero mais nada com ele.

Ela olha de relance para o relógio de pulso.

— Vou pedir para Nicole chamar um táxi. Ah, mais uma coisa. Quando o juiz perguntar há quanto tempo vocês estão separados, diga dois anos.

— Mas não é verdade.

— Você quer se divorciar? — pergunta ela.

— Sim, é claro.

— Então diga que vocês estão separados há dois anos.

Quinze minutos depois, eu e Carole chegamos ao tribunal. Enquanto ela paga o táxi, olho para o edifício.

Roger e Sonja estão nas escadarias do tribunal. Ela está de costas para mim, mas quem mais poderia ser? Está usando um vestido de verão amarelo-claro, que expõe suas pernas e braços magros e bronzeados. Seu cabelo cascateia pelas costas, uma massa de cachos castanhos soltos. Então ela se põe na ponta dos pés, expondo as solas de suas sapatilhas. Roger se inclina para a frente e a envolve com os braços. Fecha os olhos e pressiona o rosto no cabelo dela com ar maravilhado.

Viro a cabeça com tanta violência que meu pescoço estala. Sinto como se alguém tivesse acabado de enfiar um facão no meu peito.

— Você está pronta? — pergunta Carole ao meu lado.

Viro para ela:

— Desculpe?

Ela está me olhando, com a mão na maçaneta da porta.

— Hã, sim — respondo.

— Então vamos.

Fecho os olhos, respiro fundo e saio do táxi.

Quando olho de novo, Roger já subiu as escadas e está passando pelas portas giratórias. Enquanto isso, Sonja se afasta, desaparecendo no meio da multidão, fazendo seu vestido amarelo diáfano girar ao redor das panturrilhas. Ela anda como uma rainha africana, orgulhosa e alta, embora na realidade seja caucasiana e baixa. É um centro de energia, um núcleo de sol em um mar de ternos pardos. Não consigo evitar: olho para a multidão monocromática até que os últimos lampejos de amarelo desapareçam.

Quando me viro, Carole está olhando para mim.

— Tudo bem com você? — pergunta.

— Estou ótima.

— Coragem, Annemarie. Não vai demorar muito agora — diz ela, pousando a mão sobre meu cotovelo. Eu deixo que ela me guie escada acima.

Pelo menos Sonja não vai estar na audiência. Não tenho certeza se conseguiria suportar isso. Não tenho certeza nem mesmo se consigo suportar a presença de Roger na audiência, pois neste momento eu o odeio mais do que jamais odiei qualquer coisa em toda a minha vida.

Estou oficialmente divorciada e oficialmente bêbada.

A sessão transcorreu exatamente como Carole disse que seria: o juiz fez duas perguntas, incluindo há quanto tempo estávamos separados, correu os olhos pelo acordo e nos declarou divorciados.

Eu saí correndo do tribunal antes mesmo de Carole ter a chance de voltar ao seu assento, uma retirada que quase imediatamente ficou perto do infame. Na minha pressa de dar o fora, eu me esqueci que viemos juntas de táxi. Tropecei ao descer os degraus do tribunal, me desvencilhei do homem gentil que se ofereceu para me segurar e depois, por não encontrar nenhum táxi estacionado em frente, andei três quarteirões antes de tentar chamar um. Quando um táxi finalmente parou, rezei para conseguir pegar meu carro, que estava estacionado no escritório de Carole, antes de ela chegar. Não tinha vontade de encará-la, nem ela nem ninguém.

No caminho de casa, parei para comprar uma garrafa de gewürztraminer, e por fim, pensando melhor, comprei duas. Não havia sentido em comprar comida. Só de pensar na delicada florzinha de Roger, com suas panturrilhas magras e bronzeadas, me fazia ter vontade de vomitar.

Somente agora estou começando a me recuperar, sentada em minha sala de estar abafada (não tive forças para ligar o ar-condicionado) e já na quarta taça de vinho.

Eu estava completamente despreparada para isso. Não que achasse que não fosse me afetar: afinal, essa vida que construímos juntos, seja na base do amor, da conveniência ou do costume — não importa, porque essa parte simplesmente não tem mais importância —, tinha acabado. Só caí em mim quando vi o papel pregado com tachas ao lado da porta do tribunal: WONG VS WONG, SCHWARZ VS SCHWARZ, LIEBERMAN VS LIEBERMAN. E, é claro, ALDRICH VS ALDRICH.

Aquilo me deixou com lágrimas nos olhos, e não sei por quê. Não quero recriar a minha vida com Roger, então por que me sinto tão vazia?

Por causa do que eu vi hoje. O modo como eles se tocaram, o modo como seus corpos se inclinaram na direção um do outro, tão familiarizados que um sabe como o outro vai se mexer. A ternura com que Roger aninhou a cabeça dela na sua mão, o olhar maravilhado dele. O modo como ela se pôs na ponta dos pés e se apertou contra ele.

Roger e eu jamais compartilhamos esse tipo de paixão. Nunca fiquei na ponta dos pés e me apertei contra ele. Nós simplesmente nunca conseguimos fazer a coisa funcionar, e não tenho ideia do motivo. Eu nem sabia o que era um orgasmo até o ano anterior a conceber Eva — e olhe que Roger estava viajando a negócios. Foi apenas eu, meia garrafa de vinho e uma boa dose de determinação.

Olho com tristeza para a garrafa e depois a apanho, derramando o restinho de gewürztraminer na taça. Depois fico ali segurando-a, esperando em vão que saia mais vinho.

Eu me inclino na direção da mesa de centro. A madeira agora está com uma marca redonda, e tento colocar a garrafa de novo em cima dela, mas minha visão está meio turva. Quando consigo colocar a garrafa quase em cima da marca, a campainha toca. Paro onde estou.

Olho para mim mesma. Ainda estou com o terninho, só que agora bastante amarfanhado. A saia está enrugada, a blusa para fora da saia, e as meias finas agora exibem uma linha longa a partir do ponto onde desfiaram. Eu me levanto e enfio a blusa para dentro da saia, subo as meias sem a menor cerimônia e atravesso o vestíbulo.

Olho pela janela ao lado da porta, embora já saiba quem é.

Abro a porta, uma fresta mínima, e o encaro de cara feia:

— O que você quer?

— Posso entrar?

Paro, esperando que seja por tempo suficiente para ele achar que vou dizer não, depois me afasto para o lado e faço um gesto para ele entrar.

— Sinto muito pelo seu pai — diz ele, ali parado de um jeito pouco à vontade. Depois de um tempo, avança e tenta me abraçar. Eu não deixo. — Tentei falar com você depois da audiência — diz ele.

— Eu saí.

Ele faz que sim com a cabeça.

— Podemos sentar e conversar um minuto?

Não digo nada, mais uma vez esperando que ele ache que estou prestes a atirá-lo porta afora, mas então abro caminho até a sala de estar. Ele vem atrás de mim e senta na beira do sofá, na minha frente. Estamos separados pela mesa de centro. Seus olhos pousam na garrafa vazia.

Ele volta a olhar para o meu rosto.

— Eu queria ligar para avisar, mas o telefone foi desconectado.

— Olhe — começo, cansada. — Eu realmente não estou no clima para bater papo. Só quero saber quando você vai deixar Eva aqui.

— Esse é um dos assuntos que quero conversar com você — explica ele. Esfrega as mãos, mãos que tocaram Sonja. Sinto meu lábio virar para baixo. — Quando você vai voltar para New Hampshire? — pergunta.

— Não sei. Amanhã ou depois.

— Achei que você tivesse vindo de avião.

— Eu vim, mas vou voltar dirigindo.

Ele arregala os olhos.

— Você ficou sem carro esse tempo todo?

— Sim — retruco, ríspida. — Quando você vai trazer Eva para cá?

— Ah, bem, temos um pequeno problema aí.

Eu espero.

— Ela não quer voltar com você.

— Roger, não faça isso comigo. Não precisamos disso agora.

— Você pode não acreditar, mas tentei convencê-la a...

— Não quero saber, só quero que a traga para cá amanhã, está bem? — declaro, sentindo-se perigosamente à beira das lágrimas. — Eu mesma converso com ela.

— Não posso obrigá-la, Annemarie. Você sabe como ela é.

Eu me ponho de pé em um pulo e corro os olhos pela sala, procurando minha bolsa. Está na mesa do hall. Sigo tropeçando para lá e afundo a mão nas profundezas dela, em busca do meu celular. Quando não o encontro, viro a bolsa de cabeça para baixo e esvazio todo seu conteúdo. O celular cai no chão com um estrondo. Eu me inclino e o apanho.

— Qual é o seu número? — pergunto em tom autoritário.

— O que você está fazendo?

— Vou falar com Eva. Suponho que ela esteja na sua casa. Qual o seu número?

— Annemarie...

— Só me diga logo o seu maldito número!

Eu o encaro. Ele me encara. Depois, recita o número de telefone.

Ouço três toques antes de alguém atender.

— Alô? — É Sonja, não Eva. Sua voz é clara e aguda. — Alô? — Pausa, e depois ela continua, parecendo preocupada: — Alô? Tem alguém aí?

Fico ali parada, com o telefone pregado na minha orelha, sem saber o que fazer. Por fim, afasto o celular e o desligo.

— Ninguém atende? — indaga Roger.

— Não — respondo, com os olhos fixos no papel de parede.

Outro silêncio agonizante preenche a sala.

— Quando é o funeral? — pergunta Roger por fim.

Fecho os olhos e balanço a cabeça.

— Eu vou conversar com ela — promete ele. — Por que você não vai para casa para ficar ao lado da sua mãe? Quando eu convencer Eva, eu a coloco em um avião para encontrar você.

Sei lá como, consigo fazer sim com a cabeça.

Após um momento de silêncio, Roger diz:

— Tem mais uma coisa que eu preciso contar.

— O quê?

Ele fica em silêncio por um longo tempo, e depois dos primeiros segundos, fico com medo. Será que ele está doente? Estará morrendo? Será que tem um tumor no cérebro? Já li que esse tipo de coisa pode fazer a pessoa agir de modo contrário à sua personalidade; seria esse o motivo do comportamento dele, de haver me abandonado?

Olho para Roger. Seus olhos castanho-escuros estão olhando diretamente nos meus.

— Sonja e eu vamos ter um filho em janeiro — anuncia.

Eu ouço o que ele diz, mas ao mesmo tempo não. Eu me sinto como um peixe destripado, como se Roger tivesse me segurado pela gola do paletó com uma das mãos e me eviscerado com a outra. Ele não poderia me fazer nada mais doloroso do que conceber um filho com essa mulher, e ele sabe disso melhor do que qualquer pessoa nesse mundo, pois sabe que não posso mais ter filhos. Então, outro pensamento, ainda mais aterrorizante, me vem à cabeça: será que ele me deixou por causa disso?

— Annemarie?

— Seu canalha.

— Eu queria que você soubesse da notícia por mim.

Olho para o topo da sua cabeça, imaginando como seria enfiar uma machadinha nela.

— Como você pôde fazer isso comigo?

Ele não diz nada.

— A menos que ela tenha dado um golpe em você. Foi isso? Ela armou para cima de você?

— Não, foi tudo planejado.

— Você é um canalha. Sabia disso?

— Desculpe, Annemarie.

— Vá embora, está bem? Vá embora.

Ele fica sentado contemplando suas mãos por um momento, depois se levanta e caminha até a porta. Abre-a e fica parado olhando para fora, com uma das mãos no batente. Então vira o rosto para me olhar.

— Sinto muito, Annemarie. Por tudo isso. Sei que você me odeia, e que tem todo o direito de odiar, mas eu nunca quis magoar você. Sempre amei você. Sempre, sempre amei você. Talvez mais do que fosse saudável para mim.

— O que você quer dizer com isso?

— Quer dizer que eu sempre soube que te amava mais do que você me amava. Nunca houve nenhuma dúvida. Eu sabia disso quando nos casamos, mas acho que pensei que um dia... — Ele balança a cabeça. — Eu tentei, tentei mesmo, Annemarie.

Ele fecha a porta atrás de si, e fico parada olhando a madeira. Um momento depois, ouço uma porta de carro bater e em seguida o som do motor.

Sinto uma necessidade imperiosa de sair dali, mas não consigo. Já bebi demais. Além disso, ainda tenho mais uma garrafa para liquidar.

Eu me acomodo no sofá para passar a noite, sem querer me deitar naquela cama. Mais ou menos na metade da segunda garrafa e de uma reprise de *Jackass*, chego a uma conclusão espantosa: Roger está certo.

Eu sempre soube que ele me amava mais do que eu o amava, mas isso parecia natural. Na minha cabeça e no meu coração, Roger sempre foi coadjuvante.

Por quê? Por que eu achava isso? Porque sou melhor do que ele? Porque sou especial e tenho direito intrínseco à sua devoção?

Por mais vergonhoso que seja admitir, é exatamente o que eu achava. Eu era a brilhante Annemarie, a Wünderkind, a jovem de 18 anos candidata a uma vaga olímpica. Claro, seria de imaginar que minha atitude se reajustaria depois de eu ter perdido a fama, mas isso nunca aconteceu. Posso ter sido especial um dia, mas não sou mais. Não sou mais especial há muito, muito tempo.

A tela da televisão volta a chamar minha atenção. Os caras do *Jackass* estão num cais, usando um estilingue gigante para colocar um anão dentro de um lago. Enojada, enfio a mão entre as almofadas do sofá, procurando o controle remoto.

Encontro várias moedas e pedacinhos de comida petrificada antes de meus dedos finalmente se fecharem ao redor do plástico liso e frio.

Depois de desligar a televisão, a única luz na sala é a que vem das janelas. O brilho dos postes, mais branco e duro do que o luar. Não importa, porém. Ainda consigo encontrar a garrafa.

Tomo um gole, sem me dar ao trabalho de servir o vinho na taça. Eu me pergunto o que Roger acharia disso. Ele sempre me acusou de ser formal demais, reservada demais, mas creio que isso, na verdade, era um eufemismo para dizer que eu não era passional o suficiente.

E o mais horrível é que agora percebo que ele também estava certo sobre isso.

17

Gostaria de estar morta.

Desmaiei em algum momento perto da meia-noite, mas acordei de novo às três, sofrendo de uma mistura de ódio por mim mesma, tontura e insônia. Claro, depois que o sol começou a nascer, eu poderia ter voltado a dormir. Mas não há tempo para isso. Pelo bem da minha sanidade, preciso me mandar daqui assim que for humanamente possível.

Arrasto meus ossos escada acima, em busca de Tylenol. Uma sensação sinistra permeia a casa — é como se ela estivesse preparada para uma família fantasma. Há roupas nas gavetas, remédios nos banheiros, frascos de xampu na borda da banheira. Preciso contratar alguém para embalar tudo, porque acho que não serei capaz. Seria parecido demais com uma necropsia.

Não tem Tylenol, mas pelo menos tem aspirina. Estou com tanta sede que bebo quatro copos de água e depois imediatamente vomito na pia. Tomo duas aspirinas e me sento na borda da banheira, esperando que meu estômago se acalme.

Depois de algum tempo, limpo a pia e começo a limpar os vestígios de que estive na casa.

O esforço não é grande. Dobro a manta de lã da avó de Roger e a coloco de novo no baú de cedro, lavo e seco minha taça, depois espalho os folhetos da imobiliária num leque bonito sobre a mesa do hall. Então, quando tenho certeza de que não tem ninguém olhando, saio de fininho pelos fundos e despejo as duas garrafas vazias na lata de lixo reciclável da casa vizinha. Espero que nenhum dos dois seja alcoólatra, senão posso estar colocando alguém em uma encrenca daquelas.

Paro antes de sair, porque o momento me parece carregado. Sinto como se tivesse de fazer algo cerimonioso, como um tour de despedida. Talvez fizesse mesmo, se a ressaca não fosse tão grande. Mas é, por isso apanho minha mala e a caminha de Harriet e coloco o pé na estrada.

O sol é inclemente e começa seu ataque assim que dou ré da garagem. Quando Eva era pequena, dizia que o sol estava gritando com ela. Hoje, ele com certeza absoluta está berrando. Pisco a ponto de ficar cega e tateio a bolsa em busca dos óculos escuros. Localizo um par no porta-luvas, mas então meu cérebro já está latejando como se fosse explodir. Quase desejo que exploda mesmo.

Não posso sequer sentir pena de mim mesma. Bebi mais na noite passada do que em toda minha vida. Mas fui provocada.

Meu Deus, se Roger de fato se sentia assim, por que não falou nada anos atrás? Sei que boa parte da culpa recai sobre mim, mas e ele? Não me deu sequer a chance de consertar as coisas. Parte da culpa é de Roger por ficar em silêncio, pois isso facilitou que eu não o valorizasse.

Quanto mais penso no assunto, mas me ressinto com a insinuação de Roger de que só ele se esforçou. Eu me esforcei muito — em tudo —, embora nem sempre tenha conseguido.

Quando nos casamos, eu queria ser a dona de casa perfeita. Quando se tem 19 anos, existe algo de romântico e atraente na ideia de ser a esposa adorável que cria um lar adorável. Infelizmente, apenas a ideia era atraente, e eu logo me entediei. Roger sugeriu que eu fizesse faculdade, mas me recusei. Ele não tentou me obrigar a nada — Roger ficaria perfeitamente feliz comigo como dona de casa se eu não estivesse tão mal Mas eu estava. Eu o deixei confuso. Não queria ficar em casa, mas não queria fazer mais nada. Ele não conseguia descobrir o que eu queria, tampouco eu.

Por isso engravidei.

Paro para tomar café e estaciono em um posto de gasolina com loja de conveniência que tem uma fila enorme de caminhões parados nos fundos.

O café é ruim e o folhado pior ainda, mas pelo menos é alguma coisa para o meu estômago pensar além da ressaca. Sento a uma mesinha grudenta olhando feio para os caminhoneiros.

É engraçado como eu ainda imagino que os homens estão me olhando com malícia. Provavelmente só estão me olhando porque pareço uma louca. Eu cheguei a pentear o cabelo de manhã? Não me lembro, portanto, provavelmente não.

Um homem vem reabastecer a máquina que vende jornais e revistas, que fica bem ao lado da minha mesa.

— 'Dia — cumprimenta, ao se ajoelhar.

Infelizmente para ele, ele se parece com Roger. Olho-o com ferocidade até o homem virar de costas.

Não dá para acreditar que eles vão ter um filho. Como Roger pôde fazer isso comigo? Ele sabe o quanto eu queria ter mais filhos. Sabe o que passei com Eva.

Tudo começou bem. Eu não podia ter ficado mais feliz ao descobrir que estava grávida, comi até dizer chega e engordei, e comecei a usar roupas de grávida muito antes de ser necessário. Até comecei a procurar Roger no meio da noite, coisa que, no início, o surpreendeu, mas que ele não demorou a se acostumar. Estar grávida me dava algo em que pensar, um sentido de propósito. Fazia com que eu fosse especial de novo.

Aí tudo mudou. Numa das consultas pré-natais, quando eu estava no oitavo mês, a médica me parou quando eu estava saindo da mesa de exame. Tinha se esquecido de ouvir o coração da bebê.

Fiquei ali batendo papo enquanto ela espalhava gel na minha barriga, e só parei de falar quando ela continuou procurando as batidas do coração. Então ela as encontrou, e o universo se abriu em dois.

O coração pulava cada segunda, terceira ou quinta batida. Tum, tum, nada. Tum, tum, tum, nada.

A médica ficou lívida. Eu comecei a gritar.

Depois do quarto ecocardiograma fetal, o cardiologista pediátrico disse que Roger e eu devíamos nos preparar, pois nossa bebê precisaria fazer uma cirurgia de peito aberto imediatamente após o parto. Então, eles me mandaram para casa.

Eu queria ser internada no hospital. Queria que me conectassem a um monitor de batimentos cardíacos fetais. Queria estar lá para que, caso acontecesse alguma coisa, eles pudessem retirar a bebê. Eu simplesmente não conseguia acreditar que eles não iam fazer nada.

Chorei por dois dias. Até pensei em desmontar o quartinho da bebê, só para o caso de voltarmos para casa sem nossa filha. Pressionava os dedos na lateral da minha barriga, tentando fazer com que ela chutasse. Se ela não chutava, eu tinha ataques histéricos.

Entrei em trabalho de parto na quadragésima semana. Tudo parecia bem, ou assim me disseram, pois não tenho lembrança desse dia. As coisas estavam progredindo devagar, mas isso é normal no caso do primeiro filho. Depois de treze horas de trabalho de parto, antes de as dores serem grandes demais para justificar isso, eu soltei um berro pavoroso e perdi a consciência. Roger falou que um médico que estava atendendo outra mulher virou para olhar e na mesma hora percebeu que havia algo de errado. Meu útero se rompera — fora enfraquecido primeiro pelo acidente e depois por haver sido esticado além da sua capacidade por um bebê de 4,2 quilos.

Quando ocorre o rompimento do útero, o médico tem literalmente minutos para retirar o bebê; depois de dois minutos, corre-se o risco de morte ou de dano cerebral permanente. Eles salvaram Eva, mas eu perdi meu útero.

Fiquei na UTI durante seis dias, inconsciente demais para saber que tivera uma filha. Mas tivera. Antes mesmo de eu recuperar a consciência, Eva conseguiu se curar. Em vinte e quatro horas, a válvula frouxa do seu coração se fechou sozinha e seu coraçãozinho começou a bater em ritmo perfeito e constante.

Atribuo isso ao temperamento dela. Ela era apenas teimosa demais para não ser saudável. Eva teve um temperamento único desde o dia em que foi concebida.

Meu Deus, como minha cabeça dói. A esta altura, a dor já deveria ter começado a diminuir, mas talvez as coisas sejam diferentes no caso de uma ressaca de duas garrafas. Tenho a sensação de que meu crânio vai se abrir. Minha vontade é estacionar o carro no meio-fio e me deitar, mas não posso. A cada quilômetro, me desespero ainda mais para voltar para casa.

Como uma criança de 4 anos com o joelho ralado, a única coisa que eu quero é a minha mãe. Quero tanto que meu peito dói. De algum modo, sei que se ela me perdoasse tudo ficaria bem.

Eu devia ter pedido a ajuda dela assim que as coisas começaram a dar errado. Devia ter engolido o orgulho e tê-la procurado, apesar de suas dúvidas quanto às minhas capacidades. Por que isso é tão difícil para mim? Os outros conseguem admitir que são humanos e mesmo assim não perdem a dignidade.

Não consigo mais pensar nisso. Não quero mais pensar nisso. Eu devia ligar o rádio e aumentar o volume sem parar, até não poder mais ouvir meus pensamentos.

Estou rodeada de caminhões e não gosto nem um pouco. Além de bloquearem o sol, bloqueiam as placas e a estrada à frente. Se tivéssemos de frear rápido, eu seria esmagada como uma sanfona entre eles. Ficaria tão esmagada como uma panqueca que talvez eles nunca descobrissem que eu estive ali. A única pista seria um pedaço de pano e um borrifo de sangue na frente do radiador que me engoliu.

Ligo o rádio, mas não há nada além de estática. Para falar a verdade, tem uma rádio de rock cristão e outra de country e sertanejo que já está começando a chiar. Finalmente localizo a NPR, mas eles estão transmitindo uma matéria sobre depressão. Desligo o rádio.

Imediatamente após a gravidez, caí numa depressão que durou vários anos. Não era uma depressão pós-parto normal: eu estava de luto pela ausência do meu útero. Foi um período terrível e sombrio, e, tal como os acontecimentos que o geraram, ajudou muito a mascarar aquilo que eu não queria ver. Roger, porém, foi firme como uma rocha: manteve a família unida quando eu não passava de um pedaço de nada rabugento e inútil.

É engraçado, isso. Pois, se Roger fez tudo certo, pelo menos em teoria, por que eu nunca estava feliz?

É a mesma coisa sem nome da qual fujo desde que eu e Harry sofremos aquela queda. Casar com Roger, sair de New Hampshire, ficar grávida... Tudo isso não passou de uma cortina de fumaça. Eu estava sempre à procura, sempre em busca da próxima coisa grandiosa, pois era ela que faria tudo voltar a ficar bem. E, enquanto eu me lançava nessa coisa, tinha algo em que pensar em vez de pensar na ferida onde eu não queria pôr o dedo. Mas ela sempre voltava.

Quando comecei a sair da depressão, fiquei ainda menos satisfeita com minha vida. Eu odiava ser dona de casa, com todas as minhas forças. Eu me sentia presa numa armadilha. Costumava observar as esposas dos colegas de Roger com desdém — elas pareciam felizes, pareciam gostar do que estavam fazendo. Iam aprender culinária no Cordon Bleu, organizavam grupos de brincadeiras e idas ao parque para as crianças. Eu não fazia nada. Não estava nem aí. Não queria sequer sair da cama. A casa estava um lixo. Eva estava completamente entediada porque eu não queria me relacionar com as outras mães do quarteirão, que me pareciam metidas e perfeitas. Eu nem consegui me forçar a aprender a cozinhar.

Por isso, decidi criar uma nova carreira para mim — qualquer coisa, desde que me tirasse de casa. Eu não estava exatamente tentando me afastar de Roger. Só queria ter uma vida própria, e mergulhei de cabeça. Completei um curso de quatro anos em três, e me formei com louvor, com uma medalha do reitor. Depois, frequentei um curso de um ano de escrita técnica, e quando menos esperava já estava trabalhando no mercado de *softwares*, criando manuais. Alguns anos depois, passei para a edição, e alguns anos depois disso, virei editora-executiva na InteroFlo, ganhando 86 mil dólares por ano. E ninguém poderia estar mais orgulhoso de mim do que Roger. Eu era de novo (pelo menos aparentemente) um sucesso.

Mas não demorou para que o velho descontentamento familiar voltasse a tornar conta de mim. Acho que ele sempre esteve ali, escondido nos fundos. Tudo o que eu fiz, minha vida inteira, foi mantê-lo temporariamente afastado.

18

Às nove da noite, fica evidente que serei obrigada a parar para dormir. Eu queria dirigir todo o trajeto de uma tacada só, mas acho que não vai dar. Apenas agora minha cabeça começou a melhorar, e, pela primeira vez hoje, estou sentindo mais fome do que enjoo.

Eu me hospedo em um Red Roof Inn perto de Akron e imediatamente caio na cama. Nos velhos tempos, eu teria tirado a colcha primeiro, porque sempre desconfiei que a colcha não é trocada entre um hóspede e outro. Mas essa era a antiga Annemarie, a Annemarie que costumava proteger a mão com a manga da camisa antes de tocar nas maçanetas dos lugares públicos. A nova Annemarie não se importa com essas coisas. Cai direto na colcha, de sapato e tudo.

Fico olhando para a rachadura no teto, saboreando o silêncio. Meus ouvidos ainda zumbem com as vibrações da estrada.

Sento na cama e olho para o telefone. Eu devia ligar para Mutti e descobrir quando vai ser o funeral. Pelo menos nisso não posso desapontar meu pai. Penso no que dizer e mordo os lábios. Então vou ao banheiro me refrescar antes do jantar.

O restaurante é sem graça e cheio de mesas redondas e cadeiras com encosto nodoso e descanso para o braço, sem um estilo definido. O carpete verde não é lá muito fofo, com uma estampa escura que mal se percebe à meia-luz.

Não há ninguém em nenhuma das mesas, embora haja meia dúzia de homens no bar, todos sentados de frente para uma televisão chumbada na parede, uma fileira de costas lado a lado diante de um jogo de beisebol. De vez em quando, eles explodem com barulhos masculinos, mas na maior parte do tempo ficam apenas ali sentados em silêncio, baforando sua contribuição individual à atmosfera enfumaçada que preenche o terço superior do teto do lugar.

— Quero a sopa de cebola francesa — peço, quando a garçonete aparece. Meu estômago pede mais, mas tenho medo de forçar a barra.

— Que tal uma salada para acompanhar? Um sanduíche, quem sabe?

— Não, obrigada. Mas bolachas de água e sal cairiam bem.

— Quer algo para beber enquanto espera?

Estremeço violentamente.

— Bem, vou interpretar isso como um não — diz a garçonete, tornando a enfiar o caderninho de pedidos na cintura.

Depois do jantar, volto para meu quarto. Quando a porta se fecha, uma sensação inesperada de paz me invade. Dentro daqueles confins impessoais do quarto, o mundo está a milhões de quilômetros de distância. Roger, Eva, Mutti — até mesmo Ian McCullough e sua tentativa odiosa de assassinato — não passam de manchas no horizonte. Ligo a televisão e chuto os sapatos para longe, empoleirada na beira da cama enquanto zapeio pelos canais.

Não demora e meus olhos vagueiam mais uma vez para o telefone, e então, com uma mistura de alívio e vergonha, para o relógio. Está muito tarde para ligar. Agora só de manhã.

Vou até o banheiro, deixando as roupas caírem atrás de mim como as migalhas de João e Maria. Minutos depois, estou desfrutando de um banho quente e vaporoso. A pressão do chuveiro é excelente, e a quantidade de água quente me vence pelo cansaço. Saio me sentindo renovada — se não em espírito, pelo menos da ressaca. Acho que eu teria aguentado um sanduíche, no fim das contas.

Desligo o abajur da mesinha de cabeceira e mergulho na escuridão. Quando viro a cabeça, vejo a luz vermelha do relógio, mas ela praticamente não consegue penetrar o pretume do quarto. Eu me acomodo, satisfeita. Faz quase uma semana que não durmo direito.

Duas horas e meia depois, fica claro que esta noite não será diferente.

Não sei a que horas finalmente caí no sono. Só sei que foi depois das quatro, porque essa foi a última vez que olhei para o relógio. Não foi quando adormeci: foi apenas quando parei de conferir as horas.

Quando finalmente abro os olhos, ainda está escuro. Gostaria de pegar a estrada cedo, mas não há por que exagerar. Quando desperto do sono na vez seguinte, ainda está escuro. Agora desconfiada, eu rolo na cama para olhar as horas.

São quase dez. Eu me levanto de um pulo, xingando as cortinas. Como eu podia saber que eram do tipo blecaute? Ainda tenho umas boas doze ou treze horas de viagem à minha frente.

Visto apressada um jeans e uma camiseta e enfio o resto das minhas coisas na mala. Uma rápida olhada ao redor e já fui.

Alguns minutos depois, estou na I-90, olhando para a traseira de um caminhão. Na verdade, estou olhando para um pôster grudado nela.

É a foto de uma menina. Stephanie Simmons, diz. Desaparecida desde maio de 1997. À direita da foto há uma descrição.

Tinha 14 anos quando sumiu no mundo, fugida de casa. O pôster não diz exatamente isso, mas dá para perceber pela aparência dela — pela maquiagem pesada e os brincos pendurados, cuidadosamente escolhidos para fazer seu rosto de boneca parecer mais velho. Ela provavelmente brigou com os pais por causa da mesada, das roupas e do namorado (talvez por coisas mais sérias também, tipo fumar ou se embebedar) e, em um momento de bravata adolescente irrefletida, decidiu que qualquer coisa era melhor do que viver sob aquela tirania.

Quatro anos depois, que esperança ainda existe? Se ela ainda estiver viva, provavelmente virou uma prostituta, alguma puta de rua que acabou presa nessa vida sem conseguir mais sair. Com marcas de agulha nos braços e hematomas dos namorados "errados". Dentes faltando no fundo da boca, que seu cafetão não quer pagar para consertar porque as falhas não aparecem quando ela sorri. E seu sorriso ali, estampado num desfile incessante de clientes em potencial, expondo a dor do mundo.

Stephanie Simmons, nascida em 14 de julho de 1983. Perdida no mundo antes mesmo de ter se juntado a ele de verdade.

A foto se borra quando as lágrimas enchem meus olhos. Meu Deus, menina, por que você simplesmente não ligou para sua mãe? Como pôde imaginar que ela não deixaria tudo imediatamente de lado para ir atrás de você? Como pôde pensar que ela ficaria tão brava ao saber onde você estava e o que estava fazendo que não faria tudo — tudo, inclusive matar alguém com as próprias mãos — para trazer você de volta?

Stephanie Simmons, Stephanie Simmons, Stephanie Simmons. Repito seu nome, guardando-o na memória.

Agora as lágrimas correm pelo meu rosto. Quando Eva fugiu, se ela não tivesse decidido ir para a casa do pai... Não consigo nem concluir meu pensamento.

Eva é a única coisa de valor que fiz em vinte anos, e isso em grande parte à minha revelia. A partir de agora isso vai mudar. Penso na mãe de Stephanie, sem jamais saber a verdade e sempre suspeitando do pior. O que ela teria feito de diferente caso soubesse onde aquilo ia parar? Caso percebesse que o que estava acontecendo em sua casa não era só um conflito adolescente de nada? Que, na verdade, aquilo acabaria fazendo com que ela perdesse a filha para sempre?

Fungo e limpo o nariz com as costas do pulso. Posso parecer boba e chorona, mas acabei de me endurecer com uma decisão imensurável.

Não há nada no mundo que eu não faria para que Eva não acabe estampada na traseira de um caminhão.

Decidir é fácil. Definir como colocar a decisão em prática, não.

A primeira coisa, obviamente, é trazer minha filha para casa, e depois ter certeza de que ela deseje ficar. Mas como? Como posso trazê-la de volta se ela não suporta nem me ver? E, depois que a trouxer, como poderemos evitar brigar como cão e gato?

É exatamente igual a mim e Mutti, e olhe só para nós: duas adultas, uma delas entrando na velhice, e ainda incapazes de se relacionar. Só que eu, pelo menos, nunca fugi de casa.

Sinto a sensação estranha de peças de um quebra-cabeça flutuando ao redor da minha mente, ameaçando se juntar. Não sei direto se devia deixar ou impedir que se juntem, mas agora é tarde demais.

Claro que fugi. Abandonei meus pais e os evitei durante anos e anos. Nós nos falávamos de vez em quando pelo telefone, mas nunca os visitei — não conseguia suportar ficar perto da baia de Harry. Mas não foi apenas a ausência dele que me afastou. Eu não queria ver meus pais. É difícil encarar uma pessoa quando você destruiu o sonho dela.

Depois de toda a dificuldade que sofri no parto de Eva, Mutti veio para Minneapolis me ajudar. Ficou seis semanas, e não sei o que eu teria feito sem ela. Assumiu tudo do seu jeito típico: a casa estava impecável, as refeições eram servidas às sete, ao meio-dia e às seis em ponto, a bebê entregue para mim para ser amamentada a cada três horas, recém-trocada e enrolada.

Era uma paz inquieta, mas, mesmo assim, era paz. Nunca conversávamos sobre minha vida anterior, nem sobre a tensão crescente entre nós. Assim passamos alguns anos — dez, para ser exata. Até a cena de cinco anos atrás.

Eu havia finalmente conseguido encarar a fazenda de novo. Eva e eu havíamos ido para lá sozinhas, porque Roger estava numa conferência. Mutti comentou algo sobre ele que achei ofensivo, então fiquei furiosa e fui embora. Foi uma fúria falsa, uma fúria que precisei me esforçar para sentir. Nem consigo lembrar o que ela disse (sinal do quanto era importante), mas tratava-se do meu marido. Não defendê-lo seria confessar que havia algo de errado, e admitir que havia algo de errado significaria no mínimo que eu precisava pensar em fazer algo a respeito. Portanto, escolhi o caminho mais fácil e fui embora irada.

Então creio que, em resumo, encerrei relações com minha mãe para preservar meu autoengano. E, agora, ela parece achar tão desejável ir parar na cadeia quanto viver comigo.

Ainda estou pensando nisso quando chego em um posto de pedágio. Escolho a fila do troco manual porque, mesmo tendo o dinheiro exato, a fila é menor e estou com pressa de chegar logo.

A funcionária está brincando com as moedas da gaveta e ignora minha mão estendida.

— Com licença! — digo em voz alta.

Ela me olha, com olhos embotados e hostis, e depois se volta para a gaveta. Após mais alguns segundos, estende a mão pela janela, ainda sem me encarar. Coloco as moedas em sua mão. Uma delas cai no chão. Ela puxa a mão pela janela e depois torna a estendê-la.

Abro a porta do carro e apanho a moeda. Mais uma vez a coloco em sua mão, e mais uma vez a moeda cai. Ela continua olhando para a gaveta, tilintando as moedas com a mão direita. O cara atrás de mim começa a buzinar. O cara atrás dele, idem. Antes que eu perceba, três ou quatro carros estão buzinando com toda força para mim.

— Ah, puta que pariu! — explodo. Abro a porta do carro e apanho a moeda de 25 centavos do asfalto, quebrando uma unha no processo. — Será que olhar para mim vai matar você?

Torno a desabar no meu assento e bato a porta. Então vejo que a funcionária está olhando para mim.

— Aqui! — digo, pressionando a moeda em sua mão. Dessa vez, ela fecha os dedos ao redor da moeda. Olho para a mulher, carrancuda, e acelero, fazendo os pneus cantarem a minha frustração.

Será que esse é o fim da linha? Será esse o famoso fundo do poço que as pessoas atingem antes de se endireitarem? E como é que isso acontece, afinal? Será que reconhecer que você está no fundo do poço já é o bastante, ou você precisa ter um momento de epifania e entrega total, tipo o daquelas pessoas que se doam a Jesus e acreditam terem renascido?

Eu invejo essas pessoas. Elas sabem como ter um surto, ou, no mínimo, como emergir dele inteiras. Já eu estou aqui, lutando no fundo da piscina, de cara para os azulejos.

As seis horas seguintes passam em um borrão. Minhas mãos ficam dormentes de tanto segurar o volante, e meus olhos arden pelo esforço de mantê-los abertos. Eu me sinto quase comatosa, e em determinado momento chego a me dar tapas no rosto para continuar acordada.

Estou na fila de um posto de estrada esperando para pagar meu café quando um homem me aborda. É grisalho, com uma pança de chope e uma camiseta suja de tecido fino. O cós do seu jeans é pequeno demais para abrigar sua barriga, que, portanto, pula por cima da calça. Ele não tem os dentes da frente, suas unhas estão sujas e seu cabelo está arrepiado em direções esquisitas. Ele para bem na minha frente e eu fico tensa.

— Tá tudo bem com você? — pergunta ele.

— Desculpe?

— Tá tudo bem com você ?

Olho para ele desconfiada.

— Estou ótima. Por quê?

— É que você está... sei lá, com uma cara de quem andou chorando. Só vim ver se está tudo bem.

Fico tão chocada que não consigo responder na hora. É como se, de repente, eu tivesse esquecido inglês.

— Está — respondo, finalmente. — Está, sim. Mas obrigada mesmo assim.

— Beleza — diz ele, indo embora.

De volta à estrada, rumando para a escuridão. Ligo os faróis e procuro sem sucesso uma estação de rádio que eu consiga suportar até que, finalmente, desligo o aparelho.

Como vou conseguir que Eva volte, e o que vou fazer quando conseguir?

Quando a ideia me vem à cabeça, dou um tapa no volante com a palma da mão direita. Flicka! Vou adotar Flicka! Sei que Eva não voltará por minha causa (não há sentido em me enganar nesse assunto), mas por Flicka?

O que importa que seja suborno? O que importa, se ela vai voltar para casa e teremos a chance de começar de novo? Nesse caso, os fins absolutamente justificam os meios.

Ensaio a conversa na minha cabeça, imaginando como dizer a coisa do jeito mais atraente. Vou ajudar Eva a treinar Flicka. Vamos tomar providências para que apenas Eva a monte. Isso irá trazê-la de volta e, ao mesmo tempo, será algo para fazermos juntas.

Meu coração pula de alegria e a luz cálida da vitória me inunda. Pode ser apenas uma das coisas que vou riscar da minha lista de preocupações, mas não deixa de ser um começo.

A menos que eu realmente tenha feito Mutti perder o haras. Até agora só pensei em como isso afetaria Mutti e em como papai ficaria arrasado caso soubesse. Mas, de repente, pela primeira vez, vejo o que isso significaria para o resto de nós. Se Mutti perder a fazenda, para onde eu e Eva iremos?

Aperto mais fundo o acelerador. O motor ronca enquanto ganha velocidade.

Vou conseguir Flicka. Vou conseguir um emprego. Vou ligar para Dan e pedir desculpas, e, se ele não quiser me ouvir, vou admitir que sei o que fui — finalmente eu, de fato, sei o que fui — e implorar para que ele me dê outra chance. Vou desistir dessa ideia ridícula de esconder Hurrah e simplesmente conversar com a seguradora. Com certeza deve haver um modo de eu ficar com ele; eles não podem entregá-lo a Ian assim, sem mais nem menos. Claro que não podem esperar que eu pague a mesma quantia que afiançaram por Hurrah, não com seus problemas nas articulações e a perda de um olho. Mas, mesmo que sejam inflexíveis, vou parcelar o pagamento. Vou arrumar um emprego.

Meus dias de administradora do haras com certeza chegaram ao fim, mas eu tenho outras opções. Mesmo que Kilkenny não conte com nenhuma indústria de softwares, posso prestar serviços à distância. Não existe nenhum motivo nesse mundo que impeça um editor de trabalhar por conexão remota. Não que eu deseje voltar a editar (na verdade, não é bem isso: eu não quero *mesmo* ser editora de novo), mas situações desesperadas exigem medidas desesperadas. Vou injetar dinheiro no haras, ajudar Mutti a manter a fazenda. Pagar por Hurrah. Dizer a Eva que, depois de trazermos Flicka, ela só poderá ficar com ela caso continue estudando.

Sim. Sim, sim, sim.

À meia-noite, atravesso os portões da nossa fazenda. Paro no topo do monte, logo depois dos portões, e examino o cenário à minha frente. Parece tão tranquilo. A casa, aninhada silenciosamente no topo de uma elevação suave, com suas cercas brilhando ao luar. O estábulo, assomando gigante e sonolento à distância. O cenário é tão familiar que me parte o coração.

Já estou quase saindo do carro quando noto que os holofotes sobre o estacionamento do estábulo estão apagados. Há uma sombra enorme na extremidade da trilha. Olho, sem entender, até perceber seus contornos.

Volto para dentro do carro e despejo todo o conteúdo da minha bolsa no banco do passageiro, procurando meu celular até encontrá-lo.

— Emergência, em que posso ajudar?

— Aqui quem está falando é Annemarie Zimmer, da Fazenda Maple Brook, na saída da rodovia 41, a sul da 97. Estou ligando para relatar um roubo de cavalo em progresso.

— Certo, Annemarie. A ajuda já está a caminho. Aguarde na linha e me diga o que está acontecendo.

— Há um caminhão com trailer na frente da entrada do estábulo. E alguém desligou as luzes.

O carro está com o motor desligado e agora sigo silenciosamente a trilha na direção do estábulo.

— Está vendo alguém? — pergunta a atendente.

— Não.

— É possível que seja apenas alguém estacionado no local?

— Não. Todos os clientes estacionam os trailers nos fundos. Além disso, este está recuado na frente da porta. Não, tem alguém lá. Estou estacionando meu carro agora.

Paro na frente do caminhão e estaciono o carro. Olho pela janela lateral.

— A placa é esse-três-zero-cinco-zero-dois — informo à atendente. — Não acho que seja de New Hampshire, mas não consigo... Ah, meu Deus, acabei de ver a luz de uma lanterna — digo. — Vou ver que diabo está acontecendo.

— Annemarie, fique onde está. A ajuda está a três minutos de distância do local. Fique onde está e não desligue.

Obedeço, já que não desligo. Atiro o celular no banco do passageiro e sigo até as sombras escuras ao lado da entrada do estábulo, torcendo para que a pessoa que estiver lá dentro não ouça o barulho dos meus pés pisando o cascalho.

Duas lanternas se movimentam como luzes de busca, de uma baia para a outra. Ouço o som de ferrolhos sendo abertos e de portas deslizando nos trilhos.

— Cadê essa droga de cavalo? — pergunta uma voz masculina apressada.

— Sei lá, porra — responde outra, frustrada. — Tem certeza de que o lugar é esse mesmo?

— Talvez seja esse aqui.

— Talvez o caralho. A porra do cavalo é listrada.

Entro e acendo as luzes. Os dois homens no corredor seguram lanternas e guias. A maioria das portas das baias está entreaberta e os cavalos andam dentro delas, nervosos.

— Jean-Claude! — berro. — Jean-Claude!

Os homens saem correndo. O primeiro me derruba para trás na porta, mas o segundo não tem tanta sorte. Quando ele passa, eu o ataco, atirando-o porta afora sobre o cascalho. Ele resmunga e xinga, um rumor que escuto através da sua caixa torácica, porque meu rosto está pressionado contra sua camisa. Meus braços estão em volta dele, prendendo o tecido solto da camisa na altura de suas omoplatas num aperto mortal. À distância, ouço o uivo das sirenes.

— Que porra, mulher! Tá maluca? Me solte!

Nós rolamos pelo chão naquele abraço absurdo. Ora estou embaixo dele, com cascalho entrando na minha camiseta e ferindo a parte de trás da minha cabeça, ora por cima, aguentando o peso de nós dois apenas com os nós dos meus dedos. Finalmente, ele consegue ensaiar um soco. Meus dois braços continuam prendendo-o com toda força, portanto, não consigo me desviar. O soco atinge primeiro minha orelha, depois meu queixo, me fazendo morder a língua. Minha boca se enche de sangue.

— Jean-Claude! — torno a berrar, e um momento depois todo o peso do homem se levanta de cima de mim. Viro de costas e mexo os pés depressa para trás, limpando instintivamente o sangue do meu rosto com as costas da mão.

Atrás de mim, o motor do caminhão já está ligado e uma voz grita:

— Paco, Paco! *Vamonos!*

Mas Paco não vai a lugar nenhum. Paco está preso contra o batente da porta graças a Jean-Claude, que com uma das mãos segura sua garganta e com a outra, as pontas de um forcado em seu peito.

O homem no caminhão faz o motor roncar.

— Paco! — berra ele uma última vez. Depois solta o freio de mão e atinge com tudo a porta do carona do meu carro. Os dois veículos se encontram com um grunhido lamentador, parecido com o canto de uma baleia, e, em seguida, meu carro começa a se mexer na frente do caminhão, que o empurra. Depois de percorrer quase 6 metros, meu carro cai para a margem da trilha e fica balançando por causa do impacto. Vejo uma lâmpada se acender dentro de casa e depois as luzes de um, dois, três carros de polícia que descem uivando pela trilha.

O homem no caminhão abre a porta e foge. Atinge o chão com força, suportando todo o peso do corpo com o ombro. Quando volta a ficar de pé, cambaleia alguns passos antes de pular uma cerca e guinar na direção da floresta.

Os carros de polícia param diante do caminhão. Atrás deles, vejo a figurinha minúscula de Mutti correndo pela trilha.

E, então, vejo que é o fim. Realmente é o fim, e acabei presa em minha própria armadilha.

A polícia leva uma hora e meia para colher os depoimentos de todo mundo, além de prender o segundo homem com a ajuda da unidade canina. Depois que vão embora, eu me sento diante da mesa da cozinha limpando meu queixo com um guardanapo de pano. Minha orelha está doendo muito.

— Suponho que Eva ainda esteja em Minneapolis — diz Mutti, me entregando um saco de ervilha congelada.

— Está, sim — respondo, pressionando o saco de ervilhas contra meu maxilar. Afasto o saco e olho para ele, então o enrolo em um guardanapo.

— Quando ela volta?

— Não sei se volta.

— O quê? — O rosto de Mutti se nubla. — Ela vai faltar ao funeral de seu Opa?

— O problema sou eu. Ela não quer nada comigo.

Mutti me lança um olhar e, por fim, diz:

— É por causa daquele menino, não é?

Olho de cara feia para meu café.

— Ele é um bom menino, sabe. Um ótimo menino.

— Sei, Mutti. Agora eu sei disso, não é? Eu estraguei tudo. É tudo culpa minha. Sei disso. Admito. Agora estou tentando consertar as coisas.

Atravesso a cozinha e coloco as ervilhas de volta no freezer. Mutti me acompanha com o olhar. Paro para lavar as mãos e depois me viro para encará-la.

— Quando é o funeral? — pergunto.

— Segunda.

— Segunda! — Olho para cima depressa. — Mas é tão... Não é muito tempo?

— Foi atrasado por causa da necropsia.

Silêncio. Nós duas pensamos a mesma coisa terrível. Isso me faz lembrar de quando soube da morte de Harry, quando a única coisa que eu conseguia pensar era no que fizeram com seu corpo.

— Segunda — repito, com tristeza. Não tenho nem um vestido preto.

Olho para Mutti, que está tamborilando um dedo ossudo na mesa.

— Vou tentar fazer com que ela volte a tempo do funeral de papai. Por enquanto, é o máximo que posso fazer. Acredite ou não, isso significa tanto para mim quanto para você.

Meus olhos se enchem de lágrimas, mas as dela são tão claros quanto o céu ártico. Volto a atravessar a cozinha, sob o seu olhar de inspeção, e já estou prestes a sair para o corredor quando ela me chama.

— Annemarie, preciso perguntar uma coisa a você.

Paro, ainda de frente para o corredor.

— O que é?

— Você teve alguma coisa a ver com o que aconteceu esta noite?

— O quê? Não, claro que não. Fui eu quem ligou para a polícia. Você ouviu meu depoimento. Por que está dizendo uma coisa dessas?

— Você sabe muito bem por quê.

— Não, não sei — rebato, indignada.

— Você achou que eu não ia notar que ele não está mais listrado? Você está aprontando alguma, Annemarie, e eu quero saber o que é.

Na verdade, nunca me passou pela cabeça que ela perceberia a tinta. Para ver como eu estava sendo racional! Não tenho resposta para lhe dar.

— Já está na hora de você começar a dizer a verdade — ordena ela, com o tom de voz aumentando, aproximando-se depressa da raiva.

Então eu digo. No fim do relato, ela deixa a cabeça cair entre as mãos.

— Mutti? — Eu dou um passo hesitante para a frente.

— Vá embora, por favor — manda ela sem levantar o olhar. — Vá deitar, Annemarie. Está tarde e eu preciso de tempo para pensar.

Dormir, lógico, é algo completamente fora de questão. Em algum momento desisto e desço de fininho até a sala de estar para assistir aos filmes de Peter Sellers e reprises de *A ilha dos birutas.*

Logo depois do nascer do sol, ouço a porta da sala de jantar se abrir e depois, alguns minutos mais tarde, o gorgolejar da cafeteira. Espero até Mutti voltar para a sala de jantar antes de apanhar uma xícara. Depois eu a levo até meu quarto.

Não tenho ideia do que vou fazer hoje, mas estou ansiosa demais para ficar parada. Tenho quase certeza de que não sou bem-vinda no estábulo — suponho que Mutti reassumiu a gerência, e vejo pelos carros no estacionamento que convenceu os funcionários a voltarem. Não há mais nada para eu fazer aqui, e, quanto a ir para a cidade... não sei nem mesmo se meu carro vai pegar.

No fim da manhã, o lugar está infestado de policiais. Um carro está estacionado no fim da trilha, perto da estrada, e dois outros diante do estábulo. Da janela do meu quarto, eu os vejo colocando faixas amarelas, bloqueando as entradas. Desço as escadas correndo e pressiono o rosto na janela da cozinha. Jean-Claude vem andando pela trilha, e seu rosto é uma tempestade.

Ele vem até a varanda da casa e escancara a porta com toda a força.

— O que foi? O que está acontecendo? — pergunto com voz autoritária, analisando seu rosto.

Ele se vira para me olhar. Seu olho direito está roxo.

— Uma "investigação" — responde ele com nojo. — Estão insistindo que cancelemos todas as aulas.

— O quê? Por quanto tempo? — pergunto, mas ele apenas pega um arquivo da estante e vai embora, batendo a porta com força ao sair.

Enfio os tamancos de jardinagem que ficam atrás da porta e saio correndo até o estábulo. Mutti deve ter me visto, porque sai do estábulo assim que eu chego. Anda na minha direção com as mãos estendidas, impedindo que eu avance.

— Volte para casa — ordena ela depressa.

— O que está acontecendo? O que eles querem? — Eu viro o pescoço, tentando ver ao redor além da minha mãe.

Mutti segura meu rosto com as mãos e me obriga a olhar bem dentro dos seus olhos.

— Annemarie — diz ela, transformando cada palavra em uma sentença. — Vá para casa.

Passo o dia indo de uma janela para outra, observando o entra e sai do estábulo e da entrada da fazenda. Os policiais postados na entrada mandam embora uma meia dúzia de carros, provavelmente alunos que Jean-Claude não conseguiu avisar a tempo. No início da tarde, um Dodge Neon branco desce a trilha, e depois de uma breve conferência janela a janela com o carro de polícia, segue até o estábulo. Dele saem dois homens e uma mulher. Ela alonga os braços por cima da cabeça e depois se vira para observar primeiro o coitado do meu carro, em seguida os picadeiros ao ar livre, a casa e os trailers atrás do estacionamento. Depois que ela abaixa os braços, inclina o corpo para dentro da janela aberta do banco do carona e retira de lá um fichário. Um policial fardado vem recebê-los e os leva até o estábulo.

Após quarenta minutos, eles partem novamente. Logo depois, os funcionários começam a levar os cavalos para os pastos. Todos, menos Hurrah.

Logo antes do horário em que costumamos jantar, um policial segue pela trilha na direção da casa.

Deixo a cortina de renda cair e depois vou para a sala de estar aguardar a batida na porta. Aí deixo alguns segundos passarem antes de atender.

— Annemarie Zimmer? — chama ele.

— Sim — respondo depressa, enfiando o rosto pela fresta da porta.

— Detetive Samosa, do Departamento de Polícia de Kilkenny — apresenta-se ele, mostrando o distintivo. — Preciso que a senhora venha até a delegacia responder a algumas perguntas.

— Mas já prestei depoimento ontem à noite.

— Sim, prestou. Mas a senhora se esqueceu de mencionar que está abrigando um cavalo pelo qual uma seguradora pagou 1.125.000 dólares pela apólice do seguro de vida. Um cavalo que aparentemente foi disfarçado.

Olho fixo para seu rosto de mandíbula quadrada.

Após alguns segundos, ele acrescenta:

— Podemos fazer isso do jeito fácil ou do jeito difícil.

— Qual é a diferença? — pergunto.

— No jeito fácil, a senhora coopera e vai no próprio carro. — Ele faz uma pausa. — No difícil, eu sou obrigado a prendê-la e a senhora vai no camburão.

Sinto meus lábios se enrijecerem numa linha reta.

Ele cruza os braços.

— Qual vai ser?

— O senhor pode aguardar para eu verificar se meu carro está pegando? — pergunto.

19

A sala é encardida, como uma sala de conferências de um hotel barato. As paredes são simples, e duas delas têm quadros brancos pendurados. Há uma mesa branca de laminado com um gravador em cima, seis cadeiras de escritório e luzes fluorescentes que fazem o rosto do detetive Samosa parecer manchado e quase verde.

Sei o que está acontecendo assim que começamos, porque os detetives Samosa e Freakley entram com xícaras de café, mas não me oferecem uma.

Os dois se sentam na minha frente e começam a estudar anotações enquanto bebem o café, de um jeito que parece calculadamente vagaroso. Até que por fim o loiro — o detetive Freakley, que obviamente tirou a forra da época em que era surrado todos os dias na escola malhando dezoito vezes por semana — se inclina para a frente e aperta o botão *rec* com um dedo musculoso. Olho para o gravador e depois para ele.

— Poderia, por favor, declarar seu nome? — pede, recostando-se na cadeira.

— Annemarie Constanze Zimmer.

— Por favor, declare seu endereço.

— Moro na fazenda Maple Brook, na saída da rodovia 41, a sul da 97.

— Qual seu local de trabalho?

— O mesmo. Sou a gerente da escola de equitação da família.

— A senhora está encarregada do cuidado diário dos cavalos?

— Sou a supervisora.

— É responsável pela aquisição dos cavalos?

— Sou responsável pelos que pertencem ao estábulo, sim.

Ao longo de todo esse interrogatório, os dois detetives ficam recostados nas cadeiras, com os blocos de anotações sobre a mesa. Agora, Freakley apanha a caneta do bolso da camisa.

— Diga como a senhora veio a ter posse do cavalo da baia 13 — diz ele, olhando para o bloco de anotações. Seu rosto tem marcas de acne profunda, e não consigo deixar de notar que a ponta da caneta está mordida.

— Eu o adotei de um centro de resgate de cavalos.

— O centro de Dan Garibaldi?

— Isso.

Freakley para a fim de anotar alguma coisa.

— Quando foi isso?

— Não tenho certeza da data exata. Em meados de maio. Tenho os documentos em casa.

— E qual era a aparência dele então?

— Como assim?

Freakley olha para Samosa.

— O cavalo possuía alguma marca distintiva naquela época?

— Bem, ele só tinha um olho.

— Algo mais?

Não respondo. Meus olhos rumam para as bobinas em rotação do gravador.

— Qual é sua relação com Dan Garibaldi? — pergunta Samosa, assumindo no lugar de Freakley.

Mais uma vez não digo nada, só que agora é porque não sei a resposta. Meu rosto começa a queimar.

— Qual a sua conexão com Ian McCullough? — continua Samosa, inclinando o corpo para a frente e apoiando os cotovelos sobre a mesa.

Eu recuo instintivamente.

— Não existe nenhuma conexão.

— Está dizendo que não o conhece?

— Não, eu o conheço. Disputamos em várias competições, mas isso foi há vinte anos. Não tive mais nada com ele desde então.

— É verdade? — diz Samosa, fazendo aquilo soar mais como uma afirmativa do que como uma pergunta.

— Sim, é — respondo.

— Tem certeza?

— Sim, tenho certeza.

— A senhora não deseja rever a sua resposta?

— Por que eu faria isso?

— Temos os registros telefônicos de vocês.

Meu coração pula algumas batidas quando me lembro do tom da voz de Ian. Olho de Samosa para Freakley, que está olhando impassível para seu bloco de anotações.

— Eu estou sendo presa?

— Ainda não.

— Ainda não? Ah, meu Deus. — Eu me sento ereta e pisco, furiosa. Como isso se tornou essa confusão? — Acho melhor eu conversar com meu advogado.

— A senhora tem todo o direito, mas, já que não foi acusada de nada, não temos a obrigação de fornecer um à senhora.

Eles, entretanto, me fornecem uma lista telefônica e apontam para um orelhão. Escolho uma advogada de defesa basicamente ao acaso, abrindo as Páginas Amarelas e discando o número 1-800 do primeiro anúncio que me salta à vista.

Norma Blackley entra na sala de interrogatório uma hora e meia mais tarde, com o suéter de náilon ainda cheirando a espaguete. Conversamos por uns vinte minutos, intervalo de tempo em que eu lhe conto tudo. Ela se inclina na minha direção, assentindo de modo encorajador.

— Certo — diz ela ao final do relato. — Parece que a sua maior culpa é tentar esconder um cavalo que você ama. Entretanto, sua posição é delicada e assim vai ficar até que a gente descubra exatamente o que aconteceu. Não responda nada que não quiser, e eu avisarei quando achar que não deve responder a alguma pergunta. Lembre-se, você tem o direito de não dizer nada que possa incriminá-la. Eles não podem usar isso contra você, e, apesar do que talvez tenham feito você acreditar, isso não os levará a fazer acusações que de outro modo não fariam. Está pronta?

Faço um gesto afirmativo com a cabeça e digo:

— Acho que sim.

Ela vai até o corredor e gesticula para que os dois homens entrem.

— Oi, Norma — cumprimenta Freakley.

— Senhores — responde Norma.

Os detetives voltam a se sentar na minha frente, enquanto Norma se posiciona no lado mais estreito da mesa, colocando-se entre mim e eles.

Freakley mexe em seus papéis por um momento, bebe um gole da xícara reabastecida de café e, então, retoma o interrogatório.

— A senhora sabe o que é um cavalo listrado?

— Claro. Eu tive um.

— Quando?

— Há vinte anos.

— Nos registros do cavalo da baia 13 consta que ele é um cavalo listrado. A senhora por acaso tem conhecimento de como ele virou um cavalo de uma cor única em vez de listrado?

— Annemarie, não responda...

— Claro que sim. Eu o tingi.

— ... isso — conclui Norma. Ela se vira devagar para me olhar.

Samosa e Freakley congelam, ainda pressionando a ponta de suas canetas no papel. Os olhos de ambos me encaram.

— A senhora o tingiu?

— Claro que sim e em vez de os senhores estarem aqui me infernizando por causa disso, talvez devessem me agradecer. Se eu não o tivesse tingido, aqueles caras, e estou supondo isso pelo que os senhores me perguntaram antes, quanto a eu estar ou não associada a Ian McCullough, teriam escapado com Hurrah, e seria o fim da história.

Olho para Norma. O rosto dela me lembra uma romã madura.

— Cavalheiros — pede ela com voz gélida. — Posso ter uma conversa em particular com minha cliente?

Uma hora depois, eles me liberam. Quando meu carro capenga segue até os fundos da casa, freio por um instante, para examinar todas as janelas em busca de luzes. A casa está escura, portanto, sigo em frente. Nem estou mais pisando no acelerador. Meu pobre carro detonado simplesmente vai seguindo pela mesma trilha que seguiu na noite passada, movendo-se sem a força do motor até o local onde o trailer havia estacionado.

Um minuto depois, abro o ferrolho da baia de Hurrah e deslizo a porta para abri-la.

Fico olhando fixo para a escuridão, pois levo um instante para entender o que está acontecendo. Então, as tábuas vazias entram em foco, desprovidas de serragem. O cocho virado de cabeça para baixo, minha visão desobstruída da parede dos fundos.

— Annemarie — diz uma voz atrás de mim.

Eu me viro.

É Jean-Claude, usando cueca boxer, camiseta e botas de trabalho sem meias. Obviamente acabou de sair da cama.

— Onde ele está? — digo, escutando o medo na minha voz.

— Não está aqui — responde ele em voz baixa. — Eles o levaram no início da noite. Sua mãe, ela discutiu com eles, mas eles tinham um mandado de apreensão.

— Para onde eles o levaram?

— Não sei.

Olho para ele, piscando.

— Eles vão trazê-lo de volta?

— Acho que não. Não.

Jean-Claude está parado com os braços frouxos nas laterais do corpo. As palmas das mãos estão abertas na minha direção, com os dedos estendidos, quase em súplica. Apesar do escuro, posso ver a expressão de dor em seu rosto.

Eu me sinto esgotada, uma casca vazia e quebradiça.

— Você estava aqui? — pergunto num sussurro.

Jean-Claude faz que sim.

Não digo nada por um longo tempo, imaginando a cena. A polícia, talvez até mesmo o departamento sanitário do condado, tirando-o da baia. Hurrah levantando seus lindos cascos listrados por cima desse mesmo trilho de porta. Os cascos sem ferraduras batendo no chão enquanto eles o conduzem para fora do estábulo, em direção à rampa na traseira de um caminhão.

— Como ele se comportou para entrar no trailer?

— Minha voz treme no meio da frase. Levo as mãos ao rosto e solto um gemido de dor. Sinto como se estivesse caindo, caindo, e dou um passo para trás, buscando apoio na parede. Em vez disso, tropeço no trilho da porta e caio no chão. Fico momentaneamente chocada, depois rolo o corpo de lado. Meu corpo se encolhe como um verme de batata, os joelhos pressionando o peito. Minha bochecha repousa contra as tábuas frias e desgastadas do assoalho da sua baia. Uivo.

Jean-Claude se ajoelha ao meu lado.

— Shhh — diz ele, com carinho. Pousa a mão no meu ombro. — Calma, *chérie*. Calma.

Minha reação é chorar ainda mais alto: uivos de coiote, de cortar a alma.

Ele coloca as mãos em meus ombros agora, puxa meu corpo e depois desliza um braço por trás das minhas costas; me segura e me aperta contra ele.

Fica me abraçando assim por vários minutos, me apertando com mais força sempre que meus soluços voltam a ganhar intensidade. Mas não quero parar. Não quero superar isso. Não quero nem saber como irei sobreviver a isso.

Jean-Claude me balança suavemente, como se eu fosse uma criança. Até que, por fim, fico em silêncio.

Fungo e afasto a cabeça para trás. Ele olha para mim, com o rosto cheio de preocupação. No escuro, seus olhos estão quase enterrados nas sombras, mas o resto de suas feições ainda é claro. A linha do maxilar, o formato da boca, a testa enrugada de preocupação.

Eu ergo a cabeça de repente e aperto meus lábios contra os dele.

O corpo dele fica tenso e ele se afasta.

— Annemarie...

Eu volto a puxá-lo para mim, com violência, afogando suas objeções. Mantenho a minha boca grudada na dele, deixando a ponta da minha língua deslizar entre seus lábios cerrados enquanto me ajoelho. Levanto as mãos e seguro mechas de seus cabelos, puxando seu rosto para o meu. Ele não me afasta, mas ergue os braços e os mantém nas laterais do seu corpo.

Não estou nem aí. Continuo meu ataque à sua boca fechada, esquadrinhando, mordendo e desfrutando da sensação do queixo áspero sob minhas mãos, a estranheza do bigode contra os meus lábios.

Alguns segundos depois, ele está me esmagando em seus braços, deslizando a língua para dentro da minha boca. O gosto dele é de Courvoisier e Galloise. Gosto de homem.

Estou de joelhos, segurando sua cabeça com as mãos. Então levo a mão para a parte de baixo de sua camiseta e fico surpresa com a quantidade de pelos que encontro. Enquanto acaricio sua pele, saboreio a sensação, uma textura tão diferente da minha. Paro ao alcançar seu mamilo e o giro devagar entre os dedos, depois sigo em frente. Afundo os dedos nos contornos duros de seu peito, enrolando seus pelos entre os dedos, sentindo a resposta de seu corpo.

Ele se levanta e me levanta junto. Assim que estamos de pé, caio nos braços dele, com tudo, segurando sua nuca com uma das mãos e procurando sua cueca com a outra. Eu preciso dele agora, não há tempo a perder.

Ele me levanta do chão e eu envolvo sua cintura com minhas pernas, prendendo-as com força às suas costas. Com minha boca ainda pressionando a dele, ele anda para a frente até me encostar na parede. Então, para; se afasta, examinando meu rosto com os olhos. Como resposta, eu o puxo de volta pelos cabelos.

Eu deixo meu corpo deslizar para baixo até apoiá-lo em sua ereção. Ela pressiona meu corpo, dura e insistentemente. Jogo a cabeça para trás com tanta força que ela bate na parede. Estou tonta, vejo estrelas.

— O quê? O que foi? — pergunta ele, com o rosto tomado de puro desejo, ainda a centímetros do meu.

— Não posso — digo. Viro a cabeça para a parede, esperando não vomitar.

Ele se inclina para a frente, tentando me beijar de novo.

— Não! — vocifero.

Ele me solta como se eu fosse radioativa. Ficamos parados olhando um para o outro, ofegantes.

— Não entendo — declara ele.

— Nem eu — retruco, enquanto meus lábios se viram para baixo numa careta involuntária. — Mas isso tudo está errado.

— Não precisa ser... — explica ele, esticando a mão para o espaço aberto entre nós.

— Só... só... — Eu me interrompo, agitando as mãos espasmodicamente ao lado das orelhas. — Preciso ir.

Ainda estamos no estábulo, e preciso passar por ele para sair. Eu vou até a porta, olhando fixo para as tábuas do assoalho.

— Annemarie... — diz ele, e segura meu braço quando eu passo.

Eu paro, mas não viro para ele. Seu aperto é gentil, mas firme. Ele está me olhando — posso sentir. Alguns segundos depois, ele me solta.

Corro de volta para casa, aos prantos, vendo a grama passar por baixo dos meus pés.

— Você voltou — diz Mutti. Ela está sentada diante da mesa da cozinha com as mãos cruzadas à sua frente.

Fico à porta, sem saber se me junto a ela ou não.

— É — digo, enxugando os olhos depressa.

Harriet sai de baixo da mesa e faz uma dança de alegria. Eu a apanho nos braços. Ela se contorce e agita. Eu viro a cabeça para baixo, na direção do meu ombro, para evitar que ela enfie a língua no meu ouvido.

— Harriet, pare com isso — mando, tentando oferecer-lhe o queixo no lugar do ouvido. Então olho para Mutti. Ela está me encarando, e seus olhos claros estão gélidos.

Coloco Harriet no chão. Ela fica de pé apoiada nas patas de trás, me arranhando na esperança de que eu mude de ideia.

— Quando você voltou? — pergunta Mutti.

— Não sei. Há uns vinte minutos, quem sabe.

— Não vi o seu carro.

— Eu o deixei no estábulo.

— Então, você já sabe — conclui Mutti.

— Sim. Já sei.

Atravesso a cozinha e abro a geladeira. Tem uma garrafa de Liebfraumilch na porta. Sirvo duas grandes taças e me junto a ela na mesa.

— Eu tentei impedir, sabe — conta ela. Apoia as mãos na base da taça e fica olhando fixo para a superfície do líquido.

— Eu sei.

Ela olha para cima, depressa.

— Como?

— Jean-Claude.

— Ah — diz ela. — Então, o que vai acontecer com você?

— Eles me liberaram.

— É óbvio.

— Quero dizer, não me acusaram de nada, mas sabem que eu tingi Hurrah. Então, não sei. — Viro um terço da minha taça de um gole só. — E você? Já teve notícias da polícia?

— Sobre o quê?

— Sobre o que o legista disse?

— Não — responde ela, sem parar de olhar para as próprias mãos. Finalmente olha para mim, e aparentemente se condói. — O advogado disse que, se eu não tiver notícias dentro de um ou dois meses, tudo provavelmente está bem.

— Você tem um advogado?

— Dan arrumou um para mim.

É engraçado, se eu tivesse apostado qual Zimmer terminaria precisando de um advogado criminal, teria errado. Duas vezes.

Na manhã seguinte, ligo para Minneapolis.

— Roger?

Sei que é ele, mas aquilo é uma alternativa ao alô. Fico indizivelmente grata por ter sido ele quem atendeu e não Sonja. Não sei por que o som da voz dela me machuca tanto, mas machuca, quase de modo físico.

— Annemarie — diz ele. — Estava esperando você ligar.

— Estava?

— Sim. Como foi a viagem?

Fico muda. Como responder a isso? Não posso contar que primeiro achei ter ido aos confins do inferno e voltado, mas ao chegar em casa percebi que minha descida só estava começando.

— Tudo bem — respondo.

— Que bom, que bom... — diz ele, depois para. — Preciso contar duas coisas para você.

— Ah? — murmuro. Se ele me disser que vão ter gêmeos, vou matar alguém.

— Coisas boas. Não se preocupe — acrescenta ele depressa. — Primeiro, alguém fez uma oferta pela casa.

— Ah — repito.

— É quatro por cento abaixo do preço que estamos pedindo, mas acho que devemos aceitar.

— Hã... claro — concordo.

— Vou enviar um documento por fax para que você assine.

— Certo. Tudo bem.

— A outra é Eva. Eu a convenci a voltar para New Hampshire.

— Ah, Roger — digo, com voz trêmula.

— Não, espere, Annemarie. Ela não vai de vez. Ainda. Mas quer voltar para o funeral.

Fico muda, o que ele, pelo visto, interpreta erroneamente como raiva.

— Você sabe como ela é — continua, depressa. — Traçou um limite, e agora é uma questão de orgulho. Ela não quer que pareça que voltou atrás em sua decisão. Vou comprar uma passagem de volta para ela, mas, antes que você fale alguma coisa, fica mais barato assim. Além disso, vai dar a impressão de que nós a estamos levando a sério. Então, quando ela estiver aí, você poderá tentar acertar as coisas com ela.

Abaixo a cabeça, apoiando seu peso na minha mão livre.

— Certo — murmuro, com uma voz baixíssima. — Obrigada. — E, então, eu me escuto dizendo mais uma coisa: — Roger?

— Oi?

— Sinto muito.

— Pelo quê? — diz ele, parecendo confuso.

— Por tudo — respondo.

E sinto mesmo. Mais do que ele jamais imaginaria.

O dia se alonga interminável à minha frente. Não sei o que fazer da vida. Não posso ir ao estábulo. Não trabalho mais lá e, seja como for, acho que não conseguiria olhar para ele agora que Hurrah se foi.

Ficar em casa não é melhor. Tudo ali me faz lembrar papai: as portas com cortinas na sala de jantar, o trilho no teto. Outras coisas, também, me lembram da vida dele antes da doença, e essas me deixam ainda mais triste.

Logo antes do meio-dia, eu me vejo na varanda dos fundos, de pé literalmente desprotegida sob o sol escaldante.

Enfio um dedo, hesitante, na terra das floreiras suspensas de Mutti, e depois saio em busca de um regador.

Encontro um embaixo da pia. Cada floreira leva um regador inteiro antes de começar a vazar água nas raízes.

Recuo, admirando as flores. Mutti realmente tem dedo verde. Não sou jardineira, mas mesmo eu sei o quanto é difícil criar petúnias. É fato notório, para falar a verdade. Se você não tirar as flores murchas, podar e basicamente fazer tudo, exceto ler para elas todos os dias, um belo dia vai acordar e encontrar todas arruinadas. Em geral, isso acontece no meio do verão, e a morte delas é quase de um dia para o outro. Os ramos fenecem e murcham, e os brotos assumem a textura de pele envelhecida.

Não as de Mutti, porém. Essas lindinhas vão durar até outubro. São lindas, pendem tão luxuriantes que obscurecem os vasos completamente. Também sobem numa massa espessa de flores de cor magenta.

Começo a arrancar os brotos mortos, até que acabo apanhando uma das floreiras e levando-a até a beira da varanda. Passo um braço pela massa de flores dependuradas e levanto metade com cuidado por cima do gradil. Então apoio o vaso na beirada. Agora tenho como acessar toda a floreira.

Estou começando a fazer o mesmo com a segunda floreira quando vejo Mutti andando pela trilha na direção da casa. Por dentro, fico feliz por ela me encontrar fazendo algo de útil.

— O que você está fazendo? — pergunta ela com rispidez quando sobe a rampa e inspeciona a bagunça colorida aos meus pés.

— Estou arrancando as flores mortas — explico, continuando a trabalhar.

— Esses são brotos — diz ela.

Congelo onde estou e olho horrorizada para os meus pés. Uma enorme quantidade de caules encaracolados, tão tenros, tão frisados que pareciam mortos e não recém-nascidos.

— Ah, meu Deus. Mutti. Desculpe, desculpe mesmo. Achei que... Ah, meu Deus, Mutti — murmuro, impotente.

— Não tem importância — diz ela, estendendo a mão para a alça e arrancando a floreira das minhas mãos.

Olho para as costas dela enquanto ela faz isso e pendura a floreira de volta em seu gancho. Vai até a outra e examina sua verdejante cascata.

— Sinto tanto!

— Não tem importância — repete ela. Limpa as mãos nos quadris e depois se vira para me olhar. — Você está usando filtro solar?

— Não — confesso.

— Vai se queimar. Entre.

Sigo, arrasada.

Ela põe café para fazer na cafeteira e senta à mesa, esperando. Eu sento no chão, em um canto, acariciando minha cachorra preguiçosa.

Harriet ainda gosta de mim. Harriet acha inclusive que sou útil, porque eu trouxe seu cesto de dormir.

Quando a cafeteira solta os últimos gorgolejos, Mutti levanta e serve duas xícaras. Completa a minha com creme e açúcar, depois leva as duas para a mesa. Então, bate na toalha diante do lugar onde quer que eu sente.

— Então, quais são seus planos? — pergunta ela, depois que eu obedeço.

— Como assim?

— Para onde você vai?

— Quando? Do que você está falando?

— Morar — responde.

— Pensei em morar aqui — digo com voz fraca.

— Não vai ser possível. Vou vender a fazenda.

— Vai o quê? O que você acabou de dizer?

— Vou vender.

— Não pode fazer isso! Você e papai dedicaram suas vidas inteiras a essa fazenda... O que papai iria dizer?

— Não tenho escolha, tenho?

— Como assim? — pergunto, com o coração afundando de tristeza.

— Não posso fazer os pagamentos. Não posso alimentar os cavalos...

— Mas...

— ... precisei vender nossos cavalos para pagar os funcionários do haras. As baias estão vazias. Não tenho treinador.

— O quê?

Finalmente, Mutti para. Olha direto no meu olho.

— Ele não contou a você?

— Não! — exclamo.

E realmente não contou. Embora estivesse prestes a fazer amor comigo, não contou. Fico pasma.

— Quando isso aconteceu? Por quê?

— No dia em que você voltou. Porque acho que ele percebeu que isso estava, de certa maneira, bem longe de um emprego ideal. Porque o cheque do salário dele voltou. Porque ele passou a maior parte da semana passada limpando as baias em vez de dar aulas.

— Ah, Deus.

— Ele me deu um mês de aviso prévio.

— Mutti, não venda.

— Não tem volta — afirma ela. Seus lábios estão apertados, as mãos em volta da caneca. Ela ainda não deu nem um gole.

Afasto meu café e me inclino para a frente, esticando os braços sobre a mesa. Então abaixo a cabeça sobre eles. A superfície da mesa é fria contra a minha testa.

Todo o meu mundo desmoronou de repente. Meu Deus, se Mutti vender o haras, todos os lares que já tive terão apenas se...

Levanto a cabeça, piscando os olhos. Meu cabelo cai no meu rosto.

— Mutti — digo, depressa. Seguro a mão dela do outro lado da mesa com força, entre minhas mãos. — Mutti, escute o que vou dizer. Você não vai precisar vender.

Ela olha para nossas mãos. Está chocada, mas não se afasta.

Assopro o cabelo dos meus olhos, mas ele cai de novo na mesma hora. Não ligo. Tenho um plano.

— Estou falando sério. Recebemos uma proposta pela casa, a casa de Minneapolis. Se der certo, logo terei uma bela quantia em dinheiro vivo. Logo, logo. Vai ser uma quantia totalmente líquida até eu fazer alguma coisa com ela. Podemos usá-la.

— Para quê? — pergunta Mutti. Não é bem isso o que ela está falando. O que ela, de fato, está dizendo é: Qual o sentido?

Ela recuperou seu comportamento frio. Sua mão continua entre as minhas, mas agora está flácida e gelada. Não mexe um músculo.

— Porque eu quero. Quero de verdade. — Agora estou implorando, como uma criança tentando conseguir dinheiro antes que o sorveteiro vá embora. — Por favor, Mutti, podemos fazer isso. Eu quero fazer isso. Devo isso a você.

— Você não me deve nada.

Fico cada vez mais desesperada.

— Então por papai. Se não quer me deixar fazer isso por você, então que seja por papai.

Mutti me olha por um instante. Depois retira a mão e sai.

Apanho Eva no aeroporto no dia seguinte. Quando a vejo atravessando o portão, ela para e coloca a mala no chão. Corro os últimos passos entre nós e a abraço com força. Seu corpo fica retesado, os braços, imóveis nas laterais do seu corpo, presos pelos meus.

Ela não acha nada engraçado quando descobre que a porta do carona do meu carro não abre mais.

— Pode entrar pela janela, como em *Os gatões* — brinco sem muita graça, depois percebo que o último episódio dessa série provavelmente foi ao ar antes mesmo de ela nascer. Eva me olha feio, dá a volta no carro até o banco do motorista e desliza graciosamente até o banco do passageiro.

O jantar é excruciante. Comemos na cozinha, agora que somos só quatro pessoas.

Mutti não fala comigo, eu não falo com Jean-Claude, Eva não fala comigo e isso não deixa muito espaço para conversas. O jantar finalmente acaba em um silêncio medonho. Os únicos ruídos são de nossos talheres e da comida sendo mastigada.

— Vocês me dão licença? — pergunta Eva.

— Sim... — respondo, no exato momento em que Mutti diz:

— Claro.

Olho depressa de Eva para Mutti. Eva está olhando para Mutti, Jean-Claude está olhando para todas nós. Olho feio para meu prato, furiosa.

— Obrigada, Oma — diz Eva, destacando as palavras. Enfia o guardanapo por baixo do prato e se levanta.

Assim que ela sai, coloco meu próprio guardanapo na mesa e me levanto.

— Para onde você vai? Não comeu nada — diz Mutti. Sua voz soa repreensão, não preocupação. Olho para ela e vejo que seu queixo está projetado severamente para a frente.

— Estou sem fome — respondo.

Eu me viro e saio pela porta dos fundos. Há uma pausa antes de a porta de tela bater, precedida de um pequeno ganido. Pelo jeito, Harriet decidiu vir comigo.

Sigo pela trilha, me afastando do estábulo.

Olho para Harriet, que está se esforçando para me acompanhar. Que perninhas mais desengonçadas ela tem. Desacelero o passo. Não tenho nenhum compromisso.

Antes de eu ter me afastado 100 metros, ouço alguém correndo atrás de mim. Apanho Harriet no colo e acelero o ritmo.

— Annemarie! — chama Jean-Claude, segurando meu braço. Eu paro.

Sem soltar meu braço, ele me vira, de modo que eu fique olhando para ele.

— Por que isso tudo?

— Como se você não soubesse — devolvo.

— E não sei — diz ele.

Continuo olhando feio.

— Annemarie — sussurra ele. Coloca um dedo sob o meu queixo e ergue meu rosto. Por fim, levanto os olhos para encontrar os dele. — É por causa daquela noite? — continua ele. Parece preocupado, com a testa franzida.

Viro a cabeça para o outro lado.

— É.

— Eu fiz alguma coisa errada?

— Bom, se quer saber, fez — respondo com meu melhor tom de "não tô nem aí".

— O quê? — pergunta ele.

Olho para Jean-Claude, surpresa. Ele parece realmente exasperado.

— O que você ia fazer, hein? — pergunto em voz alta. — Me levar para a cama e *depois* me dizer que estava indo embora?

Ele suspira quando a compreensão ilumina seu rosto.

— Bem, agora vamos ser francos — começa, me soltando e cruzando os braços na frente do corpo. — Quem é que ia levar quem para a cama?

— Está bem, não preciso disso — retruco, enquanto sinto o rosto arder de vergonha. Coloco Harriet no chão, passo Jean-Claude e sigo em frente.

Ele me alcança de novo. Andamos em silêncio até atingirmos a estrada.

Fico olhando para ela, sem saber o que fazer. No fim, acabo baixando Harriet para o outro lado de uma das cercas caiadas e pulo-a também. Jean-Claude faz o mesmo, e andamos na direção do pasto até os limites da fazenda.

— Vou voltar para o Canadá — acaba dizendo. — Para Ottawa. Achei que você entenderia.

— Por que achou isso?

— Porque você também tem uma filha.

— Mutti disse que era porque você estava chateado por ter passado a semana passada inteira limpando baias.

— Ora, por favor! — retruca ele em tom áspero, segurando mais uma vez o meu braço. Harriet rosna lá embaixo, uma salsicha malvada. Ele a olha surpreso, depois me solta. — Você me conhece. Sim, está uma confusão por aqui — declara ele, fazendo um gesto geral em direção à fazenda. — Não dá para negar. Mas esta não é a principal razão de eu estar indo embora.

— É para ficar com Manon, então. É isso?

Observo-o com atenção. Seu rosto é tão expressivo, sua personalidade tão... sei lá, só sei que encontro dificuldade em ficar brava com ele.

— Minha mulher, minha ex, anda tendo problemas com Manon. De um jeito muito parecido com você e Eva. Coisa de adolescente, sabe? — comenta ele, dando de ombros. — Mas fiquei observando você e Eva este verão e...

Seus lábios se esticam numa linha reta, depois ele mexe a cabeça de um lado para o outro, como se estivesse incerto entre continuar o que estava dizendo ou não. Talvez tenha medo de me ofender. Não tem motivo. Sei que meti os pés pelas mãos. Aceitar isso é parte do meu plano de corrigir as coisas, embora eu não possa dizer que morro de alegria por ter virado um exemplo a não ser seguido.

— Bem — continua ele, pelo visto decidindo pular aquela parte. — Aceitei um emprego no Centro Nacional de Hipismo. É onde Manon treina. Ela não vai ficar empolgadíssima, mas *c'est la vie.* É para lá que devo ir.

— E a sua ex-mulher?

— Temos uma relação amigável. Ela ficou aliviada por contar com meu apoio. Poderemos... como se diz... nos unir para dar um corretivo nela.

Tento sorrir, depois balanço a cabeça.

— Então, quando você vai embora?

— Começo no centro daqui a um mês. Eu disse a Ursula que ficaria na fazenda até lá, se ela quisesse. Estamos aceitando novos alunos, mas... — Ele deixa a frase no ar, e sei o que ele quer dizer. Quer dizer que vai ajudar Mutti a conseguir os últimos dólares antes que ela faça um inventário dos prejuízos.

Dou um passo adiante e seguro seus braços. Seus músculos são duros, como bolas de beisebol. Harriet solta um ganido confuso.

— Boa sorte — digo. — De verdade. Com tudo. Principalmente com Manon.

Um sorriso brinca ao redor dos seus olhos e de seus lábios. Ele se inclina e me beija, primeiro na bochecha esquerda, depois na direita.

Continuamos andando até percorrer todo o perímetro do haras. Então Jean-Claude aperta meu braço e some dentro do estábulo. Eu me ponho a seguir a trilha rumo a meu triste quarto solitário na minha triste casa solitária.

O telefone toca quando estou atravessando a cozinha. Salto em cima dele, torcendo para que seja Dan.

— Alô? — digo, agarrando o fone com as mãos.

— Annemarie? — fala uma voz feminina.

— Sim?

— É Norma Blackley. Tenho boas notícias.

— Tem? — Boas notícias é tudo de que preciso agora.

— Acabei de falar com o detetive Samosa pelo telefone. Eles vão indiciar McCullough e quatro de seus empregados. Aparentemente, os dois apanhados na sua fazenda abriram o bico, com medo de pegar quinze anos de prisão.

— Qual é a acusação contra ele?

— A lista é longa. Roubo impróprio, furto com artifício de fraude, tentativa de furto qualificado, duas acusações de crueldade extrema com animais...

— Duas?

— Eles mataram outro cavalo depois que Hurrah escapou. Foi completamente queimado, para que o veterinário não pudesse notar a diferença.

— Ah — digo, estremecendo.

— Bom, o resultado é que agora eles têm um peixe maior para pegar do que você.

— Quer dizer que não vão me acusar?

— Para dizer a verdade, acho que eles não sabem muito bem o que fazer no seu caso. Sua situação não é lá das melhores, mas o depoimento de Dan Garibaldi e a casa de leilão confirmaram que você de fato tomou posse do cavalo do modo como contou. Ainda há a questão do telefonema para McCullough e da tintura, mas, uma vez que ninguém relacionado à McCullough está envolvido com você, eles teriam muita dificuldade em fazer alguma acusação. Em termos estritamente jurídicos, você pode tingir um cavalo se quiser, desde que não o machuque e que isso não seja parte do plano de algum crime. A coisa seria bem diferente se você tivesse removido o cavalo para outra propriedade ou tentado escondê-lo.

— Era exatamente o que eu iria fazer, mas aí a confusão se armou.

— Isso é algo que você jamais vai confessar para mais ninguém, nunca mais — declara Norma com firmeza. — Entendeu?

— Sim. Eu sei. Não vou. Olhe, e agora, o que vai acontecer? Como posso conseguir meu cavalo de volta?

— Como assim? Hurrah? Esqueça, isso não vai acontecer.

— Por que não? Ele é meu. Eu o obtive de um modo totalmente legal.

— A posse não era do centro para poder transferi-la a você, em primeiro lugar, portanto, você não tem como reclamá-lo.

— Isso é absurdo.

— É a lei. É a mesma coisa com qualquer outro bem roubado. A parte que termina comprando o bem simplesmente se dá mal.

— Então vou comprá-lo de quem acabar ficando com ele. Quem é?

— Ainda não se sabe direito. Ele pode ir parar nas mãos da seguradora, mas, se ela processar McCullough para receber o dinheiro de volta, a posse então poderá voltar para ele. Por ora, o cavalo está sendo mantido como evidência do estado.

Minha cabeça está a mil.

— Vou ligar para eles.

— Como sua advogada, eu não recomendaria isso.

— Por que não?

— Porque sua situação ainda é frágil. É melhor não fazer nada arriscado.

— Eu preciso ligar para eles.

Ela suspira. Eu pareço exercer esse efeito nas pessoas.

— Nesse caso, tome muito, mas muito cuidado. Não os pressione, senão nosso próximo encontro pode ser na delegacia.

— Certo.

— E Annemarie? Pelo amor de Deus, não mencione que você estava planejando transferir Hurrah. Por favor.

— Certo — digo, me sentindo pequena e arrependida.

20

— E aí?

Dan está parado diante da baia de Hurrah, uma silhueta escura com luz ao seu redor.

— Oi — digo, arrasada. Estou agachada, encostada na parede dos fundos.

— Sua mãe estava procurando você — informa ele.

Fungo duas vezes, depois passo o dedo por baixo dos cílios de cada olho.

Dan me observa um instante, depois vem se agachar ao meu lado encostado na parede do fundo. Ficamos em silêncio.

— Andei tentando falar com você — falo, depois de quase um minuto.

— Andei ocupado — retruca.

Ele é educado demais para dizer mais do que isso, e eu estou esgotada demais para pressioná-lo.

— Liguei para a polícia — digo, torcendo as mãos.

— Ligou? E aí?

— A mesma história que me disseram antes. Ou seja, querem deixar claro que, mesmo não tendo me acusado de nada, obviamente sou uma criminosa e não mereço saber de nada.

Ele me encara com uma expressão indecifrável e depois abaixa a cabeça. Parece ficar observando o chão entre seus pés.

— Eu também liguei para eles — confessa por fim.

— E o que disseram a você?

— Que em geral eles leiloam todos os bens confiscados no fim do ano, mas que esse caso era especial.

— Especial como?

— Bom, para começar, ele é um bem vivo. E, em segundo lugar, McCullough fugiu para o Novo México, portanto, o julgamento será lá. Talvez tenham de transportar Hurrah para lá.

Olho para as tábuas escuras e com calombos que correm atrás dele na vertical. Meus olhos parecem lixas. Pisco, tentando clarear a visão.

— Pelo jeito, eles contaram muito mais para você do que para mim — comento.

— Bem, eu também não descobri muita coisa de útil — argumenta ele. — Mas pedi que me ligassem caso houvesse alguma mudança de planos.

Examino minhas mãos sem anéis. Não sei o que dizer.

Dan olha para seu relógio de pulso e depois para mim.

— Já está quase na hora — diz, baixinho. — Vamos?

Faço que sim com a cabeça, sem dizer nada. Ele se levanta e se aproxima de mim com as mãos estendidas. Eu as seguro, respiro fundo e deixo que ele me ponha de pé.

Limpo a terra do meu vestido preto e sigo na direção da casa.

Então é nisso que tudo se resume no fim das contas? A uma caixa, colocada acima de uma cova aberta?

Nunca fui a um funeral na minha vida. Sou uma anomalia, eu sei. Eu estava esperando como uma tonta que o caixão fosse abaixado para o interior da sepultura pelos coveiros. Esperava encontrar homens com rosto de pedra, três de cada lado, baixando o caixão devagar até ele atingir o fundo da cova.

Mas, em vez disso, o caixão do meu pai está preso por duas correias azuis e é mantido assim por um aparato retangular acocorado ao redor da cova como um andaime.

É difícil acreditar que ele esteja ali dentro. Mais difícil ainda é acreditar que aquilo que o fazia ser papai, a sua essência, se foi. É isso, então? A coisa apenas se dissolve, como fumaça? Se é assim, então quanto tempo demora? Ou será que ainda está ali, dentro e ao redor de seu corpo? Será que ele está ciente do que está acontecendo, petrificado de medo de ser trancado na escuridão? Será que não seria melhor que soltássemos?

O padre canta, um belo canto mágico:

— *In paradisum deducant te Angeli; in tuo adventu suscipiant te Martyres...*

Estou entre Eva e Mutti. Dan está do outro lado, melancólico. Há talvez trinta e seis outras pessoas ali, bem menos do que a quantidade de pessoas presentes na missa do funeral. Fiquei surpresa com aquilo. Mutti e papai nunca foram muito sociáveis — nunca deram jantares, nunca pertenceram a clubes e seus únicos familiares eram primos distantes na Áustria —, mas a congregação compareceu em peso.

— *Dominus Deus Israel: quia visitavit et fecit redemptionem plebis suae. Et erexit cornu salutis nobis, in domo David pueri sui. Sicut locutus est...*

Ah, meu Deus. Está descendo agora. Meu pai está sumindo para dentro da terra. Contenho a respiração, sem saber se vou conseguir conter o meu grito, parem! parem! Vocês estão cometendo um erro terrível! Em vez disso, prendo o ar nos pulmões e me concentro em ficar absolutamente imóvel.

O caixão continua a descer, silenciosa e suavemente, até a tampa lustrosa sumir de vista.

Pronto. Assim.

Sou incapaz de entender isso. Como pode alguém simplesmente desaparecer? Sei — em teoria, pelo menos — que a vida é um arco. Que começamos como crianças, nos erguemos até o auge e depois, lentamente, começamos a decair até morrer. Mas não consigo aplicar esse conhecimento a papai.

Já vi as fotos prateadas de sua infância, do bebê gorducho com um sorriso enorme correndo pelo gramado de fralda de pano e sapatinhos brancos. Já vi os recortes de jornal e as fotos dos seus tempos áureos de jóquei. Eu me lembro dele como pai: rígido, silencioso, impossível de agradar. Como, em vez de um elogio, ele me dava um único beijo na testa quando eu fazia algo direito. Lembro dele batendo na porta do meu quarto antes de o dia raiar, batendo palmas e gritando que era hora de começar. No meio do dia, eu tinha um intervalo de três horas para estudar com meu tutor, mas fora isso, ficava em cima do lombo de um cavalo o dia inteiro. Cavalgava até eu mal conseguir andar de volta até a casa, um cavalo atrás do outro. Eu era infeliz, era solitária. Eu tinha a sensação de viver embaixo de uma enorme nuvem negra que escondia a luz do sol.

Até Harry. Harry mudou tudo. Pela primeira vez, eu tinha adoração pelo que fazia. O problema então passou a ser me arrancar *de cima* do cavalo e não me colocar ali. Por outro lado, papai já não estava mais por perto para me aterrorizar. Ele já havia me mandado para longe, para treinar com Marjory.

Sinto vergonha hoje de como fiquei feliz por meus pais terem me mandado treinar fora. Marjory me fazia dar duro, muito duro, mas também me elogiava. Eu queria agradá-la. Eu me sentia como uma presa liberta. Minha vida com Marjory era só céu azul, horizonte ao longe e um enorme cavalo listrado. Será que todos os adolescentes também sentem esse mesmo desespero para sair de casa? Provavelmente não, mas que diabo, ele era muito rígido comigo. E é isso o que me deixa mais perplexa aqui, diante de sua cova: como é que papai, o sargento inflexível, se transformou nesse papai velho, que me defendeu de Mutti? Que defendeu Eva de mim quando eu descobri sua tatuagem?

Olho fixo para o buraco aberto.

— ... *misericordiam cum patribus nostris: et memorari testamenti sui sancti* — diz o padre. Olha ao redor solenemente, depois troca para o inglês: — Eu sou a ressurreição e a vida. Quem crê em mim, ainda que esteja morto, viverá, e todo aquele que vive e crê em mim nunca morrerá.

Meu Deus, espero que seja verdade mesmo. Não acredito nisso, mas espero que seja verdade. Talvez só por ter esse pensamento eu já esteja condenada à morte eterna, mas não consigo evitar. Acho que a fé não faz parte do meu ser.

Agora devemos rezar o Pai-Nosso. Em silêncio, mas devemos pensar nela em uníssono. Começo, capenga, mas percebo que não consigo ir até o final.

Possuída por não sei o que, seguro a mão de Mutti. Quando minha mão atravessa o espaço entre nós, mordo o lábio, com medo de que ela retire a sua da minha. Mas quando ela sente que estou tateando, agarra minha mão como uma armadilha. Seus dedos ossudos e frios se fecham com tanta força ao redor dos meus que seus anéis ferem minha carne. Seguro a respiração e fecho os olhos.

Quando os abro de novo, o padre está inclinado sobre o caixão atirando um punhado de terra. Ele gira o pulso em um arco elegante e solta alguns grãos na cova aberta. O som da terra caindo no caixão é mais do que posso suportar.

— *Memento homo quia pulvus es et in pulverem reverteris* — declara, movendo a mão para trás e para a frente mais duas vezes.

Fecho os olhos de novo, me sentindo cambaleante. Embora o mundo pare de rodar, continuo nauseada, com medo de desmaiar. Já desmaiei antes, sei como é. Se eu desmaiasse, será que cairia na cova? Como iriam me tirar dali?

Mutti aperta ainda mais meus dedos e a dor me faz estremecer. Se fosse outra pessoa eu apenas mexeria a mão para sugerir outro encaixe. Mas, como é Mutti, tenho medo de que ela solte o aperto.

Quem sabe se eu focar apenas na dor isso ajude a me manter consciente. Ainda estou pensando nisso quando sinto a mão quente de Eva deslizar para dentro da minha, do outro lado. Sufoco um murmúrio, e, de repente, torço para que o enterro ainda não tenha chegado ao fim.

O clima depois do funeral não é nem de longe tão lamentoso quanto eu esperava. Não é exatamente jovial, mas dá para se ouvir uma ou outra risada, abafada por respeito. Acho que deve ser uma muleta para ajudar a aliviar o peso do funeral.

A casa está lotada. As pessoas ficam de pé ou se sentam em grupos de três ou quatro, segurando bebidas e pratinhos de comida. A comida apareceu junto com os convidados. Não sei o que tem na morte que faz as pessoas cozinharem, mas caçarolas, bolos e patês de espinafre dentro de pães redondos sem miolo começaram a entrar em casa, e agora todas as superfícies da cozinha estão tomadas.

Fora Mutti e Eva, as únicas pessoas que conheço ali são Dan, Jean-Claude e os funcionários do estábulo.

Estou segurando um copo e um prato, embora não esteja nem bebendo nem comendo. Eu os seguro como escudos, depois de estranhos terem apertado a minha mão mais vezes do que sou capaz de suportar. Se eu ouvir mais alguém dizer "Meus pêsames", talvez grite e atire o prato pela janela.

Vago a esmo pelo corredor até a sala de estar e paro diante da porta. Eva está sentada no sofá com Luis ao lado, segurando sua mão.

— Annemarie.

Uma mulher que nunca vi na vida aparece na minha frente.

— Sinto muito pela sua perda — diz ela, e aperta meu braço de um jeito encorajador.

— Obrigada — respondo, olhando para além dela, ou melhor, por cima de sua cabeça. Dan está ajoelhado na frente de Eva, falando de jeito sério. Ela faz que sim com a cabeça e olha para ele.

— Foi uma missa linda. Tenho certeza de que ele teria gostado — continua a mulher minúscula na minha frente. — E Ursula está aguentando tudo tão bem, pobrezinha. Que coisa mais triste.

Olho para ela. É mais velha que eu, e seu cabelo foi tingido numa massa loira rígida. Seu rosto tem um tom rosado artificial, ao mesmo tempo esponjoso e empoado. Rugas verticais profundas correm de seu lábio superior até a base do nariz, e seu batom escorreu por elas.

Viro a cabeça. De onde estou, é possível ver o corredor e a cozinha.

— Meu marido estava morrendo de vontade de conhecer você — continua a mulher. — Ah, perdão — diz, levando uma mão cheia de joias até a boca. — Não quis dizer isso. Mas é que Anton falava tanto de você, tinha tanto orgulho. Ernie e eu nos lembramos de quando você começou a competir, e olhe que isso foi bem antes de conhecermos seus pais. Víamos fotos suas no *Sport Horse Illustrated* naquele hanoveriano espetacular. Então dá para ver que conhecemos você há muito tempo. —

Ela segura meu cotovelo e o puxa de leve. — Venha, quero apresentar meu marido. Ele está logo...

Começo a andar. A única coisa em que consigo pensar é em me livrar dessa mulher e de seu marido Ernie, e conseguir chegar à porta dos fundos antes que eu perca a cabeça. Depois que entro no corredor, atiro meu prato sobre a mesinha de telefone. Ao passar pelas escadas, coloco meu copo sobre um degrau.

Minha necessidade de dar o fora é imperiosa, total. Tenho a sensação de estar atravessando um túnel cujos lados começam a me esmagar. Os rostos das pessoas não param de aparecer na minha frente, distorcidos, como se eu os estivesse vendo através de uma lente olho de peixe. Não paro e por isso eles logo desaparecem, o que me deixa feliz, porque, caso contrário, acho que eu apenas estenderia o braço e os empurraria.

Tão logo piso fora da casa, consigo voltar a respirar, mas não ouso parar, com medo de que alguém encare isso como um convite para me seguir.

A meio caminho do estábulo, tiro os sapatos. Minhas meias finas não oferecem nenhuma proteção contra as pedrinhas de cascalho, portanto, sigo pela grama, com cuidado para não pisar em algum espinho.

Essas meias de um tom negro cintilante custaram uma fortuna. Só as comprei porque, ao tocar as que estavam no mostruário, pareceram água escorrendo pelos meus dedos. Cometi o exagero de comprar dois pares, certa de que desfiaria o primeiro só de calçá-lo. Eu devia tirá-las antes que fiquem arruinadas, mas não uso muito meias pretas. Os tons que normalmente uso são os azuis: lavanda e índigo, turquesa e cobalto. Na minha vida inteira, só tive uma outra roupa preta além da que estou usando.

Eu havia acabado de entrar na InteroFlo. Iria para a minha primeira reunião de departamento e queria parecer séria, centrada, profissional. Usei uma saia justa e uma blusa de gola rulê canelada, ambas negras como a noite. Eu me senti magra e desembaraçada, como um ladrão ágil que escala edifícios ou uma artista em um loft. Mais tarde, quando fui ao banheiro, encontrei um pirulito verde grudado no meu ombro, que tinha ido parar ali quando Eva me agarrou desesperada naquela manhã. E por que Eva estava chupando um pirulito às oito da manhã? Porque queria usar suas botas de inverno em pleno mês de julho e eu precisava ir trabalhar. Além disso, ela tinha comido um belo café da manhã.

Paro na frente da baia de Hurrah e depois continuo andando. Também paro na frente da baia de Harry, que quase não parece mais a baia de Harry. Parece mais a de Bergeron, embora em breve também não vá mais ser dele. Se Hurrah ainda estivesse aqui, eu o transferiria para ela assim que ficasse vaga. É a melhor baia, o melhor imóvel do lugar.

Estou sentada na sala de estar do estábulo quando Dan aparece na porta.

— Oi — cumprimenta. — Tudo bem com você?

— Não sei — respondo, sentada de qualquer jeito no sofá verde desbotado, olhando de um jeito vazio pela janela.

Meus pés descalços estão apoiados na mesa à minha frente, cruzados na altura dos tornozelos, enquanto meus sapatos italianos estão amontoados no canto, em cima das minhas meias amarfanhadas.

Dan dá um passo à frente e olha tudo aquilo.

— Pode me fazer um favor? — peço, depressa. — Dá para trancar a porta?

Ele para.

— Você quer dizer comigo dentro ou fora?

— Dentro — respondo.

Ele parece aliviado. Fecha a porta e aperta o botãozinho do meio da maçaneta. Depois vem se sentar ao meu lado no sofá, tão perto que nossos quadris se tocam. Um instante depois ele segura a minha mão e a coloca sobre seu colo.

Não diz uma palavra. Fica apenas ali parado segurando minha mão, e me sinto grata pelo silêncio. Após alguns minutos, pouso a cabeça em seu ombro.

— Vi você conversando com Eva — digo.

— Verdade, e acho que você vai achar bem interessante o que ela me disse.

— O que foi? — Endireito a cabeça e me viro para olhar para ele.

— Ela me perguntou que cursos precisaria fazer para ingressar na faculdade de veterinária. Também me perguntou se poderia continuar me ajudando no centro durante o inverno.

Olho fixo para ele enquanto a ficha cai.

— Ah, Dan... — murmuro, subitamente emocionada. Meus olhos se enchem de lágrimas. — Ah, Dan — repito antes de cair no choro.

Ele me puxa para a frente e me abraça forte. Sinto vontade de derreter dentro dele, de ficar assim para sempre. Sinto a força que flui de seu corpo para o meu.

Não demora para que eu me veja acariciando hesitante seu braço e seu ombro — cautelosamente, com uma atitude de exploração. Depois de um instante, olho para ele. Seus olhos azuis são tão intensos que fico sem ar.

Eu o beijo, e ele responde na mesma hora. Seus lábios são carnudos e quentes, seu rosto macio. Ele segura o meu com as mãos e me beija com tanta ternura que tenho medo de derreter.

Eu me inclino para trás e abro o zíper do vestido. Ele me olha:

— Annemarie...

— Shhh — digo, tirando a parte de cima do vestido.

Ele olha para os meus seios, montes claros num sutiã de renda preta, depois olha de novo para meu rosto. Olha depressa para a porta

— Alguém pode ver?

— Não, a menos que esteja montado em um cavalo — respondo.

Provavelmente existe um décimo círculo no inferno reservado a pessoas como eu, que fazem amor poucas horas depois de enterrar o pai. Mas nada jamais me pareceu tão certo quanto isso — o corpo dele estendido sobre o meu parece o retorno ao lar, a peça final do quebra-cabeça.

Depois, ficamos deitados numa confusão de braços e pernas entrelaçados sobre o sofá. Ele está deitado apoiado no encosto e eu, apoiada sobre ele, com uma das pernas atiradas preguiçosamente sobre a dele. Ele afaga minha pele com a ponta dos dedos, do ombro ao quadril e do quadril ao ombro. Traça a linha da cicatriz em meu abdome, o contorno do meu seio, do meu mamilo eriçado. Depois se inclina para a frente e planta um beijo sussurrante em meu ouvido.

— Você é incrivelmente...

Um barulho. Nós dois congelamos, depois ficamos apoiados nos cotovelos para tentar ver pela janela.

Eva conduziu Bergeron até o picadeiro e agora está se preparando para montá-lo. Um de seus pés pousa no estribo enquanto ela segura as rédeas com a mão esquerda. Depois ela segura na sela e, quando vejo, já está sentada sobre ela.

Dan me abraça e rola nós dois para o chão. Eu caio em cima dele, com o coração batendo a mil.

— Ah, meu Deus — murmuro, com a mão sobre a boca e os dedos tremendo como loucos.

— Shhh — sussurra Dan, com a boca perto do meu ouvido.

Olho para nossas roupas. É inútil. Não existe jeito de alcançá-las.

— Jesus Cristo, Dan, o que vamos fazer?

Dan continua me abraçando, depois levanta os quadris e vai arrastando nós dois até ficarmos encostados na parede, bem embaixo da janela.

— Não podemos fazer nada — responde, depois que chegamos ali.

— Será que ela consegue nos ver? E se...?

Dan gira sobre mim de modo que fico apoiada entre ele e a parede, depois coloca um dedo sobre meus lábios.

— Ela não vai conseguir nos ver. Mas teremos de ficar aqui até ela ir embora.

Olho para cima, na direção da janela, ainda desesperada.

— Não se preocupe. Ela não vai conseguir nos ver. Prometo. É impossível. — Ele se inclina contra meu corpo, me apertando contra a parede. Seu hálito é úmido e morno. — Olhe pelo lado bom — continua. — Existem lugares piores onde ficar preso.

A sensação do corpo dele contra o meu é tão boa, tão quente e sólida, que apesar das circunstâncias esquisitas, eu relaxo. E, por incrível que pareça, sinto algo se agitar contra meu quadril nu.

— Dan! — exclamo, chocada.

Ele afasta meu cabelo para o lado com a ponta dos dedos e toca minha orelha com a língua.

— Hmmm — digo, estremecendo.

— Eu te amo, Annemarie Zimmer.

— Ah, Dan — respondo.

— Não precisa responder nada — diz ele, ainda sussurrando. — Eu só queria dizer isso.

Fico engasgada de emoção, com os olhos cheios de lágrimas.

— Ah, Dan — digo, quando ele me coloca numa posição mais receptiva às suas intenções. — Eu também te amo. Mesmo, mesmo, mesmo.

Mais tarde, naquela noite, Mutti e eu estamos sentadas uma diante da outra nas poltronas com espaldar alto. Ela se ajoelha para acender a lareira a gás, embora seja agosto, e depois desliga todas as luzes.

Os convidados já foram embora há muito tempo, inclusive aqueles que ficaram para ajudar a limpar tudo e guardar a comida. Eva foi dormir, dizendo que estava exausta — mas antes ficou na ponta dos pés e me deu um beijo no rosto.

Mutti e eu estamos bebendo Jägermeister em taças de cristal, sem dizer nada. Depois dos acontecimentos de hoje, estamos gratas pelo silêncio.

Estou sentada de lado, com uma perna sobre o braço da poltrona, brincando com a taça, segurando-a diante de mim e tentando ver o reflexo das chamas em suas facetas.

Mutti vira a sua e bebe as últimas gotas.

— Quer mais uma? — pergunta, levantando-se.

— Não, obrigada, Mutti — digo, ainda girando a taça na minha frente. — Mas pode tomar mais, se quiser.

Ela vai até a coleção de *decanters* de cristal que arrumou para depois do funeral e se serve de mais um pouquinho. Depois volta a se sentar.

— Mutti?

— Sim?

— Eu estava falando sério sobre usar o dinheiro da casa para salvar a fazenda.

— Você não precisa fazer isso.

— Bem, na verdade preciso, sim.

Mutti me encara por um tempo enorme.

— É porque você está se sentindo culpada.

— Não, não é.

— É, sim. Você não deve isso a ele. Ele amava você, e sabia que você o amava. Isso basta.

— Amava? — pergunto. Lágrimas enchem meus olhos e caem antes que eu consiga impedir.

— Claro, *Liebchen*.

— Ele me perdoou?

— Pelo quê? Que besteira é essa?

— Por jamais voltar a montar?

Mutti me olha, horrorizada.

— Não, estou falando sério. Eu sei que magoei ele. Sei que...

Mutti balança a cabeça, fazendo sinal para eu parar.

— Papai amava você. Ficou desapontado, sim, mas nunca a culpou.

— Mas em todos esses anos, mal nos falamos...

— Você não conseguia suportar ficar com a gente.

— Foi porque eu sentia vergonha do que havia me tornado.

Mutti fica quieta um momento, pensando naquilo.

— Fomos duros com você. Mais do que deveríamos, eu acho. É porque você tinha tantas oportunidades... — Ela balança a cabeça. — Pensamos que, se a encorajássemos, você encontraria outro cavalo. Conseguiria seguir em frente e se dar bem. Não sei. Talvez a gente estivesse errado.

Não consigo acreditar que estou ouvindo isso, tenho medo de falar e quebrar o encanto.

— Seu pai... — continua ela. — Ele queria tanto que você tivesse uma carreira no hipismo. Sei que ele forçou as coisas, mas parecia ser o melhor. Afinal, você avançou tão rápido... — Mutti faz uma pausa, tamborilando um dedo nos lábios. — Se erramos, então que Deus nos perdoe, mas achamos que estávamos fazendo o melhor. Você era tão boa que parecia um desperdício de talento. E achamos que você seria feliz.

— Eu poderia ter sido, acho.

— Você encontrou seu próprio caminho, no fim — declara ela.

— Não, nunca. Quer dizer, fiz um monte de coisas, uma depois da outra, a vida inteira. Mas jamais encontrei meu caminho. Jamais encontrei nada que me fizesse sentir o que sentia quando montava Harry. É por isso que acho que fiquei meio maluca quando Hurrah apareceu. Parecia uma segunda chance, sei lá. Parece loucura, não?

Paro um instante, com medo de que, se não fizer isso, acabe chorando. Mutti bebe o vinho e espera.

— Ainda quero usar o dinheiro na fazenda. — Outra pausa, enquanto tateio em busca das palavras certas. Não sei direito como fazer com que ela entenda. — Não é por causa do papai. É por nossa causa. Por todos nós. Você, eu e Eva. Ouça — digo, indo para a beirada da poltrona, reunindo fôlego. — Não quero ir embora daqui. O que vou fazer? Voltar para Minneapolis? Prefiro me mudar para Iqualuit. E, seja como for, tem uma égua que quero dar a Eva. Ela andou falando em voltar a estudar e em trabalhar no centro. A última coisa que ela precisa é de mais transtornos. E eu também. E você. Não, a única coisa sensata a fazer é continuar aqui. Você pode administrar o haras e eu vou dar aulas.

— Você não pode dar aulas — diz ela, categórica.

— Por que não? — Não consigo evitar o tom de mágoa. — Eu disputava na primeira categoria do...

— Sei disso tudo — corta Mutti com um gesto irritado. — Eu estava lá, lembra? Mas como você vai dar aulas se não quer mais montar?

— Então vou montar.

Ela se vira depressa, olhando para mim como se eu tivesse perdido a cabeça de vez.

— O quê? Por que você está me olhando desse jeito?

A testa de Mutti treme, mas ela não diz nada.

— Por que isso é loucura? Não estou dizendo que vou voltar a competir.

— Durante todos esses anos, você ficava brava só de alguém sugerir que...

— É, mas agora é diferente. As coisas mudaram.

Paro, sem saber como explicar que todo meu mundo mudou, que ficar aqui agora significa tudo para mim. Que vejo o meu futuro aqui, e o de Eva, e estou disposta a lutar por isso. Que não consigo suportar a ideia de perder Dan. Que eu realmente desejo voltar a montar, ando me coçando de vontade, sonhando com isso à noite.

No fim, decido que não é possível explicar. Que a única coisa que posso fazer é mostrar para ela.

21

— Mantenha os calcanhares para baixo, Malcolm. O microfone está quebrado e eu já gritei nas três últimas aulas. Se continuar assim, no fim do dia estarei afônica.

— Mais, mais um pouco. Experimente, em vez disso, trazer os dedos dos pés para cima.

Razzmatazz tem uma paciência inacreditável. As mãos e as pernas desse garoto se agitam de um jeito impossível, mas Tazz, mesmo assim, entrega as coisas de bandeja para ele. Não é de se admirar que papai o amasse tanto.

— Isso. Bem melhor. Agora pense nos seus braços. Leve os cotovelos para trás. Quero uma linha reta do cotovelo à embocadura... Ótimo... Ótimo... Está bem, agora cruze a diagonal. Faça uma meia parada no canto e depois comece o galope médio. E atenção para rédea.

Quando ele chega ao meio do picadeiro, seus braços começam a balançar de novo, as pernas se inclinam para a frente e os dedos dos pés já se abaixaram.

— Qual é, Malcolm. Você está montando um cavalo, não uma Harley.

O menino gosta do comentário e me dá um sorriso.

— Olha para a frente! — grito.

Dar aulas é bem mais divertido do que eu esperava. Eu me sinto como uma atriz encarnando um papel. Sou exigente e paciente, rígida e compreensiva, inspiradora e divertida — ou pelo menos é o que eu gosto de pensar. Forço o limite dos meus alunos para que eles me deem o máximo e digo quando eles não estão fazendo isso. Mas também faço questão absoluta de dizer a eles quando estão.

Minha abordagem parece estar funcionando, porque agora temos alunos em todos os horários novamente. Sob a administração de Mutti, nossas baias estão lotadas e estou dando oito, às vezes nove aulas por dia.

Malcolm olha para a frente e corrige os braços e as pernas temporariamente, assumindo a postura correta. Chega ao canto do picadeiro e puxa as rédeas com força. Depois de uma pausa minúscula, Tazz começa um galope médio tranquilo na mão certa.

Tudo estaria muito bem se Malcolm tivesse conseguido pedir que ele fizesse isso. Em vez disso, porém, ele apenas encurtou as rédeas e Tazz já previu o que viria em seguida. Da próxima vez, vou fazer ele montar Malachite. Não se pode acusar Malachite de deixar as pessoas acomodadas.

— Ô de casa! — grita alguém.

Eu me viro para ver onde está Tazz. Está no canto mais extremo, andando a galope médio com olhos embotados. Malcolm sacoleja para fora da sela a cada galão do cavalo.

— Pode entrar! — grito.

Eva entra, trazendo Flicka por uma guia roxa comprida. Tudo o que comprou para Flicka é roxo: cabresto, capa, guia — até mesmo uma manta para exposição, que suponho ser o jeito dela de me dizer que pretende começar a exibir Flicka nos concursos de halter. Imagino que elas depois vão fazer outras exibições também e não sei o que pensar disso. Quero tomar cuidado para não forçar a barra com ela, mas ao mesmo tempo, não quero segurá-la demais. É um negócio difícil, esse de ser mãe.

— Oi, querida — cumprimento. — Fez o dever de casa?

— Sim, mãe. Claro, mãe — entoa ela num tom de meu-Deus-como-você-é-chata. Ela traz Flicka até mim.

Flicka é uma bela égua pequenina, uma grandiosa égua pequenina e tão linda quanto um cavalo pode ser. É uma típica árabe, animada e brincalhona, mas sem um traço sequer de maldade. Não há dúvida de que quando chegar a hora será divertido montá-la.

Dan a trouxe para cá no primeiro dia de aula de Eva na escola, há quase dois meses. Quando Eva chegou em casa e viu Flicka no *paddock*, caiu em lágrimas e me abraçou com tanta força que caí para trás sobre o cascalho. Senti o cheiro de fumaça no cabelo dela, mas eu não iria estragar aquele momento de jeito nenhum. As duas fizeram grandes avanços, e tenho tanto orgulho de Eva que meu coração poderia explodir.

— Posso levá-la por aqui? — pergunta Eva ao passar por mim.

— Pode, sim, mas mantenha seu círculo pequeno para não atrapalhar Tazz.

— Pode deixar — responde ela. Continua andando, arrastando o longo chicote no chão atrás de si. Depois para e se vira de novo para mim. — Ei, mãe, você viu a revista que chegou hoje?

E como eu poderia não ver? Mutti a deixou sobre a mesa da cozinha. Não precisou nem deixá-la aberta na página do artigo. Ian McCullough e Hurrah estavam estampados na capa inteira, com os corpos esticados para baixo na descida de um enorme salto sobre a água. A foto foi tirada em Atlanta durante os Jogos Olímpicos de 1996.

— Vi — respondo, virando o rosto para o outro lado. — Malcolm! Faça com que ele ande ao passo agora. Depois que der a volta no picadeiro, pare e cruze os estribos na sua frente.

Malcolm sabe o que vem pela frente e me olha horrorizado. Trotar sem estribos é uma coisa que nenhum dos meus alunos gosta de fazer. Jamais confesso para eles que também nunca fui muito boa nisso. Para falar a verdade, nunca conheci ninguém bom nisso, mas não vejo motivo para admitir aos meus alunos. É um rito de passagem. Eles que aprendam a verdade depois que já estiverem nesse meio.

— E aí, você leu?

Eva ainda está parada atrás de mim, por isso me viro para encará-la. Flicka vira a cabeça preta e afaga a barriga de Eva.

— Não, ainda não tive tempo — respondo.

— Ian McCullough fez um acordo. Quatro anos. Não vai ter nem julgamento.

Pisco umas duas ou três vezes. Quatro anos? O promotor tinha pedido quinze, o mínimo que esse canalha merece. Quatro anos não é nada. Provavelmente vão soltá-lo depois de cumprir três. Se o mundo fosse perfeito, alguém o prenderia pela cabeça dentro do próprio carro e atearia fogo, como ele fez com Hurrah.

Eu me viro.

— Certo, Malcolm. Comece a trotar agora. Uma volta no trote sentado e depois comece a elevar.

Os calcanhares de Malcolm se erguem alguns centímetros das laterais do corpo de Tazz e depois descem, apertando-as.

Ah, minha nossa. Estamos bem longe do *descente de main, et descente de jambe.*

Olho por cima do ombro para ver onde Eva está. Vejo, com alívio, que ela levou Flicka para a extremidade do picadeiro.

Não consigo suportar falar sobre Hurrah, e Eva sabe disso. Em geral é algo que ela respeita, mas acho que a notícia era tão grandiosa que ela não conseguiu se conter.

Eu havia planejado viajar para presenciar o julgamento, apesar dos protestos de Norma. Ela insistiu para que eu ficasse o mínimo possível em evidência durante todo o processo, algo que eu acho difícil conciliar com minha necessidade de encontrar Hurrah. Não posso simplesmente desistir dele, e Deus sabe o quanto tentei não fazer isso: liguei religiosamente duas vezes por semana durante oito semanas, mas nem uma única vez alguém me disse nada de útil. Dan continuou a ligar depois que eu desisti (e acho que ainda liga, embora tenha parado de falar no assunto). Hurrah se perdeu em algum labirinto burocrático. Não sabemos nem em que estado do país ele está, mas isso talvez mude, agora que não haverá mais julgamento.

Dou um pulo de susto, surpresa com a vibração na minha nádega esquerda. É meu celular, que está em modo vibratório para que, caso eu esteja montando, não assuste o cavalo. Pelo menos em teoria. Ainda não consegui me obrigar a montar. Saco o celular do bolso e o aperto contra o ouvido.

— Sim? — atendo.

— "Sim"? — diz Mutti. — Isso é jeito de atender?

— Desculpe, Mutti, estou no meio de uma aula.

— Certo. Vou ser rápida. Acabei de voltar do escritório. Dan deixou um recado. Acha que provavelmente vai conseguir chegar hoje e quer vir para cá.

— Legal. A que horas?

— Ele espera que perto da hora do jantar, mas vai depender do trânsito. Tem no mínimo mais cinco horas de viagem pela frente.

— Ótimo. Obrigada por avisar. Ah, Mutti?

— Sim?

— Hã... Pode me fazer um favor?

— O quê?

— Poderia fazer *gâteau des crêpes*?

— Ora, Annemarie. — Ela finge estar irritada, mas não está. É importante para ela que todos nós adoremos sua comida. Senão, por que outro motivo teria enveredado pela cozinha francesa?

— Por favor? — peço.

Ela suspira, uma expiração comprida e prolongada.

— Está bem — diz, parecendo rígida, mas aposto dinheiro que está sorrindo.

O timing de Dan não poderia ser melhor. Primeiro, porque talvez Eva finalmente cale a boca, e segundo, porque ele chega bem quando estou preparando a salada.

Eu pareço uma visão com meu vestido de seda azul, e a salada dá uma pitada de domesticidade. O vestido é bastante inadequado para a estação, de seda e sem mangas, mas faz quatro dias que ele está viajando e quero estar bonita.

Dan entra na cozinha e deixa a porta aberta.

— Como estão minhas mulheres preferidas? — cumprimenta ele, em voz trovejante. Estou quase dizendo para ele fechar a porta (é início de novembro e estou sem casaco), mas tarde demais. Ele já começou a fazer suas rondas. Primeiro vai até Mutti e para ao seu lado. Ela sorri e inclina a cabeça. Ele beija seu rosto.

— Oi, Dan — cumprimenta Eva, fechando a revista que estava lendo. Ela passou quase dez minutos me torturando, lendo o artigo sobre o Canalha McCullough em voz alta.

Dan vem por trás de mim e beija a parte debaixo do meu pescoço. Logo antes de se afastar, morde um pedacinho minúsculo de carne. Minha respiração fica entrecortada quando me arrepio toda.

Balanço o corpo para o lado e olho depressa para Eva, sem saber se ela viu ou não. Difícil dizer. Embora esteja sorrindo de orelha a orelha, está olhando para a mesa.

— Como foi a conferência? — pergunto, ficando longe do alcance de Dan.

— Que conferência? — indaga ele.

Equilibro a pinça para salada no canto da tigela e a levo para a mesa.

— A que você acabou de ir — respondo.

— Eu não fui a nenhuma conferência.

Coloco a tigela sobre a mesa e me viro para encará-lo. Ele me fita, tentando aparentar naturalidade. Não está dando certo. Ele está piscando demais.

— Como assim? — pergunto.

— Não fui a nenhuma conferência.

— Você disse que iria.

— Eu menti.

Olho fixo para ele.

— Dan, quero saber o que está acontecendo.

Ninguém se mexe, nem um músculo. Mutti virou-se da pia para me olhar com atenção. Eva está olhando tudo aquilo como se fosse um acidente de trem.

— Então onde você estava?

— Santa Fe — responde ele.

Franzo a testa e balanço a cabeça. Não estou entendendo.

Dan anda por trás de mim, segura meus ombros e me conduz na direção da porta.

Eu sei antes mesmo de a gente chegar lá. Sei assim que Dan me segura, embora só acredite quando estou olhando para ele pela porta de tela.

Ele está gordo, lustroso e listrado de novo. Está no pasto, comendo grama como se nunca tivesse ido embora, balançando a longa cauda de um lado para o outro.

Levo a mão até a boca, sem saber se vou gritar ou chorar.

— Ah, Dan — exclamo. — Ah, Dan.

Viro para trás. Eva solta um gritinho de alegria e bate palmas. Mutti leva as mãos ao rosto, quase como num gesto de oração. Eles já sabiam. Todos eles.

Olho de novo pela porta de tela. Ele está lindo. Está maravilhoso. Brilhante, lustroso e bem-cuidado.

Dan chega por trás de mim.

— Isso quer dizer que você me perdoa?

— Perdoar você?

— Quero dizer, por ter feito você perdê-lo, para começo de conversa.

Sufoco um soluço e me viro para ele, atirando os braços ao redor de seu pescoço. Depois de um instante, eu o solto e enxugo os olhos e o nariz no meu braço.

— Como você conseguiu? Como conseguiu pegá-lo de volta?

— Num leilão da polícia.

— Como descobriu onde seria? Passei meses tentando... — Apoio a testa sobre o vidro, olhando para o cavalo sem acreditar. — Ele está lindo. Quero dizer, maravilhoso, de verdade.

— Ele estava em um haras local. Pelo que entendi, era uma espécie de favorito do lugar.

— Quanto pagou por ele?

— Você não quer saber.

— Quero, sim.

— Quase nada.

Fico ofendida:

— Por quê?

— Talvez porque ele tenha doença degenerativa nas articulações e esteja caolho?

Dan olha no fundo dos meus olhos e percebe que eu não achei graça naquilo.

— Porque a única outra pessoa dando lances era um negociante que não tinha condições de oferecer mais do que ganharia em um leilão de matadouro.

— Ah, Dan! — exclamo, horrorizada. — E se tivessem oferecido mais do que você? Você devia ter me contado. — A ideia de Hurrah parar de novo em um matadouro é inconcebível.

— Não quis contar para o caso de não dar certo. E a possibilidade de oferecerem mais do que eu não existia. Sua mãe me autorizou a pagar uma quantia obscena.

Olho de Mutti para Dan, depois vice-versa, sem fala de tanta gratidão. Eu me sinto fisicamente exausta, como se alguém tivesse torcido o meu coração.

— Então aqui está ele, todo seu. Desta vez, legalmente. Bom, na verdade, ele legalmente é meu, mas se você for boazinha comigo, eu transfiro a posse para você.

Fico parada olhando para ele, incapaz de falar.

— E aí, vai montá-lo? — pergunta Dan.

— Claro.

Dan gargalha.

— Então vá.

— Agora não. Ele acabou de chegar. Precisa de um ou dois dias para se acostumar de novo.

— Hã-hã. Veja como ele está magrinho e estressado — diz Dan.

Mutti vai até o forno e espia pela porta.

— Eva, ponha a mesa, por favor.

Coloco uma das minhas botas de *paddock*.

— Vocês podem ir começando. Volto em um minuto.

Fico esperando que Mutti discuta comigo, mas ao me virar para apanhar a outra bota, ela vem em minha direção.

— Aqui — diz, me entregando uma maçã.

Tropeço duas vezes a caminho do pasto, porque não consigo tirar os olhos de Hurrah. Tenho medo de que ele desapareça como uma miragem de água em uma estrada quente. Quando chego à cerca, suspendo meu vestido de seda azul com uma das mãos e subo. Eu devo estar o próprio retrato da elegância, andando pela grama alta com minhas botas de borracha e pernas nuas.

Hurrah levanta a cabeça e me olha enquanto eu me aproximo. Depois relincha, balançando a cabeça para baixo e para cima.

Rio e estendo a mão para tocá-lo, feliz quando acaricio o pelo suave e frio. Tento alcançar sua espádua, mas ele já viu o que estou segurando na outra mão e se vira para apanhar a maçã entre os dentes, espalhando gotinhas de suco em nós dois.

Quando termina, eu me inclino para a frente e abraço seu pescoço. Fecho os olhos e pressiono o rosto contra seu pescoço musculoso, correndo as mãos pelas laterais dele e depois por seu peito, buscando o redemoinho. Conheço esse corpo. Eu o conheço de trás para a frente e de olhos fechados.

Quando abro os olhos, Hurrah está me olhando sem entender. Gira as orelhas e então aperta o focinho contra meus quadris, sem saber que vestidos não têm bolsos.

Seguro seu focinho com as mãos em concha e sinto o veludo gelado de seus lábios, as curvas firmes e arredondadas das narinas, a respiração dele sobre minhas palmas abertas.

Olho para a casa. Mutti, Dan e Eva estão de pé à porta, olhando pela tela.

— Eles querem que eu monte você, sabe — digo para Hurrah. Seguro uma de suas orelhas e depois a deixo deslizar devagar por minha mão fechada. Depois, endireito seu topete e o aliso até que fique bem no meio da testa. — O que me diz? Quer que eu monte você?

Hurrah se vira e solta um resfolego úmido. Olho para meu vestido, que agora ficou completamente destruído.

— É, tem razão — digo baixinho. — Vamos ter tempo para isso mais tarde.

Hurrah perdeu interesse agora que, pelo visto, acabaram as maçãs. Dá mais uma conferida e esfrega a cabeça para cima e para baixo na frente do meu vestido, destruindo a seda ainda mais. Depois abaixa a cabeça e se põe a pastar.

Eu me encosto nele e apoio os braços e o queixo em suas costas. Fico assim até que o último raio de sol desapareça no horizonte, lançando veios rosados pelo céu.

Quando volto para a casa, há um soluço em meu coração, uma sensação peculiar que não consigo identificar. Minhas mãos estão geladas e tremo de frio, mas é mais que isso. Algo corre em minhas veias, vindo do âmago do meu ser.

É como se a terra tivesse se mexido e o abismo se fechado. Este cavalo não é Harry e eu não sou a garota que o montava. Não existe mais nenhuma Olimpíada em nosso futuro, mas não importa. Neste momento, sou tudo o que quero ser.

Paro, perplexa. Examino essa ideia um instante e a atiro de um lado para o outro dentro da minha cabeça, testando sua consistência. Cutuco-a e ela me cutuca de volta. É assim que é essa sensação? Sim, meu Deus, é. Isso é satisfação, e ela me preenche tanto que quase não sei o que fazer.

É noite, estou parada na entrada do estábulo, iluminada apenas pela luz que vaza lá dos holofotes do estacionamento.

Solto o ferrolho do portão principal e o deslizo para o lado. Sinto um frio no peito, minha respiração está ofegante. Eu me sinto feliz e animada, tomada por uma sensação de propósito. Há vinte anos me preparo para este momento.

Entro no estábulo e paro para respirar o ar com cheiro de cavalo. Eu me sinto tentada a ir vê-lo primeiro, só para cumprimentar, mas tenho medo de perder a coragem. Em vez disso, entro no corredor estreito que separa as alas.

Acendo a luz e sufoco uma tosse. O ar está cheio da poeira do feno que desce do depósito mais acima. Partículas flutuam preguiçosamente entre as selas.

Existem provavelmente vinte baús polidos para arreios encostados nas paredes, alguns cobertos com colchas bordadas com monogramas. Acima deles há fileiras e mais fileiras de estantes para selas exibindo selas inglesas de toda forma e tamanho: para adestramento, saltos, propósitos gerais e até mesmo para *saddle seat*. Há estantes lotadas de mantas recém-lavadas, capas e caneleiras. Botas de borracha arredondadas empurradas contra a parede. Kits para a higiene dos cavalos, dispostos sobre caixas. Protetores de quartela abertos para secar. Cabeçadas, cabrestos e perneiras pendurados em ganchos.

Começo a caminhar, devagar, olhando de um lado para o outro. Mais ou menos na metade do corredor encontro um par de perneiras que me parece quase adequado. Eu as tiro do gancho e seguro-as contra o corpo, querendo ver qual seu tamanho.

Eu as coloco e me inclino para verificar as abas abertas ao redor das minhas pernas. Subo um zíper, depois o outro, e pronto, minhas pernas estão recobertas de couro. Prendo os fechos e endireito o corpo.

Respiro fundo porque meu coração está a mil, depois continuo andando.

Paro para examinar de perto uma sela. Imagino a curva das costas dele e sigo em frente. Alguns passos adiante, vejo uma sela Passier para adestramento, preta, com assento de 42 centímetros e armação extragrande.

Eu me agacho e espio pela garganta da sela. Então me levanto de novo e seguro o couro frio do cepilho. É alto e vai deixar seu garrote livre. Pego o estribo entre os dedos e puxo o ferro para baixo, saboreando o som de puxar o couro por ele. Então eu o passo pela axila. Com o outro braço, seguro a sela.

É o comprimento exato para a ponta dos meus dedos alcançá-la — talvez eu nem precise ajustar o comprimento dos estribos.

Uma cabeçada está pendurada no gancho acima da sela. Corro o dedo pela embocadura. É um bridão torcido; eu preferiria um bridão chantilly, mas vai servir.

Meu coração está batendo com tanta força que posso ouvi-lo em meus ouvidos, uma enorme bomba. Penduro a cabeçada no ombro esquerdo, depois levanto a sela para apoiá-la ao longo de meu antebraço direito. Com a mão livre, apanho uma manta e vou até o corredor.

Penduro a cabeçada na porta da baia em frente. O cavalo ali dentro se mexe, e vejo um relance de cara cinzenta pelas barras. Depois prendo a respiração e me viro.

Atravesso o corredor como uma novata, em três grandes passadas. Ao pousar a mão no ferrolho, paro, imobilizada pela dúvida. Então o abro e deslizo a porta pelos trilhos.

Fico parada de pé, observando minha respiração no ar frio da noite. A sela pesa sobre meu quadril projetado para a frente, e quando Hurrah entra em foco, eu me pergunto se estou mesmo preparada para isso. Vinte anos. Vinte anos, e simplesmente não tenho certeza.

— Está pronto? — pergunto para Hurrah.

Ele se vira e resfolega, e caio na gargalhada, porque, de repente, fica claro que nunca estive tão pronta em toda a minha vida.

Este livro foi composto na tipologia Adobe Caslon Pro, em corpo 11/15, e impresso em papel off-white no Sistema Cameron da Divisão Gráfica da Distribuidora Record.